5/25

La guerre
des duchesses

*

**LA FILLE
DU CONDAMNÉ**

*La liste des ouvrages
du même auteur
figure en fin de volume*

Juliette Benzoni

La guerre des duchesses

*

LA FILLE DU CONDAMNÉ

Plon
www.plon.fr

© Plon, 2012
ISBN : 978-2-259-21728-6

PROLOGUE

L'exécution

Paris tout entier – et davantage encore ! – semblait s'être donné rendez-vous en place de Grève. Non seulement elle était noire de monde, mais il y en avait également sur tous les toits, à toutes les fenêtres que leurs propriétaires avaient louées à prix d'or et il en débordait des rues adjacentes. Aussi les gardes avaient-ils fort à faire pour garder libres l'accès au grand échafaud tendu de noir et le chemin qu'allaient suivre les condamnés pour rencontrer la mort.

C'est que l'événement était d'importance. Pour la seconde fois la justice frapperait le porteur d'un des plus illustres noms de France. Quelques mois plus tôt, le 19 août 1626, le prince de Chalais était décapité à Nantes, où la Cour se trouvait alors, pour avoir conspiré avec une bande d'écervelés menée par la dangereuse duchesse de Chevreuse. Cette fois il s'agissait d'un Montmorency et son cas était tout différent : jamais l'idée de conspirer ne lui serait venue, mais il avait ignoré un peu trop souvent l'autorité royale et de façon trop éclatante pour que le défi ne soit pas évident...

Prologue

En dépit des édits promulgués par Henri IV et par Louis XIII, interdisant les duels, le passe-temps préféré des jeunes gentilshommes – et des moins jeunes ! – consistait à mettre flamberge au vent pour un oui ou pour un non. On avait l'honneur si chatouilleux alors qu'une plaisanterie ou un regard de travers suffisait à vous envoyer sur le pré. Et comme on ne se battait jamais tout seul mais secondé d'un ou plusieurs témoins qui en décousaient entre eux, certaines rencontres tournaient à la bataille rangée et laissaient parfois plusieurs morts sur le carreau.

Or, c'était la noblesse qui fournissait leurs cadres aux armées et ce flot de sang répandu stupidement avait fini par exaspérer Louis XIII. Le dernier édit placardé sur ses ordres promettait la mort à quiconque y contreviendrait. Malgré sa sévérité habituelle, le cardinal de Richelieu dont cependant le frère aîné avait été tué dans un duel avait néanmoins plaidé pour une ultime indulgence : seuls les cas les plus graves seraient condamnés et il appartiendrait alors au Parlement d'en juger.

Même ainsi adouci l'édit n'en souleva pas moins la colère des hardis défenseurs du « point d'honneur » et, parmi eux, du plus redoutable : François de Montmorency-Bouteville qui, à vingt-sept ans, affichait déjà vingt et un combats à son actif. La plupart mortels. Sa réaction ne se fit pas attendre : il tua en duel le comte de Thorigny puis, réflexion faite, s'enfuit à Bruxelles en compagnie de son second et cousin Des Chapelles

L'exécution

afin d'observer l'onde de choc à distance. Le résultat ne tarda pas : le comte de Beuvron, dont Thorigny était l'ami, jura de le venger et prit la route de Bruxelles. Louis XIII intervint. Les adversaires, feignant de se réconcilier, dînèrent ensemble, mais, avant de se séparer, se donnèrent rendez-vous à Paris. Se fiant à leurs promesses, le Roi avait amnistié Bouteville : le seul châtiment de celui-ci était de ne pas paraître à la Cour jusqu'à nouvel ordre...

Beuvron reparti, Bouteville demeura en Flandre jusqu'au 10 mai de cette année 1627 où les deux cousins regagnèrent Paris clandestinement et Bouteville fit prévenir Beuvron. Rendez-vous fut pris pour le surlendemain, à deux heures de l'après-midi... et place Royale ! La plus belle et la mieux fréquentée de la capitale !

Autant dire sous les yeux mêmes de la ville et de la Cour ! Il ne manquait à cette véritable insulte à la volonté royale que les proclamations à son de trompe dans les carrefours...

L'idée ne vint même pas à ces jeunes inconscients qu'un tel manquement à leur parole de gentilshommes entachait leur honneur.

La rencontre eut lieu. Six épées s'alignèrent trois par trois. Face à Bouteville, Des Chapelles et M. de La Berthe, Beuvron, Bussy d'Amboise et Buquet se mirent en garde. Le mortel jeu d'épée n'avait aucun secret pour ces bretteurs confirmés. Quelques passes et deux d'entre eux tombaient : Bussy d'Amboise tué net et La Berthe grièvement blessé. Le sang de Bouteville ne coula point et pas davantage celui de Beuvron. Ils n'en mirent pas moins un terme au combat.

Au silence consterné qui suivit cet exploit, Bouteville et Des Chapelles comprirent qu'ils étaient allés trop loin puisqu'ils étaient revenus tout exprès pour provoquer Beuvron. Il ne leur restait plus que la fuite. Laissant leurs valets s'occuper de ceux qu'il fallait bien appeler des victimes, ils sautèrent à cheval et franchirent la porte Saint-Antoine – toute proche ! – sous l'ombre menaçante de la Bastille. Bouteville et Des Chapelles prirent la route de Meaux afin de gagner l'une des places fortes des princes de Condé, proches de Montmorency... Beuvron se réfugia à Londres.

Les deux premiers n'allèrent pas loin. Les ordres du Roi tombèrent – le Cardinal était alors absent ! – et on les poursuivit. Repris aux environs de Vitry-le-François, ils furent ramenés à cette même Bastille qui les avait vus fuir.

Cette fois le sort en était jeté... Devant le Parlement, Bouteville se déclara coupable sans forfanterie mais sans repentir. Il avait vu trop souvent la mort en face pour la redouter et ce fut avec le sourire qu'il accueillit l'inévitable sentence.

Ses amis et les hommes de la famille, prince de Condé en tête, vinrent prier le Roi de faire grâce. Condé amena même la mère du coupable, née Charlotte-Catherine de Luxe, aux genoux du souverain.

— Votre fils a bafoué publiquement l'autorité royale, madame, je ne peux l'accepter car ce

L'exécution

serait ouvrir la porte à toutes sortes de débordements...

On se tourna alors vers Richelieu qui venait de rentrer. Chose étrange, le redoutable Cardinal se montra plus compréhensif. Il devait écrire plus tard : « Il était impossible d'avoir le cœur noble et de ne pas plaindre ce pauvre gentilhomme dont la jeunesse et le courage émouvaient à grande compassion. Tout le monde a fait ce qu'il pouvait... » Mais, connaissant bien Louis XIII et sachant à quel point il avait souffert d'humiliations dans son adolescence du fait des favoris de sa mère, il se contenta de proposer – sans insister ! – de commuer la peine capitale en emprisonnement à vie.

Ce fut au tour des dames d'intercéder. Chez la Reine Anne, la princesse de Condé, les duchesses de Montmorency et de Vendôme, entourant la jeune épouse – enceinte de son troisième enfant ! –, se jetèrent à genoux devant Louis XIII, implorant sa clémence.

Il regarda longuement et avec une profonde tristesse ces hautes dames qui réclamaient sa miséricorde, puis leur dit :

— Leur perte m'est aussi sensible qu'à vous, mais ma conscience me défend de leur pardonner...

Le lendemain, 22 juin 1627, Bouteville et Des Chapelles montaient les marches de cet échafaud dressé à l'endroit même où, quelques heures plus tard, s'allumeraient les feux de la Saint-Jean, cette fête de la lumière et de la joie.

Prologue

Un silence que troublait ici et là l'écho d'un sanglot accueillit leur apparition. Tous deux étaient jeunes et jamais Bouteville n'était apparu aussi beau. Il souriait. Son cousin faisait bonne contenance lui aussi, mais n'atteignait pas à cette espèce de rayonnement.

Au bourreau qui s'agenouillait pour demander le pardon de ceux qu'il allait frapper, Bouteville dit :

— Si tu dois t'y reprendre à deux fois, que ce soit sur moi !

— N'ayez crainte ! Ma lame est sûre.

Les deux condamnés s'embrassèrent. Des Chapelles mourut le premier, lui l'éternel second ! Bouteville lui succéda. Deux fois en tout le bourreau avait levé la lourde épée tandis que la foule à genoux entonnait le *Salve Regina*...

Ainsi mourut à vingt-sept ans François de Montmorency, comte de Bouteville et de Luxe, seigneur de Précy, Blaincourt et Bondeval. Sa jeune épouse de vingt ans lui avait donné deux petites filles : Marie Louise, deux ans, et Isabelle Angélique, à peine un an. Le troisième enfant devait naître sept mois plus tard...

PREMIÈRE PARTIE

LES DAMES DE L'HÔTEL DE CONDÉ

1

Un seul regard !

La porte était mal fermée, mais l'eût-elle été complètement que cela n'eût pas changé grand-chose. La voix furieuse de Madame la Princesse[1] devait retentir non seulement dans tout l'hôtel mais aussi jusqu'au fond des jardins. Aucun autre bruit ne se faisait entendre car chacun retenait son souffle.

— A genoux, ma cousine ! Vous m'entendez bien, ma cousine : il s'est traîné à genoux devant cet affreux Cardinal pour qu'il accorde à notre fils Enghien la main de sa nièce, une nabote de douze ans dont la mère était folle à lier ! Elle se croyait le séant en verre et n'osait pas s'asseoir par crainte de le casser ! Les beaux enfants que nous pourrons attendre d'une telle créature ? Le rang de mon fils aurait dû lui valoir la main d'une fille de sang royal ! Même si la naissance du dauphin Louis, il y a deux ans, et celle de Monsieur

---

[1]. Une mise au point s'impose. A la cour des Bourbons, Monsieur le Prince sans autre nom désigne le prince de Condé. Madame la Princesse est sa femme, Monsieur le Duc (d'Enghien) son fils aîné et Madame la Duchesse l'épouse de celui-ci. Monsieur désigne le fils cadet du couple royal, et Monsieur le Comte le comte de Soissons.

en septembre dernier nous ont fait reculer dans la liste des prétendants à la couronne ! Rien ne dit qu'ils atteindront l'âge d'homme !

— La Reine Anne peut encore avoir d'autres enfants, glissa doucement Mme de Bouteville. Sans oublier que Monsieur, frère de Louis XIII, est toujours bien vivant !

— Mais n'a pas et n'aura plus jamais de fils !

Charlotte de Condé cessa brusquement sa promenade agitée et s'assit auprès de sa cousine sans essayer de retenir les larmes qui lui venaient :

— Mon époux est un lâche, tout comme Monsieur ! Et il aime l'or par-dessus tout. Comment ai-je pu épouser cela quand j'aurais pu... j'aurais dû être Reine de France !

Mme de Bouteville retint un sourire. Cette chère Charlotte n'oubliait pas – et surtout ne permettrait jamais que l'on oublie – qu'à quinze ans elle avait suscité, chez le Roi Henri IV, une passion à ce point dévastatrice qu'il s'apprêtait à porter la guerre aux Pays-Bas afin d'en ramener sa bien-aimée que l'affreux Condé – le mari ! – avait emmenée de force pour la confier aux soins de l'infante Isabelle Claire Eugénie et à son mari, l'archiduc Albert, gouverneurs du pays pour le Roi d'Espagne. Un abominable scandale, une histoire délirante qui se laissait d'autant moins effacer qu'il avait fallu le couteau de Ravaillac pour y mettre fin[1]... Finalement, Elisabeth de Bouteville se risqua à poser la question que, en

---

1. Voir *Le Bal des poignards*, tome II : Le Couteau de Ravaillac, Plon, 2010.

Un seul regard !

dépit de leur amitié, elle n'avait encore jamais osée :

— Il vous aimait à la folie à ce que l'on m'a appris, mais vous ? L'aimiez-vous au moins un peu ?

— Moi ? Mais je l'adorais !

— Il avait cinquante-six ans et vous quinze ! Comment est-ce possible ?

— On voit que vous ne l'avez pas connu ! Cinquante-six ans, dites-vous ? Mais il était plus jeune, plus vaillant, plus gai, plus amoureux et plus tendre que n'importe quel jeune homme de sa Cour ou de celle d'à présent ! Le seul reproche que j'aie pu concevoir à son égard est de m'avoir contrainte à épouser Monsieur le Prince qui lui est son contraire, mais, le sachant adonné plutôt aux garçons, il espérait que notre mariage serait blanc ! Erreur fatale ! Il est mort... et je suis princesse de Condé !

— Et vous avez trois enfants que vous ne regrettez pas, je pense ?

— Bien sûr que non ! Ma fille Anne-Geneviève a la beauté d'un ange... encore que je ne sois pas certaine qu'elle en soit un malgré sa piété. Mon fils Enghien[1] est franchement laid... Mais il est des laideurs qui subjuguent et son œil est celui d'un aigle. Il sera, je pense, un grand homme de guerre. Il est digne d'une princesse et son père veut le marier à la nièce d'un ministre qui a sur les mains le sang de votre époux et celui de mon

1. Le fils aîné des princes de Condé portait le titre de duc d'Enghien (Monsieur le Duc !).

frère chéri ! Grâce à lui et à notre « bon Roi », le seul Montmorency mâle qui demeure est votre jeune François auquel l'héritage a été refusé, à commencer par le titre ducal !

Mme de Bouteville préféra garder le silence. En dépit du temps écoulé – un peu plus de quatorze ans ! –, tout rappel du jour maudit de l'exécution réveillait une douleur endormie parfois, jamais éteinte. Venait s'y ajouter, cinq ans après la catastrophe qui l'avait frappée si cruellement : le frère chéri de Mme de Condé, le jeune et follement séduisant duc Henri de Montmorency, avait suivi le même chemin sanglant, mais cette fois pour trahison. Le duc – qui haïssait le cardinal de Richelieu – s'était laissé entraîner par Monsieur – duc d'Orléans et frère du Roi ! – dans une guerre ouverte contre le pouvoir royal.

Défait devant Castelnaudary et atteint de dix-sept blessures, il n'en avait pas moins été exécuté à Toulouse en 1632 – cinq ans après Bouteville ! –, tandis que Monsieur, fidèle à son habitude, abandonnait ses complices et se faisait payer sa « repentance ».

Cette mort avait resserré encore les liens entre Charlotte de Condé et la jeune veuve de l'impénitent duelliste. Se chargeant de leur avenir, Charlotte avait pris chez elle ses trois enfants : Marie Louise, Isabelle, alors âgée de quelques mois, et François, né après la mort de son père.

Ce faisant, elle entendait réparer une injustice tout en suivant l'élan de son cœur : outre le fait que les Bouteville étaient des Montmorency pauvres, l'exécution leur avait ôté, au bénéfice de la Couronne, la majeure partie de leurs biens, à commencer par leur hôtel parisien de la rue des Prouvaires, ne leur laissant guère que leur petit château et village de Précy-sur-Oise ainsi que quelques terres. Quant au testament du duc Henri [1], il avait été considéré comme nul tandis que les magnifiques châteaux de Chantilly, Ecouen et autres propriétés étaient confisqués à Charlotte de Condé...

Pour celle-ci, cette spoliation légale était la goutte d'eau qui avait fait déborder le vase. Son beau Chantilly où elle se plaisait tant ! Mal entretenu sans doute en raison de la ladrerie proverbiale de son père, cependant fort riche, elle y avait vécu, entre la profonde forêt, les étangs et les jardins, les douces heures de l'enfance, même après la mort de sa mère, par la grâce de sa tante Diane, duchesse d'Angoulême, qui s'était efforcée de protéger ses amours tellement inattendues avec le Béarnais et d'adoucir les débuts de son désastreux mariage avec Condé... Ce Condé qui, à présent, poussait la veulerie jusqu'à se traîner, lui prince du sang de France, aux pieds d'un ministre tout-puissant et d'autant plus détesté pour qu'il accorde à son fils – son espérance à elle – la main d'une gamine insignifiante parce qu'elle était sa nièce !

— Le sang des Bourbons mêlé à celui de l'ancien évêque de Luçon, le plus « crotté » de France !

1. Avant de mourir, il avait désigné comme successeur le jeune François de Bouteville, dernier mâle des Montmorency.

Elle venait de penser tout haut et s'en aperçut quand sa cousine murmura :

— Mais enfin pourquoi ? Que peut-il attendre du Cardinal ?

— Sa fortune, voyons ! Le Roi a fait ce Richelieu fabuleusement riche tandis qu'il nous dépouillait, vous et moi ! Il pense – sans doute parce qu'on le lui a laissé entendre ! – que ce contrat de mariage fera héritière cette fille de peu !

— N'êtes-vous pas un peu trop sévère ? J'ai cru entendre que c'était une Maillé-Brézé ?

— Oui. Et alors ?

— Si, au cours des siècles, cette famille a perdu de son éclat, elle n'en est pas moins de très ancienne et très bonne noblesse selon mon père qui était féru d'histoire, singulièrement des croisades, et en parlait souvent ! Au temps du royaume franc de Jérusalem, les Maillé y furent en belle place ! Après la mort de son épouse, Jacques de Maillé entra au Temple dont il devint maréchal. Sa vaillance était célèbre, même chez l'ennemi, et, quand il trouva la mort à la bataille de Tibériade, les gens du sultan Saladin tinrent à honneur de conserver... plusieurs fragments de son corps pour en faire des reliques dans l'espoir de s'assurer un peu de sa vaillance !

— Comment savez-vous cela ? s'étonna Madame la Princesse éberluée.

— C'était l'une de ses histoires préférées et il aimait à la raconter. Quant aux Brézé...

— Ma foi, je vous en fais grâce, coupa Mme de Condé en riant. Si leur histoire est du même acabit, vous me donnerez des cauchemars ! Surtout si l'on y ajoute la mère folle !

— Mais vous ne m'avez pas appris quelle réponse a reçu Monsieur le Prince ?

— On a condescendu à l'accepter ! Sinon je ne serais pas si fort en colère. Nous approchons de Noël. Le mariage aura lieu certainement en février. Une rude épreuve ! Quand j'y pense...

— Essayez de ne pas y penser !

— C'est difficile ! Si nous allions passer un moment chez Mme de Rambouillet ? proposa-t-elle soudain en se levant. On y respire un air plus plaisant que partout ailleurs. Qu'en dites-vous ?

— Non, merci ! L'air que l'on y « respire » est trop éthéré pour moi !

— Ma fille doit y être déjà. Aussi vais-je emmener votre Isabelle et votre délicieux François...

Ladite Isabelle – qui écoutait derrière la porte depuis dix bonnes minutes – jugea qu'il était grand temps pour elle de disparaître. Ramassant ses robes, elle fila vers l'extrémité de la galerie sans faire plus de bruit qu'un chat. Elle n'avait pas d'a priori contre l'hôtel de la rue Saint-Thomas-du-Louvre où la marquise de Rambouillet tenait le salon le plus aimable et le plus gai de Paris, mais elle avait besoin d'un peu de solitude afin d'examiner ce qu'elle venait d'entendre et qui l'intéressait au plus haut point. Pour cela, une seule solution : les jardins, où elle était sûre que l'on n'irait pas la chercher en décembre et alors que la nuit commençait à tomber.

Passant chez elle le temps de prendre une épaisse mante à capuchon, elle sortit sans rencontrer personne et s'enfonça dans les ombres des vastes jardins afin de gagner un coin qu'elle aimait particulièrement. C'était, abritée par un buisson d'acacias, une fontaine à laquelle s'appuyait un séraphin joufflu alimentant un gracieux bassin auprès duquel un banc de pierre s'offrait à la rêverie. Comme c'était assez à l'écart des splendeurs de l'hôtel de Condé, le petit bonhomme immobile ne recevait guère de visites et Isabelle l'avait adopté comme confident. Bien qu'il ne remplît pas les mêmes fonctions – l'un versait de l'eau et l'autre soufflait dans une trompette! –, il lui rappelait certain angelot frisé officiant dans l'église de Précy près du cher château de son enfance où elle avait ses meilleurs souvenirs, même si la vie quotidienne y était bien moins fastueuse que dans les demeures des cousins Condé. Peut-être parce qu'il était plus facile d'y évoquer l'ombre guerrière d'un père qu'elle n'avait pas connu. Elle n'avait en effet même pas un an quand sa tête était tombée sur l'échafaud de la place de Grève. Ce qui ne l'empêchait pas d'adorer, au fond de son cœur, un fantôme bondissant au rire éclatant tout environné des éclairs arrachés aux épées tournoyantes.

Par le portrait conservé dans la chambre d'une épouse inconsolable, elle savait qu'il était beau,

Un seul regard !

brun comme elle-même et le petit François, l'enfant posthume – alors que Marie Louise était blonde comme leur mère ! –, avec dans le regard une flamme insolente complétant la malice du sourire à belles dents blanches.

Les évocations pleines d'orgueil et de douleur de sa veuve avaient achevé de tisser la légende. Une légende qui avait placé à une singulière hauteur les aspirations d'Isabelle quand elle était entrée dans l'adolescence, cette étrange période où le corps abandonne ses lignes anguleuses pour ébaucher des courbes plus harmonieuses, où le cœur, tel un oiseau, essaie ses ailes sans trop savoir de quel côté prendre son vol. Celui qu'elle aimerait devrait être aussi séduisant que l'avait été François de Montmorency-Bouteville, le père bien-aimé !

Or, à son extrême surprise, le sien, faisant preuve en la circonstance d'un goût contestable, s'était mis à battre de façon désordonnée quand, près de trois ans plus tôt, le jeune Louis de Bourbon-Condé, duc d'Enghien, avait rejoint enfin l'hôtel familial et le cercle brillant dont sa mère était l'astre central.

On ne l'y voyait pas souvent... Condé, parce qu'il ne quittait pratiquement pas son gouvernement du Berry, avait installé son fils au château de Montrond où il lui faisait donner une éducation solide, appuyée sur les classiques et assez surprenante de la part d'un homme qui, par sa culture, son caractère comme son aspect physique – cheveux gris, gras et rares à l'instar de sa moustache et sa personne fort peu soignée ! –, ne le signalait guère à l'admiration des foules. Pas davantage par son courage, ses qualités de chef de guerre ou une amabilité que sa mine perpétuellement renfrognée ne permettaient pas d'espérer. Il semblait n'aimer personne sinon l'or dont il n'était jamais rassasié, et surtout pas sa femme à laquelle il ne pardonnait pas sa retentissante aventure avec le Béarnais. En outre, tourné vers le commerce des hommes, il n'avait paru découvrir son éclatante beauté qu'une fois bouclé à la Bastille où l'avait mené – et où elle l'avait rejoint – l'une de ses perpétuelles agitations. Mais, là, il en avait usé et abusé. Entre quelques fausses couches, Charlotte avait donné le jour à trois enfants : une fille, Anne-Geneviève, qui serait aussi belle que sa mère, un premier fils, Louis, laid, mais qui aurait de la prestance et un certain charme, enfin un second fils, Armand, titré prince de Conti, à la fois laid et contrefait ! Après quoi la pauvre princesse avait eu le droit de respirer mais elle avait pris son époux en horreur. Quoi de pire, en effet, que le devoir conjugal accompli non seulement sans amour mais en plus avec répulsion ! Et assaisonné de jalousie, par-dessus le marché ! Ce cauchemar avait duré trois ans !

Or donc, ses livres de classe dûment refermés, Louis d'Enghien regagna Paris, au regret de monsieur son père, pour s'en venir prendre sous la houlette de sa mère le ton convenant à un prince, l'air de la Cour et de la haute société tout en fréquentant le Manège royal, jadis fondé par M. de Pluvinel et repris par M. de Benjamin où tout ce qui concernait les armes et l'art équestre atteignait une quasi-perfection. En ce qui concernait l'art de fréquenter les salons, sa mère était tout indiquée : le sien était presque aussi célèbre que celui de Mme de Rambouillet, et les charmantes amies de sa fille ajoutaient à son charme. C'est alors qu'Isabelle le vit pour la première fois... et ne l'oublia plus.

Il n'avait pourtant rien du héros de ses rêves avec son visage osseux auquel un immense nez en lame de couteau prolongeant un front vaste mais fuyant conférait une ressemblance avec un loup. Sous la masse de cheveux bruns désordonnés, comme la moustache et la barbe naissantes, la peau du visage semblait collée à l'ossature. En outre, si sa taille était bien prise et ses gestes pleins d'élégance, il n'était pas très grand. Une honnête moyenne – à dix-sept ans, il pouvait grandir encore! –, mais Isabelle oublia tout cela en rencontrant son regard! Il possédait des yeux magnifiques, d'un bleu profond que traversaient les éclairs d'une vive intelligence et, même si la denture projetait les lèvres en avant, le sourire pouvait être charmant.

Malheureusement pour l'adolescente, il ne fit que l'effleurer du regard. Elle n'avait alors que douze ans, ne brillait pas par ses ajustements – n'était-elle pas la cousine pauvre ? – et le qualificatif de petit pruneau lui eût convenu tout à fait! –, mais la tendresse enthousiaste qu'il avait témoignée à sa sœur avait serré le cœur d'Isabelle. Il est vrai que, à dix-huit ans, Anne-Geneviève était d'une beauté saisissante avec son teint de fleur, ses cheveux blonds tellement soyeux que la lumière s'y reflétait en nuances différentes, ses larges prunelles couleur turquoise, sa taille fine et cette grâce un peu languide qu'elle mettait dans tous ses gestes et qui faisaient pâmer d'émoi les poètes de l'hôtel de Rambouillet. Elle tenait beaucoup de sa mère qui, à quarante-six ans, était toujours l'une des plus belles dames du royaume, traînant encore bien des cœurs après elle, à commencer par celui du séduisant cardinal de La Valette, qui trouvait le moyen d'être à la fois son amant depuis belle lurette et le meilleur ami du cardinal de Richelieu qu'elle haïssait.

La tendre complicité qui unit alors Enghien à sa trop séduisante sœur suscita chez la petite Bouteville une jalousie d'autant plus amère que la belle Anne l'avait percée à jour et le lui avait fait savoir en se moquant. Ce qu'Isabelle ne lui pardonna pas.

« Un jour, se promit-elle, je le lui ferai payer ! » Ensuite elle convainquit sa mère de la ramener dans leur cher Précy où aucune ombre insolente ne viendrait piétiner ses rêves.

Mme de Bouteville était trop fine pour n'avoir pas deviné le tourment de sa cadette. Elle le lui avait fait comprendre par un beau jour où toutes deux se promenaient au bord de l'Oise dont elles aimaient l'eau limpide ombragée d'aulnes et de saules, plus claire et plus propre que la Seine encombrée de chalands et de barques, et où canards et martins-pêcheurs pouvaient s'ébattre en toute sérénité sans risquer le seau d'ordures déversé par les gens d'une barge...

Elles marchèrent en silence pendant un moment, se contentant de respirer l'air doux où flottaient des odeurs de tilleul. Mme de Bouteville avait glissé son bras sous celui de sa fille.

— Je suis très satisfaite, Isabelle, que vous ayez souhaité rentrer à la maison en ces jours où l'hôtel de Condé bouillonne de ces multiples fêtes que donne notre cousine à l'occasion de l'entrée dans le monde de son fils Louis!

— Vous n'aimez pas les fêtes, ma mère?

— Pas vraiment! Et là, elles ne cessent pas! Jamais Anne-Geneviève n'a eu autant d'amies!

— Vous pensez que toutes espèrent se faire épouser?

— On le dirait... et c'est franchement ridicule! Comme les Soissons, les Condés sont princes du sang! Seule une fille de très haute maison... et de préférence nantie d'une fortune considérable peut espérer devenir duchesse d'Enghien! Monsieur le Prince surtout y tiendra la main! Alors à quoi bon susciter des espérances impossibles?

— Des bruits courent pourtant...

— Laissez-les courir! D'ailleurs, il est trop tôt! Après avoir appris le monde, votre cousin va devoir faire preuve de sa valeur aux armées! Ensuite seulement il pourra être question de le marier!

Isabelle n'avait rien répondu. Pourtant un bruit avait couru alors touchant la nièce de M. le

Cardinal. On avait même parlé de fiançailles secrètes, mais la rumeur s'était éteinte : elle incommodait par trop Madame la Princesse ! Sans compter sa fille ! Encore que l'idée de marier ce frère bien-aimé lui déplût furieusement, Anne-Geneviève avait assez le sens du devoir pour admettre qu'un Condé se devait de continuer la race mais, dans ce cas, seule une altesse royale catholique, archiduchesse ou infante pouvait être admise à remplir ce rôle de génitrice ! Et voilà que l'indésirable Maillé-Brézé revenait sur le tapis ! En fait, elle ne l'avait jamais quitté, le Cardinal ayant permis à quelques courants d'air de prendre leur vol. Il n'était pas mauvais que l'on soupçonnât qu'un prince du sang recherchait sa nièce, mais de cela les dames de l'hôtel de Condé n'en devaient rien savoir. Avant de songer à des épousailles, Enghien ne devait-il pas recevoir le baptême du feu et démontrer une vaillance dont on pouvait douter s'il se mettait à ressembler à son géniteur ?

Or, au contraire de celui-ci qui dans les dernières campagnes s'était fait battre devant Dole en 1636, puis à plate couture dix-huit mois plus tard à Fontarabie, Louis d'Enghien venait, au siège d'Arras, non seulement de se comporter vaillamment, mais encore de montrer ces rares qualités qui laissent entrevoir un vrai génie militaire encore en formation... et toutes les femmes en raffolèrent...

C'était à tout cela qu'Isabelle songeait près de sa fontaine perdue au fond des jardins par un soir de décembre. Elle n'allait revoir son héros que sur le point de prendre femme, alors qu'elle avait tant espéré de l'instant où il poserait sur elle son regard insolent. Tandis que son aînée Marie-Louise, déjà jolie à sa naissance, développait une beauté paisible et sans surprise, sa croissance à elle – à l'image de la chrysalide s'ouvrant lentement sur un papillon ! – faisait éclore peu à peu un corps de nymphe, un ravissant visage au teint légèrement doré sous une masse de cheveux bruns et brillants, un petit nez mutin, de longs yeux sombres pailletés d'or dont les coins se relevaient à l'instar des commissures des lèvres roses, un rien moqueuses, dont le sourire espiègle révélait les plus jolies dents du monde. A l'inverse des beautés languides dont Anne-Geneviève était la reine incontestée, la petite Isabelle semblait pétrie d'un vif-argent qui mettait parfois une larme aux yeux de sa mère :

— Vous êtes fille jusqu'au bout des ongles, soupirait celle-ci, et pourtant vous me faites souvent penser à votre père ! Votre frère aussi lui ressemble... ou plutôt lui ressemblerait s'il n'y avait cette malencontreuse bosse...

— Vous devriez essayer de l'oublier, ma mère. Cette protubérance est disgracieuse sans doute mais ne lui enlève rien d'un charme et d'une joie de vivre sur lesquels chacun semble s'accorder. Même Madame la Princesse, qui ne cesse de l'attirer auprès d'elle, proclame qu'elle en a fait son page et l'emmène partout, à commencer par la chambre bleue de Mme de Rambouillet où il est très apprécié ! Il est toujours si gai, si prévenant ! Et je suis persuadée qu'aux armées, quand lui en viendra l'âge, il saura s'imposer par sa bravoure et son habileté à l'épée. Et tout cela c'est à vous qu'il le devra, ma mère, à tous ces soins dont vous l'avez entouré après sa naissance quand tous ici étaient persuadés qu'il ne vivrait pas longtemps !

— Vous l'aimez beaucoup, n'est-ce pas, Isabelle ?

— Plus que vous ne l'imaginez, ma mère ! François est mon cher petit frère et je pense comme Madame la Princesse que, dernier des Montmorency, il ne sera pas le plus mauvais, et de loin ! Je suis certaine qu'il portera notre grand nom avec honneur, peut-être aussi très haut... et très loin !

— Quelle fougue ! s'écria Mme de Bouteville en riant. Dieu vous aurait-il accordé le don de voyance ?

— J'en serais fort aise, mais, avec votre permission, je me borne à répéter ce qu'en dit Madame la Princesse ! Les maîtres qu'elle lui a donnés vantent son sérieux et son application à apprendre, mais, dès qu'ils ont le dos tourné, il ne pense qu'à rire, plaisanter, ferrailler... et faire sa cour aux dames qui s'en montrent ravies [1].

On s'en tint là. Elisabeth de Bouteville préférant garder pour elle l'inquiétude que lui inspi-

---

1. Saint-Simon, qui ne l'aimait guère, devait écrire plus tard : « Sa taille, encore que contrefaite, est souple, aisée, pleine de noblesse, les gestes sont vifs et gracieux ; la bouche irrégulière est malicieuse et fine, les yeux étincellent d'un feu surprenant. Sous cette mince et fragile enveloppe se révèle une âme indomptable... »

rait justement cette extrême affection dont sa cousine faisait preuve envers son petit François. Elle pouvait lui valoir l'inimitié, sinon la haine du jeune prince de Conti, le troisième enfant du couple princier.

Celui-là était né malingre, contrefait et maladif plus encore que ne l'était François. Sa mère ne s'en était guère occupée, Monsieur le Prince l'avait d'ailleurs ôté d'entre les mains des femmes dès que l'on eut l'assurance qu'il atteindrait l'âge d'homme, sauf accident, et pourrait vivre normalement... Destiné à l'Eglise, il entra d'abord au collège de Clermont à Paris avant d'aller chercher un air plus sain à Bourges, toujours chez lesdits Jésuites, pour y entreprendre de solides études qui pourraient en faire une lumière de leur maison. Ce qui ne fut pas exactement le cas. Mais on n'en était pas là !

La préférence marquée de la princesse Charlotte pour le « petit Bouteville » lui valut naturellement plus d'une remarque acerbe de son gracieux époux :

— Vous êtes entichée de ce nabot, ma parole ! Et n'en feriez pas plus s'il était le fruit de vos amours avec quelque galant !

— Vous avez raison : j'en ferais beaucoup moins ! Cet enfant est le dernier à porter l'illustre nom de nos ancêtres ! Que vous le vouliez ou non, c'est un Montmorency, un vrai, et je m'y connais !

— Il y a bien là matière à en être si fière ! Que vous le vouliez ou non, c'est et ce sera toujours un nabot !

— Outre que votre vocabulaire me paraît fort réduit, vous n'y connaissez rien ! François est bossu, nul ne le contestera, mais avec tant de grâce, de gaieté, de désinvolture et d'élégance qu'on a tôt fait d'oublier ce défaut de la nature. En outre il est charmant, plein d'esprit et de générosité – un mot dont vous semblez ignorer la signification ! Par moments, il me rappelle mon frère adoré, Henri, que votre cher Cardinal a envoyé au bourreau de Lyon comme il avait envoyé à celui de Paris, cinq ans auparavant, le père de François...

— Il vous plaît de faire table rase du Roi ! C'est lui, pourtant, et non M. le Cardinal, qui a signé les arrêts de mort de vos deux héros et a refusé leur grâce...

— ... à toute la Cour et à plus de la moitié du royaume ! Je n'ai jamais prétendu aimer Sa Majesté mais je la respecte. Ce n'est pas le cas de votre Richelieu auquel vous tenez tant, vous, un prince royal, à nous allier ! Et tout cela parce que vous guignez sa fortune !

— Et pourquoi pas ? N'est-ce pas la faute de votre famille si nous avons perdu Chantilly et Ecouen, ces deux merveilles ? Sans compter....

— Ne comptez pas plus avant ! Ces merveilles, comme vous dites, n'ont jamais été vôtres, mais les biens de nos connétables. Alors ne pleurez pas dessus ! Rien ne laisse augurer qu'il en donnera l'héritage à sa nièce ! Sa parentèle ne comprend pas uniquement cette... nabote !

— Elle n'a pas le dos tordu que je sache !

Un seul regard !

— Cette naine, si vous préférez ! Elle a la tête en moins que n'importe quelle fille de son âge ! La belle duchesse d'Enghien que vous allez nous donner là ! Il est vrai qu'on la dit de petite santé et qu'elle aura peut-être le bon esprit de rendre veuf son époux... puisque vous tenez tellement à lui infliger cette humiliation, alors...

— ... qu'il peut prétendre à n'importe quelle princesse royale ? Ne rabâchez pas ! ricana Condé. Vous perdriez votre temps puisque tout est décidé !

Tout était décidé en effet. Le mariage devait avoir lieu au Palais-Cardinal[1] avec un éclat inimaginable. Richelieu était décidé à en faire le point d'orgue d'une carrière exceptionnelle qui ne durerait plus très longtemps, sa santé détruite ne lui laissant espérer qu'un nombre restreint d'années. C'était la gloire de sa famille que l'on allait célébrer en unissant sa nièce au futur prince de Condé avec une grande magnificence.

Quelques jours avant les festivités, Isabelle et sa sœur étaient arrivées de Précy où elles avaient passé quelques mois auprès de leur mère dont la santé n'était pas alors des meilleures. De toute façon, et bien qu'invitée chaleureusement par Mme de Condé, Elisabeth de Bouteville aurait préféré se jeter par une fenêtre plutôt que d'assister à son rang, de par sa naissance, à une cérémonie qui allait unir l'un des siens à la famille d'un homme qu'elle considérait comme le bourreau de son époux adoré. Ce en quoi elle se

---

1. Aujourd'hui Palais-Royal.

trompait, car Richelieu, qui était favorable à une peine de prison, avait tenté d'incliner le Roi à la clémence envers le jeune fou. Mais Louis XIII, excédé de voir ses édits bafoués avec tant d'insolente obstination, n'avait rien voulu entendre.

Sachant combien restait vive la blessure de son amie, la Princesse n'avait pas insisté. En revanche, elle avait tenu à ce que les enfants fussent présents et en bonne place. Pour François, c'était tout facile : il ne la quittait que le temps imparti au repos et celui réservé à son instruction et à son éducation. Marie-Louise était une pâte molle qui avait besoin de se trouver un mari ; quant à Isabelle, volontiers frondeuse avant la lettre, la Princesse, qui l'aimait beaucoup, pensait que c'était là l'occasion rêvée de faire admirer à la Cour entière quelle ravissante jeune fille elle était en train de devenir. Bien qu'elles eussent quatre ou cinq ans de plus qu'elle, Isabelle était digne de rejoindre le bataillon frivole, chatoyant et parfumé des belles amies de sa fille Anne-Geneviève : Mlles d'Angennes – fille de la marquise de Rambouillet –, de Vertus, les deux sœurs du Vigean, du Fargis, etc. Sûre d'elle-même, de sa beauté, de son éclat, de son esprit et de son charme, Anne-Geneviève n'y voyait pas d'inconvénient, au contraire : elles étaient les pierres précieuses d'un collier rehaussant la splendeur du motif central composé, lui, d'un joyau exceptionnel : elle-même. Et n'hésita pas à la complimenter :

— Il était temps que notre deuxième Montmorency se décide à choisir entre l'éventail et la

Un seul regard !

rapière ! Vous étiez, ma chère, beaucoup plus proche de votre frère que de nous ! Mais soyez la bienvenue ! A ces noces ridicules, on nous regardera bien davantage que l'épousée !

— Est-ce très important ?

— Très ! Imaginez qu'elle soit belle et que mon frère se mette à l'aimer ? Ce serait insupportable ! Mais, grâce à Dieu, il n'en est rien ! D'ailleurs elle n'a que treize ans et elle est quasi naine !

— Elle grandira et peut alors changer !

— Oh, vous êtes insupportable, ma chère ! Je vous dis, moi, qu'il ne l'aime pas ! J'ajouterai même qu'il ne la touchera jamais !

— Mais, M. le Cardinal... ?

— ... ne peut l'obliger à en faire une femme... même si au soir du mariage on les mettra dans le même lit ! Mon frère lui dira bonsoir bien poliment et lui tournera le dos...

— Elle se plaindra à son oncle ! prédit Mlle du Fargis.

— Qu'y pourra-t-il de plus ? Je le vois mal installer sa vénérable robe rouge dans la chambre des mariés pour imposer sa volonté dans une affaire aussi délicate ! Ce serait ridicule pour tout le monde ! Louis ne la touchera pas, vous dis-je, et cela pour la meilleure des raisons : Son Eminence va vers sa fin ! Elle est fort malade et cela se voit. Lui mort, Enghien, se prévalant d'une union forcée et blanche, n'aura aucune peine à se démarier !

— Pour épouser qui ? demandèrent trois voix à la fois.

Relevant bien haut sa belle tête blonde, Anne-Geneviève répondit avec superbe :
— La gloire, mesdemoiselles ! Celle qu'il cueillera sur tous les champs de bataille qui l'attendent !
— Mais... la descendance ?
— Il pourra alors choisir parmi les princesses les mieux nées ! Pourquoi pas une infante ?
Et sur cette fière et optimiste prédiction on partit pour le Palais-Cardinal cependant que le futur époux et sa famille se rendaient au Louvre où, chez le Roi, ce serait la signature du contrat, après quoi l'on se retrouverait chez Richelieu où il y aurait comédie dans le théâtre que le Cardinal a fait construire dans une aile de sa fastueuse demeure. Chacun s'attendait à s'y ennuyer ferme, car on devait donner une tragédie, *Mirame*, dont nul n'ignorait qu'elle était l'œuvre du maître de céans dont les talents de dramaturge n'atteignaient pas – et de loin ! – l'altitude de ses ambitions littéraires. Avoir fondé l'Académie française ne suffisait pas à le nantir d'une plume talentueuse ! Heureusement, il y aurait le souper dont on pouvait être certain qu'il serait aussi copieux que somptueux...
N'y étant jamais venue, Isabelle admira sans réserve le palais composé de deux corps de bâtiment reliés par des galeries, l'ensemble encadrant un jardin d'où l'hiver avait chassé les fleurs mais non l'harmonie des parterres dessinés au petit buis aussi élégamment qu'avec un pinceau, ni la beauté des sculptures qui l'habitaient. En outre,

Un seul regard!

pour faire patienter ses invités, des violons renforçaient l'accueil plein de grâce de la duchesse d'Aiguillon, nièce préférée du Cardinal qui jouait chez lui le rôle de maîtresse de maison, sans oublier les plateaux chargés de rafraîchissements. On attendit ainsi, rassérénés, l'arrivée des héros de la fête.

Mais s'ils furent accueillis par une sorte de marche triomphale, la mine desdits héros n'avait rien de glorieux. Monsieur le Prince, plus jaune que jamais, semblait hors de lui et mâchonnait des jurons dans ses quelques poils de barbe, Madame la Princesse maniait nerveusement un éventail plutôt inattendu en ce début de février neigeux. Enfin Enghien, les narines pincées, retenant sa colère avec difficulté, menait par la main sans la regarder une gamine au bord des larmes et si petite que l'on avait jugé bon de la hisser sur des talons d'au moins cinq pouces[1] de haut qui lui donnaient une démarche bizarre. Il y mettait autant d'attention que s'il avait promené un chien de manchon. La pauvre enfant semblait au supplice.

Ce fut Anne-Geneviève qui, en rejoignant ses amies, les renseigna :

— Richelieu a roulé notre père dans la farine! chuchota-t-elle tandis qu'elles allaient prendre leurs places au théâtre. La nabote reçoit en tout et pour tout trois cent mille livres de dot, mais d'héritage point! La fortune ira au reste de sa famille! Tiens? Où est donc Marthe? demanda-

---

1. Presque treize centimètres. 1 pouce = 2,54 cm.

t-elle soudain en constatant qu'une seule des demoiselles du Vigean était présente.
— Elle a pris froid, se hâta de répondre sa sœur. Et comme elle tousse énormément, elle a préféré garder la chambre, craignant d'être trop importune durant la représentation ! Ce qui, évidemment, eût été mal vu...
La pièce était conforme à ce que l'on en attendait et, sans les rafraîchissements et autres douceurs que les valets faisaient circuler, on eût sans doute entendu quelques ronflements. Mais, pour plus de sûreté, une « claque » avait été prévue, applaudissant aux endroits indiqués. Les invités ne pouvaient guère faire autrement que l'imiter et ce fut avec une vigueur où entrait du soulagement que la fin reçut son content d'ovations. Après quoi on se dirigea vers la galerie des Hommes illustres où le Cardinal avait réuni les portraits de grands hommes, sans oublier le sien par Philippe de Champaigne. C'est là que l'on devait danser en se réconfortant de temps à autre aux somptueux buffets disposés aux points stratégiques.
Après s'être si fort ennuyée, la jeunesse – et les moins jeunes aussi ! – s'en donnait à cœur joie... sauf l'héroïne de la fête qui n'était encore qu'à moitié mariée.
Assise dans un fauteuil à haut dossier entre celle qui devenait sa belle-mère et la duchesse d'Aiguillon, Claire-Clémence regardait avec envie toute cette belle jeunesse qui riait, dansait devant ses yeux. Elle aurait aimé virevolter elle aussi,

Un seul regard !

mais il y avait ces abominables chaussures qui pesaient à ses pieds comme des boulets qu'elle aurait bien voulu ôter – mais il lui eût fallu enlever aussi la lourde robe, brodée d'or sous une collection de joyaux, magnifiques sans doute, mais qui ajoutaient leur poids. En outre, depuis la signature du contrat, son chevalier de légende ne lui avait pas adressé la parole et ne l'avait même pas regardée. Or, tout comme Isabelle de Montmorency, elle en était tombée amoureuse dès le premier regard.

En fait, Enghien avait presque réussi à oublier sa fiancée. Sitôt la fin du spectacle, il s'était hâté de rejoindre sa sœur et le gracieux cercle de ses amies qui lui avaient rendu le sourire. Avec tout de même un bémol :

— Où donc est votre sœur ? demanda-t-il à Anne du Vigean. Ne vous a-t-elle pas accompagnée ?

— Non, Monsieur le Duc, elle a pris froid. Elle ne cesse d'éternuer et redoutait de nuire à la beauté des vers que nous venons d'ouïr...

— Au moins, c'eût été amusant... Mais qui êtes-vous donc, mademoiselle ? ajouta-t-il en se tournant vers Isabelle qui le regardait avec un sourire où entrait du défi et se garda bien de lui répondre.

— Voyons, mon frère, intervint Anne-Geneviève, vous êtes pourtant trop jeune pour porter des bésicles ! Vous ne reconnaissez pas notre Isabelle de Bouteville qu'il y a peu encore vous traitiez de petit pruneau ?

Mais il ne rit pas. Son regard acéré détaillait le charmant visage mutin encadré d'une chevelure brune, bouclée et brillant comme du satin, la silhouette gracieuse mise en valeur par une robe de velours couleur d'aurore, de soie blanche et de dentelles encadrant une gorge et des épaules ravissantes quoiqu'un peu graciles.

— Non! fit-il gravement. Je ne l'aurais pas reconnue! Vous êtes bien belle, cousine! » Puis, lui tendant la main et s'inclinant : « Venez danser avec moi!

Et il l'entraîna dans une lente pavane qui lui laissait tout le loisir de la détailler sans cesser de lui sourire :

— C'est vous que j'aurais dû épouser! soupira-t-il soudain.

Ce qui lui fit répondre, malicieuse :

— La cousine pauvre? Y songez-vous, mon cousin? Votre auguste père ne l'eût jamais permis. Ou, si vous était venue l'idée de passer outre, il en serait mort de fureur! Il n'est déjà pas si content ce soir puisqu'il a disparu après les signatures.

— Il devait avoir envie d'étrangler le Cardinal qui nous a joués de façon indigne!

— Sans doute, mais ce qui est fait est fait! Suivez plutôt mon conseil : il vous faut inviter à danser votre fiancée qui sera demain votre épouse. A danser! Au moins une fois! La pauvre se morfond... et je n'aime pas beaucoup le regard dont nous honore M. le Cardinal!

Le succès qu'elle venait de remporter rendait Isabelle généreuse. Et puis cette gamine engoncée dans ses brocarts et perdue dans son grand fauteuil lui faisait pitié.

— Vous croyez ? fit-il sur la révérence finale.

— Oh, j'en suis sûre ! Il ne faut pas jouer avec les nerfs de M. le Cardinal. Il les a fort sensibles !

— Il faut vous obéir !

Avec un soupir, il la ramenait près d'Anne-Geneviève qui ce soir avait décidé de ne pas danser :

— Je n'ai pas envie de devenir rouge et suante. On voit bien que M. le Cardinal est perclus de rhumatismes. Il fait une chaleur de four chez lui ! exhala-t-elle en s'étendant plus commodément parmi les coussins qui garnissaient son fauteuil.

L'héroïne de la fête en aurait volontiers fait autant... quand soudain le désir lui en passa : son fiancé s'inclinait devant elle pour participer à une courante. Elle voulut s'élancer avec toute l'ardeur qu'elle mettait habituellement dans la danse, mais elle avait oublié les maudites chaussures, se prit les pieds dans les plis dorés de sa jupe, un talon se tordit cruellement et, émettant un gémissement de douleur, elle s'effondra devant les jambes du jeune homme à demi submergée par le flot de sa robe encore alourdie par les pesants joyaux dont on l'avait ornée.

Elle entendit quelqu'un – Mlle de Montpensier – s'esclaffer :

— On a mis cette petite fille si haut qu'elle ne peut s'y tenir !

Devant cette chute spectaculaire, tous les invités éclatèrent de rire, à commencer par

Enghien qui riait plus fort que les autres, sans même songer à se pencher pour l'aider à se relever. La pauvre petite eut conscience de la part de moquerie que contenait cette hilarité débridée. Tous ces inconnus se réjouissaient de pouvoir la railler parce qu'elle était la nièce de Richelieu. Elle sentit venir les larmes mais les ravala courageusement. Elle ne leur offrirait pas le triomphe cruel de la voir pleurer. Une main cependant se tendit, mais c'était celle de la jeune fille brune en robe corail avec laquelle Enghien venait de danser cette pavane à laquelle il avait paru prendre si grand plaisir, et, soudain furieuse, elle tourna la tête pour ne pas la voir. D'ailleurs, on la relevait. En dépit de la douleur, elle détailla chacune de ces faces triomphantes et, s'arrêtant sur celle de son presque-époux, elle se força à une brève révérence et articula d'une voix nette :

— Avec votre permission, Monsieur le Duc, je me retirerais. En vérité, je n'ai que faire ici !

Sous le reproche voilé, il reprit son sérieux, mais ne se crut pas obligé pour autant de la raccompagner jusqu'à son appartement.

Quelqu'un pourtant n'avait pas ri du tout, et c'était le Cardinal. Son regard chargé de colère se posa si lourdement sur le jeune homme que, malgré son orgueil, celui-ci ne put s'empêcher de rougir. Mais pour rien au monde il n'eût obtempéré à ce qui n'était rien d'autre qu'un ordre muet. Et il s'en alla tranquillement inviter sa mère à danser.

Un seul regard!

Le lendemain, la cérémonie du mariage célébrée dans la chapelle du Palais-Cardinal par l'évêque de Paris, Mgr de Gondi, fut grandiose. Le Roi Louis XIII, sa femme la Reine Anne et même le dauphin Louis vêtu de satin blanc y assistèrent. La petite mariée en robe de drap d'or parut sereine et recueillie. Celui auquel on l'unissait, habillé à peu près du même tissu mais où s'épanouissait une grosse tache – le futur Condé se lavait rarement et ne prenait aucun soin de ses vêtements! –, faisait visiblement la tête et pas une seule fois, son regard ne se posa sur sa jeune épouse.

Pas davantage durant le souper somptueux qui suivit. Enghien ignora totalement Claire-Clémence, mangea énormément, but encore plus et semblait d'une humeur charmante quand, aux flambeaux, on raccompagna le couple à l'hôtel de Condé où la chambre nuptiale était préparée. Le tout dans une allégresse générale. Même la mariée souriait: l'instant approchait où elle serait seule avec un époux qu'elle aimait et alors... il devrait se passer quelque chose! Quoi? Elle n'en avait qu'une idée très vague...

Au milieu des rires, des vœux, les nouveaux époux furent conduits à leur chambre. La mariée qui tremblait de tous ses membres fut déshabillée, parfumée et installée dans le lit semé de fleurs par la joyeuse bande des belles amies d'Anne-Geneviève, à laquelle manquait toujours Marthe du Vigean, et sous la direction de la duchesse d'Aiguillon qui, en embrassant Claire-Clémence, lui murmura:

— Courage, mon enfant! C'est le plus beau jour de votre vie!

Ce qui fit pouffer de rire Anne-Geneviève, se contentant de contempler avec un sourire moqueur :

— En ce cas, elle n'en a guère à attendre! chuchota-t-elle à Isabelle. Je répète qu'Enghien ne la touchera pas! Il ne lui a porté aucune attention durant cette longue journée! Je vous ai d'ailleurs dit ce qu'il en est de ses projets! En outre, ajouta-t-elle soudain assombrie, il y a l'éventuelle descendance qu'il se refuse à procréer! Mêler notre sang à une fille dont la mère, démente, se prend pour une carafe de cristal et un aïeul qui, bien que maréchal, croupit dans un manoir de campagne avec une servante dont il a fait sa maîtresse et s'enivre du matin au soir est intolérable! Et puis regardez-la! On lui donnerait à peine dix ans et elle n'est même pas jolie! Comment voulez-vous qu'un garçon tel que lui s'accommode de cela? conclut-elle en haussant ses belles épaules. Surtout à présent qu'il est tout occupé de Marthe du Vigean!

La gorge d'Isabelle se sécha tandis que sa mémoire lui restituait l'image d'une ravissante fille aux cheveux d'un blond de lin, au regard velouté, pétrie de charme et de douceur. Elle réussit cependant à murmurer :

— Et... lui rend-elle son amour?

— Elle est malade depuis le début des cérémonies : c'est clair, il me semble.

Isabelle attendit qu'elles se fussent éloignées pour poser la question qui lui venait :

Un seul regard !

— Et c'est pour elle qu'il veut se démarier ?
— Vous plaisantez, j'imagine ? Ne vous ai-je pas précisé que seule une princesse pourrait lui convenir ? Même vous qui êtes cependant une Montmorency ne sauriez vous imaginer un jour princesse de Bourbon-Condé ! D'autant moins que vous êtes sans fortune, ma pauvre !

Le petit nez de la « pauvre » se fronça tandis qu'elle considérait d'un œil soudain dépourvu d'indulgence sa belle cousine, de six ans son aînée et dont l'extrême beauté, chantée – non sans raison, Isabelle était trop honnête pour ne pas le reconnaître ! – par tous les poètes de Paris et singulièrement ceux qui fréquentaient l'hôtel de Rambouillet, faisait un cas à part. En outre, son intransigeante piété semblait l'autoriser à dire ce qu'elle pensait. Aussi n'avait-elle pas jugé utile de dissimuler plus longtemps le dédain que sa cousine lui inspirait !

Isabelle se garda, cependant, de montrer sa colère naissante. Elle se mit à jouer avec l'un des rubans de sa robe, prit un air compassé et exhala un profond soupir :

— Ce qui ne me laisse pas espérer un avenir fort brillant. Ou même un avenir tout court ? A moins évidemment d'entrer au couvent ? Si on ne peut pas faire une princesse, voire une duchesse, d'une Montmorency, on devrait pouvoir en faire une abbesse ? Mais ôtez-moi un doute !

— Lequel ?

— Notre chère Princesse, votre bonne mère, n'espérait-elle pas, jadis, coiffer la couronne de France ? Elle... une Montmorency ?

— Ne dites pas de sottises ! La situation n'était pas la même !

— Et pourquoi, s'il vous plaît ? La différence m'échappe...

— Son père était Connétable de France et duc de Montmorency !

— Tandis que le mien, modeste comte de Bouteville, a laissé sa tête sur un échafaud pour avoir un peu trop aimé le noble jeu d'épée ? Eh bien, ma chère cousine qui serez peut-être un jour duchesse...

— Et pourquoi pas princesse ? Normalement je devrais en porter le titre...

— Je n'y vois aucun inconvénient, mais écoutez bien ceci car je ne le répéterai pas : moi aussi, un jour, je serai duchesse... et peut-être même princesse !

— De quoi, mon Dieu ?

— L'avenir nous le dira ! Voulez-vous parier ? Les Anglais adorent cela, à ce qu'il paraît !

— Pourquoi pas ? Et que parions-nous ?

— Disons... une discrétion ?

— Je suis d'accord, mais encore conviendrait-il de fixer une limite dans le temps ? Voulez-vous dix ans ? Cela me semble raisonnable.

— Je vois que nous nous entendons ! Nous sommes le 11 février 1641. Si le 11 février 1651, je ne suis pas duchesse, je vous donnerai... ce que vous voudrez !

Anne-Geneviève se mit à rire tandis que sa main allait à la rencontre de celle d'Isabelle :

— N'ayez crainte ! Je ne vous ruinerai pas ! Un ruban peut-être ?

Un seul regard !

— Va pour un ruban ! Une duchesse se doit d'être généreuse... même envers ses égales...

Une double révérence et l'on se sépara afin de regagner chacune sa chambre. Isabelle, qui partageait la sienne avec sa sœur, serait seule ce soir – Marie-Louise adorant danser – et ne le regrettait pas. En dépit de l'assurance affichée par Anne-Geneviève, elle n'aimait pas du tout l'idée de Louis installé si près d'elle dans le lit d'une fille d'à peine treize ans sans doute mais déjà éperdument amoureuse de celui que l'on forçait à l'épouser. Il suffisait de regarder Claire-Clémence une seule fois quand elle le suivait des yeux. Et si jeune qu'elle soit la « petite Bouteville » savait que c'était chose puissante qu'un véritable amour. Et la nuit de noces, en admettant qu'il ne s'y passe rien – ce qu'elle voulait bien croire ! – serait suivie d'autres auxquelles Louis serait obligé de se soumettre ! Même s'il avait mauvaise mine, Richelieu n'avait pas l'intention de trépasser demain ni même dans huit jours !

Tandis qu'assise devant sa table à coiffer Isabelle retirait d'une main distraite les fils de petites perles mêlés à sa chevelure – il y avait fête ce soir aux cuisines en l'honneur du mariage et elle avait libéré Blandine qui était à la fois fille de sa nourrice et sa cameriste –, elle s'aperçut soudain qu'elle pleurait... ce qui la mit en colère : elle détestait les larmes, chez elle encore plus que chez les autres, n'ayant de compassion que pour celles de sa mère ou de son petit frère François.

Et se morigéna : elle n'allait tout de même pas larmoyer bêtement parce qu'à cette minute le garçon qu'elle aimait était sans doute endormi auprès de son semblant d'épouse ? Non, il y avait autre chose dans les propos de sa belle cousine qu'Isabelle essayait de refouler depuis tout à l'heure parce que c'était infiniment plus grave : Louis voulait se démarier afin d'épouser Marthe du Vigean ! Celle-là, il l'aimait vraiment, selon une sœur que cela n'enchantait pas autrement d'ailleurs ! Même de bonne noblesse, la fille du marquis du Vigean n'était pas princesse et Anne-Geneviève s'opposerait de toutes ses forces, sans doute, à ce mariage-là ! Mais le pourrait-elle en dépit des liens étroits qui les unissaient ? Enghien passait pour avoir un caractère aussi affirmé que celui de sa sœur...

Toutes ces idées lui tournant dans la tête, Isabelle ne parvint pas à trouver le sommeil et, quand le jour se leva, il lui parut encore plus triste que le précédent. Que le mariage eût été consommé ou non ne changeait rien au fait qu'existait à présent entre les murs de l'hôtel de Condé une Madame la Duchesse qu'il allait falloir côtoyer jour après jour jusqu'à l'achèvement des travaux de l'hôtel de La Roche-Guyon, rue des Bons-Enfants, où le nouveau couple devait porter ses pénates. Certes, ce ne serait pas agréable de les voir ensemble, mais au moins on ne les aurait plus sous les yeux toute la journée en attendant qu'avec le printemps vienne pour le nouveau mari le temps de rejoindre les armées comme tous les ans.

Un seul regard!

La meilleure solution pour Isabelle serait de retourner auprès de sa mère dans le cher Précy. Elle y trouverait plus facilement le réconfort à défaut de l'oubli. Elle aimait le monde, la musique, la danse, la vie brillante, tout ce que la charmante Charlotte de Condé offrait largement à ceux qu'elle aimait... et elle aimait d'un cœur sincère les trois orphelins qu'elle avait pris sous son aile chaleureuse, mais, pour affronter un réel chagrin, Isabelle savait que seul Précy possédait les baumes capables d'adoucir ce qu'il fallait bien appeler par son nom : une blessure d'autant plus difficile à supporter qu'elle était la première...

A Précy, il y aurait la tendresse de sa mère et l'ombre batailleuse de son père... Tout ce qu'il fallait pour lui retremper l'âme. Et Dieu seul savait à quel point elle en avait besoin! Au fond, elle n'avait que quinze ans!

Elle s'apprêtait à appeler Blandine pour qu'elle prépare son bagage, lui demande une voiture et se dispose à la suivre quand sa sœur rentra, plutôt défraîchie. Ce qui était rare car, Marie-Louise, jolie blonde de seize ans, de tempérament aussi paisible qu'Isabelle était spontanée, aimait les fêtes mais surtout pas au point d'y laisser une partie de son aspect lisse et paisible qui, selon le jeune comte d'Herville, un de ses admirateurs, l'apparentait à un beau cygne glissant silencieusement sur un miroir d'eau.

— C'est du bal que tu rentres dans cet état? émit sévèrement Isabelle en considérant la coiffure défaite, la robe – un peu! – chiffonnée, et les joues marbrées par les larmes. Et tu as pleuré ma parole?

— Evidemment que j'ai pleuré! Et tu serais certainement dans le même état que moi si tu avais vu ce que je viens de voir! Mais, au fait, tu n'as rien entendu?

La patience n'étant pas sa vertu dominante, Isabelle saisit sa sœur aux épaules et entreprit de la secouer:

— Qu'est-ce que j'aurais dû entendre? Qu'est-ce que tu as vu?

— Lâche-moi ou je ne dis rien! protesta l'aînée, et elle obtint satisfaction.

— Bon, mais parle!

— Voilà! Je ne sais pas ce qui s'est passé cette nuit chez les nouveaux époux, mais quand on y est entrés en procession avec le bouillon du matin destiné à les réconforter...

Elle s'interrompit pour éternuer, se moucher, puis s'étrangla en avalant sa salive, portant ainsi à son comble l'exaspération d'Isabelle qui lui assena quelques claques dans le dos:

— Assez de simagrées. Tu parles, oui ou non?

— On a trouvé la « bécassotte » couchée sur le lit mais tout habillée, marmottant des patenôtres les yeux au ciel en tremblant de tous ses membres, et, à côté d'elle, Louis, blanc comme un linge et aux prises avec des convulsions...

— Quoi? Il est malade et elle reste plantée à réciter des prières au lieu d'appeler de l'aide?

— Tu n'as qu'à aller voir si tu ne me crois pas! Quoique, au moment où je suis partie, Madame

Un seul regard!

la Princesse faisait appeler son médecin et remettait Madame la Duchesse à ses femmes en disant qu'on allait prévenir le Palais-Cardinal! Et en ce moment on doit être en train d'examiner Louis!

— Et Anne-Geneviève? Elle est là, elle aussi?

— Le contraire aurait été étonnant! Quand elle a vu son frère dans ce désarroi, elle a éclaté en sanglots et il a fallu emmener très vite Madame la Duchesse qu'elle voulait griffer!

— Oh! Cesse de l'appeler comme cela! Tu m'agaces!

— Il faudra pourtant t'y habituer... si Louis survit, bien entendu...

— Il ne manquerait plus qu'il meure! Ce que l'on gagne à épouser la fille d'une folle perdue! J'y vais!

Et Isabelle sortit de la chambre en courant, sans oublier de claquer la porte. C'était une réaction de violence purement gratuite, mais elle en tira un peu de réconfort...

2

Un soir chez la marquise de Rambouillet...

Des trois médecins convoqués au chevet du jeune homme, M. Bourdelot était sans aucun doute le plus capable et Mme de Condé ne cachait pas la confiance qu'elle mettait en lui. Après tout de même en avoir conféré, par courtoisie, avec ses deux confrères Guenault et Montreuil, il rendit le diagnostic général :

— C'est un dévoiement opiniâtre avec sang et fièvre, accompagné d'une inflammation de la poitrine qui provoque une toux fâcheuse...

— Mais cette agitation que nous voyons suivre les périodes d'abattement ?

Bourdelot jeta un coup d'œil circulaire à la chambre qui s'emplissait de minute en minute.

— Ne serait-il pas possible de faire sortir cette cohue ? demanda-t-il à voix basse. Le malade va avoir besoin de beaucoup de calme et de silence ! Ce qui est loin d'être le cas.

En effet, à ce moment, une véritable dispute opposait Anne-Geneviève à sa nouvelle belle-sœur et la plus petite ne semblait pas la moins opiniâtre : Au « C'est mon frère et je le comprends

Un soir chez la marquise de Rambouillet...

mieux que personne ! » répondait à la stupeur générale le « C'est mon époux bien-aimé et je veux le soigner moi-même ! ».

— Je vais mettre ordre à cela ! promit la Princesse.

Elle s'apprêtait à emmener les deux belligérantes quand son « seigneur et maître » arriva, fendant la foule sans précaution :

— Dehors, tout le monde ! clama-t-il sans ambages. Je ne veux ici que les médecins, sa mère et sa sœur !

— Et pas moi qui suis son épouse ? s'indigna Claire-Clémence.

Avant que Condé n'ait pu répondre, Bourdelot alla la prendre par la main pour l'attirer à l'écart :

— Vous n'êtes mariée que d'hier, Madame la Duchesse, et, outre votre grande jeunesse, vous ignorez encore ce qui se fait et ce qui ne se fait pas dans une maison princière. Un homme doit être soigné par des hommes. Vous devez regagner votre appartement où l'on vous donnera des nouvelles. Selon l'évolution du mal, vous pourrez venir visiter votre époux une ou deux fois par jour. Quelques minutes seulement !

Déjà prête à pleurer, elle voulut discuter mais la Princesse les avait rejoints :

— Venez, ma... fille ! engagea-t-elle gentiment en prenant son bras. Vous avez, vous aussi, besoin de paix... et aussi de prier !

— Il est si mal que cela ?

— Un malade, même s'il ne souffre que d'un rhume, a toujours besoin des prières de ceux qui l'aiment. Je vais vous confier à vos femmes, ensuite de quoi je vais prévenir cette excellente Mme Bouthillier [1] qui vous a élevée dans son château des Barres et qui vous aime comme sa fille. Je pense qu'elle pourrait passer quelque temps ici ! Venez !

La voix n'était que douceur, mais le ton ferme. Claire-Clémence se laissa conduire sous l'œil mécontent de son beau-père.

— Pourquoi la renvoyez-vous ? Elle a raison, après tout ! Elle est sa femme !

— Selon la loi des hommes et celle de Dieu, certes... mais pas selon la nature !

— Vous entendez par là qu'elle est encore vierge ?

— Oh ! Sans nul doute. Votre Altesse espérait-elle sincèrement une conclusion à cette nuit ? répliqua le médecin.

Condé haussa les épaules en tirant machinalement les poils jaunâtres et clairsemés qui lui tenaient lieu de barbe et toussota :

— Hum ! Je sais que cet âne bâté a clamé à tous vents qu'il ne toucherait pas à sa femme afin de pouvoir se démarier après la mort de M. le Cardinal, mais je pensais qu'une fois au lit...

— Avec une fillette impubère, plutôt laide et encore dépourvue de formes ? Cela aurait tenu du miracle, monseigneur !

— Bien, bien... Mais M. le Cardinal sera fort mécontent ! Laissez-la au moins rester auprès de lui dans la journée...

---

1. Née Marie de Bragelongne.

— Pour qu'elle risque d'entendre ce que le délire laissera échapper à notre malade ?
— Et alors ? demanda Mme de Condé qui les avait rejoints.
— C'est simple ! L'état où nous voyons Monsieur le Duc provient de l'aversion que lui inspire son épouse. C'est peu de dire qu'il ne l'aime pas : elle lui fait horreur ! Moins il y aura de personnes autour de ce lit, mieux ce sera pour tout le monde. Si d'aventure certains échos venaient aux oreilles de Son Eminence, cela pourrait déplaire ! J'ajoute pour en terminer que l'on entend parfois le nom d'une autre dame[1]...
— Mais va-t-on pouvoir le sauver ? pria la mère, les yeux noyés de larmes.
Bourdelot hocha la tête avec une réelle compassion :
— C'est le secret de Dieu, Madame la Princesse ! C'est à nous que revient la lourde charge de tirer Monsieur le Duc de ce mauvais pas. Il est jeune, bâti à chaux et à sable et jusqu'à présent sa santé était parfaite. Il faut qu'il la recouvre.
Cela n'allait pas être une mince affaire.

Dans les jours qui suivirent, le malade alterna accès de colère et crises de noire mélancolie. Quand il les reconnaissait, il prenait ses médecins en aversion et les chassait en vociférant des injures, même Bourdelot que cependant il aimait bien. Parfois, au sortir d'une crise soutenue par une forte fièvre, il retombait dans une sorte de

1. En fait, le futur Grand Condé faisait une solide dépression nerveuse compliquée de problèmes respiratoires.

prostration peuplée de rêves qui le faisaient pleurer. Il y eut une légère amélioration, mais bientôt suivie d'une rechute plus sévère. La fièvre tomba enfin mais la mélancolie persista, plus profonde s'il était possible.

— Si c'est le mal qui le fait rêver, cela ne vaut rien, soupirait Bourdelot. Et si c'est la guérison, c'est encore pis !

Autour de lui la maison faisait silence. Plus de rires, plus de chansons. Le père campait pratiquement chez son fils... La mère, la sœur et Isabelle au désespoir priaient à longueur de journée, ne sachant visiblement plus à quel saint se vouer. Le Roi et la Reine vinrent en personne réconforter la famille. Le Cardinal se présenta, lui aussi, en dépit de ses nombreux maux, et exigea de pénétrer chez le malade au bras de sa nièce. Ce qui créa un instant de panique. Comment Son Eminence allait-elle réagir si son nouveau neveu se mettait à hurler en reconnaissant son épouse ?

Par chance, si l'on peut dire, Enghien était dans une période de prostration et n'eut pas l'air de s'apercevoir de leur présence, même lorsque Claire-Clémence éclata en sanglots. Ce que voyant – et plus pour la préserver elle que cette famille dont il se méfiait –, le Cardinal décida que la pauvre petite ferait un séjour dans son château de Rueil sous la houlette de la charmante duchesse d'Aiguillon.

— Elle est un peu jeune pour subir toutes ces angoisses.

Un soir chez la marquise de Rambouillet...

— Ne croyez-vous pas, monsieur le Cardinal, qu'elle était aussi un peu jeune pour le mariage ? ne put retenir Madame la Princesse dont les immenses yeux, d'une si belle couleur turquoise, ne dérougissaient plus.

— Il n'y a pas d'âge pour l'amour, et il est évident que notre petite duchesse aime profondément son mari. Or elle se plaint d'être tenue à l'écart de sa chambre.

Pour une fois, Condé osa monter au créneau face à celui qu'il avait tellement désiré voir entrer dans la famille.

— Nous souhaitons seulement la préserver, monsieur le Cardinal. Elle semble en effet éprise de mon fils, mais Votre Eminence n'ignore pas qu'il n'en allait pas de même pour lui et il délire beaucoup trop souvent pour qu'elle ne se sente pas au moins offensée par ses propos. Surtout en entendant un nom qui n'est pas le sien !

— Celui de Mlle du Vigean, peut-être ? Il est vrai qu'elle est fort belle !

— Ce qui n'est pas le cas de notre petite duchesse, déclara fermement Charlotte de Condé. Il faut lui laisser le temps de grandir alors qu'on l'a mariée à l'âge ingrat. Mais Votre Eminence le sait puisqu'elle a compris qu'une séparation momentanée pourrait réserver d'agréables surprises !

L'œil d'aigle de Richelieu plongea dans celui de cette femme dont, à quarante-six ans, la beauté et l'éclat semblaient indestructibles. Il sourit :

— Surtout, si vous voulez bien, Madame la Princesse, lui donner quelques conseils lorsque je vous la rendrai...

— Je n'y manquerai pas... si Dieu m'accorde la grâce de remettre mon fils en santé !

On en douta longtemps. Pendant six semaines, Monsieur le Prince ne quitta pas le chevet de son héritier, tandis qu'à la chapelle se relayaient le groupe attristé des belles amies d'Anne-Geneviève et les compagnons de frairie – ou de champs de bataille ! – du malade. Il n'était plus question de tenir salon ou d'aller se réjouir l'esprit chez Mme de Rambouillet, où d'ailleurs un bulletin de santé était porté et lu à haute voix tous les jours.

En mars, on constata un mieux suivi d'une rechute qui parut d'autant plus grave que l'espoir était revenu. Cependant, début avril, la convalescence, la vraie, s'annonça. Il y eut d'abord une nuit que Louis dormit tout entière sans émettre d'autre bruit qu'un léger ronflement, après quoi, lorsqu'il ouvrit les yeux, chacun put voir qu'ils étaient clairs et ne chavireraient plus. Enfin il déclara qu'il avait faim et demanda à manger.

Comme on en était arrivé à ne plus croire à une possible guérison, les manifestations de joie furent d'abord discrètes, mais montèrent crescendo dès que Bourdelot et ses confrères eurent déclaré que Monsieur le Duc était sauvé !

Naturellement, l'heureuse nouvelle courut Paris et le lendemain même Mme d'Aiguillon ramenait sa jeune pensionnaire qui exigea d'aller embrasser son époux sur l'heure. Il fallut bien en passer par là, et chacun retint son souffle quand, avec l'impétuosité de son âge, elle se précipita vers lui les bras ouverts.

Anne-Geneviève, l'œil soudain étincelant, se signa précipitamment.

— Si ce soir ou demain il retombe malade, je la tue ! gronda-t-elle entre ses dents.

Mais ce retour n'eut pas l'air de perturber outre mesure le jeune homme. A l'entrée de Claire-Clémence, il se faisait lire *Ibrahim ou l'Illustre Bassa*, récent roman de Mlle de Scudéry, par le jeune Bouteville assis à son chevet. Il l'interrompit, salua sa femme, lui rendit son baiser, puis, sans l'inviter à s'asseoir, demanda à François de poursuivre sa lecture.

Voyant que l'adolescente était déjà prête à pleurer, Bourdelot se précipita et l'entraîna à part :

— Votre époux est encore très faible, Madame la Duchesse. Comme il ne peut quitter son lit, on lui lit des romans à longueur de journée et cela paraît lui convenir. Il ne faut pas lui en faire grief.

— Non, non, je ne le dérangerai pas. Je vais seulement reprendre possession de mon appartement... Mais je trouve qu'il a grossi !

C'était indéniable. Depuis qu'il était revenu à la conscience, Enghien dévorait littéralement. Ce qui ne laissait pas d'inquiéter son médecin, parce qu'il ne se levait que très rarement, d'où une intense faiblesse quand il était debout. En dehors de la famille, il ne recevait guère de visites, préférant de beaucoup ses lectures dont il fit alors une extraordinaire consommation : on acheta neuf livres au libraire le 15 et deux le 18 avril, dont un en quatre volumes. Pareille boulimie alerta

Bourdelot. Elle venait, selon lui, d'un désir farouche d'éviter les conversations. Il décida qu'il fallait « débrouiller la rate avec une tisane laxative », après quoi « Monsieur le Duc prendrait un bain, un jour de bonne humeur »... !

Ce fut peut-être ce jour béni à tous les sens du terme que Louis se fit conduire au manège voir travailler ses chevaux. Son père, enfin rassuré, partit vers le Languedoc où le Roi l'envoyait...

Le 25 avril, le considérant guéri, les médecins cessèrent de lui prescrire du lait d'ânesse, lui administrèrent une dernière purgation et le laissèrent vivre sa vie comme il l'entendrait... en priant instamment le Ciel pour que, à une occasion ou une autre, l'étrange maladie ne se manifeste plus...

Cependant, plus psychologue que la plupart de ses confrères, Bourdelot, que Mme de Condé interrogeait sur les effets de la présence de la duchesse aux côtés de son mari, lui répondit après avoir réfléchi un moment :

— Qu'elle soit auprès de lui le jour ne risque pas de le faire rechuter. C'est la nuit qui est inquiétante. Le duc ne voit aucun inconvénient à ce qu'elle soit près de lui, ni même qu'elle l'embrasse ou lui montre des marques d'affection car l'amour de cette petite est touchant, mais je ne sais trop ce qu'il adviendrait s'ils devaient partager le même lit.

— Vous savez pertinemment qu'il n'a jamais voulu y toucher. Pourtant, il est évident qu'elle a grandi et que ses défauts physiques s'atténuent...

Un soir chez la marquise de Rambouillet...

Il ne veut pas consommer son mariage pour pouvoir le rompre après la mort du Cardinal afin d'épouser celle qu'il aime.

— Qu'il aime ou non ne changera rien à sa répugnance. A dire le vrai, ce qu'il redoute par-dessus tout, c'est l'hérédité. M. le Duc est légitimement fier de sa lignée et de ses ancêtres. Or, la mère de Madame la Duchesse est folle... et il y aurait d'autres exemples dans sa famille. C'est l'idée d'avoir un enfant dément qu'il repousse si violemment!

— Qui ne le comprendrait? N'êtes-vous de cet avis?

— Parfaitement, Madame la Princesse, et il n'est personne d'un peu de sens qui ne nous donne raison... sauf, bien entendu, M. le Cardinal! Sa santé à lui semble s'altérer de jour en jour, mais son esprit garde son entière puissance. Il ne se contentera pas éternellement de l'état présent, même s'il n'est pas de jour où il ne fasse montre de sollicitude envers son « neveu »... Le bruit court déjà de son vif désir de voir les jeunes époux quitter cette demeure pour celle qui les attend rue des Bons-Enfants...

— Les travaux que j'ai ordonnés n'y sont pas terminés!

Bourdelot ne put retenir un sourire.

— Si Madame la Princesse le permet, je dirai qu'ils ne le seront pas avant un moment. Le Cardinal les fait refaire à mesure, estimant qu'ils ne reflètent en rien la splendeur digne de Monsieur le Duc et de Madame la Duchesse.

— Qu'ont-ils besoin de faste ? Mon fils se relève à peine de cette maladie et sa « femme » est beaucoup trop jeune pour savoir mener une maison de cette importance ! D'autant qu'avec le retour des beaux jours mon fils voudra sûrement se rendre aux armées. En tant qu'observateur sans doute, ses forces ne lui permettant guère d'assumer un commandement... Oh, et puis en voilà assez, monsieur Bourdelot ! ajouta-t-elle soudain en éclatant de rire. Vous savez ce que je pense de ce mariage... et que la santé de Son Eminence m'intéresse au plus haut point !

— Qui donc dans de telles conditions oserait vous en faire le reproche, madame ? En attendant, j'oserai, si vous le permettez, vous conseiller de rouvrir votre salon qui était si brillant avant le drame que nous venons de vivre. Monsieur le Duc apprécierait, je crois. Le temps des grandes lectures est révolu !

— Pourquoi pas ? L'atmosphère s'en trouvera allégée ! Pour commencer, nous allons, les filles et moi, faire visite à notre amie Mme de Rambouillet dont le salon est le meilleur endroit qui soit pour reprendre nos habitudes ! J'avoue volontiers éprouver un vif désir de me changer les idées ! Nous n'avons, jusqu'à présent, fréquenté que les couvents et les églises ! Et nous ne savons plus rien de ce qui se dit dans Paris ! Ma fille et ses cousines ont grand besoin de revoir le monde !

Si Anne-Geneviève montra quelque contentement au changement annoncé, Isabelle n'afficha qu'un plaisir de commande. Tous ces jours, elle les avait vécus dans un curieux mélange d'angoisse et d'attente. L'état dramatique de celui qu'elle aimait l'avait précipitée pendant des heures au pied des autels, implorant Dieu, Notre-Dame et tous les saints du paradis d'écarter de lui la mort mais aussi la folie que son étrange comportement laissait redouter. Par bonheur, tout rentrait dans l'ordre et les dames de l'hôtel de Condé allaient reprendre la vie brillante de naguère. A cette différence près que l'effectif s'était augmenté de Madame la Duchesse et de ses gens, et si vaste fût l'hôtel de Condé, on pouvait difficilement les oublier. Certes la jeune épouse n'était encore qu'une gamine, mais elle avait pleine conscience du rang où l'avait propulsée la volonté du Cardinal et ne permettait à personne de l'oublier, surtout pas l'escadron de jolies filles bien nées, amies d'Anne-Geneviève, parentes ou filles d'amies dont elle savait que la Princesse aimait s'entourer et qui entretenaient une atmosphère de gaieté, d'élégance et de culture à l'image de ce fameux hôtel de Rambouillet.

Une heure plus tard, le carrosse à six chevaux de la Princesse l'emmenait ainsi que sa fille et les trois Bouteville vers le lieu « de tous les délices »... en oubliant Madame la Duchesse !

— Elle vient de prendre médecine ! mentit effrontément le jeune François que l'on avait chargé de la prévenir, mais qui, à peine plus âgé qu'elle, la détestait pour la simple raison que sa seule présence avait failli mener au tombeau le grand cousin qu'il admirait de tout son cœur juvénile.

— Vous êtes sûr ? demanda Isabelle, amusée.
— Oh, tout à fait ! Je l'ai aperçue en arrivant chez elle étendue sur une chaise longue et plus verte que sa robe. Le blanc-manger du dîner peut-être ?

Anne-Geneviève se mit à rire :
— Il n'y en avait pas... et sa robe était bleue !
— Rien de moins flatteur quand on a mauvaise mine ! répondit le garçon en levant un doigt doctoral.

Chacune y mettant son mot, on riait franchement quand le carrosse franchit le portail d'un des deux hôtels dont se composait la rue Saint-Thomas-du-Louvre, l'autre étant celui de Chevreuse, inoccupé depuis la disgrâce de la duchesse[1].

C'est en 1608 que, voulant réagir par l'exemple contre la licence des mœurs et la grossièreté de ton qui régnaient à la cour d'Henri IV et de Marie de Médicis, Catherine de Vivonne, marquise de Rambouillet[2], ouvrit un salon où allaient se rencontrer pendant cinquante ans des gens du monde et des écrivains.

Ravissante mais de santé fragile, la marquise avait choisi de recevoir à demi étendue sur son lit dans ce qui ne tarderait pas à devenir la célèbre « Chambre bleue ». Rien de guindé chez elle, mais un goût raffiné qui charmait avant de retenir... Les murs et les plafonds étaient peints en bleu ciel. Des corniches descendaient des pan-

---

1. Voir, du même auteur, *Marie des intrigues*, Plon, 2005.
2. Elle avait épousé Charles d'Angennes, marquis de Rambouillet.

Un soir chez la marquise de Rambouillet...

neaux de tapisserie en brocatelle à fond or et bleu parsemés de ramages incarnats et blancs, alternant avec des tableaux représentant des paysages et des sujets mythologiques ou religieux. Sur le parquet couvert d'un fastueux tapis de Turquie, se dressait, surmonté d'un pavillon de gaze, un lit à pentes et à courtepointe en satin de Bruges broché d'or et passementé d'argent, où se tenait la maîtresse de maison, toujours vêtue de façon exquise... Un cercle de « chaises à vertugadin » et de tabourets couverts de housses en velours cramoisi frangé d'or entouraient ce monument. Posé sur une table d'ébène, dans une encoignure, un énorme chandelier d'argent supportant quinze bougies parfumées invitait à la rêverie. Par endroits, des guéridons et des consoles laissaient admirer des cabinets marquetés ou émaillés, des porcelaines de Chine et des figurines d'albâtre ou de lapis-lazuli. Enfin une magnifique corbeille de bronze et des vases de cristal recevaient chaque matin des brassées de fleurs fraîches...

Dans ce temple essentiellement souriant voué à l'art de vivre en « bonne » société, de s'y amuser en pratiquant le beau langage, les premiers visiteurs furent des amis comme l'évêque de Luçon devenu depuis le cardinal de Richelieu, le cardinal de La Valette; une fort belle dame élégante et spirituelle, Mlle Reine Paulet, surnommée la Lionne à cause de son abondante chevelure rousse et de son esprit féroce; des écrivains aussi, poètes ou autres : Malherbe, Racan, Conrart, Segrais, Vaugelas. A partir de 1630 environ, ces premiers fidèles firent boule de neige autour de la charmante marquise et de ses deux filles : Julie et Angélique. La première traînait après elle depuis des années un amoureux transi, M. de Montausier, qui ne savait que faire pour obtenir sa main.

La sincère amitié nouée entre la princesse de Condé et la marquise amena tout ce qui s'apparentait aux Condés et aux Montmorency. S'y joignirent le jeune Marcillac qui deviendrait duc de La Rochefoucauld. D'autres encore pourvu qu'ils eussent de l'esprit et fussent présentables. Du côté des écrivains, on vit venir Mlle de Scudéry, Maret, Ménage, Godeau (le nain de Julie!), Benserade, Gombaud, Malleville... Mais le chef d'orchestre fut incontestablement Vincent Voiture, même quand apparurent Corneille, Rotrou et Scarron, bossu tordu mais d'un esprit d'enfer, toujours accompagné d'une jolie fille que l'on appelait « la belle Indienne » parce qu'enfant elle avait séjourné dans les îles, et qu'il s'apprêtait à épouser[1].

En fait, chez « l'incomparable Arthénice » selon les Précieuses – qu'elle n'était pas mais qui cherchèrent à l'imiter! –, on s'adonnait à la musique, on s'amusait à de petits jeux, on écoutait les « Lettres » de Voiture, les joutes courtoises entre les beaux esprits, et surtout on pratiquait l'art de la conversation...

Quand la princesse de Condé et ses filles pénétrèrent dans la Chambre bleue, l'agitation était à

---

1. Future Mme de Maintenon.

Un soir chez la marquise de Rambouillet...

son comble parce que venait de se produire un événement majeur attendu depuis longtemps : l'olympienne Julie, dont c'était le jour de fête, avait trouvé sur sa toilette une véritable œuvre d'art : *La Guirlande de Julie*, recueil de madrigaux célébrant chacun une fleur. Ecrite et peinte sur le plus beau papier, reliée somptueusement, cette merveille avait coûté des années de travail à tous les poètes de la maison et une fortune au donateur, le marquis de Montausier, éperdument amoureux, qui, après avoir parcouru une à une chaque étape de la fameuse Carte de Tendre, s'était laissé imposer la création d'une œuvre magistrale s'il voulait que l'on considère d'un œil bienveillant sa demande en mariage. Pour sa part, il avait rédigé huit madrigaux et fourni le côté financier. Mais enfin le résultat était acquis et l'hôtel entier bruissait de l'événement que l'on allait fêter comme il convenait. La marquise elle-même était descendue de son lit, où elle siégeait habillée mais qu'elle ne quittait guère suite à sept couches dramatiques. Ce qui n'ôtait rien, la cinquantaine proche, à sa grâce ni à son charme.

Elle était née à Rome, fille du marquis de Vivonne, ambassadeur de France, et de la princesse Giulia Savelli, et c'est elle qui avait fait construire sa demeure de la rue Saint-Thomas-du-Louvre après avoir abattu l'antique hôtel du Halde qui ne lui convenait pas. Il faut admettre que le nouvel hôtel de brique rose et de pierre blanche coiffées d'ardoises, entouré d'un joli jardin et augmenté d'une petite prairie adjacente, était des plus ravissants.

Les arrivantes furent accueillies en triomphe parce qu'elles comptaient parmi les étoiles de la maison et singulièrement Anne-Geneviève qui se laissait admirer avec une grâce nonchalante par une véritable cour. Venant après l'offrande de la Guirlande, la nouvelle de la guérison d'Enghien ajouta à la joie générale. On servit une collation accompagnée de vins d'Espagne à la santé du jeune héros... et aux futurs époux puisque la main de Julie devait récompenser son obstiné autant que fidèle adorateur. Il était temps d'ailleurs car, si elle était toujours belle, l'aînée des filles de la marquise comptait tout de même trente-quatre printemps. Les poètes, bien sûr, se lancèrent dans un festival d'improvisations qui, jointes aux rires et à la musique, emplirent la Chambre bleue d'un assez joli tumulte. Voiture promit d'écrire une ode vantant les mérites du jeune héros ressuscité et une de ses fameuses lettres célébrant le bonheur des futurs époux.

C'était à cette époque un petit homme de quarante-trois ans de santé fragile, frileux, gourmand mais ne buvant que de l'eau, coquet et particulièrement fier de sa moustache conquérante, avec cela nerveux, susceptible, prompt à rire et à railler. Par ailleurs sensible, dévoué et surtout avide de plaire. Fils d'un marchand de vin d'Amiens, il était entré au service de Monsieur, frère du Roi, après de bonnes études et, depuis près de vingt ans, il régnait sur l'hôtel de Rambouillet où tous en raffolaient et qui était devenu sa raison de vivre. Naturellement il aimait les

Un soir chez la marquise de Rambouillet...

femmes et, s'il lui arrivait de faire chorus avec les thuriféraires de l'olympienne Anne-Geneviève, c'était pour Isabelle qu'il avait un faible.

Tandis que, profitant de l'improvisation dans laquelle venait de se lancer Vaugelas, il griffonnait quelques mots appuyé sur une console, son regard se posa sur la jeune fille qui, assise à l'écart sur un tabouret à demi caché par l'un des rideaux, s'intéressait à l'entretien à voix basse que Marthe du Vigean – on avait eu la surprise de la trouver là accompagnée de sa sœur ! – avait avec Anne-Geneviève et qui s'achevait par la discrète remise d'un billet que la sœur d'Enghien ne semblait pas disposée à transmettre.

— Pauvre enfant ! murmura-t-il avec une compassion inattendue de la part de ce petit homme qui semblait rire de tout. Elle est bien innocente de croire que les amitiés d'enfance demeurent lorsque l'on devient femme !

— Que voulez-vous dire, maître Vincent[1] ?

— Que je serais fort étonné si Monsieur le Duc recevait le billet qu'on lui destine !

— Pourquoi donc ? Ce ne sera pas le premier, et ma cousine a toujours favorisé les amours de son frère et de...

— Chut ! Pas de nom !

— Je n'avais pas l'intention d'en prononcer, mais je ne vois pas pourquoi on changerait d'attitude.

— Je vais essayer d'expliquer, encore que vous soyez bien jeune pour décrypter aisément les

---

1. La Fontaine honorait « maître Vincent » à l'égal de « maître François » (Rabelais) et de « maître Clément » (Marot).

arcanes de l'âme humaine. Le... jeune homme est marié à présent.

— Justement ! Il est mal marié !

— Mais, à la réflexion, on ne trouve pas ce mariage si mauvais, parce que l'on est certaine que la malheureuse enfant ne pourra obtenir la moindre parcelle de tendresse de son époux...

— De toute façon, il ne souhaite que se démarier !

— Certes. Et de cela votre belle cousine ne veut pas !

— Et pourquoi ? Elle ne souhaite que son bonheur !

— A condition que ledit bonheur ne dépende que d'elle seule. C'est assez difficile à comprendre pour une jeune tête comme la vôtre, mais retenez bien ceci : cette belle princesse n'admettra jamais que son frère en aime une autre qu'elle !

— C'est absurde ! Pardonnez-moi si je vous semble malapprise – il ne s'agit pas des mêmes sentiments !

— Il arrive, dit-il gravement, qu'on les confonde... Vous qui êtes toute jeune... et ravissante, pourriez vous en apercevoir si d'aventure celui dont nous parlons se mettait à vous aimer plus que de raison ! Vous auriez là une véritable ennemie !

— J'en serais si heureuse qu'elle ne me ferait pas peur ! lança-t-elle étourdiment.

Il y eut un bref silence.

— Ah ! fit le poète avec une tristesse inhabituelle chez lui. L'idée m'en était passée par la cervelle parce que vos beaux yeux ne savent pas encore dissimuler, mais je me refusais à le croire. C'est pourquoi j'ai saisi l'occasion de cette petite scène que nous venons d'observer. Mais puisque je n'ai que trop raison, prenez soin de vous garder ! S'il arrivait que vous fussiez payée de retour, vous auriez tout à redouter !

— C'est gentil de m'avertir et je vous dis grand merci, maître Vincent ! Mais ceux de mon nom savent se battre ! Soyez certain que je me défendrai ! Il me reste à espérer que vous soyez un peu voyant – les poètes le sont souvent, n'est-ce pas ? – et à vous remercier de tout de mon cœur !

On en resta là. Mme de Rambouillet réclamait Voiture auprès d'elle et il ne put que se précipiter. Isabelle retrouva son tabouret où François la rejoignit presque aussitôt.

— De quoi donc pouviez-vous bien parler avec ce vieux Voiture ? Cela fait un moment que je vous observe et vous sembliez fort animés !

— Toujours aussi curieux, mon petit frère ? Nous bavardions à bâtons rompus. Pour nous distraire !

— Vous distraire ? Alors que vous évoluez dans le lieu le plus élégant de Paris et sûrement du royaume, où se passe tout ce qui donne du prix à la vie ? Où le marquis de Montausier vient, après des années d'efforts, de conquérir la belle de ses pensées ?

— Vous avez raison de dire des années, car il y aura mis du temps, le cher homme ! Et sans nul doute beaucoup d'argent pour aboutir à ce beau résultat! Et cette prouesse juste au moment où les printemps de sa dame commencent à passer fleurs et pourraient tourner feuilles mortes avant d'avoir donné le moindre fruit!

— Voulez-vous bien vous taire, mauvais sujet! On aurait été mieux avisé de vous laisser à la maison, à lire des romans à votre sublime malade.

Le jeune Bouteville plissa son long nez et prit un air dégoûté.

— Ma foi, non! Je préfère abandonner cette occupation à un autre avant que l'on ne me demande de laisser la place.

— Vous? Un Montmorency? Laisser la place? Mais à qui, mon Dieu?

— A l'ami de cœur, voyons! Le ravissant marquis de La Moussaye que l'on a mis à notre service à Arras et qui ne cesse de nous couvrir de regards mourants!

— Et... l'on y répond, à ces regards? murmura Isabelle avec une grimace.

— Plus ou moins! Cela dépend de l'humeur! Devant Arras, on remportait quelques succès! La vie est rude dans les camps et il advient qu'on s'y réfère aux temps héroïques de la Grèce... ou de Rome!

— Pas vous, j'espère! lança Isabelle saisie d'une soudaine angoisse... à laquelle répondit le rire moqueur de François :

— Ma foi, non, je n'ai pas de ces tendances... et j'ai la vie devant moi pour courir les filles. Ce n'est pas le cas de Monseigneur. Regardez un peu

Un soir chez la marquise de Rambouillet...

les choses en face, Isabelle ! Il est marié, contre son gré, à un laideron court sur pattes qui lui voue une passion telle qu'une nuit auprès d'elle l'a rendu malade à crever. Et, tant que le Cardinal sera de ce monde, pas question de s'en séparer ! Cela peut durer une éternité ! Rien de tel qu'un homme réputé mourant pour s'accrocher indéfiniment à la vie !

Un brouhaha et des applaudissements mirent fin à l'aparté. Hiératique à souhait, mais une larme au fond de ses beaux yeux, Mme de Rambouillet venait d'annoncer les prochaines fiançailles de sa fille Julie avec le marquis de Montausier. François émit alors un reniflement discret mais très insolent :

— Notre adorable marquise ne devrait pas être aussi émue. Cette annonce d'accordailles est la juste réponse de son bon cœur à qui mérite récompense... Cependant quelque chose me dit que les fleurs d'oranger ne sont pas pour demain !

— Vous rêvez, je pense ? Ne venez-vous pas d'évoquer l'âge déjà...

— Inutile de finasser ! Elle a plus du double du vôtre et pourrait être votre mère... La mienne aussi d'ailleurs !

— Vous dites des sottises, vilain garnement ! Cette chère Julie...

— Ecoutez plutôt ! Elle parle !

En effet, Julie, un fin mouchoir de batiste devant le nez dans le but d'endiguer d'éventuelles larmes, remerciait son prétendant en termes émus, mais demandait encore un peu de temps avant de s'engager dans la voie du mariage : elle avait besoin de se remettre du trouble ressenti, d'en remercier Dieu et celui qui en était le maître d'œuvre. Aussi souhaitait-elle garder un peu plus longtemps le beau nom de « fille » afin de continuer de vivre auprès d'une mère qu'elle aimait infiniment. Elle promettait de mettre, un jour ou l'autre, sa main dans celle de son adorateur, mais lui demandait juste un peu de patience. A moins de passer pour un rustre, Montausier ne put faire autrement qu'accorder ce qui n'était rien d'autre qu'un nouveau délai....

— Hé ! Que vous disais-je ! triomphait François auquel Isabelle cessa de prêter attention.

Un groupe joyeux effectuait son entrée en clamant des vœux de bonne fête : Louis de Condé en personne escorté de trois gentilshommes dont l'un était presque aussi jeune que François.

— Et voilà La Moussaye ! siffla-t-il entre ses dents. Décidément il s'accroche, ce freluquet... Mais nous allons peut-être trouver matière à nous réjouir ! Comment va se tortiller Monseigneur entre sa bien-aimée et son... consolateur ?

Isabelle n'eut pas le courage de le rembarrer. Elle n'accorda même qu'un regard indifférent au petit marquis, si charmant fût-il ! Enghien, après avoir salué et complimenté la maîtresse de maison et l'héroïne du jour, saluait sa mère et sa sœur... et prenait le bras de Marthe du Vigean pour l'attirer à part sans avoir vraiment troublé le jeu des conversations et les rires qui les accompagnaient souvent.

Un soir chez la marquise de Rambouillet...

De sa place, elle put voir s'enflammer de colère les magnifiques yeux bleus de sa cousine... et comprit que Voiture avait raison et que l'amour qu'Anne-Geneviève portait à son frère dépassait les normes familiales... A moins qu'il ne s'agît seulement d'une manifestation d'orgueil de caste : fille de marquis, Marthe n'était pas digne de devenir princesse du sang et cela ne valait pas la peine de casser un mariage pour en arriver là ! Ne lui avait-on pas fait entendre clairement à elle-même que, toute Montmorency qu'elle était, c'est-à-dire la fine fleur de la noblesse de France, ce ne serait pas suffisant pour faire d'elle une future princesse de Condé ?

De toute évidence, la situation allait s'envenimer : d'un geste plein de mépris, Anne-Geneviève venait de jeter littéralement dans les mains de Louis le billet qu'on la priait si doucement de remettre quelques instants plus tôt. François s'élançait déjà pour tenter une diversion quand deux jeunes gens, frères visiblement, beaux et élégants, vinrent se ranger aux côtés d'Enghien en s'inclinant d'un mouvement parfaitement réglé devant sa sœur dont le visage tout de suite s'éclaira. Isabelle rattrapa François par les basques de son habit.

— Pas si vite, mon petit monsieur ! Voilà du nouveau, dirait-on, et du nouveau qui n'a pas l'air de déplaire. Qui sont ces deux-là ?

— Il est certain qu'on les voit surtout sur les champs de bataille... et à la Cour ! Pourquoi n'accompagnez-vous jamais Madame la Princesse quand elle s'y rend ?

— La Cour m'ennuie ! Le Roi est malade en permanence, le Cardinal aussi. En outre, on n'y voit de plus en plus, selon ce que j'ai pu apprendre, son nouvel homme de confiance, ce Monsignore Mazarini à qui la Reine sourit peut-être un peu trop pour ne pas lui attirer un jour ou l'autre une affaire avec le beau duc de Beaufort qui se veut son chevalier servant !

— Pour quelqu'un qui n'aime pas la Cour, vous voilà bien au fait de ses potins ! Mais vous devriez mettre une sourdine quand vous parlez de ce « Monsignore Mazarini ». D'abord il a francisé son nom, et c'est Mazarin qu'il faut dire ; ensuite Richelieu avait demandé pour lui le chapeau de cardinal ; enfin il aurait la ferme intention d'en faire son successeur. Ce qui ne plaît pas à tout le monde, tant s'en faut.

— Je veux bien vous croire... Mais si nous en revenions à ce que je vous ai demandé ? Ces deux séduisants gentilshommes... dont le plus âgé semble plaire à notre difficile altesse ?

— Maurice et Gaspard de Coligny, les fils du maréchal de Châtillon et d'Anne de Polignac. Maurice est épris de notre Anne-Geneviève, qui le verrait plutôt doucement s'il n'était atteint d'une affreuse tare... outre le fait qu'il ne sera jamais prince. Il est l'arrière-petit-fils de l'amiral de Coligny, massacré au cours de la nuit de la Saint-Barthélemy et, de ce fait, il est parpaillot !

— Son frère aussi, je suppose ? émit Isabelle avec un petit soupir qui n'échappa pas au jeune François.

Un soir chez la marquise de Rambouillet...

— Son frère aussi... Mais ce charmant garçon aurait-il une chance de vous plaire ? Ce serait d'une grande nouveauté, car, jusqu'à présent, personne n'a réussi cet exploit. J'en serais désolé, ajouta le cadet des Bouteville en changeant de ton, parce qu'il est non seulement beau et aimable, mais aussi brave comme un chevalier de la Table ronde... et celle qu'il aimera pourrait se retrouver veuve.

— Pourquoi dites-vous aimera ? Son cœur est libre ?

— Pour ce que j'en sais, oui ! En revanche son aîné ne cache pas suffisamment la véritable passion qu'il éprouve pour Anne-Geneviève !

— Pauvre jeune homme ! Il n'a pas fini de souffrir !

— Je crois qu'il le sait, mais, comme il n'y peut rien, il se contente de la voir lui sourire, de baiser sa main et de la respirer quand elle veut bien descendre de son empyrée pour danser avec lui. Peut-être en attendant mieux...

— Et cela signifie ?

— Qu'une fois mariée, une femme peut se permettre... certaines choses interdites à une fille !

— Voulez-vous bien vous taire !

— Pourquoi ? Je suis le page de Madame la Princesse, et un page doit toujours tout savoir, fit-il taquin. Il arrive même qu'il en sache plus ce que l'on attendait de lui !

— Par exemple ?

— Euh... qu'en réalité (et il baissa la voix jusqu'au chuchotement !) notre Monsieur le Prince serait le fils d'un certain Belcastel, ce qui a valu à la Princesse sa mère d'accoucher en prison...

— Oh! souffla Isabelle scandalisée. Baissez le ton, vilain garnement!

— Mais, ma pauvre enfant, tout le monde le sait!

— Qu'est-ce que tout le monde sait? lança derrière eux une voix moqueuse. Et voyons si nous sommes au courant!

— Votre Altesse n'étant pas tout le monde, riposta avec aplomb le jeune garçon devenu rouge brique, elle ne peut pas tout savoir! Ce ne sont que ragots... fort indignes d'elle!

— ... mais que vous osez servir à votre ravissante sœur? Filez d'ici, chenapan, et laissez la place aux gens sérieux!

Trop heureux de s'en tirer à si bon compte, le jeune Bouteville bâcla sa révérence et disparut comme le génie des contes orientaux, sachant que sa sœur s'en tirerait toujours. Surtout si l'on en jugeait la soudaine douceur du regard qu'Enghien posait sur elle. On aurait dit qu'il ne l'avait jamais vue.

— Dieu que vous êtes jolie, ce soir, ma chère! complimenta-t-il en prenant une main un peu tremblante qu'il baisa. Voilà que vous me faites regretter ma promesse de vous présenter mon ami le marquis d'Andelot, Gaspard de Coligny que voici... Et maintenant je vous laisse faire connaissance, ajouta Enghien en se hâtant de rejoindre Mlle du Vigean dont le regard inquiet le cherchait déjà.

Un soir chez la marquise de Rambouillet...

Isabelle et Gaspard restèrent un instant sans parler : lui visiblement sous le choc d'un véritable coup de foudre, elle ravie d'une conquête – il n'y avait pas à douter de la façon dont il la regardait – aussi flatteuse. Grand, bâti en athlète, blond aux yeux d'un joli bleu, le jeune Coligny était vraiment splendide. Il possédait un merveilleux sourire et Isabelle apprécia qu'il lui épargne les fadaises que la politesse exigeait lorsque l'on faisait connaissance.

— Je voudrais, commença-t-il, passer cette soirée à vos genoux en me contentant de vous regarder !

Le rire, chez elle, n'était jamais loin : il fusa, cristallin.

— Dans le silence ? Ne serait-ce pas un peu monotone ?

— Pour vous, à n'en pas douter ! Et encore plus assommant ! Cependant, veuillez considérer que, lorsqu'au pied d'un autel, on adore Dieu, c'est en général dans le recueillement ! Mais je vais pouvoir m'y adonner tout à mon aise car l'un des beaux esprits qui nous entourent va nous lire sa dernière œuvre et je dois vous ramener dans le « rond » des fidèles auditeurs...

A la surprise d'Isabelle, ce fut une soirée charmante. Gaspard de Coligny, dont elle sut plus tard qu'il était un magnifique soldat promis certainement comme son père au bâton fleurdelisé, était un compagnon si délicieux qu'auprès de lui et contre toute attente elle oublia un moment qu'elle en aimait un autre. Certes, sa blessure d'amour déjà ancienne n'avait aucune chance de guérir, mais pouvait s'estomper au point de se laisser parfois oublier. Elle devait découvrir aussi, par la suite, l'orgueil d'avoir su « enchaîner à son char », comme versifiaient les poètes, l'un des jeunes hommes les plus séduisants de la Cour, ce que nombre de femmes lui envieraient.

Naturellement, à la fin de la soirée, quand il salua Madame la Princesse, il demanda la permission de se présenter chez elle quand elle voudrait bien le recevoir et celle-ci, avec sa grâce et sa gentillesse coutumières, l'assura qu'il ne trouverait jamais portes closes à l'hôtel de Condé et qu'il y serait toujours le très bienvenu.

Ce fut Anne-Geneviève qui, dans la voiture qui les ramenait à la maison, étala un nuage sur le joli rayon de soleil de sa cousine.

— Quel dommage que vous ne puissiez pas l'épouser ! », déclara-t-elle, l'air de ne pas y toucher. Et comme la jeune fille tournait vers elle un regard interrogateur, elle continua : « Vous êtes sincèrement pieuse, ma chère, et dans ces conditions je vous vois mal épouser un protestant ! D'ailleurs, son vieux ladre de père lui arracherait sans doute les oreilles avec ses dents, si ce pauvre Gaspard s'avisait d'aimer une catholique...

— Anne, voyons ! reprocha sa mère. Nous venons de vivre une charmante soirée et voilà que vous nous l'abîmez ! Ce n'est pas chrétien, ma chère enfant. Pas chrétien du tout, même !

— Ce qui ne serait pas chrétien serait de laisser Isabelle rêver à l'impossible...

Un soir chez la marquise de Rambouillet...

— Je ne rêve à rien! riposta Isabelle, agacée. Sinon de mon lit, car je tombe de sommeil... envoya-t-elle en bâillant derrière sa main.

C'était faux, mais elle n'avait aucune envie de servir de cible à l'évidente humeur noire de sa belle cousine qui, n'ayant plus Enghien sous la main, se cherchait à l'évidence une adversaire à sa taille. Rôle qu'elle acceptait volontiers, mais pas ce soir! Se découvrir un amoureux aussi séduisant était exactement ce dont elle avait besoin après avoir constaté que Marthe du Vigean régnait toujours sur le cœur de celui qu'elle aimait. Aussi s'offrit-elle le luxe de soupirer en s'installant plus commodément parmi les coussins du carrosse :

— Chacun, ce soir, s'accordait à prédire la fin prochaine de M. le Cardinal, aussi comment notre duc ne rêverait-il pas d'une liberté retrouvée qui lui permettrait d'épouser celle qui occupe ses pensées... et de renvoyer la petite Claire-Clémence à ses poupées?

— Pour démarier un prince du sang, il faut l'autorisation de Sa Sainteté elle-même! Mon frère sera le plus grand chef de guerre de ce temps et il n'a que faire de s'attarder au lit d'une amoureuse quand la gloire l'attend!

— Je croyais que vous souhaitiez ce démariage, ma fille? Auriez-vous changé d'avis?

— Oui, parce que je pensais à une princesse. Mademoiselle, par exemple[1], qui, outre le sang royal et une belle santé, lui apporterait la plus

---

1. De Montpensier, fille du premier mariage de Monsieur, frère du Roi.

grosse fortune de France! Je sais qu'elle et ses parents y seraient disposés. Mais si c'est pour épouser tout platement la fille du marquis du Vigean, non! Cent fois non!

Du coup Isabelle se mit à rire :

— Notre pauvre duc! Ce n'est guère d'une sœur aimante que ne lui tolérer que des laiderons!

— Paix, mes filles! coupa alors la Princesse. Nous arrivons... et nous avons toutes besoin d'une bonne nuit de sommeil!

Elle avait indéniablement raison. Même Isabelle souhaitait retrouver son lit et ses rêves, mais, au lieu de la sérénité d'une demeure en demi-sommeil, les dames de l'hôtel de Condé le trouvèrent en pleine effervescence, et le docteur Bourdelot dans l'escalier.

— Qui donc est malade chez nous? demanda la Princesse. Rien de grave j'espère?

— Cela dépendra de l'évolution. Il s'agit de Madame la Duchesse. Elle a contracté la petite vérole!

Un concert de lamentations salua la nouvelle. La petite vérole! La terreur des jolies filles comme des moins belles! L'affreuse maladie qui, lorsqu'elle ne tuait pas, pouvait imprimer sur le corps et surtout le visage des traces ineffaçables capables de défigurer profondément...

— Quelle horreur! s'exclama Anne-Geneviève. J'en suis navrée pour elle, mais ma belle-sœur ne peut rester ici où elle risque de contaminer toute la maisonnée... Il faut la conduire chez elle à l'hôtel de La Roche-Guyon!

Un soir chez la marquise de Rambouillet...

— Il fait froid et, avec sa fièvre, ce serait la tuer ! coupa le médecin sévèrement. Vous avez pourtant, mademoiselle, la réputation d'une grande chrétienne pratiquant une dévotion admirable !

En effet, quand, à l'invitation du Roi, elle avait été conviée à tenir un rôle dans l'un de ces ballets que Louis XIII se plaisait à monter – et pour lesquels d'ailleurs il faisait preuve d'un véritable talent de décorateur, metteur en scène et maître de danse –, Mlle de Condé s'était précipitée au Carmel qu'elle fréquentait à cette époque avec une assiduité laissant supposer qu'elle irait peut-être jusqu'à prendre le voile, afin de demander conseil à la mère supérieure. Le seul mot de « ballet » l'épouvantait, car elle n'ignorait rien de celui, monté jadis par la Reine Marie de Médicis et où sa mère, alors Charlotte de Montmorency, avait touché le cœur et les sens d'Henri IV au point qu'il envisage de mettre une partie de l'Europe à feu et à sang parce que celui auquel il l'avait hâtivement mariée n'avait pas hésité à l'emmener chez l'ennemi pour la protéger de la passion royale.

Sans doute Anne-Geneviève n'avait-elle rien de semblable à redouter. Louis XIII, déjà malade, ne ressemblait guère au Roi Henri, mais elle n'en était pas moins effrayée. C'était d'ailleurs son premier bal...

Devant tant d'angoisse juvénile, la mère supérieure lui avait conseillé de porter un cilice sous les soieries de sa robe et de le resserrer au moment de paraître sur scène. Or Anne-Geneviève avait remporté un si vif succès – et pris tant de plaisir ! – que non seulement elle n'avait pas resserré le cilice mais en plus elle s'en était débarrassée dès son retour au foyer... comme de son projet de prendre le voile !

À la remarque du médecin, ce fut sa mère qui se chargea de répondre : Claire-Clémence se retirerait dans son appartement entourée de son service, mais les jeunes filles de la maison quitteraient Paris au matin pour l'un des châteaux de la famille, Mello ou Liancourt – le magnifique Chantilly n'ayant pas encore fait retour –, et y attendraient que le danger soit passé.

— Mais vous-même, ma mère ? s'inquiéta sa fille. Vous n'allez pas rester ?

— Bien sûr que si ! Je ne peux laisser cette petite seule dans cette vaste demeure à la garde des domestiques ! Elle est ma belle-fille et c'est mon devoir ! Non ! Ne discutez pas ! C'est ma volonté ! Préparez-vous sans plus tarder. Il peut s'agir d'une épidémie et vous partez à l'aube !

C'était en effet une épidémie, heureusement pas très violente, mais on l'ignorait encore. Aussi la surprise fut-elle grande quand, au matin et alors que l'on chargeait les bagages sur l'un des carrosses de voyage, on vit surgir Louis d'Enghien accompagné du seul François de Bouteville.

— Vous êtes encore fragile, lui lança Bourdelot, mécontent. Croyez-vous vraiment intelligent de rentrer respirer des miasmes qui peuvent être mortels ?

Un soir chez la marquise de Rambouillet...

— Allez au moins dans votre nouveau logis, mon fils ! plaida sa mère que le son de sa voix avait fait accourir.

— Une seule question : Madame la Duchesse s'y trouve-t-elle ?

— Naturellement non. L'envoyer dans une demeure à peu près vide serait pure folie !

— Alors pourquoi voulez-vous que j'y aille ? Mais vous-même, ma mère, j'espère que vous vous apprêtiez à partir.

— En laissant cette malheureuse aux prises avec un mal qui la désespère parce qu'elle redoute d'en sortir défigurée... en admettant qu'elle en sorte ? Ce qu'elle préférerait je pense !

— Je reconnais bien là votre bonté, mais vous pouvez aussi aller chercher le bon air de la campagne : je vais rester près d'elle !

— Vous ? Mais...

— Jusqu'à preuve du contraire, elle porte mon nom. Et, tant qu'il en sera ainsi, je lui dois aide et protection ! Partez tranquille !

Un instant, Charlotte de Condé contempla son fils sans rien dire. Puis elle l'attira à elle pour l'embrasser.

— Vous me surprendrez toujours, Louis ! Mais je suis fière de vous ! Nous allons donc demeurer ensemble !

— Je suppose qu'il est inutile de discuter ?

— Vous supposez bien !

— Qui le carrosse attend-il en ce cas ?

— Votre sœur, les deux petites Bouteville évidemment, et Angélique d'Angennes, la cadette de

Mme de Rambouillet... Sa mère tient à rester dans sa Chambre bleue et Julie refuse de quitter Paris, ses poètes et sa gloire toute neuve !

— Et... les demoiselles du Vigean ?

La voix de la Princesse baissa de plusieurs tons :

— J'ignore pourquoi, mais votre sœur s'y oppose. Elle dit que ce ne sont pas les refuges familiaux qui leur manquent. Ce qui n'est pas faux...

— ... mais ne vous semble pas une explication suffisante. A moi non plus, mais il me semble que ma chère Marthe a perdu sa place dans le cœur, chaleureux jusqu'à présent, de celle qu'elle considérait comme sa meilleure amie. Cela date de ce soir et je ne sais rien de ce qui a pu se passer chez Mme de Rambouillet...

— Je refuse de me tourmenter pour cette peccadille ! Nous avons suffisamment de soucis pour nous en fabriquer d'autres avec les caprices de Mlle de Bourbon-Condé ! Allez prendre un peu de repos à présent, mon fils ! Et occupons-nous de ceux qui en ont vraiment besoin !

3

La colère du Cardinal
et ce qui s'ensuivit...

Que faire sinon des vers quand on est quatre belles jeunes filles pleines d'esprit non seulement exilées à la campagne mais encore obligées de décamper à plusieurs reprises devant les rejets d'une épidémie qui semblait décidée à errer çà et là sans but précis !

C'est ainsi qu'après avoir séjourné à Méru, puis à la Versine, puis à Mello et enfin à Liancourt, ces demoiselles, qui, à dire vrai, n'engendraient pas autrement la mélancolie mais trouvaient le temps long, écrivirent à quatre plumes un poème d'une ampleur comparable à celle des épopées des aèdes de la Grèce antique, destiné à faire connaître à l'hôtel de Rambouillet comme à celui de Condé ce qu'elles pensaient de la situation :

> *Quatre nymphes, plus vagabondes*
> *Que celles des bois et des ondes,*
> *A ceux qui d'un cœur attristé*
> *Maudissent leur captivité.*
>
> *Nous de qui tant de beaux esprits*
> *Ont conté cent mille merveilles*

Les dames de l'hôtel de Condé

Que nos beautés n'ont pas de prix
[...]
Nous qui prétendions en tous lieux
Etre incessamment admirées
[...]
Nous ne trouvons pas un seul lieu
Où retraiter en toute la terre
[...]
Au bruit de ce mal dangereux
Chacun fuit et trousse bagage
Car adieu tous les amoureux
Si nos beautés faisaient naufrage
[...]
Voilà celles que les mourants
Nommaient les astres de la France ;
Mais ce sont des astres errants
Et qui n'ont guère de puissance.

L'épidémie régressait. On rapatria les « nymphes errantes » un peu surprises et même légèrement vexées d'occuper moins de place qu'elles ne l'espéraient dans la vie et les préoccupations de leurs galants. L'éternelle guerre contre l'Espagne allait reprendre, mais s'y joignaient avec les mauvais résultats de santé du Cardinal une rumeur sourde, une vague atmosphère de conspiration. En fait, il s'en levait une, encore larvée, celle que menait le Grand Ecuyer de France – que l'on appelait Monsieur le Grand –, le jeune et beau Cinq-Mars pour lequel Louis XIII, déclinant lui aussi, s'était pris d'une profonde affection, qu'il traitait en fils préféré et qui, naturellement, en abusait. On chuchotait que, bien entendu, Monsieur, frère du Roi, en était, et que la Reine même ne l'ignorait pas.

Plein d'espoir, et Claire-Clémence une fois guérie, Enghien avait repris sa vie de célibataire en se félicitant d'avoir si rondement joué sa partie, avec l'aide de Dieu peut-être, ce qui le confortait dans sa volonté de laisser sa femme vierge. Aussi fut-il fort surpris par la visite inopinée de son père et du langage qu'il lui tint :

— Les gens mariés doivent vivre ensemble et il serait temps que vous cessiez de vous tenir loin de votre femme. Vous avez accompli votre devoir envers elle durant sa maladie, ce qui est louable, mais maintenant vous devez habiter tous deux votre propre demeure : j'entends ce bel hôtel tout neuf où vous ne mettez jamais les pieds. A moins que vous ne préfériez la Bastille ?

— La Bastille ?

— Naturellement, puisque vous agissez en rebelle... Mais, rassurez-vous, les princes du sang y sont convenablement traités !

Peu tenté, néanmoins, le jeune duc choisit la cohabitation... qui ne serait peut-être pas très longue ? Et c'est ainsi qu'un beau soir, la petite duchesse revit l'époux qu'elle s'obstinait à adorer au seuil de l'hôtel de La Roche-Guyon dans lequel ils pénétrèrent côte à côte. Après quoi, dès le vestibule, il la salua... et fila droit à l'hôtel de Rambouillet où il était pratiquement certain de retrouver Marthe du Vigean. Il passa en sa compagnie une charmante soirée, emplie d'espérance, avant de rentrer sagement chez lui, mais pas dans l'appartement de Claire-Clémence, qui attendait pourtant tellement sa visite qu'elle pleura toute la nuit.

L'écho de ses larmes atteignit à la vitesse du courant d'air l'oreille sensible de Richelieu et Enghien n'oublierait plus, de sa vie, cette nuit de janvier 1642 où, tandis qu'une tempête de neige aveuglait Paris, le Cardinal manda à son chevet ce garçon devenu son neveu à son corps défendant et pour lequel il n'avait eu jusque-là que des bontés. Cette fois le rebelle allait entendre un autre langage :

— Monsieur le Duc, commença-t-il, voici bientôt un an que vous avez épousé ma nièce, et non seulement elle ne présente encore aucun signe de grossesse, mais en plus on m'assure que vous ne la voyez autant dire jamais... hors ce temps de maladie où vous avez assumé votre devoir de protection, ce dont je vous remercie. Mais ce n'est pas en tant que garde-malade que je vous ai choisi, et je vous croyais plus soigneux de votre nom !

Enghien, impressionné en dépit de son audace, ne pouvait détacher son regard de cette longue forme maigre au visage émacié encore aminci par la splendeur des courtines pourpres et des oreillers d'une blancheur éclatante. L'homme s'amenuisait en son aspect physique, mais l'esprit restait le même : intact, impérieux, dominateur. Ne sachant que répondre, le jeune homme se contenta de courber les épaules, en attendant la suite qui ne tarda guère :

La colère du Cardinal et ce qui s'ensuivit...

— Demain, reprit le Cardinal, je rejoins le Roi à Fontainebleau d'où nous partirons pour le Languedoc où se lèvent des troubles. Voyez-vous, hier Sa Majesté me priait de vous emmener afin de vous attribuer, aux armées, un rang digne de votre vaillance et de votre nom... soucieux de se continuer ! Qu'en pensez-vous ?

Louis se sentit pâlir. C'était sa vie qui allait se jouer dans cette chambre.

— Votre Eminence devrait comprendre que le jeune âge de la duchesse...

— Balivernes, Monsieur ! Votre épouse va avoir quinze ans. Elle est en âge de porter un enfant. Encore faudrait-il pour cela que vous vous y employiez !

— Ma santé a occasionné des inquiétudes pénibles à mes proches, et je n'ai guère eu le temps de...

Avec effort, Richelieu se redressa dans son lit, foudroya le jeune homme du regard et pointa vers lui sa main décharnée :

— Assez, Monsieur ! Ne jouez pas au plus fin avec moi ! Le temps ne me semble pas vous faire défaut pour fréquenter la Chambre bleue de Mme de Rambouillet. Je sais ce que vous pensez, ce que vous attendez, mais ne comptez pas sur ma mort pour faire vos affaires et vous libérer du serment prononcé devant l'autel. J'ai la promesse du Roi. Vous n'obtiendrez un commandement digne de vous que lorsque votre femme attendra un enfant !

— Mais...

— Pas de mais ! Allez, Monsieur, et songez à ce que je viens de vous dire. Il vous faut choisir : la gloire et ma nièce à vos côtés, ou la piètre auréole d'un muguet de ruelle avec Mlle du Vigean – dont j'ai d'ailleurs bien meilleure opinion que de vous-même ! C'est une âme pure, droite. Seule votre passion la détourne de Dieu qui l'attire. Elle méritait mon respect. De là vient que je ne l'ai pas fait écarter de la Cour. Elle le mérite toujours : vous le lui direz... quand vous lui ferez vos adieux !

A reculons, saluant profondément ainsi qu'il convenait mais la rage au cœur, Enghien sortit de cette pièce où venaient de se briser ses rêves. Dans la cour sa voiture l'attendait. Il réfléchit un moment avant d'y monter. Puis, soudain déterminé, il s'y engouffra :

— Touche à l'hôtel ! hurla-t-il à son cocher. Je vais chez moi !

Il était tard déjà. La nuit était avancée et la plupart des Parisiens dormaient... N'attendant rien de particulier, Claire-Clémence en faisait autant, mais elle s'éveilla en sursaut quand Louis, aussi pâle qu'un mort, entra chez elle avec fracas.

— Par ordre du Cardinal, votre oncle, je dois vous faire un enfant, Madame ! Eh bien, me voici !

A l'aube il la quitta sans un mot pour regagner sa propre chambre. Et cette fois, elle éclata en sanglots désespérés. Oh, elle était bien réellement devenue sa femme, mais de cet instant dont elle avait tant rêvé elle ne retirait que souffrance et humiliation. L'homme qu'elle avait idéalisé, adoré à l'égal d'un dieu, l'avait traitée cette nuit comme une fille dans le fracas d'une ville prise d'assaut... Sans pitié pour sa jeunesse ni sa pudeur, il s'était comporté en soudard. Le prix de la terrible leçon infligée par le Cardinal, c'était elle qui venait de le payer.

Son « vainqueur » était à peu près dans le même état qu'elle. Rentré dans son appartement, il se lava entièrement – ce qui ne lui arrivait pas souvent ! –, changea de vêtements. Puis, prenant une plume et du papier, il traça un bref message à l'intention de Richelieu, trois mots seulement : « Vous êtes obéi ! », et sa signature. Il scella sa lettre, l'envoya porter au Palais-Cardinal et alla s'effondrer sur son lit en sanglotant. Pour lui tout était consommé !

Le mélange de sangs dont il ne voulait à aucun prix, qu'il avait tellement redouté qu'il en était tombé malade, était accompli. Même s'il ne parvenait pas à l'expliquer, il était sûr qu'un enfant naîtrait de cette nuit cauchemardesque. Si c'était une fille, le mal serait moindre, mais, de toute façon, il n'était plus possible de revenir en arrière : son mariage ne pouvait plus être dissous. Jamais sa douce Marthe ne deviendrait duchesse d'Enghien ! Pire encore, il ne la verrait sans doute plus. En faisant allusion à sa piété, Richelieu n'avait qu'à peine dissimulé son désir de la mener doucement vers le couvent... Leur vie à tous les deux était irrémédiablement gâchée...

Il appela alors pour qu'on lui serve du vin... beaucoup de vin !

Personne ne parut. Entrant dans une rage folle, il empoigna le premier objet qui tomba sous sa main et, jurant comme un charretier en réclamant à boire, il l'envoya contre la porte au moment même où elle s'ouvrait... sur sa mère qu'heureusement le battant protégea.

— Vous voulez du vin, mon fils ? fit-elle de sa voix douce. N'est-ce pas un peu tôt ?

— Ni trop tôt ni trop tard ! Je n'en boirai jamais assez pour effacer la nuit infernale que j'ai dû vivre ! Par ordre... ajouta-t-il en serrant les dents si fort qu'elles grincèrent.

Elle sourit, vint se pencher sur lui pour envelopper sa tête de ses bras, le laissant savourer un instant leur tendresse et aussi le parfum familier de rose et d'iris dont il emplit ses narines avec bonheur. Il avait toujours adoré sa mère, pour sa beauté sans doute, mais aussi pour sa bonté, qui était réelle, et l'amour qu'elle lui avait prodigué, à lui et aux autres : la superbe Anne-Geneviève et le petit Armand, disgracié et que pourtant elle n'avait pas pu élever plus que lui-même. Il avait vécu son adolescence en province, régentée par des maîtres et bien peu de ménagements. Cela leur avait au moins permis d'apprécier leur bonheur en rejoignant l'entourage maternel.

— Ainsi, murmura-t-elle tout en lui caressant le front, vous avez été contraint d'honorer votre femme ?

— Elle n'est pas ma femme et ne le sera jamais ! Tout en moi se révulse quand je la touche ! Surtout quand je pense à Marthe... si belle, si tendre !

La colère du Cardinal et ce qui s'ensuivit...

— ... mais que l'on ne vous permettra pas d'épouser et qui d'ailleurs se refuserait à passer outre les volontés paternelles !

— Votre Richelieu veut la mettre au couvent ! Et je ne la verrai plus... autrement que sous l'habit de nonne ! Au besoin, on l'y contraindra ! Et moi j'en mourrai !

— Mais non ! On ne meurt pas de confier ses amours au Seigneur. Cependant, si l'on vous voit continuer à la fréquenter aussi assidûment, il est sûr qu'elle pourrait se retrouver carmélite ou bénédictine sans même savoir comment elle en est arrivée là ! Mais si vous faisiez semblant de ne plus vous intéresser à elle ?

— Moi ? Que je... Avec le respect que je vous dois, ma mère, c'est impossible !

— Je ne vois pas pourquoi.

Laissant retomber ses bras, elle alla prendre place dans un fauteuil qu'elle avait tiré au préalable afin de voir son fils bien en face :

— On vous oblige à choisir entre votre amour – actuel tout au moins car il est rare qu'il n'y en ait qu'un dans une existence ! – et la gloire que tous s'accordent à prédire au chef que vous devez être... Je vais être plus claire : les petites joies de la vie quotidienne en échange de vos plus beaux rêves ? C'est assez infâme, mais vous pouvez y opposer – je n'emploierai pas le terme de diplomatie, car c'est un art difficile – la simple astuce...

— L'astuce contre Richelieu ? D'autant qu'il se double maintenant de ce Mazarini qui est à coup sûr un champion en la matière...

— Celui-là, on s'en souciera plus tard quand le Cardinal aura disparu... Je pense qu'en le voyant vous avez dû comprendre qu'il n'en a plus pour longtemps à être de ce monde ? Alors examinons calmement la situation : vous avez couché avec votre femme ? Bien !

— Bien ? Vous avez de ces expressions, Madame !

— Oh ! N'ergotez pas ! J'essaie de vous aider à débroussailler votre esprit ! Et je reprends mon propos. Sera-t-elle enceinte ou devrez-vous recommencer ? Non, vous ne répondez pas et vous me laissez poursuivre ! Il se peut qu'elle ne puisse pas avoir d'enfants. Auquel cas, l'Eglise ne pourra refuser à un prince du sang de France de vouloir continuer sa lignée. Je ne sais trop, en effet, si notre pauvre petit Conti sera un jour mariable...

— Mais je ne peux pas attendre des années, moi ! Ni Marthe non plus !

— Un amour digne de ce nom se doit d'être éternel, mais passons ! Si l'on regarde les choses telles qu'elles se présentent, c'est votre passion affichée pour elle que l'on vous reproche le plus ? Eh bien, cessez de l'aimer !

Enghien regarda sa mère avec une stupeur attristée : serait-elle en train de perdre l'esprit ?

— Vous me demandez l'impossible ! Elle est exquise, elle est...

— Ne recommencez pas et écoutez-moi ! Je sais que l'on ne peut pas commander à son cœur et j'allais ajouter : en apparence ! Cessez de l'aimer en apparence et, pour cela, faites la cour à une autre !

— Une autre ? Je ne pourrai jamais !

— Oh, vous m'agacez, Louis ! J'ai fière envie de vous laisser vous débattre tout seul entre votre cœur, celui de la belle Marthe, le Cardinal, votre gloire à venir... Sans compter votre père qui, s'il s'en mêle, ne manquera pas de jouer les éléphants dans un magasin de porcelaine ! Et Dieu seul sait quel résultat cela donnera.

— Oh, Seigneur ! Surtout pas !

— Ah ! On dirait que vous commencez à apercevoir la lumière !

— L'idée peut être bonne, mais elle est incomplète : Marthe est une merveille de grâce et de féminité ! Elle n'a pas son équivalent...

— Allez raconter cela à votre sœur et écoutez attentivement ce qu'elle vous répondra ! Je gage qu'elle vous jettera dehors en vous traitant de malappris, et elle aura raison !

— Il est vrai qu'elle est superbe ! soupira le jeune homme avec un rire attendri. Mais je ne peux pas courtiser ma sœur.

— Qui vous le demande ? Je ne fais que vous citer un exemple. En voulez-vous un deuxième ? Votre cousine Isabelle, qui devenue femme, promet d'être d'une rare beauté ! En outre elle est gaie, vivante, spirituelle, et si vous faisiez un tour à l'hôtel de Rambouillet, vous pourriez constater que l'on commence à faire cercle autour d'elle ! Ouvrez vos yeux, que diable !

Enghien ne répondit pas tout de suite, laissant sa mémoire lui restituer la silhouette infiniment gracieuse d'une jeune fille dont la démarche lui conférait l'air de danser, les longs yeux noirs que le rire pailletait d'or et qui, à d'autres moments, pouvaient être aussi doux, aussi insondables qu'une nuit d'été...

— Certes, il pourrait être amusant de coqueter avec elle... C'est une jeune fille en compagnie de qui on ne s'ennuie pas, ce qui est peu fréquent... Mais il va me falloir prévenir ma chère Marthe que je ne voudrais faire souffrir pour rien au monde. Elle est tellement sensible!

Mme de Condé fronça le sourcil.

— Croyez-vous que ce soit utile?

— Mais naturellement! Elle pourrait éprouver de la jalousie... Je dois donc la prévenir...

— C'est une manie! Si elle se montre mauvaise comédienne, Isabelle, qui est loin d'être idiote, devinera ce qu'il en est et en souffrira. Or, je ne veux pas qu'Isabelle souffre si peu que ce soit! Vous m'avez comprise?

— C'est on ne peut plus clair. De toute façon, ma mère, j'ai reçu l'ordre de rejoindre à Narbonne le Roi qui entend achever la conquête du Roussillon.

— Le Roi vous appelle? C'est bonne chose!

— Je dirais plutôt que c'est le Cardinal qui m'envoie à lui. Dès l'instant où il se sait obéi, je vais avoir droit à toute sa bienveillance, ajouta-t-il. Lui-même descend dans le Midi, mais à moindre allure en raison de son état de santé...

— Le Midi, le Roussillon, je suis peu au fait des guerres, mais il me semblait que la dernière campagne dans le Nord s'était soldée par un échec.

— En effet : le duc de Bouillon avait réuni dans son fief, à Sedan, nombre de mécontents souhaitant à la mort du Roi couronner notre cousin commun, le comte de Soissons. L'affaire marchait à souhait car les troupes royales ont été battues à La Marfée par ledit Soissons dont chacun sait, et vous aussi, qu'il n'a pas joui longtemps de sa victoire, un coup de pistolet dans l'œil l'ayant tué net le soir même.

— Mais enfin, qui l'avait tiré, ce coup ? On n'a pas pu le savoir ?

— Lui-même ! Mais on a jugé préférable de le taire et de chercher mollement un assassin plutôt que couvrir ce malheureux de ridicule !

— Le suicide est un crime, mais n'a rien de ridicule ! réprimanda-t-elle sévèrement.

— Aussi n'ai-je pas parlé de suicide ! Soissons s'est tué sans le vouloir !

— Vous vous moquez ?

— Nullement. Il avait l'habitude de relever la visière de son casque avec le bout de son pistolet. Il devait rester une balle. Le coup est parti... et la conspiration avec. Avouez que c'est stupide ! Voilà pourquoi, voulant en finir une fois pour toutes avec les révoltes et autres ambitions, le Roi a pris le chemin de Narbonne que je vais emprunter à mon tour après avoir salué Madame la Duchesse comme il se doit !

Il la trouva occupée à jouer entourée de ses femmes. Le Cardinal venait en effet de lui envoyer une de ces maisons en réduction dans l'art desquelles les fabricants de Nuremberg étaient passés maîtres. Les petits personnages qui garnissaient celle-ci reproduisaient les instants d'une maison dont la maîtresse s'apprêtait à mettre au monde un enfant. Sage-femme, médecin, servantes, parente attentive semblaient figés dans le mouvement qu'ils étaient censés accomplir et rien ne manquait : ni bassines, ni bouilloire, ni serviettes, ni toutes sortes de linges.

On s'amusait beaucoup – Claire-Clémence la première ! –, mais l'arrivée du maître éteignit les rires, sauf celui de la toute jeune femme ravie de ce présent :

— Regardez, mon cher seigneur, ce que mon bon oncle m'a envoyé ! N'est-ce pas ravissant ? Et de bon augure, ne trouvez-vous pas ?

— Je vois mal M. le Cardinal vous offrir un présent qui ne le soit pas. Cela ne lui ressemblerait guère. Cela dit, je suis venu vous faire mes adieux, Madame !

— Vos adieux ? balbutia-t-elle, déjà prête à pleurer. Mais pourquoi ? Où allez-vous ?

— C'est une question que l'on ne pose pas à un soldat ! Mais rassurez-vous, mon départ est aussi un cadeau de votre oncle qui m'envoie rejoindre le Roi dans le Midi !

— Et vous en êtes heureux ? murmura-t-elle amèrement.

— Comme tout homme bien né ! Les armes sont mon métier, Madame la Duchesse. Il faut vous en souvenir !

Avant qu'il n'ait pu prévenir son geste, elle se jeta à son cou auquel elle se suspendit en gémissant :
— Vous voulez me quitter ? Si tôt ?
Elle lui mouillait les joues de ses larmes et il détestait cela. En même temps, son regard fit le tour rapide de ces visages qui suivaient la scène avec un intérêt amusé. Certains réprimaient mal un sourire.
— Dehors tout le monde ! tonna-t-il. Je n'ai que faire de votre présence !
D'un geste brutal, il se libéra des bras de sa femme et la main levée fonça sur l'assistance. Ses colères étaient devenues célèbres. Avec un gémissement de terreur, Mme de Closel et les autres s'enfuirent en émettant des cris d'orfraie et en ramassant leurs jupes. Quand la dernière eut disparu, il éclata de rire :
— Voilà comme je comprends la politesse ! Quant à vous, ajouta-t-il à l'adresse de Claire-Clémence qui semblait pétrifiée, il serait temps de vous comporter selon votre rang et non comme une gamine capricieuse !
— Je ne suis pas une gamine capricieuse et je vous aime !
— C'est grand dommage, mais vous n'y pouvez rien et moi non plus ! Alors évitons les effusions ! Vous êtes duchesse d'Enghien, vertudieu ! Tâchez de tenir la position où l'on vous a placée.
Et il partit là-dessus, la laissant foudroyée. Ce dont il ne se souciait guère. C'était sa carrière à lui dont il convenait de se soucier : elle lui coûtait

assez cher... momentanément du moins. A la réflexion, il refusait de se plier à ce que l'on voulait lui imposer. Renoncer à Marthe ? Jamais ! Au fond, il ne restait au Cardinal que peu de temps à vivre et au Roi pas beaucoup plus. Si vraiment ce Mazarin, qu'il ne connaissait guère d'ailleurs, devait gouverner durant la minorité de Louis XIV, il pourrait être possible de s'entendre avec cet Italien que l'on disait souple et rusé. Le bonheur auprès de Marthe serait encore envisageable – et sans le payer d'une gloire qu'il sentait à sa portée. C'était à lui, à présent, de montrer assez d'habileté pour gagner sur toute la ligne... Evidemment, il y avait aussi monsieur son père qu'il respectait et redoutait même... Mais on n'en était pas là puisqu'il ne le reverrait que le temps de lui faire ses adieux et de le mettre au fait de la situation.

Rentré à l'hôtel de Condé, il trouva la maison en ébullition... et sa mère en larmes au milieu de ses dames et demoiselles qui, bizarrement, semblaient plutôt ravies... Seule sa sœur était absente...

— Ma mère ? Mais que vous arrive-t-il ? s'inquiéta-t-il en se frayant un passage jusqu'à son fauteuil. Vous pleurez et l'on dirait que cela amuse fort toutes ces péronnelles !

Son début de colère souleva des protestations unanimes dont il se soucia peu. D'ailleurs, la Princesse l'attirait à elle :

— Je pleure de joie, mon fils ! Regardez ce que je viens de recevoir ! ajouta-t-elle en montrant la lettre qu'elle tenait dans ses mains. Un messager est venu, de par la Reine, m'apporter ceci... qui m'émeut profondément...

— Qu'est-ce ?

— Chantilly, mon fils ! Chantilly que l'on me rend à moi personnellement ! Le cher château de mon enfance ! N'est-ce pas merveilleux ?

— Comment cela à vous ? protesta son époux qui entrait dans la pièce à ce moment et que le bruit avait attiré. Nous sommes mariés, que je sache, et c'est moi le chef de famille !

— Sans doute, mais, jusqu'à notre mariage, c'était ma maison...

— Que me chantez-vous là ? Vous ne quittiez pas l'hôtel d'Angoulême chez la duchesse Diane, votre intrigante de tante qui, au moins, vous habillait et ne vous réduisait pas à la portion congrue comme ce vieux grigou de Connétable, votre noble père !

Le fauteuil de la Princesse étant élevé d'une marche, elle le dépassa de la tête en se mettant debout.

— Cela vous sied bien de le lui reprocher, en vérité ! Si « regardant » qu'il soit, il était plus généreux que vous qui m'avez traînée à Bruxelles sous couleur d'une promenade et sans me laisser seulement le temps de prendre une chemise !

— Vous n'allez pas recommencer avec cette vieille histoire dont vous me rebattez les oreilles pour un oui ou pour un non !

— Pour un oui ou pour un non ? Chantilly ? D'ailleurs – et quoi que vous en pensiez – c'est à moi, et moi en personne, que la Reine va le rendre parce que c'est le fleuron des Montmorency et que le dernier duc, mon affectionné et malheureux frère (elle étouffa un sanglot), en était le maître!

— Etes-vous oui ou non princesse de Condé?

— Oui... mais pas pour mon bonheur!

— Alors il me revient : vous êtes une Condé et je suis le chef de famille!

— Vous l'avez rappelé il n'y a pas une minute! Rabâcheriez-vous, Monsieur le Prince?

— Voyez-moi l'insolente! Je ne fais que dire le vrai! Par exemple : suis-je oui ou non ici chez moi?

— Qui prétend le contraire ?

— Et vous y êtes parce que vous êtes ma femme?

— On ne peut plus exact!

— Donc, lorsque ma femme sera à Chantilly, elle sera chez moi!

— Non. C'est vous qui serez chez moi! Vous y serez accueilli, soyez-en certain, entouré de tous les honneurs dus à votre rang, mais le château va m'appartenir en propre et ne deviendra Condé qu'en héritage pour notre fils. Ainsi le précise le billet du Cardinal joint à la lettre de la Reine. Le dernier duc était mon frère!

— Parlons-en! Un traître!

Charlotte devint soudain très pâle, mais arrêta d'un geste brusque l'élan de son fils qui, s'il respectait beaucoup son père, ne tolérait que l'on blessât sa mère.

— Et qu'étiez-vous donc vous-même quand vous complotiez avec certains ennemis extérieurs, aux premières lignes desquels était l'Espagne, afin d'arracher sa couronne au bon Roi Henri ?

— Le bon Roi Henri, ricana Condé. Vous ne le trouviez si bon que parce qu'il vous avait mis la tête à l'envers et qu'il était votre amant !

Elle n'eut pas le loisir de répondre. Louis rassemblait en hâte les jeunes filles pour les inviter à sortir en clamant :

— Veuillez me suivre, gentes demoiselles ! Nous nous aventurons sur un terrain qui, touchant à la vie privée, ne saurait convenir à des oreilles innocentes !

A regret, Isabelle et les autres se laissèrent pousser dans le salon voisin en faisant de leur mieux pour essayer de saisir encore quelques bribes du débat. Il les planta là, retourna dans la salle dont il referma la porte derrière lui. L'instant suivant elles étaient collées à ladite porte. Ce dont il se douta, mais il était urgent d'apporter une médiation à cette déplorable scène de ménage. En effet, quand il rentra, la Princesse proclamait :

— Il m'aimait, lui, au moins ! Il était prêt à mettre l'Europe à feu et à sang pour me retrouver...

— Et vous appelez ça un bon Roi ? C'était un renégat ne pensant qu'à trousser les filles ! Vous comme les autres ! Mais il détestait qu'on le contrarie et c'est pourquoi, quand je vous ai enlevée, vous avez pris une telle valeur à ses yeux !

— Oh !

Emportée par la colère, Madame la Princesse, toutes griffes dehors, prenait son élan pour sauter aux yeux de son époux quand Enghien, jugeant que l'on dépassait les bornes, la saisit au vol et la retint serrée contre lui.

— En voilà assez ! rugit-il avant de conseiller plus calmement : Mon seigneur et père, vous ne devriez pas vous laisser aller à dire ces choses et...

— Quelles choses ? La France entière, si ce n'est l'Europe, n'a pas oublié les amours stériles d'un barbon couronné pour une gamine de quinze ans, et moi on me réservait le rôle de « chandelier ». D'ailleurs, votre mère se charge elle-même de cultiver le souvenir ! Elle serait navrée qu'on oubliât ! Oh, et puis mêlez-vous de ce qui vous regarde, mon fils, et allez servir le Roi. Mais, comme et jusqu'à preuve du contraire vous me devez obéissance, sachez que dorénavant je ne vous autorise à voir votre mère qu'une fois par semaine !

Le jeune homme alors salua profondément et sourit :

— Je vous supplie très humblement de me pardonner si en cela je ne vous obéis pas ! Je l'aime trop pour vous écouter ! En outre, nous partons demain pour Narbonne, mes amis et moi !

— Vos gentilshommes et vous ! rectifia Condé décidé apparemment à ne rien laisser passer. Ils sont votre maison ! Ne confondez pas !

La colère du Cardinal et ce qui s'ensuivit...

— Un Coligny ? Un Tourville[1] ? C'est vous qui confondez, Monseigneur ! Mère, ajouta-t-il tendrement en prenant sa main pour la baiser, lorsque je reviendrai, vous me ferez visiter, n'est-ce pas, ce beau Chantilly que l'on vous rend ?

— Avec bonheur, mon fils, puisqu'un jour il sera vôtre !

Mais Condé ne désemparait pas et tenait encore une réserve de fiel :

— Ne vous y trompez pas : si le Roi confirme le don de la Reine, c'est à la demande du Cardinal. Une façon comme une autre de vous remercier d'avoir couché avec sa nièce et de vous inciter à recommencer aussi souvent que possible !

Trop longtemps contenu, le caractère emporté de Louis allait peut-être le pousser à quelque extrémité et sa main s'approcha de la garde de son épée, mais il rencontra le regard implorant de sa mère et se contenta d'un :

— C'est bien ce que vous vouliez, mon père ?

En sortant, il fit reculer la troupe des jeunes filles. Pas assez vite toutefois pour qu'il ne devine ce qu'elles faisaient. Devant leurs mines confuses, il éclata de ce grand rire qu'Isabelle trouvait si séduisant.

— Voilà donc à quoi s'occupent de nobles demoiselles lorsqu'on leur ferme une porte au nez ? A essayer de surprendre les secrets telles des soubrettes de comédie ?

— Que pouvions-nous faire d'autre ? protesta Louise de Crussol qui était l'une des plus hardies

---

1. Le père du célèbre marin.

et ne cachait pas le penchant qu'elle avait pour le jeune duc. Vous nous aviez enfermées. Si vous étiez resté parmi nous, il ne nous serait pas venu à l'idée de chercher d'autres distractions !

— Mille excuses ! Eh bien, maintenant je vous libère, mais ne vous écartez pas ! Madame la Princesse, ma mère, pourrait avoir besoin de vous !

Il s'apprêtait à partir, mais se ravisa et vint prendre la main d'Isabelle qui rougit à son contact.

— Accompagnez-moi, s'il vous plaît, ma cousine ! Il faut que je vous parle ! Mais faites-vous apporter une mante : nous irons au jardin et il fait frais...

Peu après, ils marchaient lentement, côte à côte, autour des bassins rendus muets par la saison. Comme eux-mêmes d'ailleurs, et Isabelle commençait à s'interroger sur la raison qui lui avait fait souhaiter cet aparté si c'était pour cheminer en silence... Elle plissa son joli nez, eut un léger reniflement et passa à l'attaque :

— Le ciel menace, à ce que l'on dirait ! Puis-je savoir ce que vous aviez à m'apprendre de si pressant pour risquer de nous faire tremper ensemble ?

— Vous venez de prononcer le mot qui convient : ensemble ! Vous fâcheriez-vous si, ayant envie d'un instant de solitude avec vous, ce jardin m'est apparu être le meilleur endroit... même sous la pluie ? murmura-t-il.

Elle avait si souvent rêvé, dans le secret de sa chambre, d'entendre des mots de ce genre qu'elle

sentit son cœur trembler. Sa voix aussi d'ailleurs
– ce qui l'agaça ! –, quand elle répondit :
— Aurais-je quelque intérêt à vos yeux ? Vous
ne l'avez guère laissé supposer jusqu'à présent...
— Peut-être parce que je ne vous découvre
vraiment que maintenant. Lorsque je suis revenu
ici après mes études, vous n'étiez qu'une petite
fille et mon attention se portait ailleurs. Ce soir,
la petite chrysalide un peu grise s'est muée en un
éblouissant papillon que j'aimerais fixer sur mon
cœur...
— ... Au risque de le tuer ou de le faire souffrir, puisqu'il faudrait une épingle ! Vous avez la
tendresse cruelle, Monseigneur !
— C'est possible et je vous en demande
pardon, mais je ne suis pas un muguet de Cour
comme nous en connaissons, sachant filer le
madrigal, et je viens seulement de vous découvrir, ravissante Isabelle ! En outre, je ne dispose
que de peu de temps puisque demain je vais
rejoindre le Roi aux frontières...
— Autrement dit, vous avez attendu l'extrême
limite pour me faire part de vos nouveaux sentiments ? Alors qu'hier encore vous soupiriez pour
Marthe du Vigean. Sans oublier, bien sûr, la
pauvre petite que vous avez épousée !
— Je sais ! Cela paraît difficile à croire, mais je
n'ai jamais su cacher mes émotions !
— Et que vous soufflent-elles, présentement ?
— Que vous êtes divine ! Que je vous veux et
qu'en attendant de vous rendre mienne je veux
au moins emporter un souvenir !

Il l'attira à lui si brusquement qu'elle manqua tomber et, automatiquement, elle s'accrocha à lui. Ce qu'il prit pour un consentement. Refermant sur elle ses longs bras, il l'embrassa avec une sorte de voracité qui lui meurtrit les lèvres. Or ce baiser était le premier qu'elle recevait d'un homme, et ce n'était vraiment pas celui dont elle rêvait ! La colère décupla ses forces et elle réussit à l'écarter d'elle, puis, à toute volée, elle le gifla !

— Goujat ! Vous vouliez un souvenir ? Eh bien, vous l'avez !

Et, sans plus s'occuper de lui, elle tourna les talons, releva ses robes et courut vers le vestibule à l'instant même où la pluie commençait à tomber. Ce qui fit qu'elle ne réussit pas à démêler si c'était l'eau du ciel qui mouillait son visage ou des larmes de déception !

Enghien resta là un moment, sidéré par sa réaction.

— Isabelle ! appela-t-il cependant avant de s'élancer à sa suite, mais elle était déjà loin et, en atteignant l'escalier, il n'entendit qu'une porte claquant dans les étages.

Il n'insista pas, réfléchit un instant, un sourire pensif aux lèvres, puis se fit amener un cheval, l'enfourcha et s'en alla place Royale s'aérer l'esprit chez Marion de Lorme. Ce joli fruit d'Isabelle, encore un peu vert, mais qui, à maturité, promettait tant de délices, lui avait ouvert l'appétit et il se promit d'y goûter quand il reviendrait de guerre... et pourquoi pas s'en repaître. Personne ne s'en étonnerait, puisqu'on lui avait suggéré d'en faire le « chandelier » de ses amours avec Marthe. En vérité, elle méritait incontestablement mieux ! Il aurait même pu l'épouser une fois démarié – une idée à laquelle il n'avait pas encore réussi à renoncer ! C'était une Montmorency, elle, d'une naissance à peine inférieure à celle des Condés. Seul bémol : Monsieur le Prince, son père, ne lui permettrait pas davantage d'en faire sa femme que de la fille du marquis du Vigean et pour la même raison : elle ne possédait aucune fortune. Et sur ce plan Enghien n'était pas loin de rejoindre son papa. Un prince du sang avait besoin de quantité d'argent... surtout si le beau château de Chantilly faisait retour à la Princesse ! Son entretien coûtait une fortune et il n'avait pas dû recevoir de grands soins pendant ces années où le Roi l'avait saisi... Au fond, rester marié à la nièce de Richelieu – à moins qu'elle ne le rende veuf – et prendre Isabelle pour maîtresse pouvait s'avérer fort agréable. Et pourquoi pas continuer à aimer Marthe, trop pieuse pour accepter jamais de se donner à lui hors mariage ?

Ce n'était peut-être pas le comble de la morale, mais la perspective avait du charme !

Dans l'immédiat, il s'agissait surtout de passer quelques heures en compagnie de l'experte Marion avant d'aller en découdre chez les Espagnols. Le coup de l'étrier pour ainsi dire ? Le jeune Cinq-Mars, amant en titre de la belle qui suivait le Roi pas à pas, était loin dans le Midi...

Pendant que l'élu de son cœur bâtissait de si beaux projets autour de sa charmante personne,

Isabelle, affalée sur son lit, pleurait toutes les larmes de son corps. Le siècle où elle vivait, même corrigé et adouci par le rayonnement de l'hôtel de Rambouillet et de son corollaire l'Académie française fondée par Richelieu après maintes visites à la divine marquise, par les afféteries des Précieuses, le parcours de la Carte de Tendre et les envolées lyriques des poètes, n'en gardait pas moins une part appréciable des rudesses laissées par les guerres de Religion. Et si bien élevé qu'il eût été, si grand seigneur qu'il fût, il arrivait apparemment au futur Condé de se conduire sans plus de délicatesse qu'un soudard ! Son baiser brutal et dénué de tendresse avait blessé Isabelle parce qu'il ne traduisait rien d'autre qu'un désir sans nuances, alors qu'il savait si gentiment bêler aux pieds de la blonde et douce Marthe du Vigean !

« Un jour, promit-elle, c'est aux miens que je te verrai ! Et je prendrai plaisir à t'y laisser te morfondre ! »

En attendant, elle décida de passer quelques jours à Précy auprès de sa mère qui, parfois, lui manquait beaucoup, et dans ce but se rendit chez la princesse Charlotte pour lui demander la permission d'emprunter l'une de ses voitures. Elle la trouva dans son cabinet d'écriture en train de sabler et de cacheter la lettre qu'elle venait d'écrire.

— Isabelle ? Je songeais à vous faire chercher... Mais vous souhaitiez me parler ?

Cette dernière exprima son désir en précisant qu'elle brûlait d'apprendre à Mme de Bouteville

La colère du Cardinal et ce qui s'ensuivit...

la grande nouvelle qui lui causerait certainement un plaisir infini :

— Outre la part qu'elle prendra de sa chère cousine, c'est avec beaucoup de joie qu'elle verra revenir le jour de l'étroit voisinage d'autrefois... Et puis pour le premier revoir...

— N'avancez pas plus loin, Isabelle! On vient de m'apporter il y a un instant une lettre du Cardinal. Il me recommande de garder secret le retour de Chantilly jusqu'à ce que le Roi contresigne la décision que Sa Majesté la Reine a eu la bonté de lui accorder comme la plus propre à rendre du bonheur à celle qui accueille sa nièce à l'égal d'une autre fille!

— Pourquoi?

— Il m'offre ses excuses sur la hâte qu'il avait de me faire plaisir et précise qu'il ne s'agit que d'un léger retard!

— Donne-t-il une raison à ce retard?

— Il paraîtrait que M. de Cinq-Mars serait très désireux de recevoir Chantilly. Et comme jusqu'ici le Roi ne lui a pas refusé grand-chose...

— Cela signifie-t-il qu'on ne vous le rendra pas?

— Pas du tout! Il ajoute une phrase un brin sibylline touchant le fait que M. le Grand[1] pourrait s'illusionner sur ses espoirs et, d'après ce que j'ai compris, tomber de haut dans un avenir proche... Donc, on attend! Il ne s'est rien produit d'extraordinaire ce matin, et nous n'allons plus à Chantilly...

---

1. On appelait ainsi le Grand Ecuyer de France. Ce qu'était devenu Cinq-Mars.

— Monsieur le Prince doit être furieux...

— Non, figurez-vous ! J'ai même eu l'impression que cela le réjouissait plutôt ! Sans doute espère-t-il que la donation définitive sera à son propre nom ! fit-elle avec un peu d'amertume.

— Et... que dit Monsieur le Duc, si je peux me permettre ?

— Qu'il part sur l'heure rejoindre le Cardinal ! D'accord avec monsieur son père pour une fois et fermement décidé à veiller sur Son Eminence. Il ne manquerait plus que ce bellâtre de Cinq-Mars ne le tue comme il en court le bruit ces temps-ci...

— La mort du Cardinal ? N'est-ce donc pas ce que souhaitait mon cousin afin de se démarier ?

— Si ma belle-fille était grosse, cela rendrait la séparation difficile. En outre, si mon époux et mon fils ont toujours détesté Richelieu, la seule idée qu'un muguet de Cour puisse prendre sa place les rend malade ! Lui, au moins, a de la grandeur ! Aussi, profitant de ce qu'Enghien est appelé auprès de Son Eminence, Monsieur le Prince lui a-t-il confié mission de veiller sur lui !

— Il est fort malade, à ce que l'on disait ces jours-ci chez Mme de Rambouillet...

— Certes ! Cependant la conspiration menée par Cinq-Mars contre lui n'est plus un secret pour personne... sauf pour le Roi qui ne cesse de lui donner plus d'amitié qu'il n'en mérite et qui refuse d'y ajouter foi ! Vous voulez toujours aller à Précy, Isabelle ?

Si jeune qu'elle fût, celle-ci connaissait trop sa cousine – à qui elle vouait une sincère affection –

pour ne pas déceler une certaine fébrilité, de l'angoisse même dans sa voix :

— Non puisque la nouvelle n'est pas confirmée... Et si ma présence... et ma tendresse pouvaient vous apporter...

— Du réconfort ? N'en doutez pas, mon enfant ! Vous n'imaginez pas à quel point votre gaieté et votre bon cœur peuvent être stimulants...

Isabelle avait la langue levée pour faire au moins allusion à Anne-Geneviève quand elle entendit :

— Voyez-vous, je crains que les jours à venir ne soient difficiles à vivre dans cette maison !

— A cause de Chantilly ?

— Du tout ! Mon époux serait plutôt satisfait de la façon dont tournent les événements à ce sujet. Je pense à ses relations futures avec notre fille. Il a décidé de la marier. Etant donné qu'elle a vingt-trois ans, je n'y serais pas hostile si le choix du mari était judicieux, mais je crains fort qu'elle ne l'accepte difficilement !

— N'a-t-on pas évoqué, je ne sais plus où ni quand, la demande du duc de Vendôme pour son fils cadet, le jeune... et très beau duc de Beaufort ?

En réalité, cette soudaine amnésie servait de paravent à l'un des nombreux papotages de François qui, n'eût-il été gentilhomme, aurait pu faire carrière dans *La Gazette* de Théophraste Renaudot. Mais apparemment la provenance du renseignement importait peu à la Princesse.

— En effet, soupira celle-ci, et je ne m'y serais pas opposée parce qu'il est joyeux vivant et d'une rare vaillance. N'est-il pas le petit-fils de mon si cher et si regretté Roi Henri ? ajouta-t-elle avec un soupir qu'accompagnait une larme au coin de ses beaux yeux. Par voie bâtarde malheureusement[1]. En outre je ne suis pas certaine que ma fille l'eût accepté parce qu'il n'a aucune culture et que, selon ses goûts, un bel esprit eût été mieux venu !

— Et l'heureux élu de Monsieur le Prince en est un ?

— Que non. Mais c'est le plus beau parti de France ! Financièrement tout au moins ! Et de sang royal. C'est le duc de Longueville, prince de Neuchâtel, descendant du fameux Dunois, bâtard d'Orléans, mais dont la famille a obtenu, en... 1571, je crois, la qualité de princes venant immédiatement après les enfants royaux.

— D'un bâtard à l'autre, je ne vois pas la différence, remarqua Isabelle qui n'avait pas hérité de l'intérêt de sa mère pour l'histoire de France.

— Deux siècles et le titre d'altesses !

— A merveille ! Ma cousine va être enchantée !

— Cela m'étonnerait ! Le duc a quarante-sept ans, il est malade et fatigué. Veuf par-dessus le marché, et pourvu d'une fille, Marie d'Orléans, qui a tout juste un an de plus qu'Anne-Geneviève. Il est en outre l'amant de la duchesse de Montbazon qu'il n'a nulle envie de quitter, bien qu'elle le trompe avec François de Beaufort ! Pour

---

1. César de Vendôme était l'aîné des fils d'Henri IV et de Gabrielle d'Estrées, morte à la veille de son mariage. Il avait épousé Marguerite de Lorraine. Voir *Secret d'Etat*, Plon, 1997.

ne rien oublier, j'ajoute qu'il est gouverneur de Normandie... et qu'il aime à y résider ! Qu'en dites-vous ?

— Si ce n'est pas un « bel esprit », ma cousine refusera et...

— ... et nous allons vivre des jours abominables dans cet hôtel. N'oubliez pas que, mon époux étant gouverneur de Paris avec le chancelier Séguier pendant que le Roi est en guerre, il loge ici, ce qui est bien naturel. Et que père et fille n'auront que trop d'occasions d'échanger leurs points de vue ! Je le répète : nous n'allons pas nous amuser tous les jours ! Alors qu'au moins je garde auprès de moi votre sourire et l'inusable gaieté de François, mon gentil page !

En redoutant ce qu'allait être l'existence à son foyer pendant les dernières semaines de l'hiver et du petit printemps de cette année 1642, Charlotte de Bourbon-Condé faisait preuve d'une remarquable profondeur de vue pour une femme que d'aucuns jugeaient volontiers frivole et trop amie des plaisirs mondains. Ce fut une sorte d'enfer que, dans les débuts, elle s'efforça de fuir de son mieux en multipliant les visites à la chère Catherine de Rambouillet, escortée de la seule Isabelle et en laissant François à la maison, son œil vif et son oreille fine faisant de lui un observateur d'une qualité exceptionnelle.

Cela commença pendant le souper au soir du 1er mars, quand on eut apporté le dessert. Monsieur le Prince prit, devant lui, la coupe qu'un valet avait emplie du vin de Vouvray qu'il aimait particulièrement, et la leva d'un air riant :

— A présent, nous allons boire à votre bonheur, ma fille ! Il est grand temps de vous marier et je viens d'accorder votre main au seul qui par son rang soit digne de la recevoir !

Anne-Geneviève avait imité machinalement son geste. Elle reposa le verre sans y avoir trempé les lèvres et remarqua froidement :

— Vraiment ? A quatre ans, Monseigneur le Dauphin me semble un peu jeune pour briguer ma main.

Condé ne perdit pas une minute pour se mettre en colère :

— Le Dauphin ? Etes-vous folle, ma fille ? Vous avez l'âge d'être sa mère ! Le beau couple que vous formeriez là ! Mais on dirait que coiffer la couronne est en passe de devenir une manie, ici ?

La voix avait grimpé de plusieurs tons, aussi son épouse se lança-t-elle courageusement dans la bataille en gestation :

— Allons ! intervint-elle, avec son beau sourire. Vous ne devriez pas prendre ombrage d'une simple boutade dans laquelle vous ne devriez voir que l'orgueil d'être votre fille. Apprenez-nous plutôt qui est le prétendant qui a su retenir votre attention.

Du coup, l'aimable Condé tourna contre elle sa mauvaise humeur :

— Quelle mouche vous pique de faire la sucrée, Madame ? Vous le savez parfaitement puisque je vous ai prévenue du projet ! Alors dites ce qu'il en est à cette péronnelle !

La colère du Cardinal et ce qui s'ensuivit...

— Je préférerais que ce soit vous, mais si vous y tenez ! Eh bien, c'est le duc de Longueville qui est, comme vous le savez, prince du sang et...

— Jamais ! Moi, épouser ce vieillard ?

— Vous êtes aimable, tonna Condé. Ce vieillard n'a que six ou sept ans de moins que moi !

Anne-Geneviève ne put retenir un éclat de rire :

— Je sais depuis longtemps que toutes les petites filles, lorsqu'on leur pose la question, répondent qu'elles souhaitent épouser leur père ! Mais seulement quand elles sont des bambines ! Et ce n'est pas mon cas !

— Cela vous a même bien passé ! grogna son géniteur. Encore quelques années et c'est sainte Catherine que vous coifferez et vous resterez vieille fille !

Sans en entendre davantage, elle se leva et plongea dans une brève révérence :

— Avec votre permission, Monsieur le Prince, je vais me retirer ! J'ai besoin de réfléchir... Mais de toute façon ce sera non !

— Vous n'en avez pas le droit ! Vous me devez obéissance absolue et vous le savez !

Mais déjà elle était sortie et Condé retourna sa mauvaise humeur contre sa femme :

— Voilà ce que l'on gagne à fréquenter les prétendus « beaux esprits », leur « Carte de Tendre » et je ne sais quelles niaiseries encore ! Il ne manquerait plus qu'elle soit entichée de l'un d'eux !

— Elle a trop conscience du rang où l'a placée sa naissance, comme je vous l'ai dit. Si elle aimait – ce que j'ignore ! –, ce ne pourrait être qu'un homme qu'elle puisse admirer...

— Longueville n'est pas un lâche ! Il sait se battre et commander. En outre, il est du sang d'Orléans qui fut élevé au trône en la personne de Louis XII. Enfin, il est fabuleusement riche, ce qui permettra à son épouse une vie fastueuse ! Votre fille devrait y être sensible...

Le débat fut clos pour ce jour-là, mais ce n'était que la première escarmouche. Anne-Geneviève se battit pied à pied sur la mauvaise santé du duc – ce à quoi on lui répondit qu'elle n'en serait veuve que plus tôt, sur sa liaison avec la duchesse de Montbazon qu'il ne voulait point rompre bien que la belle fût aussi celle de Beaufort dont elle était très amoureuse, sur la présence « incommodante » d'une belle-fille : ce qui lui valut d'entendre que Marie d'Orléans était la meilleure fille du monde et qu'elle s'entendrait certainement au mieux avec elle...

Naturellement elle se garda d'avancer une raison sentimentale, la seule qui lui fût sensible : elle aimait Maurice, l'aîné des fils du maréchal duc de Châtillon, qui lui vouait une réelle passion. Mais on lui eût renvoyé la religion. Les descendants de l'amiral de Coligny, assassiné pendant la Saint-Barthélemy, étaient évidemment protestants, tout comme l'étaient les Condés avant qu'Henri IV ne les oblige à la conversion ! La bataille n'en eût été que plus rude, même si, pour l'amour d'elle, le futur duc fût prêt à abjurer.

Ne restait qu'une objection : l'orgueil... Et là, elle fut intraitable. Elle refusait de perdre son rang de princesse royale et exigeait un brevet du roi lui donnant la préséance sur Longueville...

La colère du Cardinal et ce qui s'ensuivit...

Et elle l'obtint !

Le 2 juin de cette année 1642, Henri d'Orléans duc de Longueville épousait Anne-Geneviève de Bourbon-Condé au milieu d'un faste inimaginable.

Dans le magnifique château de Coulommiers – le plus beau sans doute de la région parisienne avant que ne s'élèvent Vaux-le-Vicomte et surtout Versailles – se déroula une fête mémorable où se pressaient les plus grands noms, les esprits les plus illustres – une bonne partie de l'hôtel de Rambouillet –, à l'exception de tous ceux qui étaient aux armées dans le Nord ou le Sud ! – la reine Anne d'Autriche y vint avec le dauphin, mais l'on n'y vit, par la force des choses, ni Louis XIII, ni le Cardinal... ni le duc d'Enghien qui avait fait un crochet par Dijon afin de présider les états de Bourgogne avant de rejoindre Richelieu.

Toutes ces absences procuraient du grain à moudre aux bavards. L'idée générale étant que, pour un événement de cette importance, on aurait pu attendre que ce que l'on pourrait appeler la saison des guerres fût passée !

Une impressionnante somptuosité donc, mais dénuée de gaieté. Tous les yeux, naturellement, étaient tournés vers la mariée, « belle comme un ange », mais dont le sourire – rare ! – se nuançait d'un défi inexplicable. L'heureux père, lui, éclatait d'orgueil et de satisfaction, mais les nombreux amoureux d'Anne-Geneviève avaient peine à cacher une douleur proche de la colère... Le poète Jacques Sarrazin traduisit le sentiment général :

[...] *mais ce qui plus me touche est qu'en cette hyménée*
Cette jeune beauté, vrai miracle des cieux,
Au pouvoir d'un mari se voit abandonnée
Qui ne mérite pas un regard de ses yeux.
Elle est comme une rose en la saison nouvelle
Qui tombe entre les mains d'un passant malappris,
Indigne de toucher une chose si belle
Dont il ne connaît pas la splendeur et le prix...

Inutile de préciser que le « passant malappris » n'eut pas droit à une lecture de ce chef-d'œuvre qui, chez les éplorés, ne consola pas grand monde d'ailleurs mais donna à penser à Isabelle. La jeune fille connaissait trop sa cousine pour s'être laissé prendre à l'intéressante pâleur et au côté « Iphigénie » de cette belle créature dont, mieux que personne peut-être, elle avait décelé la détermination. Bien loin de plaindre la « jeune beauté » et sa mine pathétique, c'était au mari qu'elle réservait sa compassion parce qu'il ne savait pas qui il épousait au juste. Et s'il pensait s'attacher une belle épouse uniquement vouée à sa descendance, à sa gloire, en fermant des yeux pudiques sur sa conduite – son exigence de conserver une maîtresse dont il était fier étant plutôt révélatrice sur ce point ! –, il aurait certainement des surprises... et avant qu'il ne soit longtemps.

La colère du Cardinal et ce qui s'ensuivit...

Quand, à son tour, elle lui avait offert ses félicitations, la nouvelle duchesse de Longueville avait murmuré :
— Vous me devez un ruban !
— Pas encore, avait-elle répondu. Attendez que je sois mariée.
— De toute façon, vous n'arriverez jamais où je suis !
— A votre place, non, mais peut-être à côté...

4

La prémonition

Dire qu'Isabelle éprouva un vif chagrin de voir sa cousine abandonner l'hôtel de Bourbon-Condé pour les fastes de l'hôtel de Longueville serait beaucoup exagérer, d'autant que, se situant rue des Poulies et donc proche du Louvre, il fallait pour s'y rendre traverser la Seine et une partie de Paris. Depuis l'annonce de ses fiançailles, Anne-Geneviève usait envers les filles qui composaient la petite cour de sa mère – et en particulier Isabelle ! – d'un certain ton quasi royal qui, joint à sa nonchalance habituelle, avait le don de taper sur les nerfs de celle qui se retrouvait plus cousine pauvre qu'elle ne l'avait jamais été. Les derniers temps surtout, où affluaient les présents visant à peu près tous la parure de la déesse. Or Isabelle adorait les joyaux, avec une préférence pour les perles, les diamants et les rubis, et ceux qu'elle voyait arriver la faisaient parfois pâlir de jalousie bien qu'elle se gardât de tout commentaire.

François, lui, s'en amusait franchement. Assidu à l'étude autant qu'à l'entraînement à l'académie de M. de Benjamin, il grandissait et, en dépit de

La prémonition

sa bosse, il était en train de devenir non seulement un excellent cavalier mais aussi une lame redoutable, si bien que sa mère craignait qu'il ne s'engageât un jour sur la pente fatale de l'échafaud de la place de Grève. D'autant qu'il avait l'esprit vif, l'orgueil chatouilleux et qu'il adorait sa sœur.

— Pourquoi lui envier ses parures ? dit-il un jour où la future duchesse faisait étalage d'un superbe ornement de corsage composé justement de trois gros rubis, de perles et de petits diamants. Ses yeux ont la couleur des turquoises et le rouge lui messied ! Et puis rassurez-vous ! Je sais qu'un jour vous posséderez une cassette aussi magnifique, sinon plus !

— Où prenez-vous cela ? Sauriez-vous déchiffrer l'avenir ?

— Peut-être ! Et puis vous êtes trop attirante pour ne pas séduire au moins un prince... Et puis vous êtes une Montmorency, que diable !

— C'est ce dont j'essaie de me persuader depuis que j'ai parié avec elle que je deviendrai aussi « haute ».

— Vous n'auriez pas dû. Elle voudra toujours monter plus haut !

— Il y a cependant des limites que l'on ne peut pas dépasser !

— Sans doute, mais elle ne le sait pas... ou préfère ne pas le savoir. Elle se croit d'essence divine. Les nuages d'encens dont on ne cesse d'entourer sa beauté lui donnent d'elle-même une idée superlative de sa personne et elle s'imagine issue de la cuisse de Jupiter. Un seul lui semble digne de l'accompagner dans cette gloire : Monsieur le Duc, son frère bien-aimé !

— Mais elle ne pouvait tout de même pas épouser son frère !

— Si cela avait été possible, rien ne l'aurait rendue plus heureuse ! Quant au vieux Longueville, il ne doit sa « chance » d'avoir épousé Vénus, revenue parmi les mortels, qu'à son immense fortune, son âge avancé, son gouvernement de Normandie... où il est bien obligé de résider... Pendant ce temps-là, elle régnera sur Paris pour charmer les longueurs de l'attente !

Isabelle considéra son jeune frère d'un air pensif.

— C'est la fréquentation des beaux esprits de l'hôtel de Rambouillet qui vous rend si « clairvoyant » ? Si je ne savais que vous n'avez pas tout à fait quatorze ans, à vous entendre on croirait que vous en avez vingt-cinq ou trente, sinon davantage ! Quel penseur impitoyable ! Je pensais que vous les aimiez ?

— Distinguons ! Lui, oui, je l'aime, et surtout j'admire le chef remarquable qu'il ne manquera pas de devenir et sous lequel j'espère servir dès l'année prochaine ! D'ailleurs il me l'a promis ! Il sait commander et il a de la stratégie, des vues éblouissantes... Combattre à ses côtés sera un honneur et un plaisir !

— Ainsi vous serez soldat ?
— Quoi d'autre ?
— Vous pourriez être... ambassadeur, diplomate ?

La prémonition

— Vous savez parfaitement que les armées sont le seul destin qui me convienne, et qui convienne au nom que je porte !

Isabelle se souvint alors de ce que lui avait raconté la princesse Charlotte quelques années auparavant. Comme celle de ce père dont elle rêvait, la tête du frère bien-aimé de Mme de Condé venait de tomber sous l'épée du bourreau. Elle et Angélique de Bouteville avaient longuement pleuré ensemble. Ensuite Mme de Bouteville s'était rendue au Louvre accompagnée de François. Tous deux en grand deuil. Là elle avait demandé audience au Roi et, comme on lui avait répondu qu'il se promenait dans la galerie du bord de l'eau avec M. le Cardinal, elle était allée droit vers eux et, après une profonde révérence, elle avait, une main sur l'épaule de son fils, déclaré :

— Sire ! Voici le dernier des Montmorency que je vous amène ! Faites-en ce que vous voudrez !

Puis, tournant les talons, elle était partie en laissant l'enfant ! Sans que d'ailleurs celui-ci cherche à la suivre. Ce petit bonhomme d'à peine cinq ans était resté debout, très digne devant les deux hommes. Et Louis XIII avait alors posé une main sur sa tête tandis que le Cardinal soupirait :

— Plus que jamais je regrette qu'un tel sang eût été répandu en vain... Il faut prendre soin de ce qu'il en reste !

Et c'est muni d'une lettre royale qu'il avait été ramené à l'hôtel de Bourbon-Condé dans une voiture de la Cour par le chancelier Séguier... Le dernier des Montmorency était confié officiellement à Monsieur le Prince, époux de la dernière du nom...

— Il me semble que nous nous sommes beaucoup écartés de notre sujet initial, fit soudain Isabelle pour rompre le silence qui s'était installé. Où en étions-nous donc? Ah oui! Vous disiez qu'Anne-Geneviève aurait préféré son frère à tout autre épouseur, mais ce n'est pas son cas à lui, n'est-ce pas?

— La belle Marthe du Vigean pour laquelle il souhaitait si fort se démarier dès que le Cardinal aurait quitté cette terre de douleurs? En fait il ne l'a aimée que parce qu'elle et notre cousine ne se quittaient jamais, l'une étant un peu le reflet de l'autre. En outre, il faut avouer qu'elle est vraiment ravissante, si blonde elle aussi! C'était facile de reporter sur elle son amour pour sa sœur, mais souvenez-vous que les relations se sont refroidies entre les deux filles quand notre nouvelle duchesse a compris que c'était pour épouser son amie que son frère désirait tant être libéré d'un mariage qui l'insupportait et l'insupporte toujours! Cela va être amusant d'observer ce qui se passera maintenant qu'Anne-Geneviève est libre...

— Libre? Vous confondez, François! Elle est mariée...

— Je sais, mais je sais aussi ce que je dis! Réfléchissez! Elle n'a plus aucun compte à rendre à personne, sinon à un vieux mari qui passera le plus clair de son temps en Normandie et qui ne se donnera pas le ridicule de l'enfermer ou seulement de la surveiller. Il entend bien continuer à batifoler avec sa Montbazon. En admettant que notre cousine en ait envie, elle va pouvoir prendre tous les amants qu'elle voudra !

— Est-ce que vous n'oubliez pas quelqu'un ? fit Isabelle en souriant.

— Et qui donc, mon cœur ?

— La belle-fille, pardi ! Cette Marie d'Orléans que Longueville a eue de son premier mariage avec Mlle de Soissons. Elle n'a que dix-sept ans et, sous son air paisible, je la soupçonne de savoir très bien ce qu'elle veut et aussi le moyen de l'obtenir.

— Oui, mais ne comptez pas là-dessus ! Comme elle la déteste déjà, elle n'aura aucune envie de cohabiter avec elle et se cantonnera dans le superbe château de Coulommiers, qui lui appartient d'ailleurs...

— Ne compliquez pas tout ! Une chose est certaine : me voilà débarrassée de la divine Anne-Geneviève désormais nantie d'un superbe hôtel à Paris, sans oublier...

— A votre place, voyez-vous, j'en serais moins sûre parce que...

Il n'acheva pas sa phrase. Soudain furieuse, Isabelle avait saisi le premier objet qui se trouvait sous sa main – en l'occurrence un innocent drageoir posé sur un meuble – pour le lui envoyer à la tête.

— Dehors, oiseau de mauvais augure ! On dirait que vous prenez un malin plaisir à me gâcher la vie avec vos prédictions fabriquées de toutes pièces...

Les dames de l'hôtel de Condé

Manquant son but, la boîte de faïence alla se briser contre la porte derrière laquelle le jeune garçon avait déjà disparu, en répandant ses sucreries sur le sol. Isabelle l'entendit rire aux éclats, renonça à le poursuivre, puis se baissa pour ramasser les dragées et en croquer pour se remonter le moral. Après quoi, s'affalant dans un fauteuil devant une fenêtre ouverte sur la senteur délicieuse des roses du jardin, elle se mit à rire à son tour. Ce François !

Et pourtant...

La belle tranquillité dont Isabelle se promettait tant de joie n'allait guère durer. Quelques jours après le mariage de sa cousine, Cinq-Mars, de Thou et les principaux conspirateurs contre la vie du Cardinal et la sécurité de la France étaient arrêtés, dénoncés par la Reine, prise d'un remords de conscience, mais aussi peut-être poussée discrètement par le cardinal Mazarin devenu le bras droit de Richelieu et dont la finesse retorse devinait et découvrait quantité de choses. Anne d'Autriche, consciente enfin de son rang et de la certitude que, bientôt veuve, elle allait devenir mère du Roi, avait fait parvenir à son ennemi de toujours copie du traité que les conjurés avaient signé avec l'Espagne... Or, parmi ceux-ci, il y avait le duc de Bouillon commandant alors l'armée d'Italie. Arrêté, il fallut le remplacer. Sans autre délai, un ordre royal arracha Longueville à sa lune de miel pour l'envoyer prendre le commandement abandonné.

La prémonition

A la grande joie de la nouvelle duchesse qui rentra à Paris toutes affaires cessantes. Mais pas à l'hôtel de Longueville.

— Je viens me réfugier chez vous, mère! fit-elle avec des effusions tout à fait révélatrices. Mon hôtel est aux mains des ouvriers qui le rénovent de bas en haut. A ma demande d'ailleurs! Je ne pouvais pas me supporter dans ces vieilleries... Et puis on s'amuse tellement mieux ici!

— Vous ennuyiez-vous donc à ce point? Votre époux ne vous a-t-il point offert les honneurs de sa Normandie?

— Oh, si! s'exclama la duchesse de fraîche date avec un soupir qui en disait long. J'ai été assommée de harangues, de fanfares, de compliments, de banquets interminables où tout un chacun tenait à célébrer ma beauté et le bonheur de mes nouveaux sujets. Ainsi que de mille autres prétendues distractions!

— Et vous n'avez pas pu vous amuser un peu au milieu de tous ces plaisirs? demanda Isabelle, l'air ingénu.

— Je n'aime pas les plaisirs innocents! lui assena celle qu'il fallait bien appeler son ennemie. C'est bon pour le petit peuple! Et puis il pleut tout le temps! Sait-on quand rentre mon frère?

— Et moi, on ne s'enquiert pas de mes nouvelles? bougonna Monsieur le Prince qui, rentrant de l'Hôtel de Ville, venait se joindre au comité d'accueil.

Sa fille alluma à son intention un éblouissant sourire en glissant vers lui de cette démarche à la fois lente et aérienne qui faisait se récrier d'admiration les thuriféraires de l'hôtel de Rambouillet.

— C'était mon intention, mon père, et, si j'ai donné la préférence à Enghien, c'est parce qu'il est aux armées et plus en péril que vous qui gouvernez Paris !

— Il peut arriver qu'on y reçoive un coup de couteau ! Demandez plutôt à madame votre mère ! lâcha-t-il avant de repartir en haussant les épaules... et de revenir sur ses pas presque aussitôt. A propos, je savais bien que j'avais quelque chose à vous dire ! Si toutefois cela vous intéresse. Ce dont je ne suis pas certain !

— Voyons cela, Monseigneur ! pressa sa femme, agacée par cette manie qu'il avait de distiller les nouvelles goutte à goutte lorsqu'il en tenait une.

— Sa Majesté le Roi a perdu sa mère ! Marie de Médicis vient de mourir à Cologne, au bord du Rhin... dans la misère, à ce que l'on prétend !

— Dans la misère ? s'écria son épouse. Comment est-ce possible, quand on pense à l'énorme fortune en joyaux qu'elle avait emportée ? Jamais, femme, Reine, impératrice ou qui que ce soit d'autre n'en a possédé autant. De plus, elle se laissait entretenir par tous les ennemis de la France, et en particulier ceux de son fils. Je jurerais qu'elle trempait dans la conjuration de Cinq-Mars. Comme toutes les autres conspirations précédentes !

— Inutile de jurer ! Tout le monde sait cela ! Mieux encore. Si j'en crois Châteauneuf, elle venait de dépenser ses derniers deniers à l'achat de mules et du nécessaire vital pour rentrer en France. Sachant le Roi quasi à l'agonie, elle pensait qu'une fois mort elle pourrait siéger au Conseil de régence et imposer de nouveau ses idées !

La Princesse eut une grimace de dégoût, puis se signa.

— Fi donc ! Il convient de souhaiter que Dieu ait son âme, mais, si j'étais lui, je ne saurais trop qu'en faire !

— Je ne suis pas en peine pour lui, mais bien pour le Roi ! En arrivant dans l'autre monde, c'est elle qu'il va rencontrer en premier... De quoi vous gâcher votre éternité !

— Voulez-vous vous taire ! Ce genre de discours est inconvenant devant de jeunes esprits...

Mais la nouvelle duchesse de Longueville ne l'entendit pas. Elle sortait déjà pour aller procéder à sa réinstallation, et Isabelle lui emboîta le pas, désireuse de cacher sa déception au jardin. C'en était fini des douces rêveries dans l'attente du héros de son cœur. Elle se faisait une fête d'être la première qu'il saluerait après sa mère – peut-être même qu'il l'embrasserait ? –, mais non, sa sœur serait là qui l'accaparerait comme elle en avait l'habitude et, pour peu que le commandement de Longueville le retienne plus longtemps au loin, on ne verrait presque jamais Enghien. D'autant que sa femme était enceinte, ce qui l'obligeait à des égards. C'était à pleurer !

Le mois de septembre marqua le terme des opérations dans le Roussillon. Perpignan tomba le 9 et la prise de Salse, quelques jours plus tard, signa la conquête définitive, mais, entre-temps, à Toulouse, Henri d'Effiat, comte de Cinq-Mars, et son ami de Thou étaient montés à l'échafaud. Sur une autre frontière, le cardinal Mazarin[1] prenait possession de Sedan, abandonné par le duc de Bouillon en échange de sa tête, y installait le maréchal Fabert puis rentrait à Paris où la santé de Richelieu se détériorait presque à vue d'œil. Mais Enghien ne revenait pas. Il avait rejoint la Bourgogne où monsieur son père s'était rendu lui aussi.

Aucun événement tragique ou même simplement désagréable dans l'attente de cet automne qui venait, belles amies et petits maîtres reprenaient le chemin de l'hôtel de Rambouillet comme de celui de Condé. Bals, promenades quand il faisait beau, jeux, mascarades, soirées « littéraires », la vie mondaine avait repris ses droits. Seule Madame la Princesse montrait quelque mélancolie : elle venait de perdre son amant, le cardinal de La Valette, mais ils étaient déjà plusieurs à briguer la place. Leur nombre étonna à peine Isabelle, sincèrement admirative devant cette beauté qui semblait refuser de se faner. Proche de la cinquantaine, Charlotte de Bourbon-Condé restait l'une des plus jolies femmes de Paris. Même sa sublime fille ne parvenait pas à la reléguer dans la masse imprécise des anciennes belles.

Un matin où, ne se sentant pas au mieux, elle avait demandé à Isabelle, qui possédait une voix

---

1. Il avait reçu le « chapeau » peu de temps auparavant.

douce et mélodieuse, de chanter pour elle en s'accompagnant du luth afin de charmer son malaise, celle-ci entre deux romances osa la questionner sur son secret.

— Quel secret ? répondit la Princesse sincèrement surprise.

— Celui de votre éclat et de ce charme qui enchante ceux qui vous approchent, même lorsque vous êtes souffrante. La beauté ne se discute pas et les fées qui ont présidé à votre naissance se sont montrées généreuses, mais il y a autre chose... un je ne sais quoi...

— Ce n'est pas facile de vous répondre, petite, mais... à y réfléchir cela tient peut-être à ce que j'ai toujours aimé la vie et que j'en goûte chaque instant, même quand je ne suis pas au meilleur de ma forme comme maintenant. Je suis dans un lit douillet à souhait, j'y suis bien et la musique portée par votre jolie voix me semble un baume de jouvence. Dans ces cas-là, évidemment, il est préférable de ne pas consulter son miroir ! Il faut se méfier des miroirs, ils peuvent être décourageants !

— Et quand vous êtes en colère ?

— ... comme cela arrive fréquemment avec Monsieur le Prince mon époux ? Il est préférable de la laisser s'exprimer à condition que cela ne dure pas trop longtemps comme c'était le cas pour feu la Reine Marie ! Elle pouvait déverser des torrents d'injures – je ne dirai pas pendant des heures... et encore ! Aussi quel résultat ! Mais une honnête colère, déversée juste ce qu'il faut, soulage et, si l'on a un peu le sens de la comédie, le burlesque de la situation peut prêter à rire... de soi-même aussi bien que de l'autre ! A y réfléchir, je crois, voyez-vous, que le sourire... et même le rire comptent parmi les meilleures armes d'une femme. Ou d'un homme ! Certains peuvent être franchement laids et incroyablement séduisants... tel mon fils Enghien par exemple !

Isabelle ne s'attendait pas à cette sortie et rougit brusquement. Sa main qui caressait les cordes du luth, émit une fausse note aussitôt éteinte, mais la Princesse savait ce qu'elle voulait savoir !

— Ah ! fit-elle. Vous aussi ! Ne soyez pas gênée surtout ! N'ayez pas honte ! Ayant été élevée dans cette maison d'où cependant il a été si longtemps absent c'est presque naturel. » Puis, se souvenant soudain du conseil qu'elle avait donné à Louis : « Vous a-t-il déjà fait la cour ?

Devenue écarlate, Isabelle détourna la tête :

— Je... Non ! Si ! Il m'a embrassée avant de partir rejoindre le Roi.

— Et ?

— Et quoi ? balbutia-t-elle en plein désarroi.

— Pardonnez-moi ! Je voulais dire : qu'en avez-vous ressenti ? Du bonheur ?

— Oh, non ! C'était si... brutal. Je n'aurais jamais cru que l'on puisse embrasser de cette façon-là ! J'ai eu l'impression... qu'il avait quelque chose à me reprocher et je me suis sentie offensée !

La prémonition

— Ah oui ? Qu'avez-vous fait alors ?
— Je... je l'ai giflé ! avoua-t-elle en baissant la tête.

Pour la relever d'ailleurs aussitôt ! Sa malade riait à gorge déployée :

— Parfait ! s'écria-t-elle. Excellente réaction ! Et je vous encourage vivement à recommencer si l'idée lui en revenait ! On ne traite pas de la sorte une Montmorency, que diantre !

Sur ces fortes paroles, Madame la Princesse s'enroula en boule dans son lit et s'endormit, mais non sans s'être promis d'en toucher deux mots à son rejeton dès qu'elle le reverrait. Elle se reprochait, en effet, ce mauvais conseil qu'elle avait donné pour abriter ses amours avec Marthe du Vigean. Il fallait absolument qu'Isabelle reste sur l'impression de ce baiser ridicule. Grâce à Dieu, le mal n'était pas irréparable, mais elle venait de comprendre qu'il était à deux doigts de le devenir. L'un des amoureux qui tournaient autour de cette charmante fille parviendrait bien un jour à le lui faire oublier !

Passé les cérémonies de la Toussaint, le temps se mit au diapason comme s'il entendait éterniser cette période de souvenirs tristes, de deuil et de regrets. Chaque jour apportait son contingent de pluie, de brouillard et de précoce froidure. De malaises aussi. Les poètes s'enrhumèrent, Mme de Rambouillet eut de la fièvre, on fit la guerre aux courants d'air, les violons du bal allèrent se mettre au chaud dans leurs étuis et, pour couronner le tout, la déesse proclamée de tout ce joli monde, la sublime duchesse de Longueville, se retrouva au fond de son lit avec la variole. Et, bien sûr, terrifiée par les dégâts que la maladie pourrait occasionner à son incomparable beauté plus que par la mort toujours possible. Le médecin Bourdelot l'isola dans son appartement avec deux de ses serviteurs qui, ayant déjà payé leur tribut à la redoutable maladie, ne risquaient pas de rechuter... Madame la Princesse distribua les ordres pour que l'on prépare tout pour le départ des jeunes femmes et filles qui composaient sa cour miniature afin de les conduire se mettre à l'abri à Liancourt ou autre château, mais, au lieu de l'empressement attendu, elle ne rencontra pas le moindre enthousiasme. Bien au contraire :

— La campagne? Par ce temps exécrable? émirent en chœur Isabelle, Marie de Loménie, Louise de Vertus et Angélique d'Angennes, celle-ci venue précédemment chez les Condés chercher un refuge contre la fièvre maternelle parce qu'elle avait la gorge fragile. Nous allons, c'est sûr, y rencontrer tous les maux que recèlent les châteaux chichement chauffés, l'humidité, les toits que les pluies torrentielles arrivent à percer...

— Ne croirait-on pas, ma parole, que nos belles demeures menacent ruine au premier coup de vent? répliqua Mme de Condé, surprise de cette levée de boucliers. Vous n'aviez pas avancé tant d'objections lorsque ma bru a contracté ce vilain mal...

La prémonition

— C'est qu'il ne s'agissait pas de la même époque ! affirma Isabelle. Et nous ne fuyions que lui, sans crainte des graves inconvénients de l'hiver...

— Et puis, reprit sa sœur Marie-Louise, la Reine ne donnait pas un bal comme ce sera le cas la semaine prochaine !

Isabelle la regarda avec stupéfaction. Les autres aussi d'ailleurs ! Marie-Louise de Bouteville était la grande silencieuse de la bande. Non seulement elle parlait peu, mais en plus elle se renfermait la plupart du temps comme si les événements extérieurs ne l'atteignaient pas.

Au physique comme au moral, elle était aux antipodes de sa cadette, et bien entendu de François. Ce qui ne les liait pas beaucoup. Sauf sur un plan : l'affection profonde que tous trois éprouvaient pour leur mère. Que l'on voyait de moins en moins, souvent en dépit de l'amitié qu'elle avait liée avec Mme de Condé. Mme de Bouteville ne se sentait vraiment à l'aise que dans son château de Précy, entre les soins que le domaine nécessitait, l'église dont elle était fervente et le souvenir toujours brûlant d'un époux passionnément aimé et trop tôt disparu...

Devant tous ces regards effarés, la jeune fille eut un sourire gentiment narquois.

— Ne m'en veuillez pas ! Je ne songe qu'à vous rendre service ! C'est une raison que Madame la Princesse acceptera parfaitement, vous connaissant comme elle le fait ! Quant à moi, avec sa permission, je vais rentrer à la maison... pour n'en plus bouger jusqu'à nouvel ordre !

— Mon Dieu ! s'exclama Charlotte. Comme vous voilà grave tout à coup, mon enfant. Vous n'auriez pas dans l'idée de vous faire nonne ?

— Moi ? Oh non, Madame... Mais je pense qu'il est plus convenable pour moi d'être auprès de ma mère lorsqu'elle recevra la demande en mariage de M. le marquis de Valençay !

Ce fut un concert d'exclamations. L'excitation fut à son comble. Tout le monde parlait en même temps. Isabelle plus fort que les autres, reprochant violemment à Marie-Louise des « cachotteries inadmissibles entre sœurs ». Finalement la Princesse obtint le silence avec un « Taisez-vous toutes ! » clamé à pleine voix. Visiblement, elle était furibonde et les filles étaient trop fines pour se permettre de dépasser certaines limites.

— D'où vient, reprocha-t-elle à Marie-Louise, que votre mère – qui n'ignore pas combien elle m'est chère – n'ait pas jugé bon de me faire part de cette nouvelle à moi la première puisque vous êtes sous mon toit et que je suis responsable de vous ?

La jeune fille vint s'agenouiller auprès de son fauteuil. Elle tenait une lettre dont les cachets étaient intacts et un billet dont le sceau avait sauté.

— Veuillez lui pardonner. Ainsi qu'elle me l'apprend sur ce billet, elle a été prise de court, et voici la lettre que Grandin, notre cocher, vient d'apporter et ce petit mot qui me rappelle. Il doit me reconduire dans la voiture familiale.

En effet, Mme de Bouteville annonçait qu'un courrier de son père, le président de Vienne, lui annonçant la prochaine visite à Précy du seigneur Dominique d'Estampes, marquis de Valençay, qui souhaitait devenir son gendre en épousant sa fille aînée. Il l'avait rencontrée chez Mme de Rambouillet où l'avait mené un ami afin qu'il eût une idée du bel air de Paris où on le voyait rarement bien qu'il y possédât un hôtel.

— Mais c'est un barbon! s'écria Isabelle dont la mémoire des visages comme des noms était infaillible. Je concède qu'il n'est pas laid, mais il pourrait être votre père et, en outre, il vit à la campagne les trois quarts du temps!

— Isabelle! avertit la Princesse. Vous devriez y réfléchir à deux fois avant de parler de « barbon » dans la maison qui abrite l'épouse du duc de Longueville!

— C'est vrai! fit-elle en riant. Mais il est si peu présent qu'on l'oublie aisément! En outre, il est prince... Ce qui change tout!

Ce à quoi Marie-Louise répliqua :

— M. de Valençay ne l'est pas, mais ce n'est pas un quelconque nobliau! Il est le neveu de l'archevêque duc de Reims, monseigneur Léonore d'Estampes, et aussi de Son Eminence le cardinal de Valençay, général de l'ordre souverain de Malte! Certes, il a vingt-six ans de plus que moi, mais il se trouve qu'il me plaît car il est très aimable! En outre, il possède en Berry un fort beau château qu'il a entrepris l'an passé d'agrandir considérablement, ce qui en fera un des plus magnifiques de France! Enfin, j'aime assez – et vous le savez, ma sœur! – de vivre à la campagne!

Un silence stupéfait salua cette déclaration dont aucune des femmes présentes n'aurait cru la silencieuse Marie-Louise capable d'articuler seulement la moitié.

— Eh bien! exhala Isabelle. Pour un homme que vous n'avez vu qu'une seule fois, il vous en a dit, des choses! Ma parole, vous l'avez confessé? Il est vrai qu'avec des ecclésiastiques de si haut rang dans la famille...

— Isabelle! avertit Mme de Condé. Vous allez dire des sottises! Ce mariage me paraît excellent sous tous les rapports et ne signifie pas que notre Marie-Louise s'apprête à devenir une mère de l'Eglise! Préparez votre départ, ma chère petite! Pendant ce temps, je vais répondre à votre mère.

Mais la jeune fille, décidément intarissable, n'avait pas terminé :

— Si certaines de mes compagnes souhaitent se protéger de la contagion, ma mère sera heureuse de leur offrir l'hospitalité de notre Précy!

— Etant donné les circonstances, ce serait inopportun. En revanche, il faut que François accompagne sa sœur : c'est lui, à présent, le chef de famille! Et vous, Isabelle?

— Avec votre permission, je demeurerai. C'est très sérieux, un mariage, et ce qui est sérieux fait sur moi une étrange impression. Je craindrais trop de commettre des impairs!

— Et vous ne craignez pas, cette fois, qu'en restant parmi nous votre « beauté » ne fasse naufrage? ironisa la Princesse.

— Ma foi non! Si cela arrivait, ce serait la volonté de Dieu et je n'aurais plus qu'à effectuer une sortie aussi élégante que possible en direction d'un couvent ! Nous, les Montmorency, savons faire cela de naissance ! ajouta-t-elle avec une poussée d'orgueil qui effaça – rien qu'un instant ! – son sourire.

Elle pensait sincèrement chacune des paroles qu'elle prononçait, mais la vérité qu'elle dissimulait tenait en peu de mots. Un pressentiment lui disait que Louis d'Enghien n'allait pas tarder à reparaître et pour rien au monde elle n'eût voulu manquer ce retour. Il allait se passer quelque chose ! Quoi, elle n'en avait aucune idée, mais ce serait sans doute beaucoup plus passionnant qu'un futur beau-frère !

Quelques jours plus tard, le 4 décembre, le cardinal de Richelieu rendait son âme à Dieu. Les deux nuits précédentes, il avait craché du sang et, comprenant que son heure approchait, il l'attendit en montrant un calme impressionnant. A Louis XIII qui vint le voir, il remit ce qui était son testament politique.

« Je meurs avec la satisfaction de n'avoir jamais desservi le Roi, de laisser son Etat en un haut point et tous ses ennemis abattus. »

Ce fut à midi que son cœur cessa de battre et il se fit un silence. Si ceux qui le haïssaient et s'étaient réjouis à l'avance de le savoir à toute extrémité avaient espéré une explosion de joie, ils en furent pour leurs frais. Ce mort était trop au-dessus d'eux et, du plus petit peuple jusqu'aux marches du trône, il n'y eut personne qui, en apprenant la nouvelle, n'ôtât son chapeau en se signant et en éprouvant l'impression bizarre d'avoir perdu dans son univers une personnalité majeure. Même dans le tohu-bohu habituel de l'hôtel de Condé où, cependant, le défunt comptait plus d'ennemis que d'amis, nul ne protesta quand un courrier spécial de Monsieur le Prince apporta l'ordre d'arborer le deuil jusqu'après les funérailles : le Cardinal n'était-il pas membre de la famille à présent ? En outre, Louis XIII n'avait pas perdu une minute avant de faire savoir que rien ne changerait au gouvernement qu'il avait établi et au Conseil, à l'exception de l'entrée du cardinal Mazarin dont l'habileté politique était déjà reconnue. Tout au moins par les gens de bonne foi !

Le prince de Condé et son fils n'arrivèrent de Dijon que dans la nuit du surlendemain, mais, si le père arborait une mine déconfite qu'Isabelle jugea à mourir de rire, Enghien, surexcité au plus haut point, embrassa sa mère avec enthousiasme et se hâta de demander comment allait sa sœur sans songer une minute à saluer les dames et jeunes filles qui se trouvaient auprès d'elle. Après quoi, sans même attendre la réponse, il se rua vers l'appartement de ladite sœur où il entra sans frapper, générant des cris de protestation.

La jeune duchesse de Longueville, en convalescence d'un mal qui avait bien voulu se montrer clément, était alors occupée à se faire enduire les quelques traces qu'elle présentait encore sur le visage d'un onguent réputé miraculeux destiné à empêcher complètement ces intolérables vestiges coupables de s'attarder sur une peau dont la luminosité était célèbre.

— Arrière! fulmina-t-elle. Ne m'approchez pas! Vous voyez bien que je suis à ma toilette!

— Quelle importance pour moi? Je veux seulement vous embrasser!

— Et c'est ce que je ne veux pas! Sortez! Vous reviendrez dans... un quart d'heure!

— Et dans un quart d'heure, vous trouverez quoi? Oh que non, j'y suis, j'y reste! En revanche, mesdemoiselles, je vous serais grandement obligé si vous nous laissiez un moment seuls, Mme la duchesse et moi! Mademoiselle de La Verpillière, vous seriez tout à fait aimable de montrer l'exemple! conseilla-t-il à la jeune fille dont Anne-Geneviève avait fait sa compagne privilégiée, voire sa confidente parmi les autres femmes de son nouvel entourage.

Il lui offrit même la main et la reconduisit vers la porte...

— La Verpillière! Je vous défends...

— Chut, chut! Seulement quelques minutes...

Quand il n'y eut plus personne, Enghien s'empara d'une serviette, ôta délicatement les plaques de crème, après quoi il enlaça sa sœur et couvrit son visage de baisers, puis il relâcha son étreinte, ne gardant que les mains.

— Dieu, que vous êtes belle! soupira-t-il. Et que je suis heureux! Il me fallait à tout prix partager ma joie avec vous!

— Votre joie? D'où la sortez-vous?

— Mais, voyons, du trépas du Cardinal! Ne me dites pas que vous joignez vos pleurs à ceux de ces gens – jusqu'à notre père! – qui donnent l'impression d'avoir tout perdu! Moi, c'est mon geôlier que j'ai perdu, et j'ose dire – au moins à vous! – que j'en suis enchanté!

A mesure qu'il parlait, Mme de Longueville s'assombrissait :

— Votre geôlier?

— Et quoi d'autre? Je vais enfin pouvoir me séparer de ma femme! D'autant qu'avec le mariage prochain de notre cousine Bouteville, nous allons recevoir un sérieux renfort de princes de l'Eglise dans la famille! Comment cette bonne Marie-Louise a-t-elle pu réussir ce coup-là?

— Vous le lui demanderez quand vous la verrez! Quant à vous démarier, je pense que vous délirez! Si le Cardinal est mort, le Roi, lui, est toujours vivant!

— Pas pour très longtemps, si j'en crois ce que l'on dit...

— On en dit beaucoup trop! Ce qui compte, c'est qu'il n'est pas encore à son lit de mort! Et pour ce qui est de ce maudit démariage qui décidément vous obsède, vous devriez vous le sortir de l'esprit! Oubliez-vous que votre femme est enceinte?

— ... mais rien ne prouve qu'elle gardera son fruit jusqu'au bout! Elle n'est guère plus grosse – ni plus affriolante – qu'un petit sac d'os, et je serais fort surpris qu'elle mène l'enfant à bon port! En outre, et en admettant qu'elle y parvienne, ce pourrait être une fille...

La prémonition

— Qui n'en sera pas moins vôtre !
— A condition de rester en vie. Nombre d'enfants meurent en bas âge et entraînent parfois leur mère dans la tombe. En principe, cette petite sotte devrait accoucher en juillet. Si l'enfant arrive viable, il se pourrait que le Roi, lui...

Cette fois Anne-Geneviève se fâcha : elle se leva, fit quelques pas dans sa chambre avant de se retourner pour lui faire face.

— Quand donc allez-vous cesser de rabâcher ? Seriez-vous sujet aux idées fixes ? Un tel comportement mène à la démence et je ne veux pas que deveniez fou ! C'est toujours Du Vigean qui vous occupe ?

— Pourquoi changerais-je ? Elle est... presque aussi belle que vous et elle m'aime avec une passion... que je lui rends pleinement !

— Ah oui ? Cela cadre difficilement avec ce que l'on avance sur vous et le jeune La Moussaye ! Mais brisons là, s'il vous plaît. Nous reprendrons cette conversation plus tard ! La moindre des choses voudrait que vous attendiez au moins la lecture du testament de Sa défunte Eminence ! Vous oubliez un peu vite que c'est sa fortune qui, au début de cette aventure, a attiré l'attention de notre père ? Alors, plus de Marthe, s'il vous plaît !

— Dieu que vous êtes agaçante quand vous vous y mettez ! Rappelez donc vos femmes !

— Je les rappellerai quand il me plaira. Quant à vous, si vous ne renoncez pas à vos errements, je préviendrai notre père !

— De la délation ! Vous ? Ce serait indigne !

— Et pourquoi pas, s'il s'agit de vous protéger de vous-même ! Notre mère assure qu'on lui a prédit pour vous un destin fulgurant ! Vous devez être la gloire, non seulement de notre nom, mais du royaume. Alors ne gâchez pas cet avenir pour une quelconque Du Vigean !

— Que de dédain ! Je vous croyais son amie !

— Elle ne peut plus l'être dès l'instant où elle devient un obstacle ! Et je n'en tolérerai aucun sur votre route !

— Parce que vous m'aimez ?

— Parce que je vous aime ! Cela devrait vous suffire !

Il regarda sa sœur avec admiration. La colère lui allait bien. Elle faisait flamboyer sa beauté le plus souvent indolente, lui conférant une sorte de charme sauvage qui trouva en lui un écho inattendu dont il ne mesura pas la violence. L'instant suivant, elle était dans ses bras et il baisait ses lèvres avec une ardeur à laquelle la jeune femme répondit de tout son être... Puis, tout aussi brusquement, il la lâcha.

— Pourquoi faut-il que vous soyez ma sœur ? gronda-t-il en allant vers la porte.

Alors il entendit un rire qu'il ne lui connaissait pas. Ironique mais très doux, presque roucoulant.

— Cela a-t-il vraiment quelque importance ? Nous sommes les Condés et nul ne saurait nous égaler... Cela nous confère le droit d'édicter nos propres lois que le vulgaire ne saurait comprendre ! Quant à vous, songez à être grand et oubliez des amours qui vous rapetisseraient...

La prémonition

Avant de sortir, il se retourna, vit qu'elle était de nouveau étendue sur son lit dans une pose pleine de grâce et d'abandon...

— Il faut être fou pour vous avoir mariée au vieux Longueville ! Vous êtes digne d'un roi !

— Il aurait fallu en trouver un digne de moi, répliqua-t-elle sans trop s'encombrer de modestie. Quant à mon cher époux, l'idée ne lui viendrait même pas de respecter le serment de fidélité prêté devant l'autel. Il a sa Montbazon... qui le trompe ouvertement avec le séduisant duc de Beaufort, mais je suppose qu'en Piémont il s'est trouvé quelque jolie fille !

— Et cela vous amuse ?

— Pourquoi non ? Il a sa liberté et je prends la mienne !

— Ce qui signifie ?

— Qu'une porte doit être ouverte ou fermée, et qu'il faut vous décider à propos de celle-ci ! Nos propos ne sont pas faits pour les courants d'air !

Du coup, il rentra et referma le battant en y appuyant son dos. Il avait pâli soudain.

— Je veux savoir ! Vous avez un amant, vous ?

— Je pourrais en avoir vingt si je le voulais, mais un seul suffit. Il est jeune, il est beau et il m'adore !

— Qui est-ce ?

— Vous le saurez bien assez tôt. Et je vous prie de retenir ceci : je vous défends d'y toucher et de le traîner sur le pré ! Je pourrais avoir le mauvais goût de le pleurer, de vous maudire... et de vouloir le venger ! Allez plutôt enterrer votre bon oncle, le Cardinal, et apprendre si son testament ne vous a pas réservé quelque heureuse surprise !

Cette fois Enghien sortit et, hors de lui, claqua la porte avec une telle violence qu'il faillit la briser sous l'œil intéressé des femmes groupées dans l'antichambre en attendant de pouvoir rentrer chez leur maîtresse. Il se garda de répondre à leurs révérences, leur lança un regard noir et se précipita vers l'escalier.

Quelques jours plus tard, le 14 décembre, les funérailles du Cardinal déroulaient leur faste grandiose en présence des souverains, de la Cour et de tous les Parisiens qui réussirent à trouver une place. Le char funèbre, tiré à six chevaux caparaçonnés, était couvert de velours noir croisé de satin blanc, soutenant aux quatre angles les armes du défunt. A côté marchaient ses pages, un cierge à la main, puis revêtus de leurs casaques rouges, un crêpe noir au bras, ses fameux gardes qui avaient donné tant de fil à retordre aux mousquetaires du Roi, puis la famille que menaient le père de la petite duchesse d'Enghien et son cousin La Meilleraye... Enfin... tout le reste ! Des funérailles quasi royales, mais ainsi l'avait voulu Louis XIII en hommage à ce grand serviteur de la France.

Après la cérémonie, le cercueil fut descendu dans la crypte de la chapelle de la Sorbonne dont le Cardinal était proviseur et où il avait fait édifier son tombeau.

N'étant pas invitées, Isabelle et son amie Marie de La Tour n'assistèrent à l'événement que de

La prémonition

loin. Ou plutôt de haut, car, perchées sur les toits de l'hôtel de Condé, proche de la Sorbonne, et armées d'une lunette marine dénichée Dieu sait où, elles purent suivre tout à leur aise l'imposant défilé, regrettant toutefois l'absence de François dont Madame la Princesse avait exigé qu'il fût auprès d'elle durant la cérémonie :

— Nous représenterons les victimes ! avait-elle confié sans rien vouloir entendre des protestations de son époux. Derniers des Montmorency, il me semble que cela nous revient de droit ! Et comme le « grand homme » n'est plus là, je ne vois pas qui pourrait nous le reprocher ! On n'a pas tous les jours l'occasion de s'amuser !

Le mot fit bondir Monsieur le Prince.

— Vous perdez la tête ! S'amuser ? Aux obsèques d'un membre de notre famille ?

— Il était peut-être de votre famille à vous, mais certainement pas de la mienne !

— Que faites-vous de votre belle-fille ? La pauvre enfant est dans l'affliction. Votre devoir est de la soutenir ! N'oubliez pas qu'elle est enceinte et qu'elle adorait son oncle !

Mme de Condé leva délicatement ses beaux sourcils tandis que son œil bleu se chargeait de gaieté :

— Que le défunt Cardinal n'ait jamais suscité que des sentiments excessifs, j'en suis entièrement d'accord, mais je n'aurais jamais cru que l'on puisse l'adorer. Il ne manquerait plus qu'on lui élevât des statues !

— Il y en aura une sur son tombeau !

On était partis là-dessus, laissant celles qui restaient prendre la direction des greniers tandis que Mme de Longueville s'enfermait dans son appartement avec ses femmes. Etant encore vaguement convalescente, personne n'oserait y trouver à redire.

De leur observatoire, les deux filles purent admirer à loisir la dignité douloureuse de la famille Richelieu, singulièrement celle de Claire-Clémence soutenue dans ses crêpes funèbres par l'excellente Mme Bouthillier de Chavigny, son mentor habituel, et la duchesse d'Aiguillon. De là-haut elle semblait si fragile qu'Isabelle ne put lui refuser un peu de compassion.

— Pauvre fille ! murmura-t-elle. On peut comprendre sa douleur. Elle perd aujourd'hui plus qu'un père ! Protégée par sa toute-puissance, elle n'avait vraiment rien à craindre de quiconque... même d'un mari qui n'a cessé de rêver de se débarrasser d'elle ! Comme elle a demandé de revenir ici quelques jours afin de se sentir moins solitaire, il va falloir essayer d'adoucir son chagrin !

— Du chagrin ? répliqua sa compagne, je ne suis même pas sûre qu'elle en éprouve ! Vous n'avez jamais accompagné Madame la Princesse quand, par sens du devoir, elle lui rendait visite afin de s'assurer de sa santé. Or, M. le Cardinal était proche de sa fin mais cela ne paraissait pas la troubler outre mesure. Elle est Madame la Duchesse, elle attend un enfant et espère beaucoup du testament !

La prémonition

— Mais, au moment du mariage, elle a pourtant appris qu'elle devrait se contenter de sa dot ? Trois cent mille écus, ce n'est pas si négligeable.
— Oui, mais nous n'en sommes plus là. A l'époque, on ne savait comment tournerait cette union si mal assortie ! A présent, non seulement Monsieur le Duc ne s'en est pas débarrassé, mais aussi elle est grosse de lui. Ce qui, selon elle, mérite une belle récompense !
— Nous serons vite fixées puisque l'ouverture du testament aura lieu ce soir !
— Déjà ?
— Oui. On y met de la hâte car le Roi va de moins en moins bien et il convient de ne pas perdre de temps...

Quand il n'y eut plus rien à voir, on redescendit et l'on attendit le retour de la « famille ». Or, non seulement on n'en était plus aux larmes, mais en plus, en ce qui concernait les Condés père et fils... et surtout belle-fille, on ne douta pas un instant qu'ils ne fussent très en colère ! Seule la princesse Charlotte faisait de son mieux pour contenir ce qui ne pouvait être qu'une envie de rire.

— Eh bien ? s'enquit Mme de Longueville. On dirait que vos larmes ont vite séché ?

Sans laisser aux hommes le loisir de prendre la parole, Claire-Clémence explosa littéralement :

— Des larmes ? Comment ai-je pu en verser sur lui, ce méchant homme qui disait m'aimer plus que si j'étais sa fille et qui me rejette à son heure dernière ! Oh, c'est indigne, indigne !

Et elle éclata en sanglots si violents que, craignant peut-être une convulsion, Mme de Condé, s'approchant d'elle, lui appliqua deux claques. Qui la calmèrent comme par magie.

— Oh! Vous avez osé me frapper?

— Et j'oserai encore si vous recommencez! Votre oncle n'est au tombeau que depuis peu d'heures et, après avoir tant larmoyé, vous vous répandez en invectives? Tous ces embarras pour quelques terres...

— Quelques terres? coupa son époux. Je vous trouve difficile! Le duché-pairie de Fronsac à l'amiral de Brézé son neveu, le Petit Luxembourg et le château de Rueil à la duchesse d'Aiguillon, sa nièce tendrement aimée...

— Trop aimée! grinça Mme la Duchesse. Tout le monde sait qu'elle était sa maîtresse depuis des années!

— Le nom et le duché-pairie de Richelieu à son petit-neveu Armand du Pont-Courlay. Sans compter sa magnifique bibliothèque. A charge pour lui de l'entretenir et de l'ouvrir au public. Enfin, au Roi...

— Au Roi! ragea la nièce spoliée. Comme si...

— ... le Palais-Cardinal avec ses collections et les plus belles pièces de son mobilier!

— Vous oubliez le plus beau, le cadeau entre tous les cadeaux, la cerise sur le gâteau! Le cardinal Mazarin au complet et en état de marche! s'écria la Princesse sans plus retenir son fou rire.

— Et cela vous fait rire, ma mère? reprocha froidement sa fille. Cela veut dire que ce *lazzarone* sorti de nulle part va entrer au Conseil pour y occuper la place de Richelieu et continuer sa politique?

La prémonition

— Sans aucun doute, mais apaisez-vous, ma sœur, intervint Enghien. Songez que le Roi, lui aussi, est fort malade, et qu'il ne verra pas s'achever l'année qui s'ouvre dans quelques jours... Et alors...

— Et alors, gronda son père, nous les Condés servirons la Reine, qui recevra la régence, et le petit Roi comme nous avons servi celui qui va partir. N'oublions pas qu'une bonne partie du royaume repose sur nous et que j'ai de grandes charges ! Cela oblige...

Bien qu'il fît semblant de ne pas y croire tant que ce fut possible, Louis XIII s'en allait en effet vers sa fin... Le 22 avril suivant – 1643 –, au château de Saint-Germain, et après quelques semaines fluctuantes qu'il s'efforçait de maîtriser au moyen de tout ce qui lui restait d'énergie, il fut incapable de quitter son lit et comprit qu'il n'en sortirait plus. Alors il entreprit de régler ses dernières dispositions. D'abord il fit baptiser son fils – l'enfant n'était qu'ondoyé jusque-là ! Il choisit pour marraine la princesse de Condé... et le cardinal Mazarin comme parrain. La cérémonie eut lieu dans la chapelle du château en présence de toute la Cour, après quoi il demanda qu'on lui amène le petit garçon de quatre ans et demi.

— Mon fils, comment avez-vous nom à présent ?

— Louis XIV, répondit le petit sans hésiter.

— Pas encore, mais ce sera peut-être bientôt si c'est la volonté de Dieu.

Pourtant, fidèle à sa promesse si Claire-Clémence annonçait une grossesse, le Cardinal avait confié les armées du Nord à Louis d'Enghien et la campagne contre les Espagnols et Impériaux débutait. Le 12 mai, le Roi mourant eut une étrange prémonition et fit signe d'approcher au prince de Condé qui ne le quittait plus.

— Je viens de rêver, souffla-t-il, que M. le duc d'Enghien, votre fils, en était venu aux mains avec l'ennemi, que le combat avait été bien rude et opiniâtre et que la victoire avait été longtemps contrebalancée. Cependant, elle nous est demeurée avec le champ de bataille...

C'était la magnifique victoire de Rocroi que le mourant venait d'annoncer. Elle chassait les Espagnols de la terre de France pour de longues années et faisait du jeune duc de vingt-trois ans un héros !

5

Le « chandelier »

La magnifique victoire, ce fut l'hôtel de Condé qui l'apprit en premier de la bouche de La Moussaye, à la fois rayonnant et exténué, mais tout de suite l'annonce se répandit à la vitesse d'une traînée de poudre enflammée. Avant même que le messager ne parvienne au Louvre, Paris éclatait d'enthousiasme, amassait paille et bois pour les feux de joie autour desquels on allait danser tandis que s'ébranlaient les cloches de toutes les églises, entraînées par le gros bourdon de Notre-Dame, où dès le lendemain on chanterait un *Te Deum*. On s'attroupait devant la demeure du héros pour acclamer sa famille et les cavaliers qui venaient apporter les drapeaux pris à l'ennemi, devant lesquels François de Bouteville, émerveillé, s'agenouilla pour en baiser la soie avec des larmes de bonheur.

La Princesse, Mme de Longueville et Isabelle eurent l'impression que le ciel s'ouvrait pour elles et il n'y eut jusqu'au plus petit marmiton qui ne se sentît grandi et honoré par l'intensité de cette gloire dont s'illuminait la demeure.

La Reine et le cardinal Mazarin se déclarèrent enchantés. Cette belle victoire tombait à pic pour conforter le pouvoir absolu que la Régente s'était fait attribuer en faisant casser le testament de son défunt époux par le Parlement... En résumé, tout le monde était content... sauf Monsieur le Prince qui déclara à Pierre Lenet, procureur général au parlement de Bourgogne, mais aussi son ami et conseiller très écouté :

— Souvenez-vous que, tant plus que mon fils acquiert de la gloire, tant plus que le malheur arrivera à ma maison !

Lenet ne se récria pas parce qu'il le connaissait parfaitement et savait réfléchir. Aussi, loin d'attribuer cette prédiction pessimiste à l'affreux caractère de Condé, se contenta-t-il de lui répondre qu'il pourrait bien avoir vu juste.

— Que cela ne vous empêche pas, Monseigneur, de demander un gouvernement pour notre vainqueur quand il sera de retour !

— Vous croyez qu'on me l'accordera ?

— S'il n'y avait que Mazarin, je dirais oui sans hésiter, car Rocroi l'enchante. Quant à la Reine, elle aurait applaudi la nomination sans hésiter si, depuis la mort du Roi, elle n'écoutait avec un tel plaisir les dangereuses sirènes de jadis...

En effet, dès que le testament de Louis XIII eut été détruit, tous ceux qu'il avait exilés s'étaient hâtés de revenir pour apporter leur soutien à Monsieur (Gaston d'Orléans), l'éternel conspirateur. A leur tête la dangereuse duchesse de Chevreuse, la plus chère amie d'autrefois, sans doute déçue à sa

Le « *chandelier* »

première visite de n'avoir pas reçu l'accueil espéré (elle avait changé et la Reine aussi), mais dont les alliances pesaient lourd puisqu'elle était fille du vieux duc de Montbazon dont l'épouse était la maîtresse du duc de Longueville. Le duc de Chevreuse était lui-même frère du duc de Guise, ce qui joignait les Lorrains à ces gens épris de vengeance qui reportaient sur Mazarin la haine recuite vouée à Richelieu, en y ajoutant une solide dose de mépris pour sa condition première. Mme de Chevreuse ne cachait d'ailleurs pas sa volonté de mettre son ancien amant Châteauneuf à la place de l'Italien maudit. L'intention générale étant de l'assassiner tout bêtement. Or, les Condés, au service du Roi avant tout, se retrouvaient du côté de son ministre et la gloire d'Enghien offusqua les revenants.

Résultat : le vainqueur peut bien être porté aux nues, il n'aura pas le gouvernement souhaité, son père se verra refuser la plupart des grâces demandées pour ses officiers et il ne recevra de la Reine que des compliments dépourvus de chaleur. Monsieur le Prince prit alors sa plus belle plume pour écrire à son fils : « Vos affaires vont mal, vos services sont peu reconnus, vos alliés maltraités et vos ennemis avancés... », ce qui ne parut pas troubler outre mesure le jeune homme qui répondit que, pour le moment, il avait Thionville à assiéger selon les désirs du cardinal Mazarin, mais pour le Roi, et que c'était tout ce qui lui importait...

Or l'un des premiers gestes d'Anne d'Autriche, Régente de France, avait été de rendre définitivement le domaine de Chantilly à la princesse Charlotte de Bourbon-Condé qu'elle aimait beaucoup. Si elle avait retenu jusque-là le présent annoncé peut-être prématurément, c'était en raison de la santé déclinante de son époux. Le Roi s'était pris d'affection pour le beau domaine des Montmorency, et surtout pour sa forêt où il aimait chasser, le préférant parfois à son petit Versailles. Lui demander la signature alors que sa fin approchait eût été cruel. Pourtant, elle avait su, peu de jours avant sa mort, qu'il ne s'y serait pas opposé.

Au soir du baptême de son fils, dont Charlotte avait été choisie pour être la marraine, il avait dit à son épouse :

— Quand je n'y serai plus, vous restituerez Chantilly à la Princesse...

— Que ne le faites-vous vous-même ?

— Non. C'est la trahison du duc Henri qui l'a rapporté à la Couronne. Je ne peux pas plus lui pardonner que rendre la vie au coupable. Venant de vous qui êtes son amie et offert à la marraine de votre fils, cela change tout !

A l'hôtel de Condé, la joie avait été immense, même si Monsieur le Prince avait continué de ronchonner sur ce qu'il considérait comme un déni de justice.

— J'aurais compris qu'on le donne à Enghien en récompense de sa magnifique victoire, mais à vous... !

— Eh bien, quoi, « à moi » ?

— A une marraine on offre des dragées, pas des châteaux !

Le « *chandelier* »

— Quand on s'appelle Henri II de Bourbon-Condé peut-être ! Pas quand on est... Louis XIV ! Vous allez siéger au Conseil de régence, cela devrait vous suffire ? Au moins pour le moment.

— Avec ce faquin de Mazarin comme ministre ? Voulez-vous le fond de ma pensée ? J'ai l'impression de me retrouver une bonne vingtaine d'années en arrière après la mort de votre amoureux parfumé à l'ail, quand nous avons dû subir les caprices et les rodomontades de Concino Concini !

— Je n'ai pas remarqué que celui-là eût été cardinal.

— Non. Il était ce qu'il était et ne s'affublait pas d'une simarre ainsi que celui qui n'est même pas curé de village !

— Oh, vous m'agacez, Monseigneur ! Allez donc là où votre devoir vous appelle, c'est-à-dire au Louvre, et moi je vais donner l'ordre que l'on attelle et visiter *mon* cher Chantilly ! Ne soyez pas en peine de moi, ce soir, je demanderai l'hospitalité de notre cousine Bouteville ! Elle va être si heureuse de notre retour ! Son Précy n'est qu'à une lieue du domaine !

— Qui pensez-vous emmener ?

— Isabelle et François, naturellement, Marie de La Tour...

— Et Mme la duchesse de Longueville ?

— Ma foi, non, je vous la laisse ! Elle préfère attendre que le château ait retrouvé un semblant d'ordre.

— Ce qui signifie qu'elle s'apprête à recevoir dix ou douze thuriféraires venus encenser et cajoler la sœur du vainqueur, que l'on va chanter, danser ou Dieu sait quoi, et qu'il me sera impossible de trouver un endroit tranquille sous mon propre toit.

— Tant mieux, parce que vous n'avez rien à y faire. Que ne retournez-vous au Louvre ?

— La joie vous égare, ma chère ! Vous avez oublié que Sa Majesté ne pouvant plus se supporter dans cette vieille bâtisse a décidé de porter ses pénates dans le superbe Palais-Cardinal qui est tout voisin... et qui va s'appeler le Palais-Royal ! Si, comme je le pense, vous allez la remercier tout de suite, c'est là qu'il vous faut adresser votre lettre...

— Vous faites bien de me le rappeler ! En ce cas, je vais l'écrire sur-le-champ et vous pourrez la remettre vous-même...

Un instant calmée, la colère de Monsieur le Prince repartit de plus belle.

— Vous voulez que moi, prince du sang, je joue les messagers sous l'œil goguenard de ce damné Beaufort dont chacun sait qu'il est amoureux de la Reine et qu'il dirige tout là-bas ?

— Il est encore là ?

— Et il a l'intention d'y rester. Souvenez-vous...

En effet, le jour même de la mort de Louis XIII, Anne d'Autriche avait fait rappeler de leur exil sur leurs terres de Chenonceau, Anet, etc., les princes de Bourbon-Vendôme issus de Gabrielle d'Estrées, et en premier François de Beaufort qu'elle avait aussitôt présenté au petit Louis XIV en disant : « Mon fils, voici M. le duc de Beaufort, votre cousin et notre ami, à qui je vous confie ainsi que votre frère... Il saura veiller sur vous. Il est le plus honnête homme du royaume... »

La phrase avait frappé toute l'assistance, à commencer par le cardinal Mazarin qui avait senti vaciller les pouvoirs à lui confiés par Richelieu d'abord, Louis XIII ensuite. Honnête, certes, Beaufort l'était, et d'une vaillance qui lui aurait valu jadis un siège à la Table ronde. C'était en outre un homme magnifique, généreux et bon compagnon, mais aussi nul en diplomatie qu'en orthographe, et, s'il était sujet aux coups de cœur pour les femmes, il n'avait au fond de lui-même qu'une seule vraie passion : la mer. Ce qu'il souhaitait surtout, c'était retrouver le merveilleux titre d'amiral de France qu'avait porté son père, César de Vendôme, et dont Richelieu l'avait privé ainsi que du gouvernement de Bretagne.

Entre Condé et lui, ce n'était pas le grand amour – Monsieur le Prince lui avait refusé la main d'Anne-Geneviève. Encore moins peut-être qu'avec Mazarin qu'il considérait comme un faquin sans se donner beaucoup de mal pour le dissimuler.

Investi de la confiance pleine et entière d'Anne d'Autriche qu'il aimait en secret, il croyait tenir la réalisation de ses rêves les plus fous et se comportait en conséquence...

— Vous avez mille fois raison ! soupira Charlotte. Mais s'il espère se débarrasser de

Mazarin, je crois qu'il se trompe. Ce renard a toujours fort bien su s'y prendre avec la Reine, et cela ne date pas d'hier. Déjà, quand il était nonce du pape et qu'il venait à Paris, il avait su s'attirer sa sympathie en lui apportant, à chaque voyage, une foule de petits cadeaux tels qu'une femme aime à en recevoir. En outre, il parlait espagnol... et enfin je me souviens avoir entendu la Reine faire allusion à une « légère ressemblance avec le duc de Buckingham » dont nul n'ignore qu'elle l'aimait...

Le silence tomba, laissant chacun des deux époux à ses réflexions, mais la Princesse le rompit sans tarder :

— Après tout, faites ce que vous voulez ! Pour l'instant, il n'y a rien de plus urgent à mes yeux que d'aller revoir mon Chantilly bien-aimé !

En s'installant dans le carrosse, Isabelle était presque aussi contente que Mme de Condé. Elle avait cinq ans lors de l'exécution du duc Henri et elle ne gardait de Chantilly qu'un souvenir vague, tel qu'un petit enfant pouvait en conserver : une profonde forêt, des étendues d'eau, un énorme château qu'elle ne se représentait plus clairement, des animaux, des fleurs, le tout enveloppé des brumes de légende. La réalité ne la déçut pas, quoique de toute évidence le domaine eût besoin de soins.

Posé sur un vaste étang, relié à la terre par le pont du Roi, le gigantesque bâtiment qui l'avait un peu effrayée jadis était composé de deux châteaux, presque accolés à une forteresse médié-

Le « chandelier »

vale à six tours rondes dans le genre de la Bastille dominant un gracieux château Renaissance dont on lui apprit qu'il était l'œuvre du Connétable de Montmorency, père de Madame la Princesse. L'étang qui l'environnait, en reflétant le ciel d'un bleu léger, donnait l'impression qu'il n'appartenait pas vraiment à la terre. De l'autre côté du pont, un grand jardin au-delà duquel étaient les communs offrait ici et là quelques fleurs que le manque d'entretien n'avait pas réussi à décourager. Ensuite c'était la forêt, où se perdaient des chemins, dense, d'un vert profond et pleine de chants d'oiseaux. En la désignant, la nouvelle maîtresse des lieux eut un petit rire.

— Là est la raison pour laquelle on a attendu la mort du Roi pour me rendre ma demeure de jeunesse : cette forêt où il aimait venir chasser...

— Et la Reine s'y plaisait-elle ? demanda François. Il me semble qu'elle l'a restitué bien vite. Presque comme si elle avait envie de s'en débarrasser.

— C'est un peu cela. Elle n'y avait pas de bons souvenirs, y ayant subi une grave humiliation....

— Une humiliation ? Elle ? La Reine de France née infante d'Espagne ? Et venant de qui ?

— Du chancelier Séguier ! Elle ne la lui a jamais pardonnée. Ce que chacun peut comprendre ! Il n'empêche qu'elle n'ait été fort imprudente... Elle avait fait construire, au bout de la rue Saint-Jacques, hors les murs de Paris, le couvent du Val-de-Grâce où elle s'était réservé un petit pavillon. Elle y allait souvent pour se recueillir, entendre chanter les religieuses... et aussi entretenir avec ses parents espagnols des Flandres une correspondance que La Porte, son fidèle « porte-manteaux », se chargeait d'acheminer. Or nous étions en guerre avec l'Espagne...

— Nous le sommes toujours, coupa François avec un sourire d'excuse.

— Certes, mais à présent, et grâce à la victoire de mon fils, ils sont rejetés à l'extérieur des frontières. Ce qui n'était pas le cas. Plus grave encore : la Reine correspondait avec le comte de Mirabel, l'ambassadeur. Or, elle a été dénoncée avec ce qui s'est ensuivi : La Porte arrêté, le Val-de-Grâce fouillé, la supérieure tenue sous surveillance et après que l'on en eut trouvé tous les éléments du courrier chez La Porte. Le Roi partait alors pour Chantilly : il a emmené la Reine, mais elle était plus ou moins prisonnière au château en compagnie de Mme de Sennecey, sa dame d'honneur, de Mlle de Hautefort, dame d'atour qui lui était toute dévouée, et de Mlle de Lisle, une de ses filles d'honneur, qui chantait pour elle. Des bruits de répudiation circulaient. On avançait même des noms pour remarier le Roi et, bien sûr, la Cour se tenait prudemment à distance de la souveraine. Plus encore quand le chancelier Séguier vint chez elle l'interroger au sujet d'une lettre. Elle la lui avait arrachée, glissée dans son corsage... et Séguier s'apprêtait à la récupérer à cet endroit quand Mlle de Hautefort l'a repoussé et mis dehors...

Le « *chandelier* »

— Mon Dieu! s'exclama Isabelle. Il voulait fouiller la Reine?

— Tout simplement! Je dois dire que les échos du château ont retenti de la colère du Cardinal qui, le Roi s'y refusant, s'est rendu en personne chez la Reine. D'après Mlle de Hautefort qui, cependant, le détestait, il y aurait porté tant de douceur qu'elle a tout avoué en pleurant. Alors il l'a consolée, en lui expliquant que, s'il était louable d'aimer sa famille, il fallait se garder de certaines... imprudences. Après quoi ils se sont quittés les meilleurs amis du monde et Richelieu s'est appliqué à raccommoder le ménage royal...

— Comment avez-vous pu savoir tout cela, Madame la Princesse? demanda François en dépit des tapes que lui appliquait sa sœur pour le faire taire.

— Laissez, Isabelle! fit Mme de Condé en riant. Il est normal d'être curieux à son âge. Au vôtre aussi, d'ailleurs! Quant à cette histoire, je la tiens de Sa Majesté elle-même. Vous savez que nous sommes très liées! J'ajoute, pour parfaire le tableau, que, sortant de chez la Reine, le Cardinal trouvant la Cour massée devant la Grande Galerie, mais le plus loin possible de l'appartement royal, lui a administré une algarade méprisante aussi cinglante que des coups de fouet! Et maintenant vous savez pourquoi Sa Majesté n'aime pas Chantilly!

Isabelle pensa que, en dehors de son amitié pour Charlotte, Anne d'Autriche ne se serait peut-être pas autant hâtée de le restituer à sa propriétaire légitime s'il n'y avait pas eu ce détestable souvenir car, en vérité, et même s'il avait besoin que l'on s'en occupe sérieusement, le domaine était superbe, toujours digne de ces Montmorency fastueux qui étaient ses ancêtres à elle aussi ! Au regard qu'elle échangea avec son frère, elle comprit que leurs pensées se rejoignaient et elle se promit d'y revenir le plus souvent possible. Surtout quand elle serait à Précy !

En vérité, elle n'eut pas à se donner beaucoup de mal. La princesse Charlotte entreprit aussitôt les travaux nécessaires et les surveilla de près. Il s'agissait de faire réparer le pont dormant, les dentelles de pierre du château du Connétable, sans oublier les créneaux de la forteresse féodale, curer l'étang, restaurer l'orangerie, le jardin de la Volière et enfin la Maison de Sylvie pour laquelle Isabelle, dès la première visite, éprouva un véritable coup de cœur. Peut-être parce qu'elle avait été voulue par l'amour...

C'était, caché au milieu des arbres séculaires de la forêt, un joli pavillon à l'italienne construit pour la charmante Maria Felicia Orsini, l'épouse du dernier duc de Montmorency, que celui-ci avait aimée dès leur première rencontre. Un ruisseau y alimentait un bassin entouré d'un jardinet dont les eaux se déversaient dans un étang. Son époux étant souvent absent, la jeune duchesse aimait s'installer près de l'eau pour pêcher à la ligne.

Le nom de Sylvie lui avait été donné par le poète plus ou moins maudit Théophile de Viau, qu'elle avait abrité dans le pavillon quand la justice le recherchait et même le menaçait du bûcher à cause de ses écrits tendancieux. Et Viau, tout naturellement, était tombé amoureux de sa protectrice à laquelle il avait dédié de charmants vers tels :

> *En regardant pêcher Sylvie*
> *Je voyais battre les poissons*
> *A qui plus tôt perdrait la vie*
> *En l'honneur de ses hameçons.*

L'endroit était délicieux, même pendant les travaux qui respectaient scrupuleusement l'environnement, et chaque fois qu'elle venait au château, Isabelle y accourait s'asseoir sur la rive et rêver en mâchonnant un brin d'herbe. Parfois accompagnée de son amie Marie qui aimait la nature presque autant qu'elle, mais le plus souvent seule. Un jour, elle y avait amené François, mais il n'était pas resté longtemps : agacée par son esprit malin trop fréquemment moqueur, elle l'en avait chassé à coups de cailloux avec défense de « remettre ses vilains pieds » dans son domaine dont elle préférait garder l'exclusivité.

Quand vint l'automne, les ouvriers diminuèrent de nombre et furent moins évidents. En revanche les visiteurs habituels de l'hôtel de Condé prirent le chemin de Chantilly en rangs de plus en plus serrés. Quelques-uns des piliers de la Chambre bleue, poètes surtout et Voiture en tête, vinrent mettre leur muse au service de Madame la Princesse et de sa cour. Isabelle, pour sa part, choisit de se réfugier le plus possible à la Maison de Sylvie. Tant que le vainqueur de Rocroi ne serait pas de retour, les divertissements et ceux qui les suscitaient manquaient d'intérêt pour elle. D'autant que l'épouse du grand homme, toute glorieuse de lui avoir donné un fils le 29 juillet, y venait maintenant régulièrement sans attendre d'y être invitée, estimant que sa place se trouvait, par voie de conséquence, au sein de sa belle-famille, pour faire admirer le rejeton du héros.

Claire-Clémence avait grandi, encore qu'il fût évident qu'elle resterait plutôt petite, possédait de jolis cheveux, un teint légèrement gâté par quelques traces de sa variole, des mains fines, un visage aux traits réguliers quoique un peu lourds et des yeux bruns assez bien fendus. Guère d'appas en outre, elle était de celles que l'on ne remarque pas, mais, comme il s'en trouva un dans la troupe de poètes pour « célébrer sa beauté », elle en acquit une assurance pas forcément agréable : elle était la duchesse d'Enghien, mère du futur prince de Condé, et il convenait de s'en souvenir !

Bien qu'elle reconnût volontiers que la pauvre n'avait pas eu la vie rose jusqu'à présent, sa belle-mère avait quelque peine à la supporter ; Anne de Longueville ne la supportait pas du tout ; quant à Isabelle, moins elle la voyait, mieux elle se portait.

Aussi retint-elle une grimace quand, par un après-midi d'une grande douceur automnale où elle s'était retirée pour bouquiner près de son cher bassin, elle vit arriver Claire-Clémence qu'une ombrelle portée par un laquais abritait du soleil...

— Que faites-vous là? demanda celle-ci visiblement contrariée de la rencontre.

— C'est l'évidence, il me semble. Je lis.

— On dit Madame la Duchesse lorsque l'on s'adresse à moi!

« Ma parole, cette gamine se prend au sérieux! pensa Isabelle qui, jusqu'à présent, avait plutôt tendance à la plaindre. On va lui remettre les idées en place! »

— Ah oui? émit-elle en cherchant dans une poche de sa robe une pomme dans laquelle elle mordit sereinement. Moi, on me dit Mademoiselle quand on fait partie de mes amies! Puis-je savoir ce que vous désirez... Madame la Duchesse?

— Me reposer ici!

— Je vous en prie. Ce n'est pas la place qui manque!

Et elle reprit sa lecture.

— Vous ne me comprenez pas! Je souhaite être seule. Cette jolie maison me plaît et j'ai l'intention de la faire mienne...

Le ton était de plus en plus raide et Isabelle fronça les sourcils, mais sans s'émouvoir autrement.

— A quel titre?

— En ce qu'elle me revient de droit. Ce qui n'est pas votre cas. Je serai un jour princesse de Condé et c'est à une princesse de Condé que le domaine a été rendu!

— C'est là que vous faites erreur. C'est à Charlotte de Montmorency que la Reine l'a remis. Et moi, je suis une Montmorency ! Mon frère François pourrait être le dernier duc, et comme Madame la Princesse l'aime beaucoup, pourquoi ne lui léguerait-elle pas Chantilly ?

— Alors que son fils, mon époux bien-aimé, vient de se couvrir d'une gloire immortelle devant laquelle chacun s'incline et que tous acclament ?

— Moi aussi, mais cela ne lui confère pas tous les droits, et à vous encore moins ! Aussi, en attendant, priez votre valet de vous chercher un siège dans la maison ou asseyez-vous dans l'herbe comme moi... Mais, par grâce, laissez-moi lire !

— Quelle insolence ! J'espérais un peu de solitude, mais puisque vous vous obstinez, je rentre au château ! C'est... c'est intolérable ! Qu'une fille de condamné ose s'opposer...

Elle n'alla pas plus loin. Soudain livide, Isabelle prestement relevée s'avançait vers elle.

— Dire que je vous plaignais ! Que la nièce du bourreau ait le toupet de m'insulter est ce que je ne supporterai jamais ! Non seulement vous êtes... quelconque, mais en plus vous n'êtes qu'une sotte vaniteuse. Je vous laisse la place ! Et vous oubliez que votre oncle a aussi fait décapiter le maître de Chantilly ! Estimez-vous heureuse que je ne vous aie pas souffletée... Madame la Duchesse !

Et, ramassant ses jupes à deux mains, Isabelle partit en courant vers le château. En oubliant son livre. Elle courut ainsi tout le long du chemin, emportée par une colère qui ne voulait pas céder.

Le « chandelier »

Ce fut seulement arrivée au pont dormant qu'elle s'immobilisa, hors d'haleine, pliée en deux par la vive douleur d'un point de côté, et dut s'appuyer sur l'un des piliers d'entrée pour reprendre son souffle. Constatant qu'il n'y avait personne, elle ferma les yeux en s'efforçant de respirer calmement et profondément, et, peu à peu, la douleur se calma.

Elle voulut reprendre son chemin en direction des écuries, l'idée générale étant d'y prendre un cheval pour rentrer à Précy d'où elle enverrait un domestique muni d'une lettre d'excuses à la princesse Charlotte demandant qu'on veuille bien lui renvoyer ses affaires, la seule idée de se retrouver en face de cette petite dinde vaniteuse lui étant insupportable. Ce n'était pas la faute de cette malheureuse si sa mère était folle à lier, mais, ayant été élevée convenablement, elle aurait dû, au moins, savoir qu'on ne pouvait dire n'importe quoi à n'importe qui. Non seulement elle avait eu la chance inouïe d'être la femme de celui qu'Isabelle aimait, mais en plus il lui avait fait un enfant ! Cela devrait être suffisant pour remplir sa vie !

Quand elle atteignit la cour des écuries, le chef palefrenier vint à sa rencontre. Il la connaissait parce que, adorant les chevaux, elle était une excellente cavalière et venait souvent lui demander une monture pour une promenade. Un petit privilège qu'elle devait à son nom. Là, cependant, il s'inquiéta :

— Vous n'avez pas l'intention de sortir à cette heure ? La nuit va bientôt tomber et puis...

Son regard passa sur l'ample robe de taffetas jaune pâle brodé de pâquerettes, ouverte sur une jupe confectionnée de volants de dentelles comme les vastes revers de ses manches et la collerette entourant son décolleté. Elle comprit.

— Oh, cette robe ? Je n'ai pas le temps d'en changer car il faut que je me rende sans tarder à Précy. Ce n'est pas elle qui me gênera, vous le savez, Merlin !

— Certes, mais...

Il s'interrompit pour exécuter un profond salut qui ne manqua pas de surprendre la jeune fille.

— Monseigneur ! Mais quelle joie de revoir Votre Altesse et quel honneur qu'elle ait pris la peine de venir jusqu'ici ! Monsieur de Tourville !

Par réflexe, Isabelle se tourna pour se retrouver en face d'Enghien et de son premier gentilhomme, M. de Tourville, qui s'approchaient menant leurs chevaux respectifs par la bride.

— Nous souhaitons effectuer une arrivée discrète et... Isabelle ? Mais que faites-vous ici... et dans cette tenue ?

Il la releva de sa révérence, mais garda sa main dans les siennes. Jamais elle ne lui avait vu un plus beau sourire et elle en éprouva une grande joie : il la regardait comme s'il ne l'avait jamais vue.

— Dieu, que vous êtes ravissante ! A chacun de nos revoirs, je vous trouve plus belle que la fois précédente ! Et que je suis donc heureux de vous rencontrer dès l'entrée... Mais vous ne m'avez pas répondu : par quel miracle est-ce que je vous rencontre aux écuries ? Et d'abord dites bonjour à M. de Tourville !

Elle s'exécuta en riant :

— Bonjour, Monsieur de Tourville ! Quant à ce que je fais ici...

Il était difficile de lui expliquer qu'elle fuyait sa jeune épouse et désirait rentrer chez elle. Sans savoir de quoi il était question, Merlin se porta instinctivement à son secours.

— Mlle de Bouteville venait prendre des nouvelles de Belle Dame, sa jument favorite qui s'est légèrement blessée hier... Et je peux assurer qu'elle est parfaitement rétablie !

— Me voilà rassurée, fit Isabelle avec un sourire de reconnaissance.

— Alors nous allons rentrer de concert au château ! Prenez mon bras !

Elle en mourait d'envie, pourtant elle refusa :

— Peut-être vaut-il mieux... nous abstenir, mon cousin ? Hormis Monsieur le Prince, toute la famille est là ! Votre venue inattendue va causer une immense joie et... on pourrait m'en vouloir d'avoir été la première à vous rencontrer et de rentrer avec vous.

— Et alors ? Où est le mal ?

— C'est que... la duchesse est dans les murs. Depuis hier...

Il repartit de son grand rire sonore.

— Vous redoutez une scène de jalousie ? Elle doit me connaître assez pour savoir que je ne le tolérerais pas ! Elle a tout intérêt à se faire remarquer le moins possible !

— N'oubliez pas qu'elle vous a donné un fils.
— Cessons de parler d'elle, si vous le permettez ! Et prenez mon bras sans tergiverser plus longtemps, j'y tiens !

Il ne la quittait pas des yeux, aussi ne restait-il à Isabelle qu'à obéir ! L'émotion fit trembler légèrement sa main sur le drap de la manche. Louis le sentit et posa dessus son autre main.

— Voilà qui est bien ! Rentrons à présent ! Et souriez, que diable, sinon tous ces gens vont croire que vous me détestez !

— Vous détester ? Vous ?

Consciente soudain du trouble traduit par sa voix, elle toussota puis reprit sur le ton de la conversation :

— Comment se fait-il, mon cousin, que vous surveniez ainsi sans tambour ni trompette – c'est le cas de le dire ! –, accompagné du seul M. de Tourville ? Alors que Paris et le royaume entier attendent votre retour pour vous acclamer, vous fêter, se jeter sous les pas de votre cheval en vous lançant des fleurs, faire sonner à toute volée les cloches de Notre-Dame et chanter vos louanges, vous nous revenez avec un seul gentilhomme... et à pied ?

— Justement pour que l'on me remarque moins. Je vous ai dit que je souhaitais réserver cette surprise à ma mère d'abord, à ma sœur, si elle est là...

— Elle y est, soyez-en sûr ! Seul manque Monsieur le Prince qui, appartenant au Conseil de régence d'où il serait ravi d'exclure le cardinal

Mazarin, ne quitte gère le Louvre. Il est dans l'impatience de vous revoir!

— Il pourra attendre un jour ou deux de plus. Dès demain, je rejoindrai mes hommes que j'ai laissés à Lagny afin d'être à leur tête pour entrer dans Paris. Mais ce soir ma famille me suffira! Et j'ai eu raison, puisque c'est vous que j'ai rencontrée la première! Quelle délicieuse surprise! Au guerrier fatigué que je suis, vous êtes apparue comme une source de fraîcheur!

Tout en prenant sur son bras la main qu'il porta à ses lèvres, il caressait sa compagne d'un regard qui la fit rougir tant il exprimait de désir. Comme la voix soudain basse qui demandait :

— Quel âge avez-vous, ma belle cousine?

— Seize ans!

— Si jeune... Et déjà divine! Que serez-vous à vingt! Pourquoi n'est-ce pas vous que j'ai épousée?

On approchait du château. Isabelle sentit qu'il fallait rompre le charme et lui offrit un radieux sourire :

— Mais parce qu'on ne vous l'aurait pas permis!

— Allons donc! Vous êtes une Montmorency...

— Pourtant, sur l'échiquier diplomatique, je ne suis rien... Et je ne suis même pas riche, ce qui est un grave défaut!

— Croyez-vous? fit-il assombri. Et le risque d'une descendance atteinte d'aliénation? Cela me paraît infiniment plus grave! J'ai peur depuis que cet enfant est né...

Ils atteignaient le château d'où on les avait aperçus. On se lançait à leur rencontre.

— Par pitié, mon cousin, souriez! Souriez vite!

— A vous, c'est la chose la plus facile du monde! répondit-il en lui obéissant... et en baisant une fois de plus la main qu'il conserva dans la sienne.

Pas longtemps! Avec des cris de joie, tout le contenu des salons se déversait sur eux, hommes et femmes mélangés. En un clin d'œil, Enghien fut enlevé de terre, porté en triomphe par des bras solides et finalement déposé devant sa mère qui lui ouvrit les siens en pleurant de joie.

— Mon fils!

Deux mots seulement, mais tellement chargés d'amour, d'orgueil et de bonheur que point n'était besoin d'y ajouter même une syllabe! Charlotte avait toujours adoré ses enfants – singulièrement l'aîné en qui elle mettait toutes ses espérances – et cet instant la payait de tout ce qu'elle avait pu souffrir, depuis sa naissance dans le donjon de Vincennes en passant par les longues années d'absence voulue par son père, sans oublier l'étrange maladie qui l'avait abattu au lendemain même d'un mariage détesté. Et voilà qu'il lui revenait couvert de gloire avec à ses pieds tout un peuple reconnaissant! Devant l'histoire, il serait sans doute le plus grand des Condés!

Isabelle s'était discrètement écartée, se contentant de regarder et simplement heureuse du bonheur de sa princesse. François, qu'elle avait

Le « chandelier »

entendu jouer de la guitare en se rendant aux écuries, déposa son instrument dont il caressait les cordes en attendant que l'effervescence se calme et la rejoignit :

— Quelle arrivée ! Je vous ai aperçus il y a déjà un moment, tous les deux...

— Tous les trois ! Vous oubliez M. de Tourville qui mérite plus de respect !

— Pourtant vous n'aviez pas l'air de vous en soucier plus que d'une guigne ! On aurait juré un couple d'amoureux... D'où veniez-vous donc ? De Cythère où l'on vous avait donné rendez-vous ?

— Vous lisez trop de romans ! Rien de plus galant que des écuries où il amenait son cheval afin d'effectuer son entrée à pied...

— On peut le comprendre, mais, vous, qu'y cherchiez-vous ?

— Je fuyais...

— Vous ? Fuir ? Allons donc !

— Si vous me laissiez parler ? Je fuyais Madame la Duchesse qui m'est venue déranger alors que je lisais près de la Maison de Sylvie et m'a laissé entendre qu'elle comptait l'adopter pour son seul usage. Autrement dit, bien que je ne fusse pas à l'intérieur, elle prétendait me mettre à la porte. Elle la veut pour elle...

— Cela m'étonnerait fort qu'elle y parvienne. Surtout elle ! Madame la Princesse désire qu'y perdure le souvenir de « Sylvie » elle-même, la duchesse Maria Felicia, retirée avec son chagrin chez les Visitandines de Moulins et avec qui, la plaignant de tout son cœur, elle correspond...

Mais, à part cela, où prétendiez-vous aller ? A Précy, je suppose ?

Il avait repris sa guitare et il égrena quelques notes, attendant une réponse qui ne vint pas. Isabelle d'ailleurs détournait les yeux. Alors, il reprit plus bas, la tête penchée sur son instrument :

— Fuir n'a jamais été une bonne solution ! Surtout pour nous, les Montmorency ! Le mot ne fait pas partie de notre vocabulaire ! Ni de notre comportement ! Et si...

Une claque assenée sur son dos bossu le fit sursauter et lâcher sa guitare pour la garde de son épée, l'œil déjà menaçant, mais c'était seulement Enghien.

— Encore dans les jupons des dames à chanter des romances, Bouteville ? Ne crois-tu pas qu'il serait temps de passer à d'autres occupations ? Quel âge as-tu ?

— Quinze ans, Monseigneur, pour vous servir !

— C'est tout juste ce que j'attends de toi ! De ce jour je t'attache à mon service, car je sais ce que tu vaux !

— Oh, Monseigneur ! s'exclama le gamin les yeux pleins d'étoiles. Je vais enfin aller au feu ? Et avec vous ? Merveille !

— Il n'est pas... un peu jeune ? s'inquiéta Isabelle, la gorge serrée à la pensée de voir partir au combat ce petit frère qu'elle aimait infiniment et qui avait toujours été son meilleur compagnon.

— On n'est jamais trop jeune pour courtiser la gloire, Isabelle. Ma mère aussi va être triste de le perdre, mais je pressens qu'il fera un jour un grand chef !

Le « *chandelier* »

Que répondre à cela sinon remercier ? La joie qui rayonnait sur le visage de François interdisait toute autre attitude. Elle savait, en outre, que leur mère serait fière que le héros prenne son fils sous son aile. Connaissant son orgueil à fleur de peau, son caractère volontiers soupe au lait et son habileté aux armes, elle ne cessait de redouter pour lui le destin fulgurant mais dramatique de leur père.

« S'il trouve la mort au cours d'une bataille, au moins sera-ce pour son pays, son Roi et son nom ! », devait plus tard dire cette mère dont le caractère romain n'était plus à démontrer.

Tout cela, Isabelle le savait mais n'y trouvait guère de consolation. François avait été fragile si longtemps ! Comment s'accommoderait-il de la dure vie des camps ? L'idée de s'opposer à une si évidente vocation ne traversa même pas Isabelle, mais son sourire s'était effacé tandis qu'elle le regardait se précipiter aux pieds de Madame la Princesse pour obtenir d'elle son congé. Elle ressentait une si profonde tristesse qu'elle ne remarquait pas qu'Enghien était resté près d'elle et tressaillit lorsqu'il demanda :

— Pourquoi êtes-vous si triste, Isabelle ? Je comprends ce que vous pensez, mais me croirez-vous si je vous promets de veiller sur lui et de le confier, pour apprendre le métier, à quelqu'un qui lui évitera les plus grosses bêtises ?

Sa voix s'était faite très douce et il avait repris sa main sur laquelle il appuya ses lèvres :

— Souriez-moi, Isabelle ! J'aime tant vous voir sourire !

Il eut satisfaction sur-le-champ, et peut-être ce divin moment qui les isolait des autres eût-il continué si des laquais n'avaient ouvert la double porte qui se trouvait derrière eux pour livrer passage à Mme de Longueville.
Rayonnante dans une robe de satin brodée d'or, de la couleur exacte de ses cheveux blonds, des joyaux sertis de topazes et de diamants à son cou, à ses bras, ses oreilles, sa coiffure et le creux de son large décolleté, elle accapara soudain toute la lumière tandis que, les bras tendus, elle s'élança dans ceux d'Enghien sans paraître s'apercevoir de la présence d'Isabelle qui eut juste le temps de reculer pour éviter qu'elle ne lui marche sur les pieds.
— Mon frère! Je ne suis ici que depuis peu et vous voilà! Quel bonheur d'avoir écouté l'heureuse impulsion de mon cœur alors que je n'avais aucune envie de quitter Paris!
Ils s'étreignirent comme s'ils étaient seuls et non au milieu d'un salon rempli de regards toujours aux aguets, mais échangèrent un baiser tout à fait fraternel. Moins dédaigneux des « autres » qu'Anne-Geneviève, Louis écarta sa sœur de la longueur de son bras afin de mieux l'admirer.
— Que vous êtes belle! En vérité, il semble qu'à chacun de nos revoirs vous soyez plus resplendissante.
— C'est l'enchantement de votre présence! Et en particulier dans de telles circonstances. Tout illuminé par la gloire de vos armes...
Cependant, un génie malin avait décidé que cette rencontre voulue si éclatante par Mme de

Le « *chandelier* »

Longueville tournât court et Isabelle, vengée, dut contenir de ses deux mains une inconvenante envie de rire. Madame la Duchesse rentrait du parc et sauta au cou de son époux.

— Mon cher mari ! Mais quelle joie ! Pourquoi n'avoir pas prévenu de votre arrivée ? Nous serions tous allés au-devant de vous pour jeter des fleurs sous les pas de votre cheval !

Bon gré, mal gré, il fallut que la belle-sœur lui cède la place. Ce qui lui déplut souverainement et ne plut pas davantage au mari en question.

— Vous êtes là aussi, Madame ? Par quel hasard ? Un pressentiment peut-être ?

— C'est cela même ! Il fallait que je vienne. N'êtes-vous pas dans la hâte de connaître monsieur votre fils ? Il est beau comme un ange !

— Donc il ne me ressemble pas...

— Il vous ressemblera plus tard, mais venez ! Venez avec moi ! Allons le voir tous les deux !

Elle essayait de l'entraîner. Il résista :

— Madame ! J'ai dans les jambes des lieues en selle. Je suis sale et couvert de poussière. Alors, par grâce, accordez-moi un répit ! Je le verrai tout à l'heure ! Il ne va pas s'envoler que je sache !

Du coup elle fondit en larmes et se mit à sangloter à grand bruit, comme une petite fille, clamant qu'il n'aimait pas son fils et elle pas davantage, ce qui eut le don de le mettre hors de lui.

— En voilà assez, Madame ! J'ai pris quelque avance sur mon armée que je rejoins demain afin de goûter un moment de douceur, de beauté et de quiétude au sein de ma famille...

— Est-ce que je n'appartiens pas à votre famille ? Mais ce n'est pas elle que vous souhaitiez rejoindre : c'est cette Du Vigean dont vous êtes assotté et pour laquelle vous voulez nous démarier ! C'est à cause d'elle que vous refusez de connaître votre fils !

— Mère ! hurla le jeune homme. Débarrassez-moi de cette furie ! Au moins pour ce soir ! Je vais respirer un moment au jardin et je ne veux pas la voir en rentrant ! Venez, Isabelle ! J'ai besoin de vous entendre rire !

Et, de la façon la plus imprévisible, il saisit la jeune fille par le bras et l'entraîna au dehors en courant sans plus se préoccuper de ceux qu'il abandonnait à leurs conjectures. Ils coururent ainsi jusqu'au bord de l'étang où elle se laissa choir dans l'herbe en poussant un cri de douleur : le talon d'une de ses mules de satin venait de tourner, lui tordant le pied.

— Eh bien, qu'y a-t-il ? fit-il impatiemment.

— Si vous pensiez m'entendre rire, c'est manqué ! répondit-elle en relevant sa robe pour masser sa cheville en grimaçant. Cela me fait un mal affreux !

— Laissez-moi examiner !

Il s'agenouilla près d'elle, prit le pied endolori dont il palpa la cheville avec une délicatesse inattendue, mais, comme les doigts commençaient à remonter sournoisement le long de sa jambe, elle tapa dessus et rabattit ses jupes.

— Inutile de chercher plus loin, mon cousin. Cela va déjà mieux et, si vous acceptiez de m'aider à me relever, je vous en serais infiniment reconnaissante.

— Pas tout de suite! Il faudrait peut-être tremper ce pied dans l'eau! Et puis est-ce que nous ne sommes pas bien, assis dans l'herbe en face de ce merveilleux paysage? J'ai toujours adoré Chantilly et particulièrement cet endroit. Quand j'étais marmot, je me souviens que j'échappais à mes gouvernantes pour aller m'asseoir précisément là où nous sommes. J'essayais d'attraper les papillons, les insectes, les grenouilles... Je suis même tombé à l'eau et sans l'un des gardes qui me surveillaient à distance, je me serais sans doute noyé.

— Vous avez dû avoir peur.

— Un peu, oui, mais pas trop! Il faisait chaud ce jour-là et l'onde était si fraîche! J'ai eu souvent envie de revenir quand le domaine nous a été confisqué et regretté plus encore ce coin de parc. Il me faisait l'effet d'un paradis perdu. Et voilà que ce soir j'y reviens avec vous! Je vois un signe du destin dans cet incident qui nous a arrêtés ici...

Il s'était rapproché d'elle et le cœur d'Isabelle manqua un battement, devinant qu'il allait la prendre dans ses bras... Mais elle fronça le nez : l'amour de sa vie sentait furieusement la sueur, la graisse d'armes, même une crasse vieille, sans se tromper, de plusieurs jours, voire de plusieurs semaines, car, tout comme Monsieur le Prince son père, Monsieur le Duc avait tendance à considérer que les soins du corps étaient du temps perdu. Elle le repoussa gentiment :

— Non, Monseigneur ! S'il vous plaît... Pas... ce soir !

— Pourquoi ? J'ai une terrible envie de vous ! » Et soudain, il crut comprendre : « Oh... Vous êtes... empêchée ?

Décidément, le duo qu'elle espérait tellement poétique prenait une drôle de tournure et elle se mit à rire :

— Non, mon cousin, mais je crois que l'on s'inquiète de nous et je ne veux pas contrarier ma chère princesse ! Elle est si heureuse de votre retour !

Une petite troupe armée de torches quittait en effet le château à leur recherche.

— Plus que vous, en tout cas ! bougonna Enghien. Eh bien, rentrons, puisque vous y tenez !

— De quoi vous plaignez-vous donc ? J'ai répondu à votre attente : ne vous ai-je pas fait rire ?

— ... alors que je voudrais tant vous faire crier de plaisir ? Il faudra que vous y passiez, ma belle ! menaça-t-il entre ses dents.

— En attendant, faites-moi l'honneur de m'offrir votre bras pour m'aider à marcher ! Mon pied me fait vraiment très mal !

Il s'exécuta, de mauvaise grâce d'abord, puis avec une pointe de sollicitude, jusqu'à ce qu'enfin, sentant qu'elle souffrait réellement, il l'enleva de terre pour la porter...

— Accrochez-vous à mon cou, ordonna-t-il. Vous me faciliteriez la tâche.

Elle obéit et se sentit soudain beaucoup mieux. Certes l'odeur était toujours présente, mais elle

Le « chandelier »

en était moins incommodée. Cela tenait peut-être à cette impression étrange d'être arrivée à une place qui lui convenait et lui conviendrait toujours. Elle lutta héroïquement contre l'envie de laisser sa tête se nicher près du cou solide... et fit aussi bien car il lui vrilla les oreilles en réclamant :

— Une civière, un fauteuil ou n'importe quoi ! Vous êtes plus lourde qu'il n'y paraît ! commenta-t-il gracieusement.

— Et vous moins fort que je ne le croyais ! riposta-t-elle, rendue furieuse par cette fin sans gloire d'une promenade nocturne qu'elle avait espérée idyllique...

Un moment plus tard, rapportée dans la chambre qu'elle partageait d'habitude avec Marie de La Tour que sa mère, malade, avait réclamée, Isabelle se laissait examiner par Bourdelot qui diagnostiqua « une simple entorse », oignit la cheville enflée d'un onguent qui, par bonheur, ne sentait rien, et banda en recommandant d'appuyer le moins possible sur ce pied durant quelques jours. La guérison viendrait naturellement...

De toute façon, qu'elle fût debout, assise ou couchée importait peu. Si Isabelle ne dormit guère, ce fut parce qu'elle ne cessait de repasser dans son esprit cette fin de journée inattendue où Louis, si miraculeusement reparu, s'était occupé d'elle plus que de toutes les autres – même de sa « divine » sœur, et c'était pour Isabelle un merveilleux cadeau du Ciel. Se pouvait-il que marié – mal, mais tout de même ! – , amoureux jusqu'à nouvel ordre d'une jolie fille pour laquelle il n'avait pas caché son désir de demander l'annulation de son mariage, pourvu, selon les potins de Cour d'une ou deux maîtresses passagères, il se soit pris à l'aimer elle ? Qu'il la désirât ne faisait aucun doute, mais ils étaient nombreux ceux qu'attirait sa beauté à peine éclose, et ce qu'elle briguait, c'était son cœur ! Elle souhaitait être aimée comme elle aimait elle-même : corps, cœur et âme confondus...

Aux approches de l'aube, elle plongea enfin dans un sommeil que le chant des coqs du domaine ne réveilla pas. Ce qui y réussit, ce fut le vacarme de saluts, de souhaits et de cris qui accompagnait le départ d'Enghien et de Tourville retournant au-devant des troupes qui venaient de prendre Thionville, afin d'être à leur tête pour une entrée dans Paris certainement triomphale !

Elle se hâta de quitter son lit en s'aidant d'une canne abandonnée à son chevet et, seulement vêtue de sa chemise de nuit et de ses cheveux répandus sur ses épaules, elle alla à la fenêtre qu'elle ouvrit en grand... Les deux hommes étaient déjà en selle et faisaient volter leurs chevaux au milieu de l'enthousiasme général : presque tout le château était dehors, y compris Madame la Duchesse qui, Dieu sait pourquoi, pleurait en agitant son mouchoir à côté d'une nourrice placide, laquelle élevait l'héritier à deux mains, comme s'il eût été le saint sacrement. Initiative qui n'avait pas l'air de plaire au nourrisson, car ses cris de protestation dominaient le tumulte.

Le « chandelier »

Soudain Enghien, se retournant sur sa selle, aperçut Isabelle, lui sourit, lui envoya un baiser du bout des doigts puis enleva son cheval et partit au galop...

Heureuse que ce dernier hommage eût été pour elle, Isabelle ne referma pas sa fenêtre – ces derniers jours de septembre étaient infiniment doux ! – et retourna s'asseoir sur son lit en claudiquant. Elle resta là un moment sans bouger pour laisser s'apaiser les battements de son cœur tout en souriant au soleil qui l'enveloppait de ses rayons.

Elle s'étira à plusieurs reprises, fit jouer son pied qui lui parut un peu moins douloureux. En fait, jamais elle ne s'était sentie aussi bien ! Son regard alors s'arrêta sur la pendule. Voyant qu'elle marquait dix heures et demie, la jeune fille chercha le cordon pour que l'on vienne l'aider à faire sa toilette et s'habiller, et attendit. Mais, quand la porte s'ouvrit, ce ne fut pas une chambrière qui parut, mais Mme de Longueville.

Sachant à quel point celle-ci tenait aux usages, Isabelle voulut se lever pour la saluer.

— N'en faites rien ! émit la voix soyeuse. Je suis seulement venue pour bavarder avec vous...

— N'est-il pas un peu tôt ? J'appelais pour que l'on vienne m'accommoder ! dit Isabelle, admirant à part elle l'harmonie composée par le bleu de la robe en accord parfait avec les yeux et les reflets de la blonde chevelure artistement coiffée sur ce fond de lumière dorée.

— Il n'est jamais trop tôt pour rendre service à quelqu'un de cher. Vous pouvez même vous remettre au lit afin d'éviter d'avoir froid !

— C'est que j'ai surtout faim! murmura Isabelle que cette sollicitude imprévue rendait méfiante.

— Le dîner n'est plus bien loin. Je vais vous faire apporter du lait et quelques fruits...

— Le lait suffira!

Allons, décidément, il était impossible de se débarrasser de Mme de Longueville! Résignée, Isabelle se cala dans ses oreillers, en remontant ses genoux qu'elle entoura de ses bras, et attendit, cependant que sa visiteuse allait jeter un coup d'œil par la fenêtre, ne quittant son observatoire que lorsqu'elle entendit une fille de chambre apporter ce qu'elle avait demandé.

— Merci! fit Isabelle le nez dans son bol. Qu'avez-vous de si important à me dire?

Anne-Geneviève revint s'asseoir au pied du lit et s'arma du sourire ensorceleur dont elle avait le secret.

— Important, non! Une simple mise en garde, parce que je vous aime et que je ne voudrais pas vous voir souffrir!

— Souffrir? Et de quoi, mon Dieu? A part mon pied...

— De mon frère. Il me serait pénible que vous vous nourrissiez d'illusions à son sujet. Vous en auriez le droit, étant donné l'attention toute particulière dont il vous a entourée hier au soir. On aurait juré qu'il était tombé amoureux de vous...

Quelque chose se coinça dans la gorge d'Isabelle, comme s'il y avait eu des cailloux dans son lait, mais elle n'en laissa rien paraître.

— Vraiment ? Je l'ai trouvé fort aimable tout d'un coup... mais sans plus !

— En vérité ? Ah, comme vous me soulagez, chère cousine, car j'avais très peur qu'il ne vous prenne à son piège !

— Piège ? Le vilain mot !

— C'est malheureusement celui qui convient. En réalité, il est toujours aussi épris de Marthe du Vigean et n'a pas renoncé à faire dissoudre son mariage pour l'épouser...

— Alors que sa femme vient de lui donner un fils ? Cela me paraît difficile !

— C'est quasi impossible ! Vous l'ignorez peut-être encore, mais, quand on aime à ce point, aucun obstacle ne rebute ! Quoi qu'il en soit, afin que l'on cesse de le harceler à propos de Marthe, ce qui contraint la malheureuse à se cacher souvent, il a pensé que si elle n'était plus sous les feux de la rampe et si l'on pouvait le croire épris d'une autre... – donc vous ! –, insista-t-elle, ses véritables amours seraient à l'abri et pourraient s'épanouir à loisir. Vous comprenez ?

Si elle comprenait ? Mais il aurait fallu être idiote pour qu'il en soit autrement ! Blessée au plus profond mais raidie dans son orgueil, elle articula :

— On me fait l'honneur de m'allouer le rôle du chandelier ! C'est bien cela ?

— Tout à fait ! J'ai toujours su que vous étiez intelligente ! C'est pourquoi je n'ai pas voulu vous laisser vous fourvoyer ! Car je connais le charme de mon frère, et il ne faut pas que vous vous y laissiez prendre ! Et comme de toute façon il ne pourra jamais se séparer de sa folle, il rêve dans le vide ! Aussi devez-vous d'abord penser à vous qui êtes si jeune, et songer à vous trouver un bon mari comme celui de votre sœur. Marie-Louise ne fait pas de bruit. Tellement discrète que dans un salon on s'aperçoit à peine de sa présence, et pourtant elle va devenir marquise de Valençay. Ce qui n'est pas rien...

— ... pour une fille sans dot ! Vous devriez ajouter cette précision afin de parfaire le tableau !

Mme de Longueville lui jeta un regard noir.

— J'ai trop d'amitié pour elle, comme pour vous d'ailleurs, pour ce genre de discours ! dit-elle, pincée. A présent je vous laisse, chère Isabelle ! Pleinement rassurée sur votre avenir, car je sais qu'ils sont nombreux ceux que vous avez ensorcelés ! Le joli titre de marquise vous siérait si bien !

— Comme à ma sœur, je sais ! Mais vous oubliez cette histoire de ruban qu'il y a entre nous. Pas moi !

— Oh ! Ce n'est qu'un détail ! N'y pensez pas trop !

Et elle sortit là-dessus. Juste à temps pour éviter à Isabelle, qui n'en pouvait plus de retenir sa colère, de lui envoyer à la tête son bol vide !

— Espèce de garce ! gronda-t-elle entre ses dents. Le venin que tu viens de cracher, je te le ferai ravaler ! Et avec des intérêts en plus ! Tu as voulu la guerre ? Eh bien, tu l'auras ! Oh, que j'ai mal !

Le « chandelier »

Son pied, en effet, venait de se rappeler à son souvenir, ce qui n'arrangea pas son humeur ! Se sentir éclopée ajoutait encore à sa fureur, donnant naissance à une idée fixe : sortir d'ici ! Rentrer à la maison où elle n'aurait pas à affronter des dizaines de regards faussement apitoyés, car elle faisait toute confiance à « la Longueville » pour ébruiter l'affaire du chandelier...

Mais comme il arrive au Seigneur de prendre en pitié les petites jeunes filles malheureuses, la voiture de Mme de Bouteville apportant une lettre à Madame la Princesse, rappelant Isabelle, arriva une heure plus tard : ayant à préparer le mariage de Marie-Louise, Mme de Bouteville réclamait la présence de sa fille cadette...

6

Deux lettres perdues

Pourtant, Isabelle ne rentrerait pas chez sa mère de sitôt. A peine eut-elle lu la lettre de sa cousine que Madame la Princesse faisait irruption dans sa chambre, presque en larmes.

— Vous êtes sûre que votre chère mère a tout son bon sens? se plaignit-elle. Quels sont donc ces préparatifs qu'elle entreprend à Précy alors que le mariage de votre sœur doit avoir lieu chez nous? Elle ne peut tout de même pas l'avoir oublié?

— Sans doute fait-elle allusion aux apprêts de Marie-Louise elle-même. Il faut réunir tant de choses pour qu'elle puisse présenter figure honorable à son entrée dans les demeures d'un époux aussi fortuné!

— Cela j'en suis d'accord... Mais pourquoi aurait-elle besoin de vous pour cela? Et je comprends d'autant moins que vous avez passé le mois d'août en sa compagnie !

Isabelle ouvrit de grands yeux. Est-ce que, par hasard, son départ contrarierait Mme de Condé? Mais pour quelle raison? Après une infime hésitation, elle posa la question et, à sa grande surprise, elle vit poindre une larme, vite effacée cependant, mais dont l'explication la bouleversa :

— Nous rentrons à Paris tout à l'heure pour une affaire... désagréable et... je tiens à vous avoir auprès de moi ! J'ai toujours eu beaucoup d'affection pour vous – comme pour François, mais puisque Enghien a décidé de se l'attacher, vous seule me restez. Alors si vous partez vous aussi...

Sans plus se soucier de son pied, Isabelle se laissa glisser à ses genoux.

— Mais je ne demande qu'à rester auprès de ma Princesse ! Elle a tant fait pour moi et pour mon frère ! Comment pourrions-nous ne pas déborder de reconnaissance et d'affection ? Il faut écrire sans tarder à ma mère que nous quittons Chantilly... et qu'elle n'aurait que faire d'une éclopée au milieu de ses préparatifs !

Elle se garda bien d'ajouter qu'il eût été normal pour la Princesse de se tourner vers sa fille, mais Charlotte avait déjà compris.

— Il y a des moments dans la vie, voyez-vous, où le désir d'une simple et douce affection se fait sentir. Je ne doute pas un instant de celle de ma chère fille, mais elle n'a jamais l'idée de se confier au giron maternel. Elle est... je crois que c'est le mot : cuirassée d'orgueil ! Selon elle, seul son frère peut la comprendre...

— Peut-être parce qu'ils sont vos enfants et fiers de l'être. C'est on ne peut plus naturel...

— Sans doute, et la modestie n'est pas ma qualité première... Mais nous nous égarons et il faut que je vous raconte ce qu'il s'est passé durant ce mois d'août où vous et François séjourniez chez votre mère !

— Mon petit frère était surtout à la rivière ! Quand il ne s'y baignait pas, il pêchait ! On ne le voyait guère qu'aux repas, et encore ! Mais je vous demande pardon pour cette digression...

— Ce n'est rien. Quoi qu'il en soit, il s'est passé chez nous une affaire désagréable dont je redoute les suites, car c'est pour cela qu'Enghien rentre à Paris sans attendre d'être rappelé. Je ne sais si le bruit vous en est parvenu, mais le mariage avec M. de Longueville n'a pas porté bonheur à ma fille...

— C'est le contraire qui eût été étonnant ! Une telle différence d'âge...

— Ce n'est pas cela le pire, mais bien Mme de Montbazon qui supporte mal que son amant ait pris femme si jeune et si belle. Elle cherchait comment s'en prendre à sa réputation quand le hasard mit une arme sur sa route. Elle donnait ce soir-là, dans son hôtel de la rue Barbette, une brillante réception où se trouvaient deux gentils-hommes que la guérison d'une blessure avait retenus à l'écart des armées : Maurice de Coligny, fils du maréchal de Châtillon, et Gérard de Maulevrier. Quand les invités se furent retirés, une de ses suivantes apporta à la duchesse deux lettres tombées de quelque poche masculine, deux lettres de femme, donc débordant de tendresse, et ne laissant aucun doute sur la nature des relations unissant le gentilhomme à une noble dame. La première était une lettre de rupture, mais la seconde disait entre autres : « Je souffre pour trop aimer et vous pour n'aimer pas assez. J'espère que je n'aurai point de regrets d'être vaincue dans la résolution que j'avais faite de ne plus y retourner. »

— Et ces lettres n'étaient pas signées ?

— Enfant que vous êtes ! Bien sûr que non ! On ne signe jamais ce genre de missives. Néanmoins, cela n'a pas empêché la Montbazon de proclamer aussitôt qu'elle n'ignorait rien de ce secret, que les lettres appartenaient à M. de Coligny et que la rédactrice en était ma fille dont il était l'amant depuis le départ de mon gendre... Ce fut bientôt le sujet de toutes les conversations, ce que je ne tolérai pas au contraire de ma fille qui s'est bornée à un haussement d'épaules tandis que son époux faisait savoir que les affaires de femmes ne l'intéressaient pas. La réputation d'Anne-Geneviève n'en est pas moins ternie et je n'ai pu le supporter... Et d'autant moins que la Montbazon et toute la clique des « Importants » menaient le branle ! Je suis allée porter ma plainte à la Reine qui veut bien m'accorder son amitié. Offusquée au plus haut point, elle a chargé le cardinal Mazarin de faire la lumière sur cette vilaine histoire et l'on a vite appris que les lettres avaient été perdues par le marquis de Maulevrier et qu'elles étaient de la main de Mme de Fouquerolles, sa maîtresse...

— Tout s'achevait donc pour le mieux ?

— Pas tout à fait ! Vous oubliez la réputation de Mme de Longueville qui était alors enceinte et fut si contrariée qu'elle en a perdu l'enfant ! Ce voyant, la Reine a ordonné à Mme de Montbazon de présenter des excuses publiques à ma fille...

— Et elle s'y est résolue ?

— Oh ! Non sans peine, mais enfin... Au jour prescrit, elle est arrivée chez nous où il y avait foule. On se montait sur les pieds et la Reine était près de moi. La duchesse est venue jusqu'à nous sans se presser, en agitant nonchalamment son éventail – il faut dire qu'il faisait chaud ! – sur lequel un morceau de papier était épinglé, dont on comprit l'usage quand, parvenue devant nous, elle s'est mise à lire ce qui était écrit dessus, mais avec un tel sourire et une telle insolence que le doute n'était pas permis : elle se moquait totalement de ce qu'elle lisait. Ma fille lui a répondu que, si elle acceptait de croire à son repentir, c'était uniquement pour faire plaisir à Sa Majesté. L'autre est repartie comme elle était venue, mais il y a eu une suite.

— Laquelle ?

— Un peu de patience ! Quelques jours plus tard, la Reine offrait une collation chez Renard, à l'ombre des beaux arbres des Tuileries, et Mme de Montbazon, qui n'était pas invitée cependant, s'y est présentée, l'air le plus dégagé qui soit. Elle n'est pas restée longtemps. Fort en colère cette fois, Sa Majesté non seulement la chassait mais l'exilait dans son château de Rochefort-en-Yvelines...

« C'est alors que les hommes s'en mêlèrent, et d'abord le duc de Beaufort, amant de la dame qui s'est comporté exactement comme s'il était aussi celui de la Reine en lui faisant de violents reproches : non seulement elle ne l'aimait plus, mais en plus elle lui avait refusé l'amirauté – son rêve –, chassait sa maîtresse, et tout cela à cause de ce damné Mazarin dont il fallait se débarrasser le plus tôt possible, chose dont il ne pouvait se charger lui-même puisqu'il ne pouvait provoquer un cardinal en duel... Les larmes aux yeux, à ce que l'on m'a dit, la Reine l'a fait arrêter et conduire au donjon de Vincennes. En même temps les Vendôme, Mme de Chevreuse et Châteauneuf étaient renvoyés sur leurs terres...

— Si je comprends bien, fit Isabelle, les « Importants » sont dispersés et c'est le cardinal Mazarin qui gagne sur toute la ligne ?

— Et sans coup férir ! Vous avez tout compris ! Je savais que vous étiez intelligente ! applaudit la Princesse.

— Mais, en ce cas, pourquoi Monsieur le Duc est-il revenu sans attendre ses troupes ? Il ne va tout de même pas s'en mêler ? L'affaire est terminée.

— Pas pour lui ni pour Maurice de Coligny, qui brûle d'en découdre pour l'honneur de ma fille...

— Ne serait-ce pas plutôt la place du mari ? M. de Longueville ne se soucie-t-il pas de l'honneur de sa femme... ni du sien ?

— Il n'est plus d'âge à ferrailler. En outre, pour sa part, il estime l'affaire close. *Idem* pour le duc de Montbazon, largement plus vieux encore. Mais les deux femmes ne se tiennent pas pour satisfaites.

— Que va-t-il se passer, alors ?

— Si seulement je le savais ! Longueville au diable et Beaufort en prison, il ne se trouve personne d'un rang assez élevé pour croiser le fer avec mon fils, et je pense qu'il va accepter l'offre de son ami Maurice de Coligny, mais qui, en face de lui, représentera la Montbazon ?

— Mais... je croyais les édits du feu Roi concernant le duel toujours valables ? Ou la Régente les aurait-elle abolis ?

— Pas du tout. C'est bien pourquoi je dois regagner Paris ! Si par malheur la Montbazon se trouve un champion, je suis à peu près la seule qui puisse incliner notre Reine à l'indulgence.

— Et le cardinal Mazarin. Elle l'écoute beaucoup, n'est-ce pas ?

— Trop, à mon avis ! Mais, en l'occurrence, on pourrait peut-être essayer une tentative de ce côté. Il est tellement content d'être débarrassé des « vieux amis » de Sa Majesté ! Alors, vous revenez à Paris avec moi ? Ma fille est déjà partie. Elle a demandé ses équipages tout à l'heure !

Immédiatement Isabelle se sentit mieux. La seule idée de faire la route en compagnie de la chipie ducale qui l'avait si délibérément blessée lui déplaisait au plus haut point. Encore que sa perfidie matinale eût l'avantage d'avoir levé le masque. Isabelle savait désormais à quoi s'en tenir : elle avait là une ennemie et rien d'autre !

Eût-elle été moins jeune, moins novice surtout dans l'escrime meurtrier du langage de cour qu'elle se fût demandé pour quelle raison profonde Mme de Longueville – elle ne l'appellerait plus jamais autrement ! – s'était hâtée de venir lui administrer sa cruelle mise au point. Mais elle n'avait que seize ans et manquait d'expérience... Evidemment, ce voyage ne représentait qu'un petit répit...

— Nous la retrouverons à la maison, laissa-t-elle échapper comme si elle se répondait à elle-même.

— Non, elle va chez elle afin d'y avoir les coudées plus franches et d'être plus proche de la Reine [1].

Isabelle en aurait pleuré de bonheur....

Paris acclama follement le vainqueur de Rocroi. Trop facile à reconnaître, il ne pouvait pas avancer d'un pas sans soulever d'enthousiastes ovations. Plus encore lors du baptême de l'enfant qu'il s'était enfin décidé à aller voir. C'était un joli bébé blond qu'à sa grande surprise il se mit à aimer au premier regard et qui ne présentait aucune des tares redoutées [2].

On le baptisa au Louvre. Sa grand-mère, la Princesse, fut sa marraine et le cardinal Mazarin son parrain. Sans doute pour faire plaisir à la Reine dont on espérait quelque mansuétude car l'affaire des lettres perdues n'était pas enterrée.

Enghien se rendit aux supplications de Maurice de Coligny – l'amant affiché de Mme de Longueville ! – et accepta qu'il le représente

---

1. L'hôtel de Longueville s'élevait à peu près sur une moitié de la colonnade du Louvre et du parterre qui s'étend devant.
2. Elles ne se révélèrent que plus tard. Cependant, son père ne cessa jamais de l'aimer.

sur le pré. Lui restait encore la tâche de dénicher un adversaire d'un rang équivalent (à celui qu'il représentait). Ce fut le duc de Guise, dernier vestige des « Importants » soustrait par Monsieur, duc d'Orléans, à la vindicte du Cardinal. Comme, en outre, il avait été lui aussi l'amant déclaré de Mme de Montbazon et qu'une vieille rancune opposait, depuis la Saint-Barthélemy, les Guises aux Coligny, on ne pouvait trouver mieux.

Le duel devait avoir lieu le 12 décembre à la nuit tombante... et place Royale avec deux « seconds », MM. d'Estrades et de Bridieu.

Quand elle l'apprit, Isabelle fut saisie d'épouvante. La place Royale! Une foule de spectateurs! Quatre épées alignées! Le sang! La mort sur le terrain ou sur l'échafaud! Le deuil! Les larmes des femmes et des enfants! La douleur qui ne guérit pas, comme cela avait été le cas pour sa mère restée inconsolable! Les enfants qui grandissent sans père comme si la guerre qui reprenait à chaque printemps ne suffisait pas! Son effroi fut si violent que, la veille au soir, se trouvant en face de sa cousine venue souper, aussi indolente et hautaine que d'habitude, elle ne put se maîtriser. Pâle de colère, elle lui lança au visage :

— Devez-vous vraiment laisser faire cela ?
— Quoi « cela » ?
— Cette tuerie qui aura lieu demain en l'honneur de vos beaux yeux afin de prouver à la Terre entière que vous êtes une épouse sans reproche,

une pure brebis dont on a osé éclabousser la blanche robe alors que tout Paris sait que ce malheureux Coligny est votre amant ! Qu'il veuille se sacrifier pour vous se peut comprendre puisqu'il vous aime, mais les autres, cet Estrades, ce Bridieu, et même le duc de Guise, que vous ont-ils fait pour jouer leur vie ?

— Vous êtes folle, ma parole ! fit la duchesse avec un petit sourire dédaigneux. Je vous rappelle que la moitié va se battre pour la Montbazon – qui n'en mérite pas tant, je vous l'accorde. Mais ce qui me surprend le plus c'est d'entendre le cas que fait du point d'honneur la fille de Bouteville. Il aurait honte de vous !

— Je n'en suis pas sûre ! Hélas ! Je n'ai pas eu le temps de le connaître. En revanche, durant des années, j'ai vu pleurer ma mère. Et sans l'extrême bonté de Madame la Princesse, je ne sais pas ce qu'il serait advenu de nous...

— Oh, en voilà assez ! Que l'on fasse taire cette péronnelle et qu'on la renvoie dans sa chambre ! Je n'ai aucune envie de souper en sa compagnie !

Isabelle se tourna vers sa bienfaitrice.

— Ne prenez pas cette peine, Madame la Princesse, je connais le chemin. Mais je vous demande pardon si je vous ai causé de la peine. Je n'ai pas pu m'en empêcher...

Une révérence et elle était partie. Au pied de l'escalier, elle hésita un instant, tentée de se réfugier au jardin auprès de sa fontaine, mais il faisait vraiment froid ce soir et elle regagna sa chambre. Le feu où l'on venait de remettre des bûches flambait allègrement. Elle en aimait le spectacle et s'assit à terre sur un coussin, les jambes repliées et les bras autour des genoux pour mieux le contempler. La douce chaleur l'enveloppa, ainsi qu'un silence inattendu, inhabituel dans le vaste hôtel, fourmillant de monde et rempli d'agitation le plus souvent. Sans compter les courants d'air...

Elle n'était pas sûre de ne pas regretter une sortie qui n'avait en rien entamé l'assurance d'une ennemie – comment la qualifier autrement à présent ? – qui devait considérer le combat meurtrier du lendemain comme un hommage rendu à sa beauté plus encore qu'à une vertu sur laquelle mieux valait peut-être ne pas s'appesantir. Si Coligny l'emportait, elle en sortirait magnifiée et, s'il était vaincu, son auréole d'héroïne de roman n'en brillerait que davantage, surtout si le nœud de crêpe noir s'y posait ! De toute façon, la gloire lui reviendrait et les poètes de l'hôtel de Rambouillet n'en chanteraient que plus haut ! Surtout peut-être si l'ombre de l'échafaud l'accompagnait.

— Et dire qu'elle se veut bonne chrétienne, fille d'élection de l'Eglise à laquelle jadis elle songeait à se consacrer ! En se faisant carmélite, même ! Quant à toi, ma fille, ajouta-t-elle pour elle-même, tu peux te préparer à réintégrer Précy demain matin !

La porte, en s'ouvrant sous la main de Mme de Condé, la remit debout, un peu gênée, prête à entendre sa condamnation. Mais, tout au contraire, elle eut droit à un sourire plein d'indulgence.

— C'est une manie, décidément, de vouloir retourner chez votre mère pour un oui ou pour un non ! En tout cas, je ne me rappelle pas vous y avoir autorisée.

— Je pensais que cela allait de soi après ce que je viens de me permettre !

— Vous êtes ici chez moi, pas chez ma fille ! Et, en plus, je vous donnerais volontiers raison. L'idée que le sang va encore couler, et pour une... peccadille, me fait frissonner !

Elle s'assit dans un fauteuil au coin de la cheminée et fit signe à Isabelle de reprendre son coussin.

— Cela doit vous paraître étrange de la part d'une femme telle que moi qui, à votre âge, était folle de fierté à la pensée qu'un Roi l'aimait au point de partir en guerre pour ses beaux yeux. Seulement, il y a longtemps et j'ai vieilli ! Non, ne dites rien ! Ceci n'est que pour vos jeunes oreilles. Surtout j'ai vu tomber la tête de mon frère bien-aimé, celle aussi de votre père qui ne rêvait que plaies et bosses sans y mettre la moindre méchanceté, simplement je crois parce que cela l'amusait. Ils devaient pourtant savoir l'un et l'autre que l'on ne plaisantait pas avec les édits du Roi au temps de Richelieu ! Par chance, celui qui le remplace ne lui ressemble en rien ! Selon l'issue du combat, je me rendrai aussitôt chez lui et chez la Reine. Et ne me prenez pas pour une buveuse de sang, ajouta-t-elle en posant sa main sur la tête d'Isabelle, si je vous confie que j'ai l'intention d'assister au duel derrière les fenêtres d'une amie et sans me faire voir afin d'agir aussi vite que possible ! Et non, je ne vous emmène pas ! Vous avez raison d'avoir horreur du sang versé pour des broutilles ! En attendant, prenez des forces, nous en aurons besoin toutes les deux.

Ayant dit, elle se releva, alla à la porte où l'on venait de gratter, découvrant une servante armée d'un plateau qui s'écarta en pliant brièvement le genou pour la laisser passer.

Mais elle s'était à peine éloignée de quelques pas qu'Isabelle la rejoignit.

— D'abord, pardonnez-moi de vous avoir causé un souci de plus et peut-être d'y rajouter, mais je voudrais vraiment vous accompagner demain.

La Princesse regarda un instant le visage juvénile, si tendu que ses fossettes s'effaçaient, puis passa délicatement un doigt sur sa joue.

— C'est entendu. Nous irons ensemble.

Le lendemain, en dépit du froid polaire, toutes les fenêtres de la place Royale étaient ouvertes et occupées, sauf deux : celle de l'hôtel de Rohan derrière laquelle se tenait Mme de Longueville, et celle de Mme de Blérancourt où étaient la princesse de Condé et Isabelle. Enghien était sur la place avec le jeune frère de Coligny, François de Bouteville et ses autres gentilshommes en face du duc de Guise, mais séparés par le terrain où le duel allait se dérouler.

Quand les combattants s'avancèrent pour la rencontre, Mme de Condé s'exclama :

— Mon Dieu ! Ce duel est encore plus insensé que je ne le pensais. Regardez Coligny ! Il est blême et semble avoir peine à se soutenir ! On pourrait croire qu'il a peur !

— Je crois surtout qu'il a froid ! Voyez son frère, près de Monsieur le Duc ! Il est l'image même de l'angoisse, alors que la réputation de bravoure de son aîné n'est plus à prouver.

— La température est la même pour tous...

— Sans doute, mais les autres sont en pleine santé, alors que Coligny donne l'impression d'être malade.

Elle voyait juste. Maurice de Coligny relevait à peine de ce que l'on appelait une fluxion de poitrine. Sans doute Enghien le savait-il, mais le point de tension entre les deux partis était tel qu'une demande de sursis eût été mal interprétée, comme le fut la suite...

Les fers engagés, il fut évident que le champion d'Anne-Geneviève se battait mollement, qu'il avait les jambes lourdes et reculait insensiblement. On entendit le rire cruel de son adversaire.

— Tu as peur, hein ? Et tu as raison, car je ne te ménagerai pas...

— Va... au diable !

Il tomba. Guise ricana de plus belle, mit le pied sur l'épée que cependant le jeune homme n'avait pas lâchée :

— Rassure-toi ! Je ne vais pas t'occire, mais seulement te traiter comme tu le mérites pour t'être opposé à un prince de ma naissance...

Et par deux fois, il le frappa du plat de son arme...

— Misérable ! hurla Gaspard, auquel Enghien, Tourville et François se pendirent littéralement pour l'empêcher de se ruer sur l'insulteur. Mais le drame n'était pas fini...

Rendu furieux par le camouflet, Maurice ramassait son épée, se relevait dans l'intention de se ruer sur Guise dont le fer lui traversa le bras de part en part au moment même où d'Estrades et Bridieu se blessaient sérieusement l'un l'autre...

Seul encore debout, le duc de Guise essuya froidement sa lame, la remit au fourreau tandis que l'on emportait son second, haussa les épaules et quitta le terrain. Cependant, Gaspard, que l'on avait enfin lâché contre sa parole de ne pas s'attaquer au prince lorrain, emportait lui-même son frère évanoui dans la voiture que l'on venait d'avancer. Dans les belles demeures rose et blanc de la place, les fenêtres se refermaient. La princesse Charlotte se leva.

— Il n'y a plus rien à voir. Partons !

— Où Monsieur le Duc emmène-t-il ce malheureux jeune homme ? Chez lui ?

— Dans la même maison que Madame la Duchesse ? Vous voulez rire ! Chez nous, je pense !

— Sans doute...

Elle était si visiblement soucieuse qu'Isabelle examina un instant la question qu'elle voulait poser et finalement se décida :

— Nous n'allons plus au Palais-Royal ?

— Plus tard, peut-être ! Je veux d'abord voir mon fils. On ne peut pas dire que ce duel se termine pour notre plus grande gloire, et tous les torts vont de notre côté.

C'est en gros ce que son époux lui lança à la figure quand, de retour à l'hôtel, elles le trouvèrent en train d'arpenter le cabinet des Nymphes d'un pas furieux, tout en déversant un chapelet d'imprécations incompréhensibles mais impressionnantes dans le profond silence régnant alors dans une demeure plutôt bruyante à l'état normal. Chacun devait y marcher sur la pointe des pieds et retenir son souffle en attendant que se calme la tempête.

— Ah, vous voilà! clama-t-il en la regardant sous le nez – il était d'une taille nettement plus petite qu'elle! Vous venez de là-bas, j'imagine, et vous avez pu admirer la belle figure qu'a faite le champion de votre fille? J'espère que vous êtes satisfaite? Tout Paris va rire de nous! Et d'abord, où est-elle, votre fille?

— *Notre* fille doit être chez elle, rétorqua la Princesse en détournant le visage avec une grimace afin d'éviter autant que possible l'haleine fétide de Monsieur le Prince...

— En train de recevoir les félicitations de son époux, sans doute?

— Oh, celui-là, il n'avait qu'à faire son devoir! Après tout, c'est sa femme que l'on veut traîner dans la boue! Et quand je dis « on », il conviendrait de préciser que l'injure vient de sa maîtresse...

— Autrement dit, il aurait dû se battre contre lui-même? Une situation difficile à gérer! ricana

Henri. Remarquez, j'aurais agi comme lui, à sa place ! Croiser le fer entre gentilshommes pour une histoire de bonnes femmes, ça ne tient pas debout ! *A fortiori* si le champion de l'offensée n'arrive même pas à manier convenablement sa lardoire et se fait taper dessus. C'est à mourir de rire ! Elle a bonne mine, maintenant, Mme la duchesse de Longueville ! Un pleutre...

Isabelle ne tint pas plus longtemps :

— Pauvre jeune homme ! C'est une honte de le traiter aussi cruellement ! Il aurait fallu être aveugle pour ne pas voir qu'il était malade quand il est arrivé au rendez-vous ! Il avait peine à se tenir debout, et pourtant il est allé au-devant de l'épée de l'autre et...

— De... l'autre ? Est-ce ainsi qu'une gamine peut se permettre de traiter un duc de Guise, un...

— Un assassin ! Devant la vulnérabilité de son adversaire, il aurait dû refuser le combat et proposer de le reporter à une date ultérieure ! Au lieu de cela, il l'a lâchement insulté, frappé du plat de son arme avant de lui traverser le bras quand il tenta de se relever pour reprendre le duel ! On serait mieux avisé ici de se soucier de son état au lieu de l'offenser davantage ! Je dis, moi, que le duc s'est conduit comme un rustre de basse extraction, tout prince lorrain qu'il soit !

— Bravo, Isabelle ! Voilà de la bravoure pure d'oser affronter mon seigneur et père à mains nues !

Enghien entrait à cet instant dans le cabinet, suivi de Gaspard de Coligny. Laissant son compagnon saluer sa mère et son père, il vint à la jeune fille, la prit aux épaules et l'embrassa sur les deux joues.

— Votre père serait fier de vous ! Gaspard, tu as déjà rencontré, je pense, ma cousine de Montmorency-Bouteville ?

Le jeune homme, qui venait de saluer le ménage princier, s'approcha, visiblement très ému.

— Une fois... et trop brièvement ! Mademoiselle... Voyez en moi désormais votre dévoué serviteur ! En défendant mon frère de la sorte, c'est sur moi que vous avez acquis des droits et ma vie vous appartient ! Disposez-en à votre gré !

Le salut qu'il lui offrit aurait satisfait une Reine et Isabelle, rougissante, ne trouva rien à répondre. Dieu qu'il était beau, ce garçon aux yeux d'azur et à la voix chaude ! Elle lui tendit une main sur laquelle il s'inclina avec une sorte de dévotion tandis qu'elle réussissait à murmurer :

— Je n'ai fait que suivre le mouvement de mon cœur. Mon père est mort de la main du bourreau pour s'être toujours trop bien battu, mais non sans blessures, et je crois que chez nous on s'y connaît en vaillance !

— Très joli tout cela ! grommela Monsieur le Prince. Mais vous n'êtes pas venus tous les deux pour échanger des révérences. Où en est votre frère, marquis[1] ?

— Il a perdu quantité de sang, Monseigneur et, dans son état de santé, je ne sais pas s'il

---

1. Fils cadet du maréchal-duc de Châtillon, Gaspard de Coligny était marquis d'Andelot.

parviendra à en réchapper... Il est extrêmement faible à cette heure !

— Où l'avez-vous mis ? fit Condé s'adressant à son fils. Pas chez lui, j'espère ?

— Non. Ni chez moi... En fait, mon père, il est chez vous !

— Comment ça, chez moi ?

— A Saint-Maur ! Ma sœur est auprès de lui, et nous venons quérir Bourdelot ! Si quelqu'un peut le tirer d'affaire, c'est lui !

— Bravo ! Et une fois guéri il pourra se rendre à la Bastille sur ses deux jambes ! En attendant d'être décapité !

— Décapité ?

Un seul mot mais quatre voix à des degrés divers d'indignation. Condé les considéra tour à tour avec un sourire sardonique.

— Eh oui ! La Reine dont pas un de vous ne semble se soucier est furieuse et songerait à faire un nouvel exemple... dans le genre Bouteville !

— Si elle s'en souciait tellement, que n'a-t-elle envoyé la garde place Royale ? Il y avait au moins la moitié de Paris, protesta Enghien. En outre, si l'on considère la situation actuelle de la question, sur quatre duellistes, trois sont quasi moribonds ! Ne me dites pas qu'elle va faire trancher la tête de Guise ? On ne l'aura pas sans peine, celui-là ! Il est capable de ressusciter la Sainte Ligue qui en a fait voir de toutes les couleurs au feu Roi Henri III. De plus, mon père, vous oubliez le cher Mazarin ! Il fait ce qu'il veut de Sa Majesté... Et n'oubliez pas que vous êtes plutôt en bons termes avec lui ! Alors songeons à sauver Coligny !

— Où est votre sœur? Je sais qu'elle a assisté à la rencontre derrière une fenêtre de l'hôtel de Rohan.

— A Saint-Maur où elle pleure toutes les larmes de son corps... et attend Bourdelot!

— Démontrant ainsi qu'elle aime Coligny, qu'elle est sa maîtresse, que Longueville est cocu et que l'on a versé le sang de trois gentilshommes pour des prunes! J'espère qu'elle est contente. Encore heureux qu'il n'y ait pas de morts! Mais il est permis de rêver!

Le médecin arrivait à cet instant, prêt à partir. En quelques mots, Enghien lui expliqua la situation tandis que son compagnon s'approchait des deux femmes.

— Puis-je espérer votre agrément, Madame la Princesse, si j'osais me présenter à vous un jour prochain? J'aimerais beaucoup...

— ... venir me saluer, j'en suis persuadée, mais surtout faire plus ample connaissance avec ma jeune cousine Isabelle? Je n'y vois aucun inconvénient... Où vous étiez-vous rencontrés auparavant?

— Chez Mme de Rambouillet...

— Naturellement! Où avais-je la tête! Qu'en pensez-vous, Isabelle?

L'intéressée arbora soudain son plus radieux sourire. Elle venait de saisir, le temps d'un éclair, le froncement de sourcils de Louis d'Enghien quand le jeune homme avait formulé sa demande.

— Que je verrai M. de Coligny avec un vif plaisir!

— A merveille ! Retournez auprès de votre frère, marquis, et faites-nous tenir des nouvelles ! Nous irons lui faire visite un jour prochain !

Les trois hommes sortis, Isabelle les suivit, devinant à sa mine que Monsieur le Prince allait encore piquer une colère, mais avec la ferme intention de rester derrière la porte et, de fait, à peine le battant refermé, elle entendit :

— Vous n'êtes pas un peu folle d'encourager ce garçon à courtiser la jeune Isabelle ?

— Et pourquoi pas ? Il est superbe, il a un beau nom, une fortune et davantage encore si son pauvre frère vient à mourir puisque, à la mort de son père, il deviendra duc de Châtillon. Pour une fois, nous pourrions assister à un mariage vraiment réussi !

— Ah, vous trouvez ? Vous êtes bien une femme à ne pas voir plus loin que le bout de votre nez et surtout les fariboles dont vous et vos amies vous gargarisez à l'hôtel de Rambouillet – et ici d'ailleurs ! – la... « Carte de Tendre » !... Les vers de poètes fumeux ! Les « romances » de la Scudéry et que sais-je encore ! Vous n'oubliez que deux détails : Isabelle est catholique et Coligny protestant, comme il se doit quand on descend du grand Coligny massacré à la Saint-Barthélemy ! En outre, elle n'a pas de dot ! Jamais le vieux maréchal, qui est pingre à tondre une puce, ne consentira à demander sa main, en particulier à notre cousine Bouteville qui, elle, n'acceptera jamais un parpaillot dans sa famille !

— Vous l'étiez vous aussi quand vous m'avez épousée !

— Vous savez parfaitement que j'ai été contraint d'abjurer !

— Eh bien, le jeune Gaspard fera de même ! A condition évidemment qu'Isabelle l'aime ! Ils formeraient un si beau couple...

— Un si beau couple ! Je vous demande un peu !

L'écho de son pas sonnant sur le parquet précipita la curieuse vers l'escalier dont elle grimpa les marches quatre à quatre. Il était temps, ainsi que le lui confirma le claquement de la porte. Au surplus, elle avait besoin de réfléchir. Elle tisonna le feu qui avait faibli, ajouta une poignée de brindilles puis trois bûches. Enfin elle s'installa dans son fauteuil favori, les pieds sur les chenets et les bras croisés sur l'écharpe de laine qu'elle avait jetée sur ses épaules. Dans ce qu'elle venait d'entendre, il y avait en effet matière à réflexion !

Même si elle ne se livrait jamais à d'édifiantes démonstrations de piété à l'instar de la Longueville, ses croyances étaient solides et, que ce soit par contrainte ou par amour, elle n'accepterait pas d'abjurer. D'ailleurs, Condé avait raison en disant que sa mère refuserait de la donner à un parpaillot, aussi charmant soit-il !

Et soudain, elle en eut de la peine. Ce Gaspard lui plaisait, plus qu'aucun autre si l'on mettait Enghien à part. Et encore ! Si elle demeurait captive de son premier et inoubliable regard, ce qu'elle éprouvait pour Enghien ressemblait beaucoup plus à de la rancune et à un désir de revanche qu'à l'amour tel qu'il était lorsque la cruauté de la Longueville avait éteint la flamme brûlant au fond de son cœur d'adolescente. Un « chandelier » ! C'était sa beauté qui lui avait valu cette injure, parce qu'on ne pouvait décemment pas se détourner de la ravissante et douce Marthe du Vigean que pour une fille qui en valait la peine. Le contraire eût été invraisemblable !

Quoi qu'il en soit, l'offense demeurait. Isabelle se sentait humiliée que l'on eût osé faire si bon marché de son cœur et de ses sentiments parce qu'elle était une fille sans fortune... et sans un bras viril pour lui faire rendre raison ! François sans doute, mais pas avant quelques années, aussi fallait-il qu'il n'en sache rien car, si jeune fût-il, il n'hésiterait pas à réclamer : « Vengeance ! » D'ailleurs, ses armes à elle devraient être suffisantes pour mettre l'adversaire à genoux et lui faire implorer grâce !

Restait Gaspard de Coligny. Le mari idéal ! Beau comme un dieu, riche comme un puits et sûrement futur maréchal de France. Sa vaillance était citée en exemple et, de fait, maréchal de camp à vingt-trois ans, qui pourrait dire mieux ? Maintenant, savoir s'il l'aimerait assez pour accepter d'abjurer était la question...

Isabelle plongea si loin dans ses pensées profondes qu'elle finit par s'endormir...

Etabli sur une faible colline au-dessus d'une boucle de la Marne, le château de Saint-Maur, dont la construction avait été jadis ordonnée par la Reine Catherine de Médicis, aurait été sans doute l'un des plus grands et des plus beaux de France si celle-ci avait vécu une dizaine d'années de plus, car il restait inachevé. Tel qu'il se présentait, cependant, il ne manquait ni de majesté ni d'agréments, comme c'est toujours le cas pour les châteaux de femmes.

C'était alors la propriété de la princesse de Condé et non de son époux, et Enghien le savait en déclarant à son père que Maurice de Coligny était chez lui. Flatterie diplomatique destinée à faire passer la pilule ? Cela l'obligeait à respecter les lois de l'hospitalité jointes au droit d'asile. Quant au château lui-même, un voyageur hollandais devait plus tard en tracer un bref portrait : « La construction dans le goût italien est fort belle. Dans la première cour, il y a une façade avec des armoiries sculptées. De chaque côté sont les statues de la Géométrie et de l'Abondance. Sur les murs l'image de François Ier et, non loin, des Grâces en pierre blanche... »

Autour, naturellement, des jardins plutôt mal entretenus, Madame la Princesse s'étant surtout attachée à rendre vivable ce château que les Rois employaient pour la chasse et où ils se faisaient précéder de leur mobilier. Tel Louis XIII qui, retenu au couvent de la Visitation par un très violent orage alors qu'il venait à Saint-Maur, retourna se coucher au Louvre. Sur les supplications de celle qui avait été Mlle de La Fayette et son grand amour. Il lui fallut demander l'hospitalité de la Reine qu'il n'approchait plus. Louis XIV était né de cette unique nuit...

Quand, au lendemain du duel, Madame la Princesse s'y rendit avec Isabelle afin de prendre des nouvelles de son hôte involontaire, elles purent constater que le blessé était fort convenablement installé dans une belle chambre où rien ne manquait... mais qu'il avait une mine épouvantable.

Elle se reflétait dans les sourcils froncés du médecin et les visages inquiets de ceux qui entouraient le lit. A l'un de ses chevets, Madame de Longueville retenait difficilement ses larmes en tenant une de ses mains, à l'instar d'ailleurs de celui qui tenait l'autre : le jeune prince de Marcillac, fils du duc de La Rochefoucauld. Au pied du lit, Bourdelot, les manches retroussées, venait de pratiquer une saignée dont un valet emportait le résultat. Auprès de lui, Gaspard de Coligny, Enghien et François. Personne ne parlait, ce qui permettait d'entendre la respiration difficile du blessé.

A l'entrée des deux femmes, les trois gentilshommes vinrent à leur rencontre.

— Il va si mal que cela ? s'inquiéta Mme de Condé, choquée parce qu'elle ne s'attendait pas à ce que les choses en fussent là.

— Je ne crois pas pouvoir le sauver, dit le médecin. Le bras ne cesse d'enfler et je crains la gangrène...

— Mon Dieu ! murmura la Princesse en se signant, imitée par Isabelle. Mourir pour une blessure au bras ? Cela n'a pas de sens !

— M. de Coligny souffrait déjà quand il est allé sur le terrain. Si l'on y ajoute le froid et le fait que la lame du duc de Guise était peut-être malpropre...

— Malpropre ? Une épée ?

C'était une notion nouvelle pour la Princesse comme pour Isabelle et qui ne laissait pas d'être choquant. L'épée, ce symbole de l'honneur, lacérait les chairs, mais qu'elle pût les empoisonner n'était même pas pensable. Cependant elle accordait confiance au praticien, ne fit aucun commentaire et alla s'asseoir dans le fauteuil que son fils lui avançait, Isabelle restant debout à son côté.

Après avoir répondu au salut de Gaspard de Coligny qui peinait à cacher sa joie de la revoir, celle-ci fixa son attention sur Mme de Longueville, qui n'avait pas bougé pour venir vers sa mère. Les larmes coulaient à présent sur son visage, et pourtant ce n'était pas l'agonisant qu'elle regardait mais l'homme qui, en face d'elle, tenait l'autre main et dont les yeux ne la quittaient pas. Comme Isabelle ne le connaissait pas, elle demanda tout bas à la Princesse :

— Qui est ce gentilhomme à la mine sombre en face de ma cousine ?

— Un revenant ! Le prince de Marcillac, François de La Rochefoucauld, le fils aîné du duc. Je ne le savais pas de retour.

— C'est un voyageur ?

— Non. L'un de ceux qui ont suscité la cabale des « Importants » et ont été exilés. Pour lui, la destination s'est traduite par le château familial de Verteuil. Il haïssait à la fois Richelieu et le feu

Roi, et ce pour une excellente raison : il était amoureux de la Reine et ne se donnait même pas la peine de cacher ses sentiments. Il avait trop d'orgueil pour cela ! Il avait benoîtement formé le projet d'enlever Sa Majesté et de l'emmener à Bruxelles...

— Quelle idée !

— Oui, n'est-ce pas ? Il fut aussi l'amant de Mme de Chevreuse... Mais je vous en raconterai plus long quand nous rentrerons !

— Il est très beau, mais... comme un ange déchu !

— L'orgueil, toujours l'orgueil ! Pour l'heure présente, on croirait que ma fille et lui se plaisent. Retournons ! Nous sommes restées assez longtemps !

Charlotte de Condé se leva, aussitôt rejointe par son fils qui proposait de raccompagner les deux femmes à leur voiture, mais Gaspard s'interposa courtoisement :

— Accordez-moi ce privilège, Monseigneur ! Cette demeure est vôtre, mais c'est à mon frère que Madame la Princesse et Mlle de Bouteville ont fait la grâce de cette visite...

Ils arrivaient au perron quand un carrosse passablement boueux vint s'y arrêter. Une dame emmitouflée dont le visage était à demi dissimulé sous un échafaudage de coiffes en descendit avec difficulté, aidée de deux laquais que d'ailleurs elle morigénait et menaçait d'une canne. Gaspard émit un borborygme qui ressemblait à un gémissement :

— Seigneur ! Ma mère !
— Allez à son devant, décida la Princesse. La circonstance doit être affreuse pour elle et elle a besoin de toute votre attention !
— Je n'en suis pas certain ! En colère, oui... Mais c'est son état naturel ! Veuillez m'excuser !

Le carrosse crotté repartait déjà pour laisser place à la voiture aux armes des Bourbons-Condés. Ses occupantes commençaient à descendre les marches tandis que la dame les gravissait péniblement sans cesser de vociférer. Vint le moment inévitable du croisement. La Princesse armait déjà son visage de profonde compassion, imitée par Isabelle, quand elles entendirent, sortant de l'amas de tissus :

— Les Condés, hein ? Mauvaises gens !
— Mère ! s'écria Gaspard, épouvanté. Songez à qui vous parlez !
— Tu préfères renégats ? Leur père a abandonné la vraie foi pour s'enrichir et faire plaisir à ce vieux paillard d'Henri de Navarre ! Alors je dis...
— Rien du tout ! Pressons, vous autres ! ajouta-t-il à l'adresse des valets. Madame la Princesse, je viendrai vous offrir mes excuses...

Charlotte le rassura d'un sourire et se hâta de monter et de se glisser sous la couverture de fourrure qui gardait encore un peu de la chaleur dispensée auparavant par des chaufferettes déjà éteintes.

— Quel affreux caractère ! soupira-t-elle. Son fils aîné agonise et elle en est encore aux guerres de Religion !

— Est-ce qu'elle ne l'aime pas ?

— On pouvait supposer que si, mais en fait je m'interroge car il y a fort longtemps que je ne l'ai vue. Elle ne quitte jamais son château de Châtillon-sur-Loing où elle ne reçoit personne à cause de la dépense ! Elle et son époux sont aussi avares l'un que l'autre !

— Je n'ai pas vu son visage. Est-elle belle ?

— Elle l'a été jadis quand elle s'appelait Diane de Polignac. D'ailleurs, vous pouvez constater que ses fils sont également beaux ! De toute façon, elle a toujours eu ce caractère de teigne et, en vieillissant, ça ne s'améliore pas. Son époux et elle s'entendent comme chien et chat, ne se rencontrant que sur les biens terrestres... et leur croyance intransigeante.

— Que leurs fils partagent ?

— Vous voulez rire ? Les garçons n'ont hérité que de la bravoure et des qualités militaires du Maréchal, mais, pour ce qui est de leur manière de vivre, Enghien y a mis bon ordre ! Huguenots ou pas, on prend la vie comme elle vient, on court les filles, les tripots et l'on collectionne les belles amies. Tous deux ont fait leurs premières armes chez Marion de Lorme, la courtisane de la place Royale, et Gaspard aurait été le premier amant de la jeune Ninon de Lenclos dont on parle tant et qui est en passe de détrôner son aînée ! Ce qui ne l'empêche pas d'être épris de vous, et très sérieusement, j'en jurerais !

— C'est facile de l'aimer, soupira Isabelle soudain triste. Il est si beau, si charmant...

— Si vaillant aussi ! Maréchal de camp à vingt-trois ans ! Ce n'est pas négligeable. Il aura sûrement droit au bâton fleurdelisé...

— Malheureusement, rien n'est possible entre nous ! Même si je l'aimais passionnément, je n'abjurerais pas ma foi catholique ! J'aime trop Notre Dame des Cieux pour mettre en doute son immaculée conception !

Charlotte tourna vers elle un regard surpris.

— On croirait entendre ma fille Longueville ! Je ne vous savais pas si au fait des dogmes de l'Eglise !

— Oh, elle est beaucoup plus pieuse que moi ! Je n'ai jamais été tentée par les austérités du cloître. Je préfère rire et m'amuser. Ce qui ne signifie pas que je ne prierai pas de tout mon cœur pour ce pauvre jeune homme ! Si Bourdelot ne le sauve pas, il sera mort d'amour... C'est beau !

— Mais pour rien. Si ce n'est ajouter quelques rayons à l'auréole dont les poètes décorent ma fille ! Alors que je ne suis pas sûre qu'elle le pleure indéfiniment !

La note de colère dans la voix de la Princesse surprit Isabelle. C'était bien la première fois qu'elle l'entendait émettre l'ombre d'une critique à l'encontre d'Anne-Geneviève dont il semblait entendu, chez les Condés comme à l'hôtel de Rambouillet, que la duchesse de Longueville était un déesse descendue de l'Olympe pour s'offrir à l'admiration des foules à genoux !

— Puis-je demander ce qui vous fait penser cela ?

— Ce que nous venons de voir. Elle est en larmes et l'on ne peut douter de son chagrin, mais celui qu'elle regarde – et qui la dévore des yeux! –, ce n'est pas le malheureux Maurice mais bien le ténébreux Marcillac. Qui pleure d'ailleurs tout autant qu'elle! Je gage qu'il sera son amant!

Pour le coup, Isabelle se tut, un peu interloquée de découvrir une telle perspicacité de la part de sa chère princesse dont mieux que personne elle connaissait la bonté et l'amour qu'elle portait à ses enfants...

Le silence s'installa et dura. Ce ne fut que quand le carrosse eut franchi le portail de l'hôtel de Condé que la Princesse eut un soupir agacé.

— Un si grand drame pour deux lettres perdues, c'est à n'y pas croire, en vérité !

7

Trois mariages, sinon rien...

Le mariage de Marie-Louise de Bouteville avec le marquis de Valençay eut lieu huit jours plus tard à l'église Saint-Sulpice et à l'hôtel de Condé, accompagné d'un faste de bon goût mais sans excès. La blonde mariée était belle, l'époux aimable et de fière prestance, et tous ceux qui y parurent s'en déclarèrent enchantés. Madame la Princesse eût préféré Chantilly, proche voisin du village de Précy, mais les rudesses de l'hiver eussent apporté un bémol au charme d'un mariage à la campagne. On admira beaucoup la dignité et l'élégance discrète de Mme de Bouteville que l'on voyait peu à Paris. Toute de velours noir vêtue comme il sied à une femme demeurée fidèle à son deuil, encore séduisante, elle arborait un collier et des ornements de perles qui s'inscrivaient en faux contre l'étiquette de cousine pauvre qu'on lui appliquait généralement.

Bien que son frère, toujours mal en point, fût encore l'hôte de Saint-Maur, Gaspard de Coligny y vint, mais il fut vite évident pour tous qu'il n'était là que pour Isabelle.

Ravissante dans une robe rose aurore brodée d'argent, décolletée aux limites permises à une jeune fille, des perles au cou et en barrettes retenant ses boucles brunes de chaque côté de son visage radieux, toutes fossettes dehors, elle attirait les regards et fut tout de suite très entourée. Elle était visiblement enchantée du mariage de sa sœur et comptait bien s'y amuser. Aussi distribuait-elle ses sourires avec une grande libéralité, en prenant soin de ne privilégier personne. Ce qui amusait fort son frère et mettait Gaspard au supplice. Découragé, il s'apprêtait même à partir quand Enghien, dont l'œil d'aigle saisissait le moindre détail bien qu'il eût été parmi les thuriféraires d'Isabelle, le rejoignit :

— Où prétends-tu donc aller de la sorte ? Dès que l'on en aura fini avec les compliments aux nouveaux époux, on va passer à table !

— Vous m'excuserez, Monseigneur, mais je n'ai pas faim !

— Eh bien, tu feras semblant... Et en affichant une autre mine, s'il te plaît ! On ne porte personne en terre aujourd'hui : on se marie ! J'espère que tu en es conscient ?

— Absolument ! soupira le malheureux. Il y en a qui ont de la chance !

— Et d'autres qui en ont tout autant mais qui ne savent pas l'apprécier ! Va te regarder dans un miroir, morbleu, ensuite regarde les autres ! Et maintenant, je vais te confier un secret : je me suis arrangé pour que tu sois auprès d'elle au banquet !

Le visage soucieux du jeune homme s'illumina :
— Vraiment ?
— Si tu me traites de menteur, on va en découdre sur le pré ! gronda Enghien dont les sourcils se fronçaient déjà.
Sachant que, chez son prince, les colères étaient aussi subites que violentes, Gaspard se hâta de l'apaiser :
— Pardonnez-moi ! Vous savez que jamais je ne mettrais votre parole en doute, mais ce rayon de soleil que vous apportez dans ma nuit est tellement inattendu, tellement... Et qui est de l'autre côté ?
Il semblait inquiet et cela fit rire le duc.
— La Moussaye, qui aimerait certainement mieux être à côté de toi ! Mais pour en revenir à Isabelle, fit-il soudain sévère, n'oublie pas qu'elle est une jeune fille, une Montmorency et ma cousine. Alors...
— Qu'imaginez-vous, Monseigneur ? Je n'ai pas de plus cher désir que d'en faire ma femme et la mère de mes enfants !
— Ce que, si je crois la connaître, elle n'acceptera pas ! Ton père non plus, entre parenthèses !
— Qui sait ? Je peux toujours essayer !
Au début du festin, Isabelle et Gaspard n'échangèrent que peu de paroles. Tout en se restaurant en gens qui ont faim – et soif ! –, ceux de leur entourage discutaient à bâtons rompus des derniers événements de la ville et de la Cour, et ils se trouvèrent mêlés à la conversation générale dont les faits et gestes du cardinal Mazarin assumaient le plus lourd. Mais au bout d'un moment

– et de copieuses libations s'y mêlant – des échanges particuliers se dessinèrent et les deux jeunes gens purent enfin s'isoler des autres. Gaspard prit son courage à deux mains.

— Vous vous demandez peut-être, Mademoiselle, comment je peux assister à ce beau mariage et goûter ce bonheur d'être auprès de vous alors que mon frère s'en va vers sa fin ?

— Vous l'avez vu ce matin, je le suppose, puisque vous ne quittez plus Saint-Maur. Comment était-il ?

— La gangrène progresse et nous n'avons plus guère d'espoir. Le docteur Bourdelot pense qu'il lui resterait une chance en lui coupant le bras, mais Maurice s'y oppose catégoriquement !

— Pourquoi, mon Dieu ? Ils sont nombreux, les héros devenus manchots sur un champ de bataille au service du Roi ! On ne peut que saluer bien bas leur courage !

— Toutes les femmes ne pensent pas comme vous, je le crains, et mon frère refuse de n'être plus qu'un infirme aux yeux de celle qu'il aime ! Il la connaît assez pour savoir qu'il n'aurait plus droit qu'à une affectueuse pitié... et encore !

— Quand l'amour existe entre deux êtres, cela ne fait pas de différence...

— A condition qu'il perdure, et Maurice n'en est pas certain... Moi non plus !

— Qu'est-ce qui vous le fait supposer ?

— L'heure, toujours la même, où arrivent chaque jour votre cousine et certain gentilhomme...

Trois mariages, sinon rien...

— M. de Marcillac, je pense ?
Il la regarda avec admiration.
— Vous êtes très observatrice !
— Pas vraiment, mais j'éprouve une compassion infinie pour cet homme malheureux qu'est M. de Coligny, sacrifié stupidement à l'orgueil d'une femme qui ne le mérite pas. Suppliez-le de résister, et de vivre même au prix d'un bras ! Il ignore quel sort Dieu lui réserve, et il n'est pas obligatoire d'avoir ses quatre membres pour devenir maréchal de France !
— Vous devriez le lui dire vous-même ! Vous êtes si belle ! Autant que l'autre mais différente, et son amour pourrait se diriger vers vous. C'est moi qui, alors, en mourrais de douleur... Moi qui vous aime de toute mon âme, ajouta-t-il dans un souffle. Je... je voudrais tant que vous consentiez à m'épouser !
Le ton de leur aparté devenait trop grave. Isabelle s'aperçut que plusieurs convives les observaient. Elle arma son sourire de malice :
— J'ai peine à vous suivre ! Vous voulez que je séduise votre frère ou que je vous épouse ?
— Ne soyez pas cruelle, vous me feriez trop de mal !
— Alors quittez cet air tragique et dépêchez-vous de n'en rien laisser paraître si vous ne voulez pas qu'on s'intéresse à nous plus qu'aux mariés ! De toute façon, votre frère est trop profondément épris pour changer d'amour et, quant à vous, fit-elle en redevenant sérieuse, vous devriez savoir qu'un mariage entre nous n'est pas possible !

Fussé-je ravagée par une folle passion, je ne pourrais renoncer à ma foi catholique !

— Et de toute évidence vous n'êtes pas ravagée par cette passion. En ce cas... Mais il est temps que je retourne à Saint-Maur ! On va bientôt danser et j'avais prévenu Monsieur le Duc que je partirais à la fin du souper...

Elle comprit qu'elle l'avait blessé et voulut le retenir :

— Pardonnez-moi si je vous ai peiné ! J'ai la fâcheuse habitude de dire ce que je pense, et même un peu plus ! Serais-je absoute si je vous confie que ce n'est pas sans... regrets que je me suis exprimée comme je viens de le faire ?

Un instant, il la regarda au fond des yeux.

— Merci ! dit-il avant de prendre sa main pour la baiser, après quoi il alla prendre congé de ses hôtes.

Isabelle le regarda s'éloigner, puis rejoignit sa mère qui venait de s'asseoir auprès de la princesse Charlotte et lui faisait signe.

— Vous semblez émue, Isabelle. Que l'on vous ait placée au côté du marquis d'Andelot me souciait et, en vous observant tous les deux, il m'est venu quelque inquiétude. Vous m'avez parus troublés l'un et l'autre, et comme ce garçon est amoureux de vous, j'espère que vous ne bâtissiez pas des projets d'avenir. Je ne donnerai jamais mon autorisation à un mariage entre vous !

— J'en suis consciente, ma mère, mais, quand on a un frère gravement blessé qui, par amour, choisit la mort plutôt que de se laisser amputer d'un bras, il n'y a vraiment pas matière à franche gaieté. Je ne crois pas dévier de la droite ligne tracée par ma religion en accordant de la compassion à un protestant malheureux !

Elle s'apprêtait à partir, mais Mme de Condé la retint :

— Cela va si mal à Saint-Maur ?

— Plus encore, Madame la Princesse ! La gangrène gagne. Bourdelot estime qu'il pourrait l'endiguer en coupant le bras malade, mais Maurice de Coligny refuse d'être amoindri et de susciter la compassion là où régnait l'amour... La mort approche et rien, à présent, ne la fera reculer...

Avec ensemble, les deux dames se signèrent. Isabelle avait tourné les talons pour remonter chez elle. Bientôt, les nouveaux mariés seraient conduits en cortège à leur hôtel de la rue du Jour pour y commencer leur lune de miel au milieu de l'enthousiasme général, et Isabelle ne se sentait pas le courage d'y assister. Elle était trop honnête envers elle-même pour ne pas admettre qu'elle les enviait. Pas de passion dévastatrice de leur part, mais un bonheur tranquille passé à regarder grandir leurs enfants et s'embellir leur déjà superbe château.

Tout à l'heure, tandis qu'elle l'aidait à mettre en place les bijoux offerts par son époux, Marie-Louise l'avait attirée contre elle.

— Je voulais te dire que, si l'envie t'en prenait, tu pourrais vivre chez nous autant que tu le désireras. Tu ne perds pas ta sœur, tu acquiers un frère ! Nous aimerions tant, l'un et l'autre, que chez nous tu rencontres...

Isabelle l'avait empêchée d'aller plus loin en lui posant la main sur la bouche.

— Surtout n'en dis pas davantage ! Le seul homme que je souhaiterais épouser est séparé de moi par plus fort que la volonté des hommes ! On n'y peut rien, mais je te remercie. Pense d'abord à être heureuse ! Je prierai pour vous deux !

En dehors d'une véritable affection, elles n'avaient jamais été très proches, les deux sœurs, la vie rêvée de l'une étant à l'opposé de celle de l'autre, mais il était pour Isabelle doux de savoir, au moment où il fallait renoncer à ce qui aurait pu être le bonheur, que le lien fraternel tenait bon.

Quelques jours plus tard, Maurice de Coligny rendait son dernier soupir dans les bras de celle qu'il avait juré d'« aimer jusque par-delà la mort », et, à l'hôtel de Rambouillet ainsi que dans tous les lieux de Paris où fleurissait le bel esprit, il se fit un retournement complet : alors que l'on avait plus ou moins daubé sur son courage lors du duel avec Guise – sans aller toutefois jusqu'à le traiter ouvertement de lâche pour ne pas s'exposer à la vindicte redoutable de son frère et du maréchal de Châtillon son père ! –, le défunt se retrouva du jour au lendemain transformé en héros de roman. Ce beau gentilhomme se sacrifiant à l'honneur de sa belle n'était-il pas le personnage idéal des Précieuses ? Un illustre inconnu accoucha d'ailleurs d'une œuvre immortelle *Histoire d'Agésilas et d'Isménie*, au fil de laquelle, pour mieux faire pleurer dans les chaumières, du moins dans les salons, Isménie reste pure et sans taches (alors que Mme de Longueville venait d'accoucher d'une fille) et cet Agésilas meurt désespéré en disant : « Je ne pouvais être heureux ne vous possédant pas. Ma passion était trop forte pour rester content dans ce monde... J'ai à vous rendre grâce de la bonté que vous avez d'agréer que je vous dise que je meurs à vous et fort content de ne plus troubler votre repos. »

Mieux encore ! Le peuple lui-même ressentit l'émotion générée par cette triste histoire et se hâta de faire une idole de la blonde princesse pour laquelle de galants chevaliers périssaient sans se plaindre.

Pour sa part, Mme de Longueville s'installa avec délices dans ce rôle que, sans modestie excessive, elle estimait fait pour elle : une icône qu'il ne convenait d'approcher qu'à genoux. Ce qui ne l'empêcha pas de prendre Marcillac comme amant.

Isabelle pensa en mourir d'indignation jusqu'à ce que François, définitivement attaché à Enghien et qu'elle ne voyait plus qu'entre deux campagnes victorieuses, vînt lui expliquer que, selon lui, c'était plutôt à mourir de rire. Il grandissait et, en dépit de sa bosse, devenait un charmant cavalier qui semblait habité par une immense joie intérieure, ce qui lui valait ses premiers succès féminins. Déniaisé depuis belle lurette, il avait alors pour maîtresse une certaine Mme de Gouville avec laquelle il faisait de courts séjours à Précy quand sa mère était absente. S'il faisait beau, leur plus grand plaisir consistait à se baigner dans l'Oise et à faire l'amour au soleil !

— Rien de plus agaçant que ces femmes qui ne se laissent approcher que prosterné et n'accordent leurs faveurs qu'en menus morceaux : le bout du doigt, la main, l'avant-bras, le bras, l'épaule, etc., confia-t-il à sa sœur à propos de Mme de Longueville. Quand on arrive à ses fins, on doit se sentir épuisé comme après l'ascension d'une montagne, avec peut-être l'envie d'aller voir ailleurs si l'herbe est plus verte !

— Comment ? Vous n'êtes pas subjugué par tant de beauté ? fit Isabelle en riant. Vous seriez bien le seul !

— Que non pas ! J'en connais des tas ! En outre, il existe des femmes pour lesquelles on livre des combats beaucoup plus rudes que se traîner sur le ventre à qui arrivera le plus vite ! Vous par exemple !

— Moi ? A quoi pensez-vous ?

— A ce cher Gaspard de Coligny qui vient d'abjurer le protestantisme pour vos beaux yeux et parce qu'il veut vous épouser, déchaînant ainsi les foudres paternelles.

Le rire de la jeune fille s'arrêta net.

— Tout de bon ?

— Tout de bon ! Le vieux maréchal, plus rat qu'il n'est permis, lui a interdit de « rechercher une fille sans dot ». Après quoi, comme il s'obstinait, il lui a coupé les vivres ! Voilà de l'amour, ma chère !

— Mon Dieu ! Mais comment va-t-il pouvoir subsister ? Et je ne parle même pas de tenir son rang !

— Monsieur le Duc y a pourvu en assurant que son ami n'aurait aucune peine à lui rendre tout cela quand son auguste père serait passé de vie à trépas. Gaspard étant son unique héritier, il ne peut qu'essayer de durer aussi longtemps que possible en espérant qu'à la longue Gaspard finira par accepter la riche héritière – Mlle de La Force ! – qu'il souhaitait pour belle-fille.

— Notre mère a-t-elle eu écho de cette histoire ?

— Bien sûr et, comme elle se sent humiliée, elle a déclaré que, même si Châtillon donnait son autorisation, elle refuserait.

La déception suivant de si près une belle joie coupa les jambes d'Isabelle qui se laissa tomber sur son siège, au bord des larmes.

— Pauvre Gaspard ! Avoir consenti un si lourd sacrifice pour rien ! J'aurais pu être heureuse avec lui ! Mais que ce dernier coup vienne de notre mère, c'est le plus insupportable. Gaspard a fait ce que nous voulions toutes les deux, et ce n'était pas facile ! Alors pourquoi veut-elle s'opposer à notre bonheur ?

— On ne peut pas lui donner tout à fait tort ! Vous savez sa fierté, et qu'une Montmorency se voie dédaigner de la sorte lui est insupportable ! Mais ne désespérez pas, Isabelle ! Nous sommes quelques-uns qui travaillons pour vous !

Il était écrit cependant que, ce jour-là, le mauvais sort s'acharnerait sur son joli roman. Et par la bouche de Mme de Longueville, en outre, ce qui rendait l'égratignure encore plus cuisante !

Venue souper chez sa mère, Anne-Geneviève, qui bavardait à bâtons rompus, lâcha soudain :

— La conversion de M. de Coligny est le grand événement chez les cancanières de la place Royale comme dans les salons. On connaîtrait le fin mot, d'un racontar, peut-être, mais qui a surpris tant de monde. Ce serait Marion de Lorme, que notre héros voit toujours beaucoup, qui aurait obtenu ce résultat ! Incroyable, n'est-ce pas ? fit-elle en adressant à Isabelle, devenue soudain blême, un sourire narquois.

Un silence suivit. Déjà, la jeune fille se levait et, priant Madame la Princesse de bien vouloir l'excuser, elle quitta la table si vite qu'elle eut juste le temps d'entendre Charlotte de Condé protester avec indignation :

— Je sais que vous n'aimez pas les plaisirs innocents, ma fille, mais j'ignorais que vous goûtiez la cruauté gratuite.

Pour ces quelques mots, elle sut qu'elle aimerait toujours sa princesse.

Qui d'ailleurs ne s'en tint pas là. Profitant de ce qu'Isabelle était partie passer quelques jours à l'hôtel de Valençay afin d'aider sa sœur à emménager dans cette demeure inconnue, elle convoqua Coligny pour apprendre de lui ce qu'il en était. Or non seulement il ne parut gêné en aucune façon, mais en plus il se mit à rire de bon cœur.

— Naturellement j'ai consulté Marion ! Elle est ma plus vieille amie et aussi la plus sûre ! Je lui dois énormément et c'est une véritable femme connaissant à merveille les mécanismes du cœur humain. Pour ce qui me tourmentait, elle ne m'a donné qu'un conseil, mais formel : abjurer. « S'il n'y a pas d'autres moyens de conquérir celle que vous aimez, n'hésitez pas à lui sacrifier votre religion. A laquelle, entre nous, vous ne semblez pas fort attaché. Certains l'ont fait au bénéfice de causes moins nobles, et si vous aimez réellement... » En la quittant, je suis allé droit à l'église Saint-Paul... et mon père est fou furieux. Quant à ma mère, elle se serait évanouie, ne reprenant connaissance que pour me maudire ! Reste Mme de Bouteville que j'espérais gagner au projet de notre mariage...
— Je sais cela ! Et aussi qu'Isabelle se désole. Qu'allez-vous faire à présent ?
— C'est ce que j'aimerais savoir....
En fait, il le savait parfaitement. Il y avait plusieurs jours déjà qu'il en discutait les modalités avec Enghien, lequel d'ailleurs en avait exprimé l'idée le premier, en ajoutant qu'il se mettait entièrement à son service pour en assurer la réalisation. Mais non sans l'avoir mis en garde :
— Tu sais que tu vas jouer ta tête ?
— Richelieu n'est plus là !
— Certes, mais la Reine, qui cependant le haïssait, semble prendre un malin plaisir à faire observer à la lettre ses anciens édits. Si ton malheureux frère n'a pas eu à supporter les

conséquences de sa colère, c'est parce qu'il était en trop mauvais état. Toi, tu te portes comme un charme !

— Je n'en marcherai à l'échafaud que d'un pas plus ferme. J'aime Isabelle au point d'être prêt à donner ma vie pour une seule nuit d'amour...

— Dans ce cas, il ne nous reste plus qu'à tout mettre en place, et sans tarder. Il faut battre le fer pendant qu'il est chaud !

Ce soir-là, Mme de Rambouillet donnait à souper à toutes les amies de sa fille Julie qui se décidait enfin à épouser son Montausier. Un enterrement de vie de jeune fille en quelque sorte. Pas d'hommes à l'exception des musiciens dissimulés derrière une tenture. La fête était réussie et l'on s'était bien amusées. Seule manquait Mme de Longueville qui se disait mal remise de ses couches, mais, chose étrange dans une maison où on l'encensait toujours copieusement, elle n'avait l'air de manquer à personne...

Aussi était-il tard quand la nouvelle marquise de Valençay et sa sœur reprirent le carrosse qui allait les ramener rue du Jour où l'époux attendait placidement en pensant que, dès le lendemain, Marie-Louise et lui reprendraient le chemin de leur château où il faisait si bon vivre loin des agitations et de la boue parisiennes.

Le carrosse tourna le coin de la rue en ralentissant l'allure comme s'il cherchait à éviter de faire trop de bruit et finalement s'arrêta devant le portail de l'hôtel de Valençay. A l'intérieur, Isabelle retenait son souffle, mais s'accorda un soupir de soulagement quand des hommes masqués surgirent de l'obscurité. Deux d'entre eux sautèrent à la tête des chevaux tandis que les autres maîtrisaient sans peine le cocher et les laquais accrochés aux ressorts. Cela fait, un homme de haute taille, sorte de colosse, ouvrait la portière et, sans trop de ménagement, en extirpait Isabelle en dépit de ses cris et des coups de pied qu'elle lui décochait généreusement. Marie-Louise, de son côté, s'était contentée de s'évanouir.

Chargé de son fardeau toujours criant et gigotant, l'homme courut vers un renfoncement de la rue au fond duquel attendait un carrosse de voyage attelé de six chevaux, portière ouverte. L'homme transféra son fardeau dans la voiture entre des mains nettement plus douces.

— La voici, monsieur le marquis ! Bien content de vous la remettre, elle m'a griffé ! Une vraie chatte en colère !

— Allons, Bastille ! Un peu de respect ! Il te faudra bientôt dire madame la marquise !

— Bon ! En tout cas, dépêchez-vous de partir à présent ! On vous rejoindra plus tard !

La portière se referma. Le cocher enleva ses chevaux et le lourd véhicule s'ébranla cependant que, devant la maison, la bataille continuait et, malheureusement, le concierge, croyant que des bandits voulaient envahir l'hôtel, se démenait courageusement... et se faisait tuer. Ce qu'Isabelle ne cessa de regretter quand elle le sut. Enfin Marie-Louise, toujours sans connaissance, fut transportée chez elle et confiée aux soins de ses femmes.

Pendant ce temps, dans l'habitacle du carrosse, la « touchante victime d'un odieux enlèvement », comme l'annoncerait bientôt *La Gazette,* riait de si bon cœur dans les bras de son ravisseur qu'il ne parvenait pas à lui prendre ce premier baiser si longtemps attendu.

— Ai-je bien joué mon rôle ? Ai-je bien crié ?
— Presque trop ! Vous avez été... grandiose ! J'ai redouté que vous n'ameutiez tout le quartier. Et demain Paris et la Cour sauront avec quelle vaillance vous vous êtes défendue. Mais maintenant, ma douce, ma bien-aimée, accordez-moi de savourer ma récompense...
— Savourez ! fit-elle joyeusement.

L'instant suivant, elle ne riait plus, bouleversée par ce baiser sous lequel elle se sentit fondre. Ce n'était pas le premier qu'elle recevait : trop hâtifs peut-être ou alors inexpérimentés, ils ne lui avaient laissé qu'un souvenir fugitif, et celui d'Enghien l'avait révoltée. Gaspard, lui, était un maître...

Eduqué par Marion de Lorme, il savait jouer d'un corps féminin en artiste, mais cette fois il ne s'agissait plus de jeu. Cette fille adorable avait allumé en lui tous les feux de la passion. Ses lèvres avides ne quittaient la tendre bouche que pour la peau, si veloutée, du cou et de la gorge découverte par le décolleté de la robe de satin dans le nid de fourrures qui protégeaient Isabelle du froid. En dépit de l'incendie que ses baisers

Trois mariages, sinon rien...

allumaient dans son sang et qui l'incitaient à le laisser aller jusqu'au bout de son désir, elle trouva assez de force pour le repousser gentiment quand il voulut dégrafer sa robe...

— Vous voulez me faire mourir de consomption ? protesta-t-elle avec un sourire. Et cela sous les yeux des laquais ? Souffrez que j'attende un peu de solitude pour m'offrir à vous tout entière.

— Vous êtes trop belle, mon cœur ! Vous me rendez fou...

— En ce cas, je serai sage pour deux ! conclut-elle en remontant ses fourrures. Au fait, où allons-nous ?

— A Château-Thierry, qui est à M. de Bouillon, mais qui nous est acquis.

— C'est loin ?

— Vingt lieues environ...

— Alors essayons de dormir ! Nous aurons meilleure mine en arrivant...

Le voyage ne fut pas exempt d'émotions. La voiture versa – sans trop de dommages ! – et il fallut la remettre sur ses roues, ce qui n'entama en rien la joie des fugitifs. Gaspard prêta main-forte à ses serviteurs, cependant qu'assise sur un talus Isabelle regardait. Enfin, dans la matinée, on fut à destination, où Enghien avait fait le nécessaire pour que tout soit préparé. On alla droit au château où le gouverneur, M. de Raigecourt, les conduisit à la chapelle, après leur avoir accordé un répit d'une demi-heure pour effacer les traces de la route. Là, ils furent entendus en confession puis mariés par un prêtre, lui en pourpoint de buffle et elle en robe de bal, avec sur les cheveux un voile prêté par Mme de Raigecourt. Un notaire avait enregistré leur engagement sur le plan civil en leur faisant remarquer que, si la mariée était proche de ses dix-huit ans, l'âge permettant de se passer de l'approbation familiale, ce n'était pas le fait de celui qui devenait son époux : il s'en fallait d'un an qu'il eût atteint les vingt-cinq ans exigés pour un garçon.

— Ce sera vite passé! assura Gaspard radieux.

La bénédiction nuptiale tombée sur leurs têtes inclinées et leurs mains jointes, Isabelle pensait que, après les avoir conviés à dîner, on les conduirait à leur chambre où, après l'amour, ils pourraient prendre un repos auquel, pour sa part, elle aspirait à la suite d'une journée fébrile et une nuit blanche...

Eh bien, non!

Ce qui les attendait à l'issue du repas espéré, c'était une autre voiture nantie de chevaux frais... et des bagages. Et comme Isabelle tournait vers Gaspard un regard surpris à la limite du mécontentement, il l'attira à lui.

— Croyez que nul plus que moi ne souhaite la divine solitude à deux, mais il n'en demeure pas moins que nous sommes en fuite et qu'à chaque moment nous pouvons voir surgir les gardes que l'on a dû lancer à nos trousses. Il nous faut gagner un refuge...

— Et on le trouve où, ce refuge ?

— A Stenay, qui est une place forte des princes de Condé. Là, nous n'aurons plus rien à craindre!

— Et... c'est loin ?
— Oh, grosso modo trente-cinq lieues...
— Trente-cinq lieues ! Vous auriez dû me prévenir ! Je serais allée à la fête de Mme de Rambouillet en robe de bonne laine, bien douillette, un col remontant jusqu'aux oreilles et plusieurs châles ! Je vais périr gelée, moi, dans votre Stenay !
— Il m'étonnerait ! Outre ce manteau fourré vous aurez... ce qui se trouve dans cette malle... et mes bras pour vous tenir chaud ! Croyez-moi quand je vous dis qu'il faut à tout prix nous mettre à l'abri ! Selon la loi, un enlèvement est passible de mort ! Sinon, si vous désirez rentrer à Paris... ? ajouta-t-il avec tristesse.

Du coup elle retrouva son sourire.

— Vous savez bien que non ! Mais pour vous punir ne pas m'avoir prévenue quand nous sommes partis, ne rêvez pas d'un acompte sur notre nuit de noces dans la voiture !
— Je vous promets d'être sage. Mais je veux des baisers, plein, plein de baisers... au cas où nous serions rattrapés avant d'atteindre Stenay...

Gaspard n'avait pas tort de vouloir s'éloigner le plus possible. A Paris, en effet, on s'occupait beaucoup d'eux. Et cela commença dès que Mme de Valençay eut repris ses sens. Comme elle n'était pas dans la confidence, la brutalité de l'enlèvement lui avait causé une peur bleue vite changée en indignation en constatant qu'on lui avait occis son concierge. Elle envoya *in petto* un messager à l'hôtel de Condé où sa mère séjournait et le résultat ne se fit pas attendre.

Les dames de l'hôtel de Condé

Minuit sonnait à l'horloge du Palais-Royal et la Reine s'apprêtait à se mettre au lit quand on vint lui annoncer que la princesse de Condé demandait instamment à être reçue.

— A cette heure ?

— Oui, Votre Majesté ! répondit Mme de Motteville, sa suivante préférée. J'ajoute qu'elle n'est pas seule : Mme de Bouteville l'accompagne, tout échevelée, le col déchiré, les habits à demi rompus, et aussi Mme de Valençay qui pleure comme une fontaine.

— Faites-les entrer, ma bonne Motteville, et voyons de quoi il retourne.

Ce qu'Anne d'Autriche vit alors ne laissait pas d'être pittoresque. La Princesse, pas autrement émue d'ailleurs, soutenait sa cousine dont l'accoutrement bizarre pouvant laisser croire que quelqu'un l'avait malmenée provenait sans doute de ce qu'elle avait sauté à bas de son lit en chemise et camisole, enfilant par-dessus un ou deux vêtements que dans sa colère elle avait dû déchirer. La meilleure preuve en étant qu'elle avait les pieds nus dans ses pantoufles.

— Madame, commença la princesse Charlotte en s'efforçant à la gravité, je vous amène une pauvre femme désespérée qui vient vous demander justice contre M. de Coligny qui vient d'enlever sa fille Isabelle...

Redoublement de sanglots de la mère, soutenus par les plaintes de Marie-Louise pleurant toujours la mort de son concierge plus que le « départ forcé » d'une sœur dont elle n'avait jamais beaucoup apprécié l'humeur folâtre.

Trois mariages, sinon rien...

La Reine leur distribua de bonnes paroles visant à les réconforter, leur fit servir par Motteville du vin d'Espagne et quelques craquelins, puis, attirant Mme de Condé à part :

— Je pense, ma cousine, que je ne dois pas me mettre en peine de punir le coupable. Il y a lieu de croire en effet que Mlle de Bouteville serait fâchée que l'on troublât sa joie et que Mme de Bouteville, tout éplorée qu'elle soit, ne voudrait pas qu'on lui ramenât Coligny sans être son gendre ?

Non sans peine, Charlotte retint un éclat de rire et chuchota :

— Pour l'amour de Dieu, Madame, ne me faites pas jouer ici un personnage ridicule ! J'ai déjà assez de mal à tenir mon rôle ! En réalité, c'est mon méchant fils qui a organisé cette affaire et tout le monde est content.

— Alors faisons en sorte d'apaiser ces dames. Au moins pour cette nuit. Demain j'en parlerai au cardinal Mazarin et nous verrons sur la conduite à tenir !

Un quart d'heure plus tard, mère et fille repartaient un peu remontées avec l'assurance que tout serait mis en œuvre pour leur donner satisfaction. On mit même une escorte à leur disposition pour rentrer chez elles... et la Reine put enfin aller se coucher.

Calmer les parents Châtillon fut une autre paire de manches et, finalement, on n'y arriva pas. Le vieux maréchal fit un tel tapage qu'en quelques heures l'aventure des deux amoureux fit le tour de Paris, et singulièrement des salons où, chez Mme de Rambouillet, Voiture composa une épître en vers adressée à Gaspard :

> *Que cette nuit fut claire et belle*
> *Quand la triomphante pucelle*
> *En qui la nature et les dieux*
> *Ont mis tout ce qu'ils ont de mieux*
> *Fut par votre adresse arrêtée*
>
> *Et par vos armes conquestée*
> *L'Olympe son front dévoila*
> *Et tout ce soir étincela...*

Il y en avait dix pages du même acabit. La Ménardière surenchérit en composant un rondeau assez leste, et il y en eut d'autres. Une véritable avalanche de plaisanteries plus ou moins graveleuses ou de compliments en vers ou en prose qui déclencha un scandale et réveilla la combativité de Mme de Bouteville. Elle fit représenter au Parlement requête afin d'obtenir la permission de poursuivre Gaspard de Coligny comme séducteur et ravisseur de sa fille, et le condamner à avoir la tête tranchée !

De son côté, le maréchal introduisait une instance en cassation et nullité du prétendu mariage contracté à Château-Thierry comme clandestin et illégal, son fils n'ayant pas atteint sa majorité de vingt-cinq ans et ne pouvant convoler sans sa permission.

Pendant ce temps-là, bien à l'abri des rudes murailles de Stenay et de son gouverneur M. de

Trois mariages, sinon rien...

Chamilly, le jeune couple qu'on ne voyait pratiquement nulle part vivait des heures enchantées. Dans les bras de son époux, Isabelle avait découvert l'amour avec ravissement, et comme Gaspard ne cessait de s'émerveiller de la beauté de sa jeune épouse sans parvenir à apaiser un désir qu'il savait si savamment lui communiquer, tous deux passaient davantage de temps couchés que debout, ce qui provoquait l'étonnement rêveur de la garnison...

Il fallut tout de même revenir à la prosaïque réalité. Un peu plus souvent en tout cas !

A Paris, fort heureusement, Enghien veillait au grain et se faisait le défenseur de son ami. C'est ainsi qu'il lui écrivit demandant de lui envoyer un mémoire détaillé sur les circonstances de son mariage [1], et Gaspard se mit au travail.

Avec une astuce rare chez les foudres de guerre, et afin de se concilier les bonnes grâces de la Reine et du Cardinal, Gaspard, après avoir longuement protesté de son respect et de son affection pour ses parents, expliqua adroitement que ses sentiments dont il ne s'était jamais écarté ne pouvaient pourtant aller jusqu'à compromettre son salut éternel, proclamant, en outre, la grâce que Dieu lui avait faite en lui accordant de découvrir la vérité de la religion catholique. Puis petit couplet sur les vertus et la piété de Mme de Bouteville, ainsi que sur les illustres qualités de sa fille. Enfin, il terminait en rappelant la

---

1. Le document, daté du 16 mars 1645, a été conservé dans les archives de Chantilly.

persécution dont il était victime de la part de ses parents qui lui interdisaient de se rendre à la messe à Châtillon, mais en excusant cette opposition et sa propre résistance. Pour un peu, il se serait posé en martyr de sa foi...

Quoi qu'il en soit, ce beau morceau de littérature n'impressionna pas beaucoup le Parlement auquel Monsieur le Duc le présenta. Il y répondit par un monitoire constatant la preuve de la clandestinité du mariage à Château-Thierry. En revanche, Mazarin, poussé par la Reine, écrivit une longue lettre au maréchal pour le détourner de poursuivre son procès et lui prêcher la réconciliation, en promettant de veiller personnellement, avec l'approbation de Sa Majesté, sur la carrière d'un soldat de cette valeur...

La réponse du père offensé ne fut guère encourageante. Après avoir remercié le Cardinal de ses promesses, il laissait entendre qu'il n'était pas disposé à renoncer au procès.

Cette fois, les deux amoureux s'inquiétèrent sérieusement. Gaspard écrivit à Enghien, l'adjurant de voir le nonce et ne demandant rien moins que l'intervention du pape, mais Monsieur le Duc avait trouvé la parade, ce dont le jeune homme dans son trouble ne s'était pas avisé : il venait d'avoir vingt-cinq ans. Donc il était libre de se marier sans autorisation. Restait la clandestinité du mariage...

En recevant les instructions de son chef et ami, Gaspard ne put s'empêcher de rire.

— Mon cher amour, dit-il à sa jeune femme. Il faut retourner à Château-Thierry !

— Pour quoi faire, mon Dieu ?
— Nous marier !
— Est-ce que nous ne le sommes pas déjà ?
— Pas tout à fait selon la loi. Notre mariage a eu lieu « en secret », donc à la sauvette. Ce qui ne sera pas le cas cette fois. Nous devons y être dans trois jours et Monsieur le Duc écrit que tout sera prêt !

Et en effet, lorsqu'ils arrivèrent, ils trouvèrent la petite ville pavoisée et fleurie où, après leur avoir laissé le temps de faire toilette, on les mena à l'église Saint-Crépin. Là, ils furent mariés en bonne et due forme par l'archiprêtre entouré de son clergé au complet, en présence de la noblesse, des notaires royaux et de tout ce que l'on avait pu trouver d'illustrations *urbi et orbi*. Ils étaient si beaux tous les deux que le peuple les acclama, leur lança des fleurs quand ils sortirent de l'église, et les accompagna jusqu'à l'hôtel de ville où un vrai repas de noces les attendait. Rayonnante dans une robe de satin blanc qu'elle avait trouvée en arrivant – menu cadeau de Madame la Princesse ! –, Isabelle séduisit l'assistance : les hommes par sa rayonnante beauté, les femmes par sa gentillesse et son esprit.

— C'est irréel ! confia-t-elle à son époux. Nous allons enfin pouvoir être heureux chez nous et à la face du monde ! Mais pourquoi donc faites-vous cette mine ?

— C'est que... euh... nous allons continuer encore un peu d'être heureux à Stenay ! fit Gaspard, mi-figue mi-raisin.

— Comment cela ? Nous sommes dûment mariés, il me semble.

— Sans doute, mais, avant que nous ne puissions rentrer à Paris, il faut que le Parlement enregistre les minutes de notre deuxième mariage et déboute monsieur mon père et madame votre mère de leurs plaintes.

— Oh, non !

— Eh si ! Allons ! Ne vous désolez pas ! Est-ce que je ne suis pas auprès de vous, entièrement à vous, ce qui ne pourra se faire quand nous reverrons Paris ? Nous allons tranquillement regagner notre logis de Stenay et nous aimer tout à loisir sans que personne vienne nous importuner !

Pour seule réponse, Isabelle se jeta à son cou en riant.

— Comme vous avez raison ! Allons nous aimer, mon cœur !

Avant de quitter Château-Thierry, Gaspard écrivit à celui qui ne cessait de lui prouver son amitié une lettre de remerciement lui en promettant une plus longue une fois retournés « en la compagnie du bonhomme Chamilly ».

Le second séjour fut nettement plus court. Cette fois l'union des deux fugitifs ne présentait plus d'irrégularité. Le cardinal Mazarin et le nonce réussirent à faire entendre raison au maréchal de Châtillon qui se résigna enfin à ne pas donner suite à son procès. Cependant, têtu comme une bourrique, il y mit une condition que le jeune couple apprit de la princesse Charlotte quand il arriva enfin à l'hôtel de Condé :

— Il veut que votre mariage soit solennellement confirmé à Paris !

— Quoi ? Le grand déploiement de Château-Thierry ne lui suffit pas ? explosa Gaspard hors de lui. Que veut-il encore que nous fassions ? Que nous allions à Rome nous faire bénir par le pape ? Je suis un soldat, moi, et je voudrais bien rejoindre Monsieur le Duc !

— Ne vous tourmentez pas ! Cela ne va pas être long...

En effet, quelques jours plus tard, le 19 juin, ce mariage en trois actes était béni à Notre-Dame par l'archevêque de Paris, Mgr de Gondi, en présence de la Reine, du cardinal Mazarin, de la Cour et d'une partie du Parlement, mais en l'absence du maréchal de Châtillon et de Mme de Bouteville, avec laquelle cependant Isabelle était allée faire sa paix, ainsi d'ailleurs qu'avec sa sœur qui était sur le point de partir pour Valençay.

Lorsqu'ils sortirent de la cathédrale au son des cloches en se tenant par la main et en répondant de leur mieux aux acclamations, Isabelle dit à Gaspard sans le regarder :

— Sommes-nous vraiment assurés à présent d'être mariés pour de bon ?

— Il faut l'espérer, mon cœur, fit-il en riant et en posant un baiser rapide sur la main qu'il tenait. Puisque même Sa Sainteté le pape est d'accord, je pense qu'il faudrait alors monter jusqu'à Dieu pour trouver meilleure caution, mais cela exigerait de quitter la Terre que je trouve si belle depuis que vous êtes à moi !

— Nous voilà devenus héros de roman ! La vie ne va-t-elle pas nous sembler un brin monotone ?

— Monotone ? Je vais tenter de vous apporter la gloire conquise auprès de Monsieur le Duc cependant que vous brillerez à la Cour en attendant les heures sublimes que nous goûterons à mes retours... Et puis peut-être pourrions-nous songer à des enfants ?

« Des enfants ? », pensait Isabelle en remontant dans le carrosse qui allait les reconduire à l'hôtel de Condé d'où la Princesse l'emmènerait à Chantilly tandis que Gaspard partirait pour les armées. Elle n'y avait encore jamais pensé et, à la réflexion, n'était pas certaine d'en éprouver l'envie. Pour ce qu'elle avait pu constater des joies de la maternité, elles débouchaient peut-être sur un triomphe du mari, mais, pour la femme, cela voulait dire des mois de nausées et autres ennuis, tandis que sa taille – si fine et si souple ! – enflerait jusqu'à ce que le ventre ait atteint une laide circonférence dont, enfin, des heures de souffrance seraient nécessaires pour la délivrer ! C'était bien un homme pour évoquer cela !

Mme de Longueville n'avait pas assisté au mariage, elle non plus, n'ayant sans doute pas jugé utile de quitter le magnifique château de Coulommiers, où elle attirait une foule de monde, pour un événement qu'elle considérait légèrement ridicule.

Son absence enchanta Isabelle, peu désireuse de servir de cible aux quolibets souvent cruels de son ennemie. D'autre part, elle n'était pas mécon-

Trois mariages, sinon rien...

tente de recevoir des échos de Coulommiers où jeune belle-mère et belle-fille s'entendaient comme chien et chat, au point que Longueville avait choisi de prendre la poudre d'escampette en direction de son gouvernement de Normandie, où, selon les courants d'air locaux, il se serait trouvé une consolatrice en la personne, déjà un peu sur l'âge mais fraîche comme une laitue, d'une accueillante et bonne fille immensément fière de surcroît d'avoir été distinguée par M. le duc, et aussi gourmande qu'il pouvait l'être. Il fallait bien cela à ce malheureux chassé de chez lui par deux mégères et, par-dessus le marché, plus ou moins abandonné par sa maîtresse en titre. Depuis l'arrestation du duc de Beaufort, Mme de Montbazon avait obtenu, Dieu sait comment – peut-être parce qu'elle était l'épouse du gouverneur de Paris –, la permission de lui rendre visite dans sa prison deux fois la semaine afin de lui porter les consolations d'une maîtresse aimante et, sur un autre plan, quelques apaisements aussi utiles pour la santé mentale que physique... Le peuple de Paris, ce successeur du chœur antique, chantait à ce propos :

> *Beaufort est dans le donjon*
> *Du bois de Vincennes*
> *Pour supporter sa prison*
> *Avec moins de peine*
> *Il aura sa Montbazon*
> *Deux fois la semaine...*

Lassée des criailleries, Mme de Longueville finit par rentrer à Paris. L'été y était pratiquement aussi chaud qu'à Coulommiers, mais son hôtel pourvu de jardins nettement plus silencieux. Tellement plus agréable aussi pour y recevoir François de La Rochefoucauld – prince de Marcillac –, qui lui vouait une ardente et sombre passion où elle finit par s'embraser elle-même...
En attendant que la fin de l'automne ramène les guerriers, vainqueurs – le duc d'Enghien ne cessant de récolter des lauriers de victoire! –, Isabelle passa un délicieux été auprès de sa princesse. Sa sœur rentrée à Valençay et présentant un début de grossesse avait emmené leur mère, au soulagement inavoué – et peut-être inavouable – d'Isabelle, à qui Mme de Bouteville battait froid après la retentissante aventure qui avait nourri pendant des mois la chronique scandaleuse de la Cour et de la ville. Rien de tel auprès de Charlotte, qui, en matière de scandale, possédait une royale expérience et à qui la liait désormais cette véritable tendresse que la Princesse ne trouvait plus auprès de ses enfants, sauf peut-être du petit Conti, alors âgé de quatorze ans et qui, visiblement, adorait sa mère mais ne rêvait que de rejoindre son aîné dans ses champs de lauriers.
« Vous êtes ma seconde fille! », disait-elle parfois tandis qu'au bras l'une de l'autre elles se promenaient dans le parc et au bord des étangs où traînaient toujours quelques poètes, les portes du beau domaine restant largement ouvertes à tous

ceux et toutes celles qui hantaient, en hiver, l'hôtel de Condé et celui de Rambouillet. Et le temps coulait léger et insouciant...

A la surprise d'Isabelle, elle n'éprouvait aucune inquiétude sur le sort de son époux que, cependant, elle aimait... ou croyait aimer. En revanche elle se tourmenta quand un courrier apprit aux dames de Chantilly que Louis d'Enghien avait subi une rechute du mal dont il avait si péniblement souffert au lendemain de son mariage. Et s'interrogea sur cette anomalie.

A force de réfléchir, elle finit par toucher du doigt l'explication. Gaspard était beau, charmant et surtout il était un merveilleux amant. Elle avait connu, dans leur petite chambre de Stenay, des heures divines, pleines de gaieté en outre, Gaspard étant toujours un joyeux compagnon. Mais, à mesure que le temps s'écoulait, elle s'étonnait qu'il ne lui manquât pas davantage. Elle se surprit même, une nuit, à rêver justement d'une nuit à Stenay, sauf que le visage penché sur elle n'était pas celui de son époux mais un autre, âpre et tourmenté, celui d'Enghien, et elle en éprouva un bonheur infini.

Aussi en vint-elle à se demander si elle aimait son mari autant qu'elle le croyait !

Au retour du guerrier, elle cessa de se reprocher ce qu'elle considérait comme une trahison involontaire... Gaspard, en effet, repris par la vie entre hommes et les fâcheuses habitudes qui en découlaient souvent, rendait à la beauté de sa jeune femme l'ardent hommage qu'elle méritait, mais, dès le lendemain, retournait à ses compagnons de beuveries et à leur vie dissolue. Il courut chez Marion de Lorme, fit bombance avec ses amis et quelques jolies filles, s'offrit même Mlle de Guerchy et Mme d'Olonne qui avaient été à Beaufort, sans oublier la présidente Tambonneau, qu'il troussa congrûment alors qu'il était venu lui demander d'accorder ses faveurs à son jeune beau-frère, François de Bouteville, pris d'un accès de timidité devant le grand air de la dame. Le bruit en ayant transpiré, la dame Tambonneau poussa les hauts cris et pressa son amant Roquelaure de provoquer l'iconoclaste en duel. Qui se récusa : s'il fallait à présent en découdre entre gentilshommes pour l'honneur problématique des coquettes en vogue, où irait-on ?

Bref, il fit tant et si bien que le vieux maréchal, son père, à qui il coûtait fort cher, menaça de le déshériter. Ce que, bienheureusement pour le sacripant, il n'eut pas le temps de réaliser : il trépassa brusquement. De colère ou de ladrerie, car il se refusait à voir des médecins qu'il aurait fallu payer, l'âge qu'il avait atteint – soixante-deux ans ! – n'ayant rien de canonique.

De grand soldat besogneux, plus ou moins entretenu par son ami Enghien, Gaspard se retrouva du jour au lendemain possesseur d'une plus que confortable fortune – comme tous les avares, le maréchal avait beaucoup amassé ! –, et surtout il devint duc et pair de France. Avec les années, il avait toutes les chances de recevoir à son tour le bâton bleu aux fleurs de lys d'or !

Trois mariages, sinon rien...

Duchesse de Châtillon, Isabelle pensa mourir de plaisir quand sa princesse et son frère lui donnèrent son titre pour la première fois...

Le lendemain, elle recevait un petit paquet qu'aucune lettre n'accompagnait. Il ne contenait qu'un large ruban de satin... Mais ce satin était noir !

L'ennemie ne désarmait pas !

DEUXIÈME PARTIE

LE TEMPS DES TRAHISONS

8

Un vent de Fronde...

C'était le dimanche 26 août, le temps était radieux et Isabelle s'apprêtait à vivre au côté de son mari un moment de gloire pure. Une semaine plus tôt, le 19, Gaspard était arrivé en trombe au Palais-Royal annoncer la magnifique victoire de Lens remportée par Condé[1] sur les Impériaux. Victoire qui se soldait dans les rangs des Espagnols par trois mille tués, cinq mille prisonniers, la prise de tous leurs canons et plus de cent drapeaux et étendards, alors que les Français comptaient mille cinq cents hommes hors de combat. Dans la lettre de son chef que Gaspard remit à la Reine, Condé exposait la part prépondérante que Châtillon, devenu son bras droit, avait prise dans ce succès grâce aux charges furieuses de ses troupes contre l'ennemi dont il rapportait les drapeaux, et demandait que lui et la duchesse soient à l'honneur pour le *Te Deum* inévitable. Ce qui fut accordé.

[1]. Son père étant décédé au lendemain de Noël 1646, le 26 décembre, Enghien portait désormais le titre de Prince de Condé, et on l'appelait Monsieur le Prince.

Aussi Isabelle rayonnait-elle d'une joie enfantine en prenant place avec son héros dans le cortège, immédiatement après le carrosse royal. D'autant que les retrouvailles avec son époux les avaient quasiment ramenés au début de leur folle aventure conjugale. Elle était plus ravissante que jamais et lui, bronzé, tanné par des semaines de vie au grand air, était superbe, et bien des regards féminins le suivaient. Ils s'étaient aimés avec une sorte de violence née peut-être de la rancune lovée au fond du cœur d'Isabelle et, chez Gaspard, du mécontentement éprouvé quand, aux armées, une de ces affreuses lettres sans signature était venue lui apprendre que sa duchesse écoutait sans déplaisir les galanteries du séduisant duc de Nemours... Mais ils avaient trop envie l'un de l'autre pour user en disputes le temps qui leur était imparti, le duc devant rejoindre Condé aussitôt la fin des cérémonies.

A dix heures, le canon du Louvre tonna pour annoncer la sortie du Roi. Somptueusement vêtu d'azur et d'or, il apparut auprès de la majestueuse silhouette de sa mère toute de noir habillée, mais avec d'admirables joyaux de perles. Une formidable ovation salua au long du chemin ce bel enfant de dix ans, dont la fière attitude ne laissait de doute à personne sur la hauteur de son rang. Derrière le carrosse aux huit chevaux blancs, celui portant le duc et la duchesse de Châtillon. Isabelle en velours noir, satin blanc et dentelles neigeuses, chaussée de petits souliers rouges assortis à une superbe parure de rubis et dia-

Un vent de Fronde...

mants. Elle souriait à belles dents blanches à ce peuple en habits de fête qui saluait sa rayonnante beauté.

Toutes les cloches de Paris sonnaient en même temps, dominées par la voix grave du bourdon de Notre-Dame, et chacun se sentait joyeux, sauf peut-être ces messieurs du Parlement pour qui cette victoire inattendue représentait un démenti formel, puisque depuis plusieurs mois ils prétendaient se libérer des contraintes royales sous le prétexte que l'impôt servait à conduire une guerre que l'on ne gagnait jamais.

La cérémonie fut ce qu'elle devait être : grandiose. L'archevêque de Paris, Mgr de Gondi, et son coadjuteur – et neveu ! –, l'abbé de Gondi de Retz, avaient déployé la pompe idoine. Ce fut le neveu qui prononça le prône, faisant preuve de beaucoup de talent d'ailleurs, mais Isabelle – placée avec Gaspard en retrait du couple royal – comprit mal pourquoi, tout en remerciant Dieu d'avoir couronné les armes du Roi de France, il jugeait bon de mettre ce même souverain en garde contre les excès de l'autosatisfaction en lui rappelant que, le peuple payant déjà les guerres de son sang, il était injuste de l'obliger à payer une seconde fois au moyen des impôts. Résultat, en quittant la cathédrale, la Reine était furieuse et le cardinal Mazarin qui, même en essayant de se faire tout petit, avait recueilli sur son chemin plus de huées que de bénédictions, affichait une drôle de tête. Le jeune Louis XIV, lui, semblait très mécontent.

— M. le coadjuteur, dit-il à sa mère, me semble un peu trop ami de messieurs du Parlement pour être jamais des miens !

— C'est un homme dangereux dont il convient de se méfier...

Le solennel service de remerciements à Dieu achevé sans incidents et même au milieu d'un réel enthousiasme que Gaspard respirait avec délectation, on regagna le Palais-Royal où des buffets avaient été préparés en vue d'une collation debout. Gaspard, en effet, devait quitter Paris sitôt la cérémonie terminée pour rejoindre Condé qui soignait aux eaux de Forges une blessure plus gênante que vraiment inquiétante. François de Bouteville avait accompagné son beau-frère afin d'embrasser sa sœur et d'entendre ce *Te Deum* auquel sa bravoure lui permettait de prendre sa part.

Tandis que, dans le cabinet de la Reine, on entourait le Roi et sa mère avec d'autant plus d'empressement que Mazarin, toujours renfrogné, avait regagné le sien, François, s'étant approché d'une fenêtre ouverte, fronça le sourcil et se pencha au-dehors pour mieux entendre. Une rumeur inhabituelle montait en effet vers le ciel de Paris : des cris, des coups de feu accompagnant ce grondement sourd que produit la foule en train de s'assembler. Quand éclatèrent plusieurs détonations, il se retourna pour demander le silence.

— Qu'est-ce là ? s'enquit l'enfant-roi. M. de Bouteville, voyez-vous quelque chose ?

— Rien pour l'instant, Votre Majesté, mais ce que nous entendons ne saurait tromper : le

Un vent de Fronde...

peuple, au lieu de s'être dispersé après le passage du Roi, se rameute au contraire. Je dirais dans la Cité !

— Que Votre Majesté ne se tourmente pas ! conseilla la voix nasillarde de Mazarin qui entrait à cet instant. Votre auguste mère et moi nous attendions à un peu de bruit. Le Roi sait combien sa capitale est prompte à s'émouvoir...

— Mon fils, plaida Anne d'Autriche sur un ton enjoué, vous êtes trop jeune pour vous soucier de ces détails...

— Détails ? Mon peuple qui s'assemble ? Je voudrais tout de même savoir !

— Bien ! Après la cérémonie consacrant une si fulgurante victoire, la Reine a donné l'ordre que l'on arrête plusieurs membres de ce maudit Parlement qui ne cesse d'agiter le peuple contre l'autorité royale. Le vieux Broussel, que ces gens considèrent comme un saint, en est le meneur. C'est lui et son collègue Blancmesnil que l'on vient d'appréhender dans la Cité où il habite, et cela n'aurait pas dû provoquer tant de bruit, mais, depuis que le duc de Beaufort s'est évadé à la dernière Pentecôte, les Parisiens qui voient en lui leur héros sont devenus nerveux...

— Mon fils, coupa la Reine visiblement mécontente, M. le Cardinal est bien bon de vous faire toutes ces explications alors qu'il se donne tant de mal à vous bien servir...

— Voilà M. le coadjuteur de Gondi qui nous arrive en voiture ! cria François toujours à sa fenêtre. Le maréchal de La Meilleraye l'escorte... Mais on dirait qu'il a été molesté...

— Nous allons le recevoir, rassura Mazarin. Pendant ce temps, il faudrait que M. le duc de Châtillon et ce jeune homme qui voit si clair quittent le palais plus discrètement que prévu et rejoignent au plus vite M. le prince de Condé qui doit être averti de tout ce tapage...

— Je pars sur-le-champ, répondit Gaspard. Puis-je auparavant demander que Mme la princesse douairière de Condé et mon épouse soient raccompagnées à l'hôtel de Condé d'où elles pourront, j'espère, regagner Chantilly sans difficulté ?

— C'est trop naturel ! Après les avoir tant acclamées, ce peuple impossible ne devrait pas y voir d'inconvénients...

Isabelle n'écoutait plus, surtout occupée à s'empêcher de rire devant la grimace que sa princesse ne pouvait retenir chaque fois qu'elle entendait ce qualificatif de douairière qu'elle jugeait offensant. Elle n'aimait déjà pas beaucoup l'épouse de son fils, mais à présent elle la détestait franchement.

En effet, à peine son irascible mari devenu Prince de Condé, Claire-Clémence s'était hâtée de lui faire observer que « Madame la Princesse », c'était elle à présent et, comme Charlotte lui répondait qu'il serait plus séant qu'elle se fasse appeler princesse de Condé-fille, la nièce de Richelieu s'était révoltée, arguant qu'elle n'avait aucune raison de s'affubler de ce titre ridicule et de consentir des cadeaux à une belle-mère qui l'avait toujours dédaignée. Enfin que, la tradition lui attribuant l'appellation « douairière », il faudrait bien qu'elle s'en accommodât !

Un vent de Fronde...

Comme, heureusement, on ne les voyait pas souvent ensemble et que Claire-Clémence vivait plutôt retirée, il était rare qu'on l'employât en s'adressant à Charlotte, encore si belle et ne portant pas son âge ! Et voilà qu'aujourd'hui, jour de triomphe de la famille, l'étiquette déplaisante lui était appliquée par Gaspard qu'elle avait autant dire adopté dans son cœur puisqu'il était l'époux d'Isabelle. Mais comme on était à la Cour, elle remit à plus tard de lui en faire la remarque. Elle se contenta de l'embrasser en le chargeant de mille tendresses pour son fils et le regarda sortir suivi de François, visiblement déçu de partir à un moment aussi intéressant. Ils venaient juste de disparaître, conduits par M. de Guitaut, quand le coadjuteur effectua son entrée, en rochet et camail – il n'avait pas eu le temps d'ôter ses vêtements sacerdotaux avant de quitter Notre-Dame – et tout ébouriffé, ce qui ne le changeait pas beaucoup. C'était un petit homme laid, noir, mal fait, myope et maladroit en toutes choses, sauf pour ce qui était l'esprit qui, chez lui, était habité par le génie de l'intrigue et de la conspiration. Il devait dire un jour : « Je sais bien que je ne suis qu'un coquin ! »

Mais un coquin doué d'un grand courage, d'une ambition et d'une volonté forcenées jointes à une façon très personnelle de pratiquer ensemble la dévotion et la débauche, car il adorait les femmes, et le plus étonnant était qu'il comptait quelques conquêtes flatteuses. Par exemple l'épouse du maréchal de La Meilleraye qui l'accompagnait au

Palais-Royal était sa maîtresse, mais il est évident que le digne homme n'en avait pas la moindre idée ! Enfin, pour ce qui est de l'ambition, c'était fort simple : hormis le trône de France, il voulait tout ! Le chapeau de cardinal, le pouvoir, le gouvernement de Paris pour commencer et la place de Mazarin pour finir. On pourrait même dire toutes les places ! L'idée de devenir l'amant de la Reine lui souriant assez.

Il la salua d'ailleurs avec un respect qui frisait la vénération et lui demanda humblement pourquoi elle avait jugé bon d'arrêter le « bonhomme Broussel » alors que le peuple fêtait la splendide victoire qui allait permettre à la France de parler en maîtresse aux préliminaires du traité de Westphalie, lequel devait mettre un terme à la guerre de Trente Ans.

— Il faut, commença-t-il, que Votre Majesté ait était mal conseillée ! Broussel est un vieil homme en qui le Parlement voit une sorte de symbole. En outre il habite à deux pas de Notre-Dame. Enfin, on ne peut pas dire que le jeune Comminges ait fait preuve de doigté. Le bonhomme sortait de table en pantoufles. La famille, tout de suite éplorée, a supplié M. de Comminges de laisser un peu de temps à Broussel qui venait de se purger afin qu'il pût se retirer quelques instants avant de se rendre où le Roi l'envoyait... Ce qui fut accordé. Pendant ce temps, la servante s'est mise à hurler par une fenêtre ameutant le quartier ! Et Paris est en train de s'y joindre !

— Allons donc ! fit Anne d'Autriche en haussant les épaules. Que voilà de l'émotion pour l'agitation d'une ou deux rues ! L'autorité du Roi y mettra ordre !

Aussitôt applaudie par ceux qui l'entouraient. Seul Mazarin ne se joignit pas à eux.

— Plût à Dieu, Madame, que tout le monde parlât avec la même sincérité que M. le coadjuteur. Il craint pour son troupeau, pour la ville et la prédominance de Votre Majesté. Je suis persuadé que le péril n'est pas si grand qu'il l'imagine, mais le scrupule dont il témoigne est fort louable...

— Vraiment ? Et que conseille M. le coadjuteur ?

— De rendre Broussel, Madame ! Tout rentrera dans l'ordre et nous pourrons continuer à fêter la victoire !

— Jamais ! s'écria Anne d'Autriche, pourpre de colère. Vous voulez que je rende la liberté à Broussel ? Je préférerais l'étrangler de mes propres mains ! ajouta-t-elle en crispant ses beaux doigts blancs sous le nez de Gondi.

Le Cardinal s'approcha d'elle, lui parla à l'oreille, et on put la voir s'apaiser peu à peu. Mazarin promit aussitôt que Broussel serait libéré dès que le peuple serait dispersé et il fallut bien que Gondi se satisfît de cette promesse, que l'on accepta même de mettre par écrit.

— La parole de la Reine vaut mieux que tous les écrits ! énonça doctement Mazarin tandis qu'Anne d'Autriche se retirait. Allez rendre le repos à l'Etat ! Nous vous faisons entière confiance ! Et saurons vous remercier ! Que l'on raccompagne M. le coadjuteur avec tous les égards qui sont dus à un ministre plénipotentiaire.

Comprenant qu'il était battu, Gondi se résignait à quitter la place quand son regard accrocha Isabelle et Mme de Condé. Il s'immobilisa :

— L'hôtel de Condé est loin, dit-il, et les rues seront de moins en moins sûres ! Peut-être serait-il préférable de me confier Madame la Princesse et Mme la duchesse de Châtillon qui, avec son vaillant époux, a été acclamée ce tantôt ? Or l'atmosphère a changé, mais, sur mon honneur, je jure de les ramener chez elles en parfaite sécurité !

Monsieur, duc d'Orléans que l'on n'avait guère entendu jusque-là bien qu'il fût lieutenant général du royaume, se manifesta en haussant les épaules :

— Quelle sottise ! Chacun sait que l'hôtel de Condé est voisin de mon Luxembourg et je les ramènerai moi-même ! Que M. le coadjuteur le veuille ou non, elles pourraient devenir des otages ! Pensez ! La mère de Monsieur le Prince et l'épouse de son bras droit ! Quelle aubaine !

— Oh, mais quelle horreur ! protesta la « douairière ».

Comme elle ne trouvait rien d'autre à avancer, ce fut Isabelle qui la relaya :

— Monseigneur oublie que M. le coadjuteur est au service de Dieu avant d'être à celui du Roi ! Madame la Princesse et moi sommes persuadées qu'aucun mal ne peut advenir sous sa protection !

Cela dit, elle sourit à Gondi, offrit le bras à Charlotte et toutes deux, après avoir salué la compagnie, quittèrent le cabinet royal au milieu d'un silence pesant, et ce fut toujours en silence que l'on traversa le palais accompagnées par les gardes du corps. Dans la cour, on trouva la voiture qui avait amené Gondi et dans laquelle il les fit monter, en profitant pour baiser la main d'Isabelle au passage :

— Quelle joie vous me donnez, madame la duchesse ! Mais ce petit voyage vous montrera que vous avez eu raison de me faire confiance !

Et il grimpa à côté du cocher, mais resta debout.

La place du Palais-Royal était plus qu'à demi pleine d'une foule hétéroclite qui grossissait d'instant en instant, mais, juché sur la voiture, le coadjuteur lui délivrait d'une voix de bronze – c'était l'un de ses rares charmes ! – une courte harangue expliquant qu'il reconduisait chez elles la mère du vainqueur de Lens, de Rocroi et de tant d'autres batailles, et l'épouse de son plus vaillant capitaine qui lui faisaient l'honneur de se fier à lui, leur ami... En rappelant qu'il était d'Eglise, son accoutrement, bien qu'il eût déjà subi des dommages, acheva de convaincre et on l'acclama en lui laissant le passage. Ce fut presque du délire quand il eut transmis la promesse de libérer Broussel devenu en quelques heures le père du peuple...

Le parcours, effectué si joyeusement le matin, prouva aux deux femmes à quelle vitesse les Parisiens pouvaient se retourner complètement contre leur gouvernement. Partout les boutiques s'étaient fermées. Le sympathique brouhaha du Pont-Neuf, qu'il fallait bien traverser, s'était mué en un silence hostile et l'on avait commencé à tendre les chaînes qu'en période d'agitation on tirait pour fermer les rues. Toujours debout, le coadjuteur bénissait à tour de bras en alternance avec les beaux morceaux d'éloquence que la lenteur du trajet lui laissait largement le temps de distribuer.

Enfin on fut à destination, mais comme leur voiture était suivie par une foule compacte, Charlotte et Isabelle descendirent devant le portail que l'on referma aussitôt sur elles tandis que, après les avoir saluées, Gondi, assis sur le marchepied, entreprenait de confesser deux ou trois agités qui l'en priaient instamment. Avant de les quitter, il leur avait conseillé de partir pour Chantilly dès l'aurore. Le chemin serait beaucoup plus long car il leur faudrait contourner Paris et passer la Seine à Charenton afin de rejoindre la route du nord. Mais que ne ferait-on pas pour échapper à une ville prise de folie ?

Si elles espéraient trouver le calme en rentrant au logis, elles se trompaient lourdement. La majeure partie des serviteurs menait grand tapage dans le vestibule autour de Guérin, le majordome, parlant tous à la fois, ce qui n'ajoutait rien à la compréhension. Monté sur un tabouret, celui-ci ne parvenait pas à se faire entendre...

— Oh non ! gémit la Princesse. Moi qui, au sortir de ce vacarme, ne souhaitais rien d'autre que goûter un peu de tranquillité dans cette maison ! Et regardez ce qui s'y passe ! On se croirait dans la rue !

— Remontez chez vous où je viendrai vous retrouver et laissez-moi m'en occuper ! conseilla Isabelle.

Perçant résolument la petite foule, elle rejoignit le candidat orateur, le fit descendre, grimpa à sa place, puis, profitant de la surprise créée par son apparition, alluma son plus beau sourire et demanda :

— Peut-on savoir ce qui ce passe ici ? Lorsque nous sommes partis tout à l'heure, Madame la Princesse, mon époux et moi, nous allions au Palais-Royal prendre notre belle place dans le cortège du Roi et de la Reine mère qui allaient à Notre-Dame rendre grâce à Dieu pour la formidable victoire remportée à Lens par votre glorieux maître, et tout le monde était content. Alors que vous arrive-t-il ?

— A nous, rien ! répliqua Marcelline, une forte commère qui veillait à la lingerie. Mais il paraît que, pendant la cérémonie, le Mazarin a fait jeter en prison tous ces messieurs du Parlement en grand péril d'être pendus et que...

— En admettant que ce soit vrai, cela vous regarde en quoi, Marcelline ?

— On est du peuple et ils sont les défenseurs du peuple ! On doit les aider !

— Vraiment ? Que sont-ils donc pour vous ?

— Ben, j' l'ai dit : nos défenseurs !

— Contre qui ? Vous maltraiterait-on ici ?

— Oh non... On serait même plutôt bien si on compare à d'autres maisons !

— Eh bien, tâchez d'y rester ! Jouer les émeutiers n'a jamais nourri personne ! Quant à ce qui s'est passé, voici la vérité : après le *Te Deum*, sur le chemin duquel le jeune Roi et madame sa mère ont été acclamés, Sa Majesté s'est en effet assurée des personnes de deux parlementaires qui l'ont offensée, mais il n'a jamais été question de les envoyer au gibet ! Il s'agit seulement de leur demander quelques explications et il y a de fortes chances qu'ils soient remis en liberté sous peu, la Reine exerçant ainsi son droit absolu envers quiconque l'offense. M. le coadjuteur de Gondi, qui nous a raccompagnées Madame la Princesse et moi-même, se charge de leur défense. Maintenant vous êtes au courant ! Je pense que chacun et chacune peut retourner à sa tâche... et je vous signale que Madame la Princesse, tourmentée par cette agitation alors qu'il fait si chaud, a un urgent besoin de vos soins ! Je vous rends votre perchoir, Guérin ! ajouta-t-elle en sautant à bas de son tabouret.

— Merci, madame la duchesse ! Chacun va reprendre son ouvrage... Puis-je me permettre de donner un conseil ? fit-il en baissant la voix tandis que les domestiques se dispersaient.

— Dites ! Vous m'avez toujours paru être un homme sage !

— Si Madame la Princesse se sent éprouvée, ne serait-il pas préférable qu'elle se rende à Chantilly ?

— Vous pourriez avoir raison, réfléchit Isabelle, hypocrite à souhait. Elle devrait y être, d'ailleurs, si n'avait été ce *Te Deum*... Il y fera sans doute plus frais qu'ici et je vais de ce pas lui en parler.

— Si je peux me permettre, c'est une vraie chance pour Madame la Princesse que madame la duchesse soit restée à ses côtés après son mariage alors que, pendant une année entière, Mme la duchesse de Longueville faisait ce long voyage.

En effet, on n'avait guère vu Anne-Geneviève depuis plus d'un an. Il y avait eu ce voyage en Westphalie et aux Pays-Bas pour accompagner son époux, au cours duquel elle avait rencontré une multitude de beaux esprits dont les doctes écrits lui avaient permis de briller d'un éclat nouveau à l'hôtel de Rambouillet : celui d'une penseuse éclairée dont les airs profonds joints à sa nonchalance habituelle donnaient à Isabelle une folle envie de lui taper dessus.

Depuis son retour, on ne la voyait pas davantage parce qu'elle avait accouché presque aussitôt d'une petite fille et que, au bout de peu de temps, elle s'était retrouvée enceinte... mais pas du même géniteur. Si la fillette – morte récemment – était bien de son époux, l'enfant à venir, s'il avait été légitimé, aurait pris place dans la noble lignée des La Rochefoucauld.

De plus Son Altesse n'appréciait pas la présence quasi constante auprès de sa mère de la jeune duchesse de Châtillon, mais, outre que la princesse Charlotte appréciait sa compagnie, Isabelle n'avait pas eu la possibilité de monter le train de maison auquel son rang – et la fortune héritée par Gaspard – lui donnait droit.

Bien qu'il fût immensément riche mais encore plus ladre que le défunt Prince de Condé, le vieux maréchal n'avait jamais jugé utile d'acheter un hôtel à Paris, partant de ce principe que le seul convenable pour quelqu'un de son nom eût été celui du défunt amiral de Coligny, l'aïeul massacré lors de la Saint-Barthélemy, sis rue de Béthisy, proche du Louvre. Or il appartenait maintenant au gouverneur de Paris, ce duc de Montbazon si copieusement trompé par sa femme. Gaspard s'était contenté d'un appartement de garçon où il résidait rarement.

Quant au château de Châtillon-sur-Loing, Isabelle n'y avait fait qu'une brève visite en compagnie de son époux, le temps de se faire mettre à la porte par une belle-mère atrabilaire qui n'avait jamais pardonné à Gaspard sa conversion. Mais comme ce vaste château ne possédait pas les grâces de Chantilly, Isabelle, qui adorait ledit Chantilly, ne s'en souciait pas trop et prenait la vie comme elle venait.

Une seule chose – importante il est vrai ! – avait changé pour elle : son titre de duchesse lui avait ouvert largement les portes de la Cour où elle n'était admise jusque-là qu'en tant que fille d'honneur de la princesse de Condé. Elle avait droit désormais au « tabouret », privilège envié qui permettait de s'asseoir en présence de Leurs Majestés. Isabelle avait pris possession du sien avec d'autant plus de joie qu'elle avait été accueillie avec un plaisir évident. Sa grâce, sa gentillesse, sa gaieté primesautière jointes à une éclatante beauté lui avaient valu d'y remporter tous les suffrages – ou presque ! –, et surtout les plus importants : de la Reine, de Mazarin et en particulier du jeune Louis XIV, déjà sensible à dix ans au charme féminin. Il aimait la regarder, respirer son parfum, la cajoler, ce qui fit réagir la muse de Benserade :

> *Si vous êtes prête*
> *Pour une autre conquête,*
> *Châtillon, gardez vos appâts,*
> *Le Roi ne l'est pas !*

Mais, en fait de conquêtes, elle en fit d'autres, et en tout premier le duc de Nemours, l'un des hommes les plus séduisants de la Cour. « Nul ne dressait avec plus de grâce une tête hardie sur la longue collerette de dentelles, nul ne jouait mieux de la rapière, nul n'excellait plus galamment aux bouts rimés ! » Il était marié à Elisabeth de Bourbon-Vendôme, sœur du duc de Beaufort, mais savait à merveille courtiser une femme sans que la sienne eût à s'en offenser. Un talent utile quand on s'adressait à l'épouse de l'un des plus valeureux guerriers de l'époque ! Isabelle l'écouta, lui sourit beaucoup, mais n'accorda d'autre faveur que sa main à baiser. Elle entendait rester sage. Pour le moment tout au moins !

Elle aurait eu pourtant quelques raisons. Quand Gaspard était à Paris pendant la période de repos du guerrier qu'engendrait l'hiver, celui-ci menait la vie la plus dissipée qui soit avec la bande des amis de Condé – y compris son jeune beau-frère François! –, ne se souvenant de sa femme que par intervalles qui le précipitaient alors dans son lit aussi ardemment qu'au premier jour, sans lui cacher son espoir d'obtenir un fils de ce corps ravissant, puis repartait chez l'une ou l'autre de ses maîtresses, dont la principale demeurait Mlle de Guerchy.

Cet état de choses, s'il peinait de moins en moins Isabelle, entretenait chez Mme de Bouteville une fureur latente :

— C'était bien la peine de monter toute cette comédie, de bouleverser le ciel et la terre pour en arriver là! fulminait-elle quand sa fille venait passer quelques jours à Précy. Il est vrai que l'on peut tout attendre de ces parpaillots mal blanchis! Et si encore il vous couvrait d'or et de joyaux! Mais vous n'en avez guère plus qu'au temps où vous étiez fille!

Et comme la philippique s'achevait en général par une référence à « l'excellent mariage » de sa sœur aînée qui en était déjà à son deuxième enfant, Isabelle espaçait ses visites parce qu'elle n'avait pas beaucoup d'arguments à opposer... et qu'elle se demandait parfois si, en vieillissant, Gaspard, si bien engagé sur le chemin du bâton de maréchal – il commandait en second l'armée de Condé –, ne suivrait pas aussi son père sur celui de la pingrerie.

Si la température ne baissa que d'un ou deux degrés dans la nuit, aucun bruit suspect ne vint la troubler. Pourtant on ne dormit guère à l'hôtel de Condé et, quand le petit jour s'annonça, Guérin fit dire à la Princesse par ses femmes qu'elle ne devrait pas différer plus longtemps son départ...

En effet le jour revenu éclaira les chaînes toujours tendues, les boutiques toujours fermées et les bourgeois toujours armés. On découvrit surtout les premières barricades élevées à la faveur de l'obscurité, mais ce n'était rien encore. Quand sur le quai des Grands-Augustins un émeutier reconnut le chancelier Séguier se dirigeant à pied vers le Parlement – il avait été contraint par les chaînes et barricades d'abandonner son carrosse –, il réussit à échapper en se réfugiant au fond d'un placard de l'hôtel de Luynes, alors inoccupé, en compagnie de son frère l'évêque de Meaux, auquel il se confessa, croyant sa dernière heure prochaine. Mais heureusement pour lui les rebelles fouillèrent l'hôtel sans le découvrir. Ce furent le maréchal de La Meilleraye et le lieutenant civil, appuyés par deux compagnies de gardes, qui les tirèrent de là, mais, par la ville, il y avait déjà des morts...

C'est ainsi que débuta la Fronde, une crise très grave qui allait durer quatre ans, dissimulée sous l'appellation anodine d'un jeu d'enfants parce que ni d'un côté ni de l'autre on n'imaginait qu'il s'agissait en réalité d'une guerre civile...

Cependant la voiture de Mme de Condé, qui avait franchi dès l'aurore la porte Saint-Jacques à laquelle on accédait rapidement de son hôtel comme du Luxembourg, roulait sans encombre sur la rive gauche de la Seine vers Charenton...

Ses occupants eurent la surprise de trouver à Chantilly plus de monde que d'habitude et, en premier lieu, Condé en personne... au fond de son lit ! Non seulement il subissait une nouvelle attaque de sa fièvre habituelle, mais en outre il avait essuyé devant Furnes une mousquetade qui l'avait atteint à la hanche, lui causant une blessure plus douloureuse que dangereuse mais qui l'empêchait tout de même de monter à cheval.

Guenault, son médecin de campagne, lui ayant conseillé d'aller prendre les eaux à Forges, il avait aussitôt choisi de rentrer à Chantilly, sachant bien que, grâce à la prévoyance de sa mère, on y entreposait en permanence nombre de bouteilles du fameux liquide.

Il pensait d'ailleurs l'y trouver entourée de sa cour habituelle et, en constatant qu'il n'en était rien, son humeur s'était faite plus noire encore qu'elle ne l'était. Aussi son arrivée lui causa une vraie joie qu'il se hâta d'ailleurs de dissimuler :

— Que diable faisiez-vous à Paris par ces temps de chaleur, ma mère ? Comme si vous ne saviez pas combien l'air y est malsain à cette époque de l'année ?

Elle le regarda avec stupeur.

— On me dit que vous êtes blessé à la hanche, mais êtes-vous certain de n'avoir rien à la tête ? Avez-vous donc oublié ce magnifique *Te Deum* où vous auriez dû paraître, mais dont vous avez galamment choisi de laisser la pleine gloire à votre ami Châtillon ? Ce doit être un effet de votre fièvre ?

— Mon Dieu, c'est vrai ! Pardonnez-moi ! La fête était belle ?

— Superbe... à cela près qu'elle a fini d'étrange façon. La Reine en ayant profité pour ordonner l'arrestation de deux de ces messieurs du Parlement qui lui causent tant de soucis, une véritable révolte s'est ensuivie et, à cette heure, Paris que nous avons dû fuir est hérissé de barricades. Quant à Châtillon, Sa Majesté l'a envoyé à votre recherche pour que vous veniez mettre bon ordre à toute cette agitation.

— J'en serais fort en peine pour le moment. Attendons que Châtillon arrive ! On le renverra alors avec assez de monde remettre de l'ordre chez ces fous de Parisiens. Avez-vous amené mon fils ?

— Vous auriez pu commencer par demander sa mère. C'eût été... courtois ?

— Non, hypocrite ! Vous savez que moins je la vois, mieux je me porte !

— Et comme vous n'êtes pas au meilleur de votre forme, elle a très bien fait d'aller passer quelques jours chez sa chère Mme Bouthillier en son château des Barres. Votre fils se porte comme un charme ! Vous le verrez plus tard, voilà tout ! En revanche, Mme la duchesse de Châtillon m'a accompagnée...

— Isabelle ?! Quelle heureuse nouvelle ! Faites-la venir !

La Princesse regarda son fils avec un franc dégoût.

— Sûrement pas ! Vous êtes sale à faire frémir et vous puez à quinze pas.

— Vous m'avez pourtant embrassé, vous, et sans faire la grimace.

— L'amour d'une mère est au-dessus de ce genre de détail... ce qui ne saurait être le cas d'une jeune femme raffinée ! A tout à l'heure ! Nous nous reverrons à souper.

Et elle sortit tandis que son fils appelait ses valets à grands cris.

Quand on se retrouva pour le repas, elle ne put s'empêcher de sourire. Curieux comme l'approche d'une jolie femme pouvait agir sur le comportement d'un homme ! En les rejoignant dans la moins vaste des salles de festin, Condé, propre ou à peu près, embaumait comme une cassolette indienne. Il était certes un peu pâle et s'appuyait sur une canne, mais ses yeux brillaient d'un feu brûlant en se posant sur Isabelle.

— Dieu que vous êtes belle, ma chère ! A chacun de nos revoirs je vous découvre plus séduisante que la fois précédente ! Quand je pense à la peine que je me suis donnée pour vous unir à Coligny, j'en viens à croire que j'étais fou ! J'aurais dû vous garder pour moi !

— Vous n'oubliez que deux choses, cousin. Un : on ne peut garder que ce qui nous appartient, et deux : j'aimais... et aime toujours mon époux !

— ... qui vous trompe avec toutes les courtisanes de Paris !

— Il est votre frère d'armes, Louis, coupa sa mère. Ce n'est pas honnête de médire de qui ne peut se défendre. En outre, n'est-il pas votre bras droit ?

— Eh, que l'on me coupe ce bras! Il m'en restera un pour enlacer cette taille si fine!

— ... qui n'aurait aucune difficulté à vous repousser! répliqua Isabelle. Il faut deux bras pour bien étreindre! Et encore, à condition de rencontrer un consentement. Ce qui ne pourrait être!

— Vous me refuseriez ? gronda-t-il.

— Sans hésiter, et plutôt deux fois qu'une! Par ma foi, je ne serai jamais à vous!

En même temps elle se levait pour s'agenouiller près de Charlotte, pétrifiée par l'explosion de violence de son fils.

— Ma Princesse! Je vous demande pardon de cette scène ridicule à laquelle ni vous ni moi ne nous attendions! Ayez la bonté de faire atteler pour que l'on me conduise chez ma mère. J'y serai assez proche pour répondre à votre premier appel et à distance suffisante pour n'être point importunée!

— C'est trop naturel! Donnez vous-même les ordres que vous voudrez, et embrassez votre mère pour moi!

— Je vous interdis de sortir! hurla Condé hors de lui. Vous êtes ici chez moi et...

— Non! coupa sa mère. Chez moi! Chantilly ne sera vôtre qu'à ma mort. Ne recommencez pas cette guerre stupide que je devais soutenir contre votre père... et aussi votre épouse, d'ailleurs! Mais elle est sotte, alors que vous n'êtes pas idiot!

Tous trois étaient si bien enfermés dans leur querelle qu'ils n'entendirent pas le galop d'un cheval. Le ton continuait même à monter quand un serviteur s'encadra dans la double porte :

— Monsieur le duc de Châtillon demande si Monseigneur peut le recevoir.

L'effet fut miraculeux. Les deux femmes se rassirent et Condé alla au-devant de son ami auquel il donna l'accolade :

— Heureux de te voir, Châtillon ! Va saluer ma mère et ta belle épouse et prends un siège ! Tu soupes avec nous... Tu dois certainement te douter que je suis au fait des nouvelles que tu apportes ?

— Mais, Monseigneur...

— J'en sais même un peu plus, puisque tu es parti avant que Paris ne se hérisse de barricades.

— Des barricades ? Ils en sont là ?

Gaspard salua profondément la Princesse et se tourna vers sa femme dont le sourire s'effaça devant l'étrange ornement qu'il portait au bras : de ravissants rubans bleus ornés de perles qui de plus près se révélèrent être une jarretière de femme ! Elle se remit debout aussitôt, tourna le dos à son époux et fit une belle révérence.

— Avec la permission de Vos Altesses, je me retirerai, dit-elle calmement en se dirigeant vers la porte qu'un valet ouvrit devant elle.

Elle gagna l'appartenant qui lui était dévolu quand elle venait à Chantilly. Là, elle s'assit près de la cheminée et tendit ses doigts glacés au-dessus des flammes. Elle avait froid jusqu'à l'âme... En effet, si elle n'ignorait rien des frasques de son mari, elle n'y attachait pas autrement d'importance, pensant non sans raison que le cœur n'y prenait pas place. Mais ce trophée amoureux arboré à la face des armées dont Gaspard était l'un des chefs signifiait tout autre chose! Depuis le Moyen Age, porter les couleurs d'une dame – même si c'étaient celles de son linge! –, c'était lui dédier la gloire que l'on pouvait récolter au combat, ses pensées, ses désirs, c'était se proclamer son chevalier prêt à affronter tous les dangers pour l'amour d'elle... et c'était ravaler son épouse légitime, fût-elle une Montmorency, au rang plutôt terne de celles que l'on engrosse régulièrement pour en obtenir l'héritier souhaité par tout homme digne de ce nom.

— Tu l'attendras longtemps! murmura-t-elle entre ses dents.

Elle resta un long moment devant l'âtre à contempler le feu, ne sachant quelle conduite adopter, quand elle tressaillit en entendant, au-dehors, des voix qui se répondaient. Elle alla ouvrir la fenêtre et se pencha. Condé était en bas, entre deux valets porteurs de torches éclairant Gaspard qui venait de se remettre en selle.

— Va leur dire que dans peu de jours j'aurai rejoint la Cour, le temps de pouvoir à nouveau enfourcher un cheval... Mais tiens-moi au courant!

— Ce sera fait, Monseigneur!

En dépit de sa colère, Isabelle admira l'élégance avec laquelle le cavalier faisait volter sa monture. Après un dernier salut, il s'élança au galop suivi de Bastille, ce géant qui l'avait enlevée, elle, et dont elle savait qu'il manifestait à son époux – et à lui seul ! – un dévouement de chien fidèle, qui vivait à l'écart des autres serviteurs et qu'en conséquence elle n'avait pas souvent rencontré, même durant le séjour à Stenay où, il est vrai, elle ne voyait pas grand-chose en dehors de la chambre où ils s'étaient tant aimés...

Ce départ la soulageait. Cela lui évitait, au cas où Gaspard serait venu frapper à sa porte, de le jeter dehors avec un fracas à la mesure de sa colère, mais elle ne s'en demandait pas moins s'il ne serait pas préférable qu'elle aussi s'éloigne. La proximité de Condé la gênait. Il n'aurait que trop beau jeu de lui démontrer qu'elle n'avait vraiment aucune raison de le repousser alors que son mari la bafouait si ouvertement, mais il eut l'intelligence de n'en rien faire.

Ce qui vint, ce fut Agnès, la camériste de la Princesse, qui venait s'enquérir si elle était déjà couchée.

— Madame la Princesse prie madame la duchesse de venir auprès d'elle.

— Je viens tout de suite, répondit la jeune femme en vérifiant dans son miroir que les larmes n'avaient pas laissé de traces révélatrices.

Charlotte était couchée.

— Venez près de moi ! invita-t-elle en tapotant le bord de son lit où Isabelle vint s'asseoir en essayant de sourire dans l'espoir de donner le change, mais en vain. Inutile de me faire accroire que vous n'avez pas pleuré. Les hommes sont ainsi : essentiellement polygames ! Même quand ils clament qu'ils vous aiment... J'ajoute que la personne en question ne mérite pas qu'une seule de vos larmes coule à son propos...

— Qui est-ce ?

— Mlle de Guerchy ! Vous n'en avez jamais entendu parler ?

— Si, mais je ne pensais pas qu'elle pût avoir quelque importance. Une courtisane, j'imagine ? Comme Marion de Lorme ?

— Oui et non. Peu de beauté, mais un aplomb du diable ! Joint à une vaste ambition !

— Que veut-elle ? Ma place ?

— Oh, elle la prendrait volontiers... faute de mieux ! Elle vise haut, beaucoup plus haut ! Que diriez-vous de la couronne d'Angleterre ?

— Qu'elle me paraît fort aventurée depuis qu'un certain Cromwell lui a déclaré la guerre. Je ne vois pas comment cette femme peut y accéder.

— N'auriez-vous pas oublié le jeune prince Charles qui est venu à la Cour au dernier printemps ? Il vous fit alors une cour aussi timide qu'émerveillée. C'est cela que la Guerchy ne vous a pas pardonné. Elle ne s'occupait que de lui et Dieu sait s'il en avait besoin ! Et puis vous êtes apparue... et il n'a plus vu que vous ! Aussi a-t-elle fait le maximum pour se venger...

— En me volant mon époux. Il semblerait qu'elle ait réussi, fit Isabelle avec amertume.

— N'y accordez pas trop d'importance et laissez votre Gaspard faire l'imbécile en exhibant sa jarretière ! Que ne donnez-vous plutôt la vôtre à ce charmant Nemours ? Il est fou de vous et une bonne moitié des femmes de la Cour vous l'envient ! A commencer, j'ai l'impression, par ma fille !

— Elle ? Mais il n'est bruit que de la passion qui l'unit au prince de Marcillac.

— L'un n'empêche pas l'autre. Son aventure avec François de La Rochefoucauld est née de leur haine commune envers Mazarin. Marcillac est un homme terrible dans ses inimitiés comme en amour. Il a déjà failli tuer en duel le jeune Miossens parce qu'il osait aimer Anne. Quant à elle, ce qu'elle ne pardonne pas à l'Italien sorti de rien, c'est que mon fils, un Condé, son frère bien-aimé, le serve...

— Mais... ce n'est pas Mazarin qu'il sert : c'est le Roi ! L'autre n'est que son serviteur.

— C'est ce que, tellement imbue de sa caste, elle n'arrivera jamais à comprendre. Et vous le savez pertinemment ! Partout où se lèvera un danger menaçant le ministre, elle y sera. Et si Paris se hérisse de barricades, soyez sûre qu'elle s'active au milieu...

— Elle est enceinte... avança Isabelle en se demandant ce qui lui prenait de plaider pour son ennemie.

— Oui, de cet homme dont la sombre passion la fascine et en qui elle se reconnaît ! Je ne vous cache pas qu'elle me fait peur, parfois...

On ne demeura pas longtemps à Chantilly. Une chaîne continuelle de courriers y apportait jour

Un vent de Fronde...

après jour des nouvelles de la capitale. Qui connut un succès : Broussel et Blancmesnil ne restèrent enfermés au château de Saint-Germain – et non à la Bastille comme on l'avait cru ! – que deux jours et Paris s'apaisa. Les barricades disparurent mais non les mauvais bruits qui couraient sur Mazarin, et cette fois sans oublier la Reine que des placards insultants appliqués nuitamment par des mains invisibles traînaient plus ou moins dans la boue.

Quelques jours plus tard, le Cardinal envoyait le Roi et son frère cadet au château de Rueil où il les suivit dans la nuit en compagnie de la Reine. Aux députés qu'envoya aussitôt le Parlement pour demander le retour du Roi, Anne d'Autriche répondit avec un parfait sang-froid que son fils, comme n'importe lequel de ses sujets, avait bien le droit de changer d'air et d'achever la belle saison à la campagne...

Le choix de Rueil rendait l'explication des plus valables. Richelieu, qui aimait à s'y retirer, en avait fait un endroit charmant pourvu d'une oisellerie, d'un jeu de paume, d'une orangerie, et surtout de jardins magnifiques où le Cardinal avait fait planter des marronniers, les premiers importés en France *via* Venise. On y rencontrait des grottes, des cascades, un nymphée, des jeux d'eau un peu partout et même des automates dont les enfants raffolaient, et puis des fleurs, des fruits. Jadis Louis XIII s'y arrêtait pour manger des tartes aux prunes au retour de la chasse. De mauvaises langues insinuaient bien qu'il recelait des oubliettes, mais certains ne pouvaient comprendre que l'homme à la poigne de fer pût aimer les plaisirs simples. En fait, Rueil appartenait à la duchesse d'Aiguillon, nièce de Richelieu, mais elle le prêtait volontiers pour le plus grand bonheur des enfants royaux [1].

C'est là que, évitant Paris toujours sous pression, Condé vint rejoindre la Cour. On lui fit des « honnêtetés extraordinaires ». Le petit Roi l'embrassa en lui recommandant sa couronne, Mazarin se mit autant dire à son service et la Reine les larmes aux yeux l'appela son troisième fils. Très satisfait au fond de ce rôle de sauveur qu'on lui apportait sur un plateau, Condé prit la situation en main d'autant plus facilement que le coadjuteur et le Parlement avaient obtenu presque tout ce qu'ils voulaient. En outre, aux frontières, on allait signer le très important traité de Westphalie qui écartait pour de longues années – près de deux siècles jusqu'en 1870 – la menace d'un immense Etat européen centralisé au profit des Habsbourg.

A la fin du mois d'octobre, la Cour se réinstallait à Paris et, naturellement, l'hôtel de Condé se repeupla, le héros y ayant ramené sa mère, sa femme et bien entendu Isabelle, mais ni sa sœur déjà acquise à la Fronde soutenue par son amant, qui reprochait à la Reine d'avoir refusé à son épouse un tabouret de duchesse, ni son jeune frère, prince de Conti de dix-huit ans, voué en principe à l'Eglise mais en fait à sa sœur qu'il

---

[1]. Le Roi et le petit duc d'Anjou.

aimait – lui aussi ! – d'un amour fort peu fraternel.

En fait, à peine réintégrés, on s'aperçut qu'il n'y avait pas grand-chose de changé. Le peuple, mené par le coadjuteur, était toujours aussi nerveux, le Trésor plus vide que jamais et le Parlement plus audacieux. Du côté de la Cour, Longueville emboîtait le pas à sa femme dont il ignorait encore qu'elle était enceinte des œuvres d'un autre. Et, du côté Orléans, cela n'allait pas mieux. Monsieur, oncle du Roi, éternel conspirateur qui avait pourri la vie de son royal frère et abandonné régulièrement ses amis, voulait chasser Anne d'Autriche pour s'attribuer la régence. Quant à sa fille, que l'on appellerait bientôt la Grande Mademoiselle, l'héritière la plus riche de France, elle voulait épouser le jeune Roi ou à défaut quelque souverain étranger et, pour ce faire, entretenait sans permission une correspondance active frisant la haute trahison.

Partout on réclamait le renvoi de Mazarin en allant jusqu'à vilipender Anne d'Autriche. Au point que ni l'un ni l'autre n'osait sortir. Le peuple avait trop goûté aux joies de l'émeute pour y renoncer si facilement. En outre, l'hiver était là avec son cortège de misère et de souffrances.

Condé comprit que discuter ne servirait plus à rien. Une seule solution – affreuse ! – restait : réduire Paris par la force en l'assiégeant et en lui coupant les vivres. Mais, avant, en extraire le Roi, la Reine, Mazarin inévitablement ainsi que ceux de leur entourage. Et cette fois dans le plus grand secret. Pendant ce temps, l'armée prendrait position autour de la capitale.

Pour le départ clandestin, on choisit la nuit des Rois, celle du 5 au 6 janvier, et le secret en fut bien gardé. La soirée se passa selon la tradition : galettes, fèves et bonne humeur, après quoi, au Palais-Royal, on se coucha comme d'habitude. Pourtant, à trois heures du matin, carrosses et cavaliers se groupaient au Cours-la-Reine. Anne d'Autriche, ses deux fils et Mazarin venaient de franchir la porte de la Conférence. Derrière eux on vit arriver la princesse Charlotte, sa belle-fille, le petit duc d'Enghien porté par sa nourrice et Mme de Châtillon. La Reine accueillit son amie avec joie et la fit asseoir auprès d'elle.

— Mme de Longueville ne vous accompagne pas ?

— Elle a préféré rester. Sa grossesse l'incommode et il ne faut surtout pas qu'elle prenne froid. Mais mon gendre et mon fils Conti sont présents. Ainsi que Mme de Châtillon.

— Je l'en remercie. Bienvenue, duchesse ! ajouta-t-elle en tendant à Isabelle une main que celle-ci baisa avant de reprendre place auprès de Claire-Clémence. Ce qui n'enchantait ni l'une ni l'autre, mais à la guerre comme à la guerre, et son instinct lui soufflait que cette espèce de folie dont était saisi Paris pourrait en débuter une...

Le chancelier et les secrétaires d'Etat venaient se joindre à eux et l'on allait se mettre en marche quand Gaston d'Orléans (Monsieur) apparut en compagnie de sa fille visiblement fort mécontente et qui, invitée à monter dans le carrosse de la Reine, revendiqua la place du fond occupée par Mme de Condé. Agacée, Sa Majesté la rembarra. Obligée de s'incliner, Mademoiselle répliqua :

— Il est vrai que les jeunes gens doivent les bonnes places aux vieux...

Enfin on partit pour le château de Saint-Germain, la plus proche des résidences royales hors les murs. Quand on y parvint plus de deux heures après, ce fut pour constater que rien n'y était préparé pour recevoir les réfugiés... à l'exception de quatre lits de camp envoyés discrètement par Mazarin : un pour le Roi, un pour la Reine, un pour Monsieur et le dernier... pour lui ! En dehors de cela, le château était à peu près vide, l'habitude étant alors de le remeubler quand la Cour était annoncée. On se hâta donc de faire allumer les feux dans les cheminées et de se procurer à prix d'or des bottes de paille dans lesquelles les fuyards purent prendre quelque repos. Seuls les Condés s'en tirèrent facilement : la famille possédait en effet un hôtel proche du château et il leur fut possible de s'y installer une fois le jour revenu. Condé, lui, s'était déjà mis à l'ouvrage selon un plan préparé à l'avance : établir un réseau de postes fixes et de colonnes mobiles soutenus par sa cavalerie que commandait Gaspard de Châtillon, afin de fermer l'une après l'autre autour de Paris les routes par lesquelles on acheminait les vivres. Il se lança même dans cette tâche avec fureur quand, deux jours après l'arrivée à Saint-Germain, sa mère, éplorée, vint aux genoux de la Reine demandant à être envoyée en prison sur l'heure.

— Pourquoi, mon Dieu ?

— Pour avoir mis au monde des enfants misérables, et avoir pris un gendre qui ne vaut guère mieux. Cette nuit, mon fils Conti et le duc de Longueville se sont enfuis pour rentrer à Paris et se ranger aux côtés de leur sœur et épouse qui non seulement n'est pas souffrante, mais s'est déclarée pour les rebelles dont elle se veut l'égérie ! Je suis... déshonorée !

— Ce n'est pas votre faute et vous ne devez pas vous accuser. Ne nous avez-vous pas donné le héros de Rocroi et de tant d'autres batailles ? Cette poignée d'insurgés ne tiendra pas longtemps contre lui !

En apprenant la nouvelle, Condé entra dans une fureur telle que personne n'osait l'approcher. Après avoir brisé tout ce qui se trouvait à portée de sa main, il se précipita chez le Roi où il trouva Mazarin. Mais, quand il l'eut salué, il avisa un petit singe qui se tenait sur le dossier d'un fauteuil et, s'inclinant bien bas, il ricana :

— Salut au généralissime des Parisiens ! cracha-t-il, raillant la difformité de son frère.

Et retourna à son ouvrage...

Fin janvier, le blocus de Paris était quasi complet. Ne restait plus que Charenton, dont le pont était d'une extrême importance, la seule position extérieure encore aux mains des assiégés. Condé décida l'attaque.

Conscients du danger, les Parisiens réunirent vingt mille hommes place Royale, mais ils

Un vent de Fronde...

n'étaient plus que douze mille quand ils atteignirent le village de Picpus. Encore les braves qui arrivèrent jusque-là prirent-ils la fuite en apercevant l'armée royale. Pendant ce temps, M. de Clanleu, gouverneur de Charenton, s'efforçait, épaulé par une troupe de déserteurs, de contenir l'attaque furieuse menée par Gaspard de Châtillon. Sans grand espoir : Clanleu était un ancien soldat de Condé et il savait à qui il avait affaire. Il succomba et le dernier cordon ombilical de Paris fut emporté...

Condé accourait de Vincennes pour gérer la victoire quand il vit venir quelques hommes portant un brancard sur lequel gisait Châtillon, la vessie perforée et la colonne vertébrale brisée, mais toujours vivant. Bouleversé, les larmes aux yeux, il ordonna qu'on le ramène aussi doucement que possible à Vincennes, et pour s'en assurer tint à remplacer l'un de ceux qui portaient la civière. En même temps, il envoyait un messager prévenir sa femme à Saint-Germain.

Quand Isabelle arriva, à cheval – elle avait refusé un carrosse trop lent –, elle trouva son mari couché dans un lit dans l'une des chambres basses du château et, secouée de sanglots, s'agenouilla près de lui.

— Mon cœur! murmura-t-elle en s'emparant d'une de ses mains... celle dont le bras portait toujours la jarretière bleue.

A cet instant, le mourant ouvrit les yeux, la reconnut et une larme roula sur son visage que la douleur crispait.

— Que vous êtes belle, ma mie ! Comment ai-je pu... même un instant... préférer d'autres liens... aux vôtres ? Je vous en demande... bien pardon !

Il fit alors un effort terrible pour tenter d'ôter les malencontreux rubans quand une main armée d'un couteau s'interposa, les trancha et les jeta à terre. Isabelle vit que son frère était près d'elle.

Comme Gaspard fermait les yeux, François la releva doucement, la prit dans ses bras et la berça, attendant que ses sanglots s'apaisent.

— Je suis là, Isabelle, et serai à vos côtés chaque fois que vous en aurez besoin. Venez vous reposer un peu ! Vous tremblez !

— C'est... le froid ! Mais je veux rester jusqu'au bout. Je voudrais qu'il sache... que j'attends un enfant !

— Et vous êtes venue à cheval ? C'est de la folie ! De combien de mois...

— Quatre ! Mais je suis solide !

Gaspard mourut le lendemain après d'interminables heures de souffrances et Isabelle ne le quitta pas.

La nouvelle causa une vive émotion à la Cour. La Reine ordonna que Gaspard soit porté à Saint-Denis. Seule la basilique où reposaient les Rois et les princes de France semblait convenir pour ce héros.

Le 19 les funérailles solennelles eurent lieu en présence du Roi, de la Reine, de Mazarin et de toute la Cour réfugiée à Saint-Germain. Une grand-messe fut dite par le prieur de l'abbaye après que le père Faure, évêque d'Amiens et pré-

Un vent de Fronde...

dicateur de la Reine, eut prononcé l'oraison funèbre. Ensuite le corps de Gaspard fut descendu dans la crypte où il fut inhumé à côté d'un pilier.

Isabelle portait un voile noir, mais était tirée à quatre épingles – ce qui parut anormal pour une veuve, un léger désordre vestimentaire étant considéré comme de bon ton. Pourtant les larmes qui glissaient continuellement sur son visage disaient assez son chagrin, réel en dépit des blessures de son amour-propre. Elle avait aimé son mari, plus sans doute qu'elle ne le pensait, et sa disparition lui était cruelle.

Il lui fallait aussi penser à l'enfant à naître dont jusqu'à présent elle s'était peu souciée parce qu'il ne la gênait en rien et qu'elle avait été la première surprise de se découvrir enceinte. Aussi convenait-il qu'elle s'éloigne du monde. Un couvent était, en général, le lieu choisi, mais elle avait à régler la succession de son époux et, après avoir demandé son congé à la Reine et à Madame la Princesse – qui lui promit d'ailleurs d'aller la visiter –, elle se disposa à partir pour Châtillon au lendemain des funérailles. Sa mère, dont elle aurait souhaité la présence, était malade et sa sœur qui, à Valençay, s'apprêtait à donner le jour était indisponible.

Il était temps pour elle de prendre possession de son château ducal – que sa belle-mère avait quitté quelques mois plus tôt pour un monde meilleur –, non pour l'ensevelir sous les crêpes funèbres, mais bien pour tenter de lui rendre le lustre qu'il devait avoir jadis avant qu'un couple d'avares trop assorti n'en prenne possession.

Elle pensait emprunter une voiture à sa princesse, mais, au matin choisi pour son départ, elle vit s'arrêter dans la cour de la maison des Condés, à Saint-Germain, celle – astiquée à miracle – dont Gaspard s'était servi pour l'enlever certaine nuit devant l'hôtel de Valençay, et, dans le cocher qui sauta du siège pour venir la saluer, elle reconnut le gigantesque Bastille qui semblait avoir disparu au soir de la mort de Gaspard. Arrivé devant elle, il mit genou à terre et, plantant dans les yeux de la jeune femme son regard gris, il dit avec un rien de solennité :

— Jusqu'à sa mort, j'ai servi mon seigneur Gaspard. Il m'avait sauvé des galères et ma vie était à lui. Elle est à toi à présent, madame la duchesse, et je te serai aussi fidèle que je l'étais à lui. Le veux-tu ?

— Quel est ton nom ?
— Il m'appelait Bastille.
— Pas celui-là. Le vrai.
— Si j'en avais un, je l'ai oublié.
— Tu étais aux galères ? Pourquoi ?
— Pas celles du Roi. Celles des Barbaresques.
— Comment se fait-il que je ne t'aie pas vu depuis le départ de mon cher époux ?
— Je cherchais celui qui l'a tué... et il n'est plus là pour s'en vanter !

Elle le considéra un instant en silence. Son visage rude aux traits accusés semblaient taillés dans du granit, comme ses yeux froids qui ne cillaient pas. Elle eut un sourire triste.

— Ton maître était un héros. Cela ne t'ennuie pas d'être au service d'une dame ?

— Tu n'es pas n'importe quelle dame et tu portes son enfant !

— Ce sera peut-être une fille.

— Non. Tu auras un fils. Les femmes comme toi portent des fils. Et je veillerai sur lui !

D'un mouvement instinctif, elle avança la main et la posa sur l'épaule de l'homme en un geste qui ressemblait à un adoubement.

— Sois le bienvenu en ce cas ! Attends-moi !

Bastille se releva et rejoignit la voiture où des serviteurs apportaient les bagages tandis qu'Isabelle rentrait pour aller embrasser une dernière fois sa chère princesse qu'elle trouva encore au lit et en larmes, visiblement désolée de se séparer d'elle.

— Vous ne voulez vraiment pas rester auprès de moi ?

— J'aimerais beaucoup, mais les temps sont trop difficiles pour que je vous impose un souci supplémentaire en gardant chez vous, et menant une vie mondaine, une veuve récente à laquelle on n'accorde d'autre choix qu'un séjour au couvent ou le retrait à la campagne !

— Justement ! Nous pourrions aller à Chantilly.

Bien que ce fût contraire à son personnage actuel, Isabelle ne retint pas un bref éclat de rire.

— Chantilly ? Palais de rêve pour toutes les folies, les jeux, les fêtes, les chansons, les poètes ? J'en serais réconfortée, mais il faut se plier à la dure réalité ! En attendant je vais essayer de rendre Châtillon plus aimable afin de pouvoir y recevoir plus dignement ma Princesse et sa cour ! J'espère de tout mon cœur que nous nous reverrons bientôt !

— Chez vous, en ce cas, parce que je serais fort surprise si mon Chantilly redevenait sous peu tel que vous le décrivez, alors que mon fils a entrepris d'affamer Paris afin de lui apprendre à crier « Vive Mazarin ! ». Quant à ma fille, elle s'est paraît-il installée à l'Hôtel de Ville avec la duchesse de Bouillon et, en attendant de mettre au monde l'enfant de Marcillac, elle passe en revue, casquée de plumes blanches, les milices bourgeoises !

— A l'Hôtel de Ville ? Mais pourquoi ?

— Elle prétend vouloir accoucher devant tout Paris comme les Reines devant la Cour ! Et, si c'est un fils, elle l'appellera Paris. Cette pauvre malheureuse devient folle ! Il lui faut sa ration d'acclamations quotidiennes ! Et son benêt de mari est allé admirer ces pitreries ! S'il veut se faire couronner Roi des cornards, il a toutes ses chances ! Partez maintenant, Isabelle, mais tâchez de revenir plus vite encore !

9

Un appel au secours...

Ce n'était pas sans une certaine appréhension qu'Isabelle regardait défiler derrière les vitres de sa voiture la route au bout de laquelle était son duché de Châtillon. Le souvenir qu'elle gardait de sa précédente – et unique ! – visite n'était pas fait pour lui remonter le moral. C'était après la mort du vieux maréchal, survenue pendant l'été alors que Gaspard était en campagne au côté de Condé. Il n'avait donc pu assister aux funérailles, mais, dès son retour, s'était hâté de se rendre sur ce qui était désormais son fief, accompagné tout naturellement de son épouse. Hélas, le couple n'avait même pas réussi à franchir l'entrée du château. La vieille duchesse l'avait refusée à de « maudits papistes », qui, elle vivante, ne viendraient pas manger le pain d'une vraie croyante. Elle y avait ajouté un assortiment de malédictions parmi lesquelles le fantôme du grand amiral tenait la vedette. Le jeune couple, faute de mieux, s'était réfugié pour la nuit à l'auberge du village... où il avait été acclamé, avait reçu la visite du notaire et du curé – il y avait bel et bien une église tout ce qu'il y avait de catholique! – qui leur avaient promis de les prévenir dès que la vieille duchesse aurait quitté ce monde...

Lorsque la vieille dame s'était éteinte, quelques mois après, Gaspard, alors au combat, s'était contenté d'envoyer un message donnant les ordres nécessaires et annonçant sa venue dès qu'elle serait possible, car, bien entendu, il n'était pas question qu'Isabelle s'y rende seule.

Un sort fatal ne lui en avait pas laissé le loisir d'y ramener solennellement sa duchesse, et c'était sous les voiles du deuil que celle-ci allait prendre possession de ses domaines en attendant d'y donner le jour à l'héritier. Si Dieu en décidait ainsi...

Elle savait donc n'avoir rien à redouter de ce qui l'attendait là-bas, pourtant elle s'avouait honnêtement qu'elle considérait comme un véritable cadeau du Ciel l'entrée dans sa vie du gigantesque Bastille, sans compter la présence à ses côtés d'Agathe de Ricous, l'une des femmes de chambre de la princesse Charlotte que cette dernière avait détachée à son service depuis qu'elle avait épousé Gaspard.

Mariée elle-même à Antoine de Ricous, officier des gardes de Condé, Agathe, de petite noblesse champenoise, avait tout de suite habillé[1] Isabelle à ses couleurs. N'ayant guère que cinq années de plus que la nouvelle duchesse, elle était – mais

---

1. Les femmes de chambre d'une princesse ne lavaient ni ne repassaient. Elles étaient surtout des « suivantes », accompagnant et veillant à la coiffure ainsi qu'à la parure de leurs maîtresses.

Un appel au secours...

avec plus d'expérience ! – aussi vive, aussi gaie et d'esprit aussi alerte que sa jeune « dame ». En outre, elle ne voyait aucun inconvénient à la suivre dans son duché et de vivre à l'écart d'un époux qu'elle ne voyait guère. Leur histoire d'amour se résumait à un coup de chaleur vécu sous les beaux ombrages de Chantilly qui – manque de chance ou maladresse du galant ! – avait eu une suite. On s'était donc dépêché de les marier, mais, l'enfant étant mort peu après, les deux partenaires, au lieu de se faire la guerre, avaient conclu une sorte d'association visant à se procurer un avenir aussi confortable que possible, mais sans manquer à la fidélité due à ceux à qui ils étaient inféodés.

Au physique, Agathe avait des cheveux blonds aux reflets roux, des yeux bruns plutôt vifs lorsqu'ils relevaient une paupière volontiers languissante. Assez jolie mais sachant à merveille se fondre dans le décor, elle promenait généralement un air dolent – voire exténué – cachant admirablement des réactions incroyablement rapides si le besoin s'en faisait sentir. En résumé, elle était pour sa pétulante duchesse la suivante idéale, son côté pratique sachant pallier avec discrétion les envolées lyriques de Mme de Châtillon.

Qui n'étaient pas au programme en ce jour de mars, sans pluie mais gris et triste n'augurant rien de bon du long séjour qui attendait celle-ci dans un vieux château, ducal sans doute, mais perdu au fond des campagnes où elle n'aurait d'autres distractions que de mettre un enfant au monde et s'intéresser aux variations de température alors qu'il se passait à Paris et à la Cour des choses tellement passionnantes dont elle ne verrait rien ! Même la flatteuse escorte de chevau-légers venue, au moment du départ et par ordre de la Reine, encadrer le carrosse pour assurer sa sécurité jusqu'à destination – et dont, en d'autres circonstances, elle eût été ravie – n'arrivait pas à venir à bout de son humeur noire. Elle en venait même à penser qu'elle en aurait éprouvé autant si elle avait été prisonnière d'Etat en route pour quelque forteresse aux confins du royaume ! Et cette Agathe qui, dans son coin, dormait béatement !

Soudain Isabelle entendit :

— On peut passer le temps très agréablement à la campagne, et même dans un vieux château ! Madame la duchesse ne devrait pas se tourmenter ainsi !

Les yeux grands ouverts, Agathe redressée la regardait en souriant.

— Je croyais que vous dormiez.

— Pas vraiment ! Je ne me permettrais d'ailleurs pas de dormir en présence de madame la duchesse !

— Pourquoi pas, mon Dieu ? Cela n'a rien d'offensant !

— Je dirais plutôt désagréable : il paraît que je ronfle ! fit Agathe en baissant le ton.

Sa mine confite parut si drôle à Isabelle qu'elle pouffa de rire.

Un appel au secours...

— Ce n'est pas non plus une tare! Tous les hommes ronflent à ce que l'on dit. Alors pourquoi pas les femmes? Mon défunt mari émettait par moments une sorte de grondement sourd assez impressionnant mais qui ne me gênait pas. Mais si vous ne dormiez pas, à quoi pensiez-vous?

— Justement au genre de vie qui attend madame la duchesse et en particulier quand elle aura accouché! Jusque-là, évidemment, des précautions s'imposent, mais n'empêchent pas de prévoir la suite...

— Comment la voyez-vous?

— Mais plus agréablement peut-être qu'elle ne le serait à Paris... en dehors du fait que le spectacle d'une Mme de Longueville casquée, muée en chef de guerre, ne doit pas être triste... jusqu'à – peut-être? – que cela se termine mal! Pour en revenir à ce qui nous occupe, une vieille bâtisse, cela se rénove et l'on doit pouvoir l'agrémenter d'un beau jardin, par exemple. Si madame la duchesse consent à me faire confiance, je peux dire que je m'y connais un peu. Avec le printemps qui vient, ces transformations seront du domaine du possible... Ensuite, après la naissance, on pourra nouer des relations avec les châteaux du voisinage. Saint-Fargeau, par exemple, qui est à Mademoiselle!

— Bel exemple, en vérité! Je n'en suis pas certaine mais je parierais qu'elle me déteste!

— Alors oublions Saint-Fargeau! Et que dirions-nous de Nemours? Douze ou treize lieues, ce n'est pas le bout du monde...

En prononçant le nom de l'homme qui assiégeait à ce point Isabelle qu'une moitié de la Cour, sinon les trois quarts, était persuadée qu'il était son amant, celle-ci s'empourpra et fronça le sourcil :

— Seriez-vous cancanière, Agathe ?

L'autre ne se démonta pas pour si peu.

— Quand il le faut : sans aucun doute ! Surtout s'il s'agit de servir madame la duchesse. Je croirais volontiers M. de Nemours ravi que nous ayons choisi de vivre notre deuil à Châtillon !

— Je ne vois pas pourquoi ! Où que ce soit en France, ce n'en est pas moins un deuil, et cela oblige !

— Jusqu'à la naissance ! Ensuite...

— Ensuite nous aviserons ! Rendormez-vous ! Ou faites semblant ! Il me faut prier !

Agathe referma aussitôt les yeux tandis que sa maîtresse se signait. Celle-ci se demanda un instant si elle avait des bourdonnements d'oreilles ou si Mme de Ricous avait émis « ... faire semblant ! » dans l'apparence d'un murmure. De toute façon, avec une telle compagne, Isabelle ne risquait guère cet ennui qu'elle redoutait si fort, et c'était revigorant.

Une autre surprise l'attendait.

La longueur du chemin ne permettant pas de le couvrir en une seule traite, Isabelle pensait que l'on ferait halte à Fontainebleau pour la nuit, mais, quand on y fut, M. de Loirans, qui commandait l'escorte, vint à la portière de la voiture remettre une lettre du duc de Nemours la priant d'accepter l'hospitalité de son château familial qui était à peu près à mi-parcours de sa destination où tout serait disposé pour recevoir les voyageuses :

« Si grand que soit mon regret, le bonheur de vous y accueillir ne me sera pas donné. Je ferai même en sorte que tout un chacun puisse constater ma présence à Saint-Germain afin de ne pas donner à clabauder alors qu'un deuil si cruel vient de vous frapper. Plus tard peut-être m'accorderez-vous la faveur d'aller vous rendre visite. Croyez-moi, pour toujours, madame la duchesse, votre très obéissant, très fervent, et très patient chevalier... »

— Nous nous arrêterons donc à Nemours, dit-elle à l'officier. M. le duc a donné des ordres pour nous recevoir. Sauf si vos hommes et vos chevaux sont trop fatigués ?

— Il leur arrive d'en voir de plus dures... Et l'hospitalité du duc est célèbre ! répondit-il avec une visible satisfaction.

Une réputation méritée. L'accueil que l'on y trouva fut au-delà de tout éloge, aussi bien pour l'escorte que pour les chevaux. Un appartement attendait les deux femmes. Son décor eût été un peu austère sans les nombreuses chandelles et les cheminées bien flambantes qui lui conféraient chaleur et gaieté. Sans oublier un souper simple mais délicieux et des lits dont la journée de carrosse – même avec de bons ressorts ! – leur permit d'apprécier la moelleuse douceur.

— Voilà un homme qui sait vivre ! apprécia Agathe quand on repartit. J'ajouterais volontiers qui...

— Vous n'ajoutez rien du tout ! Priez seulement pour que nous trouvions à Châtillon quelque chose d'approchant... Mais j'en doute ! soupira Isabelle en se réinstallant à sa place après avoir fait distribuer un généreux « remerciement » par M. de Loirans.

La petite ville de Châtillon-sur-Loing ne manquait pas de charme. Le soleil, encore un peu timide, qui avait pris possession du ciel dès son lever et qui à présent – sans doute satisfait de ce bel effort – se préparait à se coucher, éclairait la longue rue étirée sur les bords de la rivière avec ses belles maisons vieilles de deux siècles, son église que l'on avait entrepris de reconstruire mais que surveillait sur une colline un énorme donjon, dominant de sa masse médiévale le logis orgueilleux qu'avait voulu édifier sur une terrasse le fameux amiral que le massacre de la Saint-Barthélemy ne lui avait pas permis d'achever, mais qui, auprès d'un beau puits, œuvre de Jean Goujon, occupait malgré tout un espace assez satisfaisant pour l'orgueil de sa nouvelle maîtresse.
Evidemment les jardins – ou supposés tels ! – étaient presque retournés à l'état de friche et l'herbe poussait entre les pavés, mais, quand la cavalcade atteignit la forteresse dominant le bourg, quatre serviteurs aux livrées élimées s'alignèrent quand le carrosse s'arrêta. Un homme d'une cinquantaine d'années, le cheveu gris taillé au carré encadrant un visage aux traits agréables mais empreints de tristesse, vint la saluer.

Un appel au secours...

— Seigneur! gémit Isabelle, est-ce là toute ma domesticité?

Il se présenta :

— Je me nomme Bertin et j'ai l'honneur d'être le majordome de madame la duchesse. C'est à ce titre que je la prie de bien vouloir permettre à ses serviteurs qui tous ont connu nos jeunes messieurs depuis leur naissance de lui exprimer notre douleur commune.

— Merci, Bertin, et merci à vous autres! fit-elle, émue par le chagrin sincère peint sur ces figures tournées vers elle. Mais comment se fait-il que vous ne soyez pas plus nombreux?

L'homme baissa la tête, visiblement gêné :

— Avant de retourner à Dieu, Mme la duchesse douairière nous a congédiés! Seuls les plus vieux sont restés... parce qu'ils n'auraient pas su où aller!

— Pourquoi? Parlez sans crainte! Je suis désormais maîtresse de ces lieux et je peux... tout entendre!

— C'est que... justement...

Perdant patience, M. de Loirans avait mis pied à terre. Il s'approcha.

— Allons, parle, bonhomme! Je suis M. de Loirans, chargé par Sa Majesté la Reine de veiller à ce que Mme la duchesse de Châtillon, veuve de votre dernier duc, puisse vivre son deuil en paix! Ne pas obéir, c'est encourir la colère de Sa Majesté. Ce que je ne saurais tolérer...

Il devenait menaçant. Isabelle s'interposa :

— Laissez, capitaine! Je crois que j'ai compris!

Elle rejeta son voile de crêpe afin qu'on la vît à visage découvert.

— Votre défunte maîtresse ne m'a jamais pardonné d'avoir épousé son fils selon la foi catholique à laquelle je ne pourrai renoncer ! Maintenant qu'il n'est plus – et je peux comprendre sa douleur ! –, elle m'a rejetée définitivement en faisant le vide dans cette maison afin qu'elle soit inhabitable ! Son unique excuse est d'avoir ignoré que je porte un enfant, et je j'entends l'élever ici, dans la maison de ses pères et selon son rang ! Aussi...

Elle n'alla pas plus loin. Une exclamation lui coupa la parole. C'était comme si ces gens reprenaient vie d'un seul coup. On se précipita pour lui ouvrir les portes, allumer les chandelles, le crépuscule étant déjà avancé.

— Eh bien, quelle réception ! soupira Agathe en offrant son bras pour qu'Isabelle – un peu pâle en vérité et visiblement fatiguée – s'y appuie. Allons-nous seulement trouver de quoi nous restaurer ? Sans compter notre escorte qui, après une journée de cheval, doit se sentir de l'appétit !

Ce fut la question que, sans plus attendre, elle posa à une femme d'une soixantaine d'années, vêtue et coiffée de noir, qui, au seuil, s'agenouilla presque en s'annonçant comme Jeanne Bertin, l'épouse du majordome. Son visage rayonnait de joie même si deux ou trois larmes s'y attardaient.

— Que madame la duchesse n'en ait pas souci ! Nous avons de bonnes réserves au château, du vin au cellier, sans oublier la ferme qui est sur le coteau !

Un appel au secours...

— Une chance que votre douairière ne vous ait pas ordonné de détruire ces ressources et de pratiquer la politique de la terre brûlée ! ironisa Agathe.

— C'eût été offenser Dieu et elle ne serait pas allée jusque-là... Et puis, en bas, ils ne l'auraient pas permis... Elle-même serait partie plus heureuse si elle avait su qu'un enfant allait naître ! Mon Dieu, quel bonheur !

Isabelle s'efforça de sourire à ce visage dont la joie évidente corrigeait l'impression laissée par cette arrivée en milieu quasi hostile.

— Merci de votre accueil, commença-t-elle quand elle se sentit envahie par une immense lassitude, mais je voudrais... me reposer. Je suis...

Soudain ses forces l'abandonnèrent et elle aurait glissé sur les dalles si Bastille, qui la suivait, visiblement inquiet, ne l'avait saisie avant qu'elle ne touche le sol.

— Y a-t-il au moins un lit convenable dans cette maudite bicoque ! brama-t-il en s'élançant vers l'escalier qu'il venait de repérer. Deux jours de cahots sur les mauvais chemins quand on est enceinte, c'est énorme ! Surtout pour être reçue comme une calamité ! Passez devant, je vous suis ! Après, vous irez lui chercher du lait chaud ou ce que vous aurez ! Elle est glacée !

Un instant plus tard, il déposait Isabelle sur un lit qu'Agathe se hâta d'ouvrir, constatant non sans surprise que les draps, d'une blancheur impeccable, exhalaient une odeur de lessive récente.

— J'espère, dit-elle en flairant l'air comme un chien qui lève une piste, que cette chambre n'est pas celle de cette douairière barbare ?

— Non, non ! répondit Jeanne. C'était celle de notre Monsieur Gaspard ! Dire qu'il est allé se faire tuer dans une embuscade, à ce qu'on raconte, et qu'on ne sait pas où repose son pauvre corps... J'ai du lait chaud ! Je descends en chercher !

Elle allait partir, mais Agathe la rattrapa.

— Une minute ! Qu'est-ce que c'est que cette histoire, et qui vous l'a racontée ?

— Celui qui est venu annoncer sa mort ! Un messager de M. le prince de Condé ! Mme la duchesse était déjà bien malade. Je crois que ça l'a achevée. Elle a piqué une grosse colère et c'est juste avant de mourir qu'elle a ordonné qu'on abandonne le château ! Et même qu'on le démolisse pour être sûre que... qu'elle ne l'habiterait jamais, ajouta-t-elle avec un mouvement de tête vers Isabelle.

— Madame la duchesse ! corrigea Agathe.

— Même qu'en bas, au bourg, ils ne savent pas trop quoi faire. Le château, c'est tout de même beaucoup ! Même si les pierres pouvaient être fort utiles...

— Cela suffit ! Au fait ! Il s'appelait comment, votre messager ?

— Attendez ! Il s'appelait... M. de Ricous ! Oui, c'est ça !

Si la surprise secoua Agathe, elle ne la déstabilisa pas. C'était une femme qui savait garder les

Un appel au secours...

pieds sur terre et, grâce à Dieu, il n'était pas trop tard pour tirer cette affaire au clair ou tout au moins essayer d'en trouver un fil conducteur. Ce qui était avéré, c'était que quelqu'un en voulait à la petite duchesse. Elle était trop belle pour ne pas avoir d'ennemies, mais il se pouvait qu'il y eût aussi un homme...

En attendant que Jeanne remonte, elle ouvrit l'un des bagages que Bastille venait d'apporter, puis, quand le lait arriva, elle déshabilla rapidement Isabelle avec l'aide de Jeanne et lui fit boire le contenu du bol que l'on avait mis près de la cheminée. La jeune femme se laissa faire comme une poupée de chiffons, entrouvrit seulement un œil souriant et les lèvres pour dire merci, et enfin s'abandonna avec un sourire ravi dans le lit où l'on n'avait pas manqué de placer une brique bouillante enveloppée d'une serviette.

Rassurée sur ce point, Agathe pria Bastille de lui quérir M. de Loirans alors occupé au cantonnement de ses hommes, qui eux pansaient leurs chevaux, et lui demanda de venir s'asseoir dans une pièce ronde, prise dans une tourelle et dépendant de la chambre où dormait Isabelle. Bastille resta debout. Là elle les mit au courant de ce qu'elle avait appris. Loirans réagit le premier.

— C'est insensé! Pourquoi Monseigneur de Condé aurait-il envoyé quelqu'un raconter une telle série de mensonges à une pauvre femme près de mourir?

— Aussi ne l'a-t-il pas fait! Le Prince a bien un messager nommé Robert de Ricous, mais il ne ressemble absolument pas à la description qu'elle m'en a donnée ! Et pour cause ! Ce n'était pas lui !

— Vous le connaissez ?

— Mieux que quiconque : c'est mon beau-frère ! Alors je crois, capitaine, qu'avant d'aller rendre compte de votre mission à Sa Majesté, il serait préférable de faire crier par les rues, dès demain, que vous attendez les notables de Châtillon, ceux qui ont une importance, du moins, afin de leur donner à entendre la vérité, et de leur éviter de se salir les mains sur les pierres d'un vénérable château. Et comme vous parlerez au nom de Sa Majesté – à qui vous ne manquerez pas, je l'espère, de relater l'histoire – sans omettre qu'en fait de sépulture inconnue leur duc repose à Saint-Denis auprès des Rois de France où on l'a inhumé en présence de toute la Cour !

— Vous pouvez compter sur moi ! Quant à vos croquants, je me charge de faire entrer dans leurs caboches mon point de vue de façon très convaincante ! On n'a pas le droit d'entacher la mort d'un chef de cette valeur !

— Pendant que vous y serez, essayez de récupérer les domestiques de la maison !

Tandis que la duchesse prenait le repos dont elle avait un si essentiel besoin, M. de Loirans descendit à l'église où, sans rien demander à personne, il se mit à sonner le tocsin, ce qui fit accourir d'abord le curé, puis en quelques minutes à peine une foule de gens effarés venus tels qu'ils étaient – certains en bonnet de nuit ! –,

Un appel au secours...

tremblant à l'avance de ce qui allait leur tomber sur la tête. Là, sautant sur une borne pour être vu de tous, il leur intima l'ordre de se présenter au château le lendemain à midi tapant saluer leur nouvelle maîtresse venue y attendre la naissance de son enfant. Quant à ceux qui avaient servi au château jusqu'à la mort de la défunte maréchale, ils étaient priés d'aller reprendre leurs fonctions au plus vite. Sauf évidemment ceux qui étaient déjà partis se placer ailleurs. Auquel cas on verrait à s'en chercher d'autres, à Montargis par exemple !

Un homme, presque aussi grand que l'orateur, osa protester :

— Pour quoi faire ? La vieille duchesse nous a dit qu'on ne serait pas payés parce qu'il n'y a plus d'argent !

— Paix à son âme, mais c'est ce qu'elle voulait que vous croyiez ! J'ajoute que Mme la duchesse est une très grande dame protégée par Leurs Majestés la Reine et le jeune Roi. Et je vous répète qu'elle attend un enfant ! Vous avez donc intérêt à obéir. Les autres peuvent retourner se coucher !

En sautant de son piédestal, il se trouva nez à nez avec le curé :

— C'est vrai qu'elle est catholique ? demanda ce dernier.

— Comme vous et moi, mon père ! Ainsi que l'était devenu feu M. le duc, converti pour l'amour d'elle ! Vous pourriez devenir son confesseur et l'aumônier du château ?

— Avec joie ! J'accompagnerai mes ouailles demain matin !

Aussi, quand Isabelle se réveilla après une longue nuit de sommeil réparateur, elle dut se pincer pour se persuader qu'elle ne rêvait pas. Tandis qu'Agathe tirait les rideaux pour laisser entrer le soleil, une fraîche servante en bonnet et tablier blancs, rose d'émotion, vint déposer sur ses genoux un plateau supportant le lait, le pain, le beurre et le miel dont elle avait l'habitude, puis sortit après une petite révérence.

— D'où la sortez-vous ? demanda Isabelle.

— Du bourg, comme les autres !

— Les autres ?

— Hier, vers les dix heures de relevée, la domesticité dans son intégralité – ou peu s'en faut ! – a réintégré le château et à présent elle est à l'ouvrage. C'est Bastille qui a réussi ce beau travail. Et étant donné qu'à midi les notables vont venir saluer madame la duchesse, j'ai pris sur moi de faire préparer un bain dans le cabinet voisin !

— Un bain ? Dans une baignoire ? Où l'avez-vous dénichée ?

— En cherchant ! C'est plutôt une cuve, un peu grande et un brin rustique, mais elle conviendra parfaitement !

— Décidément, je ne remercierai jamais assez Madame la Princesse...

— ... douairière ! Il ne faut pas l'oublier !

— Qu'avons-nous eu besoin de faire plaisir à une petite dinde vaniteuse ? Chez moi, la princesse Charlotte sera toujours Madame la Princesse ! Un point c'est tout !

Le reste de la journée se déroula comme si le château n'avait jamais été condamné à l'abandon,

Un appel au secours...

et le lendemain le capitaine de Loirans vint, avant de reprendre la route de Paris, saluer la duchesse dans un cadre qui, débarrassé d'une poussière déjà ancienne, révélait de très beaux meubles et tapisseries jadis réunis par le glorieux amiral, pour qui être protestant ne signifiait pas vivre entre des murs nus. Il suffisait pour s'en convaincre de contempler le portrait qui trônait dans la grande salle, arrogant à souhait. C'était le seul que l'on eût soigné et récuré régulièrement avec toute la piété souhaitable !

Pendant quelques jours, château, chapelle, terrasses et jardins bourdonnèrent d'activité et la maîtresse des lieux put envisager de façon plus souriante l'exil imposé par un deuil qu'elle jugeait excessif, mais de moins en moins pénible à mesure que sa grossesse avançait.

Le 14 juillet 1649, jour de la Sainte-Camille, elle mit au monde avec une facilité déconcertante un petit garçon blond qu'elle appela Louis-Gaspard. L'abbé Cordier, le curé, l'ondoya en attendant qu'on lui trouve les parrain et marraine dignes de sa haute naissance. En attendant mieux, on fêta le futur duc au château en présence de la quasi-totalité du bourg... On but, on mangea, on chanta, on célébra la gloire des ancêtres, tout en prédisant au marmot une carrière éblouissante, et puis tout rentra dans l'ordre et Isabelle commença à s'ennuyer...

Pourtant les événements se succédaient. Un mois après la naissance de Louis-Gaspard, Condé ramenait enfin le Roi dans sa capitale. Le 18 août, il était dans le carrosse royal, au côté de celui-ci, de la Régente et du cardinal Mazarin, mais, à l'exception du jeune Louis XIV, c'était à lui que s'adressaient les acclamations. C'était lui le héros du jour, la Reine et son ministre jouant un peu les comparses. Durant tout le parcours jusqu'au Palais-Royal, il fut porté par un véritable délire qui, comparé aux rares ovations qu'obtenait la Reine – même Mazarin eut droit à quelques vivats! –, donnait la juste mesure d'un pouvoir qu'il savourait sans pudeur... et sans remarquer l'attitude figée et hautaine de l'adolescent de treize ans qui, deux ans plus tard, atteindrait sa majorité et dont le regard froid enregistrait tout cela et ne l'oublierait plus!

La concorde entre les passagers du carrosse ne dura pas longtemps. Monsieur le Prince, porté aux nues dans toute la France comme le sauveur de la royauté, vainqueur des ennemis du dedans comme du dehors, voulut agir en maître, disposer à son gré des honneurs et des places. Mazarin, soutenu par la Reine, s'opposa à lui et il en fut exaspéré. De là une haine implacable entre les deux hommes et une guerre sourde qui se traduisit, dès le retour, par divers incidents...

Ce fut d'abord l'affaire du marquis de Jarsay, un fat qui s'était mis en tête de devenir l'amant de la Reine et, ayant été traité par elle selon son mérite, l'insulta et fut ouvertement protégé contre la colère légitime de Sa Majesté par Condé, qui osa traiter cette atteinte à la majesté

Un appel au secours...

royale en plaisanterie et obtint – pour ne pas dire exigea! – le pardon de l'insolent et son retour à la Cour... Puis il y eut celle des tabourets suscitée par Mme de Longueville, réconciliée avec son frère bien-aimé et qui voulait obtenir le tabouret de duchesse pour la femme de son amant Marcillac et pour Mme de Pons[1]. La Reine et le cardinal durent accepter, mais il s'éleva parmi la noblesse un tel tollé que l'on révoqua les nominations. Mme de Longueville alla bouder à Chantilly. Condé s'en mêla et la Reine dut la rappeler...

D'autres exemples, il y en eut beaucoup. Condé prétendait gouverner, ses amis menaient grand tapage, marchaient sur les pieds de tout le monde, les injures contre Mazarin pleuvaient et même les pires insultes contre la Régente que les pamphlétaires ne cessaient d'attaquer dans sa vie privée, intime, en des termes à faire rougir une compagnie de mousquetaires et qui inondaient Paris de leurs libelles infâmes. A la fin la coupe déborda : le 18 janvier 1650, M. de Comminges, lieutenant aux gardes en place de M. de Guitaut, malade, arrêtait le prince de Condé, son jeune frère le prince de Conti et son beau-frère le duc de Longueville et les escortait jusqu'au donjon de Vincennes où ils furent incarcérés sans avoir compris ce leur arrivait.

Un autre ordre visait la duchesse de Longueville, mais, prévenue à temps par son amie Anne de Gonzague, qui la cacha dans la nuit dans une petite maison du faubourg Saint-Germain, elle

---

1. La sœur de Marthe du Vigean.

réussit, déguisée, à s'enfuir en Normandie, le gouvernement de son époux, en compagnie de son amant Marcillac devenu La Rochefoucauld par la mort de son père. Leur intention était de soulever la province. Ce à quoi ils ne purent réussir... La duchesse dut partir se réfugier en Angleterre après une odyssée frisant le ridicule.

Le 21 janvier, la neige fit son apparition vers la fin de la matinée pour la plus grande joie des gamins de Châtillon, mais le cavalier couvert de mouchetures blanches qui arriva au château à la nuit close semblait à moitié gelé et commença par éternuer à plusieurs reprises, ce qui apporta une modification sensible à son élocution. Bertin, qui le reçut, finit par comprendre qu'il s'agissait du duc de Nemours, le salua bien bas et, le laissant devant le feu crépitant qui réchauffait la salle principale, courut prévenir sa maîtresse qui descendit aussitôt.

— Vous, mon ami ? s'exclama-t-elle avec un sourire radieux en lui tendant les deux mains. Mais quelle charmante surprise !

— Vous la devez tout entière à une catastrophe... dont je ne serai jamais assez reconnaissant à Mazarin. Dieu que vous êtes belle ! Plus belle encore que la dernière fois...

— La dernière fois remontant à près d'un an, cela prouve seulement que vous m'aviez un peu oubliée ! fit-elle en riant tandis qu'il couvrait ses mains de baisers légèrement mouillés. On va vous préparer une chambre et puis, en soupant, vous me raconterez cette catastrophe qui semble vous faire tellement plaisir !

Un appel au secours...

Une demi-heure plus tard, en lui offrant son bras pour passer à table, débarrassé de son aspect de barbet trempé, le jeune duc était redevenu le fringant Nemours que tant de femmes rêvaient de s'attacher, et Isabelle se demandait s'il ne serait pas temps pour elle de récompenser une aussi longue patience. Il lui paraissait d'autant plus séduisant qu'il apportait avec lui l'atmosphère de la Cour et de la vie brillante et mouvementée de la capitale...

Pourtant son sourire s'effaça quand elle prit connaissance de la catastrophe en question : les princes emprisonnés peut-être pour longtemps, voire menacés de mort par la vindicte d'un ministre sans doute trop maltraité mais qui ne pouvait pas supporter les insultes à une Reine dont on clamait qu'il était l'amant et peut-être même l'époux !

— Madame la Princesse vous appelle à son secours, duchesse, ajouta Nemours en lui offrant un billet cacheté dont elle prit connaissance rapidement. Elle n'a auprès d'elle, continua-t-il, que sa belle-fille, qui lui porte sur les nerfs, et son petit-fils que Mme de Bouteville votre mère lui a ramené après l'avoir enlevé et gardé par-devers elle à Précy quand Paris est devenu dangereux. Et vous savez quelle attention elle vous porte. Je crois qu'elle n'a confiance qu'en vous....

— Et mon frère, où se trouve-t-il ?

— A Chantilly justement où il s'efforce de mettre de l'ordre dans tous ces gens qui s'y sont précipités sans trop savoir pourquoi. C'est lui qui m'a convoqué pour m'envoyer vous voir ! Et j'allais oublier que lui aussi m'a remis un message pour vous ! Le voici !

Ledit message était court et si bien dans la manière de François qu'il ramena le sourire sur les lèvres d'Isabelle.

« J'ai choisi Nemours pour vous porter ces quelques mots, ma sœur ! Il m'est apparu en effet que dix mois de solitude sous les crêpes du deuil étaient plus que suffisants ! Et cet homme-là est tout à vous... François. »

Un peu rougissante mais ravie au fond d'elle-même, Isabelle glissa l'aimable bénédiction fraternelle dans son corsage et, au cœur de la nuit, laissa son visiteur la rejoindre dans son lit et lui prouver, avec une ardeur passionnée, qu'il avait l'art de faire l'amour aussi expertement que son défunt époux et qu'être adorée comme une déesse avant de se soumettre comme n'importe quelle femme était fort agréable...

Le lendemain matin, à l'aube, Isabelle quittait Châtillon où elle laissait son fils de quelques mois solidement entouré, n'emmenant qu'Agathe de Ricous et Bastille qui menait en longe le cheval du duc de Nemours, invité à partager son carrosse pour une raison tout à fait terre à terre : il tombait de sommeil ! Même pour un homme jeune, une nuit de folie suivant une longue et fatigante chevauchée pouvait être éprouvante, et le bel Amédée, une fois dans le carrosse, s'y installa avec une évidente satisfaction, se roula en boule dans son coin et se rendormit aussitôt sous l'œil amusé des deux femmes. Isabelle se sentait, certes, un peu lasse, mais l'excitation de l'aventure qui allait venir lui donnait toute son énergie et tous les courages.

Elle comprit qu'elle en aurait besoin quand, arrivée à Chantilly, elle s'aperçut que le côté paradisiaque du sublime domaine s'était changé en une incroyable pagaille composée principalement de femmes plus ou moins affolées, parmi lesquelles son frère François, devenu cependant un véritable meneur d'hommes, se déclarait incapable de ramener le calme, lui-même ne songeant qu'à diriger un coup de force contre Paris afin d'en extraire l'infâme Mazarin qu'il voulait pendre en place de Grève à la même potence que le coadjuteur avant d'aller chercher son chef vénéré au donjon de Vincennes.

— Quand vous aurez vu Madame la Princesse Charlotte – il ne parvenait pas, lui non plus, à employer le terme douairière –, vous verrez que votre présence est vraiment nécessaire !

En effet, quand elle la rejoignit dans sa chambre où elle se tenait pelotonnée auprès de l'âtre en robe de chambre, tenant dans ses doigts un mouchoir qu'elle ne cessait de porter à ses yeux, Isabelle eut peine à la reconnaître. Où était la magnifique Charlotte, mordant dans la vie à belles dents, toujours éclatante et tirée à quatre épingles ?

Dès qu'elle la vit, celle-ci se précipita dans ses bras, pleurant à sanglots redoublés :

— Oh, mon Isabelle ! Enfin vous voilà ! Enfin je vais pouvoir dormir...

— Dormir, ma Princesse ? Est-ce bien le moment ?

— Dormir sans cauchemars ! Ils m'assaillent dès que mes yeux se ferment. Il y a tous ces gens qui me harcèlent, me demandent de prendre des décisions à propos de n'importe quoi, et moi je ne sais plus que faire... Mes fils au fond d'une geôle et cette pauvre misérable, leur sœur, qui se prend pour la Reine et sème le désordre partout... Il faut m'aider, Isabelle, il faut m'aider !

— C'est la raison pour laquelle je suis venue ! Mais, d'abord, il vous faut redevenir vous-même, la merveilleuse princesse de Condé, et je vais appeler vos femmes pour qu'elles vous accommodent comme il convient ! Ensuite on vous servira une collation...

En sortant de l'appartement, elle se trouva nez à nez avec Pierre Lenet, le Bourguignon, depuis si longtemps le meilleur conseiller de Condé.

— Ah, madame la duchesse, je vous cours après depuis Châtillon par où j'ai fait un crochet en revenant de Bourgogne. On a besoin de vous ici !

— C'est mon frère Bouteville qui m'a appelée et je suis d'autant plus contente de vous rencontrer que je vous avoue ne rien comprendre à ce qui se passe dans ce château. On dirait un asile de fous...

— Il présente certaine ressemblance, j'en conviens, mais accordez-moi quelques instants

Un appel au secours...

d'entretien dans votre appartement et je vous conterai ce qu'il en est.

Le logis d'Isabelle à Chantilly se composait d'une chambre, dont Agathe venait de prendre possession, et d'un cabinet de conversation où l'on s'installa près de la cheminée. Un en-cas, qui fut le très bienvenu pour Isabelle, les attendait. Là, Lenet traça pour elle le tableau de ce Chantilly qu'elle avait du mal à reconnaître.

— Je ne parlerai pas de notre chère Princesse : vous venez de la voir. Je me bornerai seulement à vous apprendre qu'en dépit d'une totale indécision, elle refuse cependant d'abandonner même une miette de son pouvoir à sa belle-fille ! Celle-ci pourtant se révèle courageuse, soucieuse de protéger son fils et animée des meilleures intentions, mais Madame la Princesse, qui n'a pour elle ni estime ni affection, trouve assez de ressort pour la tenir à l'écart. Chantilly est à elle et il n'est pas question de le laisser ignorer à qui que ce soit. Pourtant, certains ici cherchent à prendre de l'influence sur elle.

« A commencer par son aumônier, l'abbé Roquette, que vous ne connaissez pas. C'est un jeune prêtre insinuant, adroit, à la mine douce et dévote [1]. Il excelle à rapporter des nouvelles de la Cour et de la ville qu'il se procure Dieu seul sait comment ! Il ne cesse de brandir la volonté de Dieu et de prôner une soumission excessive.

« Ensuite nous avons M. de La Roussière, premier gentilhomme du jeune prince de Conti, qui

---

[1]. Plus tard, il aurait inspiré à Molière son Tartuffe.

applaudit à tout rompre à chaque mot prononcé par elle sans rien proposer de valable.

« Puis Dalmas, le capitaine des gardes du château, qui ne demande qu'à vivre au repos et dont la devise pourrait être : " Surtout pas d'histoires ! " En cas d'attaque, il se ferait tuer le plus vaillamment du monde, mais en attendant il se contente de bayer aux corneilles.

« Nous avons encore la présidente de Nesmond, une " amie " qui, sur les conseils de son mari, recommande de laisser agir le temps sans rien faire...

« En face – si j'ose dire ! –, il y a le comte de Bouteville qui, lui, brûle d'en découdre et songe à préparer un coup de main pour faire évader son chef vénéré de Vincennes. Les deux autres, il s'en moque un peu, mais le Grand Condé, lui, est sacré ! J'ajoute que, pour ce faire, il aurait dans l'idée d'enlever les nièces de Mazarin. Enfin, dans ceux qui s'efforcent de trouver la voie de la sagesse, il ne reste que Mme la comtesse de Tourville et le Dr Bourdelot, que vous connaissez bien. Mais c'est tout !

— Ah, il est là ? Dans ce cas, pourquoi n'a-t-il pas entrepris de soigner Madame la Princesse ?

— ... douairière ! rappela Lenet avec un sourire.

— Si vous y tenez, mais je ne m'y ferai jamais ! Quoi qu'il en soit, elle a besoin de mon aide, sinon elle risque de devenir folle !

— Il est vrai que son esprit semble avoir perdu ses repères. Tantôt elle craint d'être arrêtée comme ses enfants, tantôt qu'on les empoisonne si l'on attaque, tantôt que leur emprisonnement ne dure plus que sa vie et de ne plus les revoir !

— Même son gendre ? Elle n'en raffole pas, pourtant !

— M. de Longueville ? Celui-là, je vous l'accorde. En bref, elle ressemble à une boussole qui a perdu le nord et dont l'aiguille, affolée, tourne dans tous les sens !

— A nous deux, nous devrions pouvoir le lui faire retrouver ! Merci, monsieur Lenet ! Je vais passer cette soirée avec elle seule, mais, demain, on se met au travail si vous avez l'obligeance de réunir tout ce monde dans la salle du Conseil afin de donner un rien de solennité à ce que nous allons décider. N'oubliez pas, bien sûr, la jeune princesse ! Nous ne nous aimons guère, mais, en face du drame que nous vivons, il faut se soutenir !

Ce soir-là, après un long moment auprès d'une Charlotte qui avait déjà meilleure figure, à parler un peu à bâtons rompus pour la détendre, Isabelle retrouva son lit avec bonheur, et sans les services d'Agathe qu'elle avait envoyée rejoindre un mari qu'elle n'avait pas vu depuis plus d'une année et tenter d'éclaircir l'affaire du messager de Châtillon.

Le lendemain à dix heures, Charlotte, pomponnée et d'un calme surprenant, entra dans l'imposante salle escortée d'Isabelle et de Lenet, répondit avec grâce au salut de ceux qui l'y attendaient et vint prendre place dans le haut fauteuil de la présidence. Sa belle-fille, qui entra juste derrière elle, vint s'asseoir à sa droite, Isabelle à sa gauche, tandis que Lenet restait debout à son côté. Il lui remit alors une grande feuille de papier sur laquelle il avait écrit les « décisions » qu'elle était censée avoir prises dans la nuit dont tout un chacun savait qu'elle portait conseil. Après quoi elle donna lecture d'une voix ferme qui fit sourire François.

C'était d'ailleurs lui que concernait la première : M. le comte de Bouteville et ceux dont il ferait le choix devaient se rendre dans les provinces du centre de la France afin d'y provoquer une agitation violente, voire des soulèvements armés contre Mazarin qui avait osé emprisonner le glorieux vainqueur de Rocroi et autres batailles. Pendant ce temps, M. le conseiller Lenet irait négocier avec le coadjuteur de Gondi, les autres frondeurs, le Parlement et aussi la Cour afin de diviser le parti du cardinal en promettant aux uns des places, aux seconds des honneurs ou de l'argent, à la condition expresse qu'ils réclameraient la liberté des princes.

— Selon les résultats obtenus, conclut-elle en laissant reposer son papier tandis que son regard étonnamment ferme faisait le tour de ces visages stupéfaits, nous verrons à prendre les décisions ultérieures qui s'imposeront. Je veux croire que tous sont d'accord ?

Des applaudissements nourris lui répondirent. Claire-Clémence, elle, souriait, visiblement délivrée d'un poids. Un seul, plutôt stupéfait, resta

Un appel au secours...

sans réaction : l'abbé Roquette qu'Isabelle désigna à son complice. Celui-là, que tous deux soupçonnaient de jouer double jeu, ne devrait plus bouger de Chantilly où il conviendrait même de le surveiller.

François, lui, exultait. Il ne perdit pas une seconde pour mettre à exécution sa part du programme, commençant par envoyer plusieurs courriers, et quitta dare-dare Chantilly afin de rejoindre son monde au point choisi...

De son côté, Lenet repartait pour Paris où il avait nombre d'amis. Et pendant des jours il se dépensa sans compter, allant même jusqu'à faire offrir à Mazarin un mariage entre une de ses nièces et le prince de Conti. Rien n'y fit. Il échoua partout. Nul ne voulait s'entremettre pour Condé. Son intraitable orgueil en avait fait trop voir aux gens de Paris, mais surtout à la Reine – donc au jeune Roi qui ne disait rien mais enregistrait beaucoup – et au cardinal. Personne n'avait envie de le revoir.

Découragé, il rentrait à Chantilly quand il fut rejoint par Gouville, secrétaire du duc de La Rochefoucauld, envoyé offrir ses services à la mère de sa bien-aimée duchesse de Longueville toujours en fuite... Le sombre seigneur proposait de lever une armée en Poitou et d'occuper la ville de Saumur, point stratégique important dans le pays de Loire. Mais il fallait trois mille pistoles que la duchesse de Châtillon lui remit au nom de la Princesse. Pendant deux mois d'ailleurs, c'est Isabelle qui mènera le jeu, en conseillant discrètement Charlotte mais en évitant de se mettre en lumière.

Cependant elle a affaire à forte partie : Mazarin est loin d'être un enfant de chœur et trouve des parades. Ainsi, pour juguler les insurrections, il promène le jeune Louis XIV en Normandie, en Bourgogne et ailleurs, sachant bien quel enthousiasme suscite la majesté naturelle de l'adolescent. Mais il en faut davantage pour décourager notre duchesse. Toujours en accord avec Lenet, elle conçoit un projet audacieux : conduire sous bonne escorte la Princesse « douairière » au Parlement pour y dénoncer les crimes du cardinal et réclamer hautement la mise en liberté de ses fils et de son gendre. Pendant ce temps, Claire-Clémence quittera discrètement Chantilly avec son fils – qui ferait un si précieux otage – et ira s'enfermer dans la place forte de Montrond, en Bourbonnais, qui appartient en propre à Charlotte et où celle-ci partira la rejoindre au cas où elle n'obtiendrait pas justice du Parlement, afin de créer un nouveau soulèvement.

On prend aussitôt les dispositions nécessaires : des relais sont disposés, des carrosses préparés, mais, en dépit du soin que l'on y met, Mazarin est averti de ces menées et, le 11 avril au matin, on apprend que plusieurs compagnies de Gardes suisses et de chevau-légers sont en train de prendre position autour de Chantilly.

Mais si le cardinal a au moins un espion, Isabelle ne manque pas d'imagination. Après en avoir discuté avec Lenet, on tient, dans sa

Un appel au secours...

chambre même, une sorte de conseil étroit qui décide de faire évader d'abord la jeune princesse avec son petit duc d'Enghien, puis la princesse Charlotte. Et les ordres sont immédiatement donnés.

Il était temps. Vers dix heures du soir, le capitaine Dalmas vient annoncer qu'un gentilhomme porteur de lettres de la Reine pour chacune des princesses demande à être reçu personnellement afin de remettre ses épîtres en mains propres.

Pure courtoisie d'apparence ! L'homme est suivi d'une troupe d'archers de la prévôté qu'il a postés aux deux ponts-levis donnant accès au château, et la situation pourrait être dramatique. Elle fait seulement sourire Isabelle : grâce à Dieu, ces gens ignorent qu'il y a une autre issue partant des caves. Celles-ci ouvrent sur une poterne d'où l'on rejoint la terre ferme au moyen d'une légère passerelle enjambant l'étang et aboutissant à la ferme du Bucan. On va s'en servir !

L'officier qui commande les envahisseurs se nomme Du Vouldy, « gentilhomme ordinaire » aux ordres de Mazarin. Aussitôt Isabelle imagine une brillante comédie. A Du Vouldy qui tient à remettre ses lettres, elle demande un peu de temps pour accommoder les princesses : en effet, toutes deux sont malades et désirent être au moins présentables pour le recevoir. Ce qu'il accorde volontiers.

Claire-Clémence, qui est vraiment patraque, est déjà couchée. Or c'est elle la plus importante en la circonstance. Isabelle la fait lever et couvrir chaudement pour ne pas aggraver son mal. A sa place, elle fait coucher une de ses filles d'honneur, Mlle Gerbier, une Anglaise très intelligente qui saura jouer son rôle. Du Vouldy ne l'ayant jamais rencontrée n'y verra que du feu... Quant à son fils, le petit duc d'Enghien, on le remplace par le fils du jardinier. Cela réglé, Isabelle oblige Charlotte, qui tremble comme une feuille, à se mettre au lit.

— Vous n'avez rien à craindre ! affirme-t-elle. Pour vous rassurer, Lenet et moi allons nous glisser dans la ruelle de votre lit pour faire face à toute éventualité.

Aussitôt dit, aussitôt fait, et quand Mme de Brienne, la dame d'honneur, introduit Du Vouldy, Charlotte est languissante et tousse à fendre l'âme. Il la salue comme il convient – il la connaît bien, l'ayant vue souvent à la Cour ! – et remet la lettre qui déclenche les hauts cris tandis que Bourdelot arrive à la rescousse armé d'une tisane fumante.

— Je ne réponds pas des jours de Madame la Princesse, et si elle quitte sa chambre par ce temps humide et froid...

Du Vouldy lui assure alors que rien ne presse et qu'il va s'installer au château en attendant que Madame soit assez forte pour supporter le voyage en Berri où les dames de Condé sont assignées à résidence. Cela posé, il lui souhaite bonne nuit, meilleure santé, et passe chez Claire-Clémence où la pièce est plutôt sombre et où celle qu'il croit l'épouse de Condé est couchée, présentant une mine affreuse – c'est tout juste si Isabelle, qui l'a maquillée, ne l'a pas repeinte en vert. Mais la « malade » lui jette sa lettre à la tête avec indignation. Elle est à bout de forces, restitue tout ce qu'elle avale et se sent près de sa fin. Ne peut-on la laisser mourir en paix ?

Du Vouldy se hâte de la tranquilliser. La Reine ne veut que du bien à ses chères cousines et lui-même patientera le temps qu'il faudra. Là-dessus il va chez le petit duc, voit un enfant en train de réciter ses prières avec sa gouvernante et se retire sans aller plus avant.

Satisfait, il trouve à sa sortie la duchesse de Châtillon qui lui annonce qu'on lui a préparé un souper, que ses hommes sont logés dans les communs et qu'un appartement chauffé à souhait l'attend. Beaucoup plus plaisant que ses cantonnements habituels. Et Du Vouldy de banqueter agréablement après quoi il prendra dans des couettes douillettes un repos qu'il estime pleinement mérité...

Trois heures plus tard, Claire-Clémence et son fils, accompagnés de Mme de Tourville, de Lente, de Bourdelot, de La Roussière et de quelques serviteurs, traversent en silence le château obscur, descendent dans les caves où la poterne est ouverte, s'engagent sur la passerelle qui paraît dangereusement fragile par cette nuit sans lune, rejoignent la rive de l'étang et la forêt où attendent chevaux et voitures et s'enfoncent dans les ténèbres.

Quarante-huit heures après, le 14 avril à minuit, le cortège pénétrait dans Montrond, place forte appartenant à la princesse Charlotte à quelque quatre-vingts lieues de Chantilly.

Pendant ce temps, Du Vouldy savourait les agréments d'un château quasi royal au petit printemps. Le 17 avril, il écrivait à son ministre Le Tellier[1] une longue épître lui confirmant que tout était pour le mieux dans le meilleur des mondes, alors qu'il n'avait plus rien à garder : la nuit précédente, Isabelle avait fait suivre à sa princesse le chemin de la passerelle et de la forêt accompagnée d'Agathe de Ricous et de Mme de Brienne.

Elles avaient gagné Paris, où le duc de Saint-Simon leur offrit l'hospitalité de son hôtel.

En effet, Mme de Condé ne souhaitait pas rejoindre sa belle-fille qu'elle savait en sûreté. Ce qu'elle voulait, c'était porter hautement plainte devant les cours souveraines contre le cardinal Mazarin dont la vindicte osait s'emparer de la personne des princes du sang pour assurer sa vengeance en les laissant croupir au fond de sordides prisons. Le moment paraissait judicieusement choisi : la Régente, ses fils et Mazarin n'étaient pas là. Celui qui assumait le pouvoir en leur absence était – le diable seul sait pourquoi – le duc d'Orléans, Monsieur, l'éternel conspirateur que son art d'abandonner ses complices au dernier moment avait permis d'amasser une jolie fortune car, en plus et en digne fils de Marie de Médicis, il se faisait payer... grassement ses retours à la fidélité.

Or Monsieur, fier comme Artaban d'être plus ou moins investi du pouvoir suprême, était dans

---

1. Le père de Louvois.

l'une de ses – rares ! – périodes de fidélité à la Couronne. Alors que Madame la Princesse douairière, accompagnée de la duchesse de Châtillon, était venue en personne devant le Parlement « implorer » sa justice pour le glorieux vainqueur de Rocroi et de tant d'autres batailles si injustement incarcéré avec son frère et son beau-frère, et menacé peut-être d'un discret attentat à sa vie, alors que le président Viole, l'un des plus éminents magistrats – et un fervent admirateur d'Isabelle –, prenait la parole avec la dernière énergie en faveur des plaignantes, allant jusqu'à exiger qu'elles soient logées dans l'enceinte même du Palais afin de les soustraire à quelque attentat que ce soit.

Monsieur demeurait invisible. Ce en quoi il avait tort, car, à peine fut-elle installée dans l'appartement de M. de La Grange-Neuville qu'Isabelle entreprenait d'appeler au secours à sa manière en déroulant un tapis rouge à sa fenêtre où elle ne cessait de paraître en lançant des pièces d'or. Elle rencontra un vif succès avec l'aide de Nemours qui ne la quittait pas d'une semelle. Tout Paris vint voir ces dames et, parmi les premières, Julie d'Angennes, devenue marquise de Montausier, et son époux venus porter une lettre de Mme de Rambouillet.

Depuis la mort de Voiture survenue dix-huit mois plus tôt, le célèbre salon allait sur son déclin en dépit de deux nouvelles recrues des plus intéressantes : la jeune marquise de Sévigné et Mme de La Fayette. Mais l'esprit n'y était plus.

Les troubles de la Fronde ainsi que le mariage d'Angélique, la sœur de Julie, l'avait achevé. De plus en plus souffrante, Mme de Rambouillet se retirait dans le silence de sa douce maison et se tournait vers Dieu, mais elle souhaitait que sa très chère princesse sût qu'elle lui était toujours aussi fidèlement attachée. On vit aussi apparaître Mlle de Scudéry, empanachée et le verbe haut, faire entendre ce qu'elle pensait de ces messieurs du Parlement et de leur façon de traiter les princesses du sang!

Bref, pendant quelques jours, on put se croire ramené aux temps légers et insouciants d'autrefois, où d'un sonnet on faisait un triomphe, où l'on se battait pour un sourire, où les jours passaient dans la joie de vivre...

Inquiet de cet afflux, le Parlement supplia Monsieur de venir régler une affaire aussi délicate. Il se fit encore tirer l'oreille pendant deux ou trois jours, puis se décida à répondre à leur appel et à venir faire entendre sa voix auguste.

Quand il entra dans la grande salle, Charlotte alla se jeter à ses pieds en sanglotant... et en dépit des efforts d'Isabelle, indignée. Non sans raison, il refusait d'écouter et voulut sortir. Le duc de Beaufort, qui l'escortait avec le coadjuteur de Gondi, tenta de l'en empêcher, mais il lui imposa silence. Isabelle alors n'y put tenir. Tandis que le duc relevait Charlotte, elle lança, furieuse :

— Monseigneur doit avoir besoin de lunettes! Ce n'est pas une mendiante qui lui a fait l'honneur de plier le genou devant lui, c'est une princesse du sang, la mère du vainqueur de Rocroi!

Un appel au secours...

« J'en ai failli mourir de honte ! », écrira le coadjuteur dans ses mémoires.

Mais, avec l'obstination des lâches, Monsieur s'entêtait : il lâcha un bref discours rappelant les dangers que la rébellion des Condés avait fait courir à la France. Représentant la Régente et le jeune Roi, sa parole était déterminante. Condamnée à l'exil, Charlotte de Montmorency, princesse douairière de Condé, était assignée à résidence au château de Châtillon-sur-Loing.

— Dire que vous avez mis Paris à feu et à sang pour un Broussel et que vous vous faites les valets d'un prince sans honneur ! clama Isabelle hors d'elle à la face du Parlement. Vous ne devez pas en avoir beaucoup plus que lui !

Sa voix s'étranglait à cause des larmes de rage qui lui venaient. Nemours, qui avait enfin réussi à fendre la foule, l'entraîna vivement au-dehors où Bastille attendait avec la voiture. Beaufort, lui, s'était chargé d'une Charlotte à ce point secouée de sanglots qu'il finit par l'emporter dans ses bras pour la déposer dans le carrosse de voyage.

Tandis qu'après un profond salut le duc de Beaufort regagnait la Grande Salle où régnait un silence de mort, Nemours enfourchait le cheval qu'un serviteur lui tenait prêt.

— Moi et mes gens allons escorter ces dames jusqu'à Châtillon, cria-t-il avec une allégresse fort peu compatible avec une aussi dramatique situation. Il ne manquerait plus qu'on tente, en chemin, de leur faire un mauvais parti !

— Ce qui vous vaudra sans doute une bien douce récompense ? ironisa François de Beaufort. Je changerais volontiers de place avec vous !
— Je n'en doute pas un instant ! Mais merci de votre aide.

10

Isabelle et sa princesse

Isabelle n'était pas vraiment amoureuse de Nemours – le serait-elle un jour d'un autre que Condé ? –, mais le temps qui passait l'attachait un peu plus à lui. Il était le meilleur compagnon qu'une femme pût avoir et, en dehors de leurs heures d'intimité où le plaisir toujours intense se vivait dans la bonne humeur – car il aimait rire tout autant qu'elle-même –, il se révélait dans les heures difficiles aussi solide qu'attentionné. Ainsi ce voyage de retour vers Châtillon en compagnie d'une Charlotte parvenue au fond du désespoir fut-il presque une partie de plaisir.

Il y avait le mois de mai, bien sûr, un printemps d'abord timide et grincheux mais qui s'efforçait à présent de cacher les traces laissées par un état de guerre quasi permanent et de refleurir courageusement, mais il y avait surtout celui qui, galopant devant la voiture, veillait à tout, faisait arrêter le carrosse pour que les dames puissent faire quelques pas afin de se dégourdir les jambes, envoyer des messagers, chez lui d'abord où l'on passerait la nuit, puis à

Châtillon afin qu'en arrivant tout fût prêt à recevoir les voyageuses. Peut-être parce qu'il espérait d'Isabelle la plus douce des récompenses. Que celle-ci d'ailleurs ne lui marchanderait pas. Elle n'osait penser à ce qui aurait pu advenir sans lui, après l'arrêt insensé et inutilement cruel que Monsieur avait osé imposer. Charlotte, en effet, retombait dans la prostration dont Isabelle l'avait sortie lors de sa venue à Chantilly. A cette mère venue implorer qu'on lui rende ses fils, le Parlement qui réclamait naguère encore son indépendance avait répondu par une sentence d'exil. Et cela pour complaire à un prince dont nul n'ignorait ce qu'il valait. C'était en vérité à n'y pas croire !

Après l'agréable étape à Nemours où Amédée tint à servir lui-même la Princesse comme il l'eût fait pour la Reine, la fin du voyage s'acheva dans une sorte d'apothéose. Quand les remparts de Châtillon apparurent au bout de la route, un guetteur perché sur une tour emboucha une trompe et la citadelle s'anima. Tandis que les cloches se mettaient à sonner, les portes s'ouvrirent devant une délégation de notables venus au-devant de leur duchesse sans doute, mais surtout souhaiter la bienvenue à Son Altesse Madame la Princesse de Condé.

Des jeunes filles lui offrirent des fleurs, et ce fut au milieu des acclamations et des souhaits que Charlotte, un sourire tremblant aux lèvres, traversa la ville et monta au château où Isabelle, prestement descendue de voiture, la remercia de l'honneur fait à sa maison en lui offrant sa plus belle révérence avant de lui présenter son fils qu'elle prit des mains de sa nourrice. Non sans fierté, car le petit Louis-Gaspard était magnifique.

— Encore un qui ne connaîtra jamais son père ! soupira la Princesse en caressant d'un doigt la joue soyeuse du bébé. Les hommes sont effrayants : quand ils ne sont pas en guerre, ils s'entretuent dans leurs duels stupides ! Vous en savez quelque chose, ma petite ! ajouta-t-elle pour Isabelle.

— Oui, pourtant, sans l'avoir connu, j'adore mon père... Mais rentrons ! Nous avons toutes besoin d'être réconfortées...

C'est ainsi que Charlotte entra chez Isabelle, qu'elle considérait comme sa propre fille – et même plus tendrement depuis que Mme de Longueville jouait les héroïnes de roman –, et s'y trouva bien ! Par le truchement de Nemours, Isabelle avait ordonné qu'on lui prépare sa propre chambre, parce que c'était de toutes la plus jolie et la plus confortable, elle-même s'installant dans la chambre voisine tandis que celle de l'autre côté allait à Mme de Brienne, sa dame d'honneur, afin que l'exilée se trouve environnée d'affection, ce dont la malheureuse avait le plus besoin...

Cette nuit-là, Nemours reçut une récompense qu'il n'aurait pas osé réclamer étant donné la promiscuité, mais Isabelle lui avait conseillé, au moyen d'un billet glissé discrètement, de ne pas fermer sa porte à clé...

— Qu'allez-vous faire à présent ? demanda-t-il alors qu'après l'amour ils reposaient tous deux sur les draps où s'attardait le parfum d'Isabelle. Eponger indéfiniment les larmes de cette pauvre femme?

— Je ne supporte pas qu'on l'appelle ainsi, elle qui – il n'y a pas si longtemps! – n'était qu'éclat et joie de vivre. Aussi vais-je faire en sorte, avec l'aide de Mme de Brienne qui est loin d'être sotte, qu'elle puisse se croire ici la source de toutes les décisions, comme je l'ai fait à Chantilly. Et vous allez m'aider.

Soudain redressé, il se pencha sur elle pour un long baiser. Auquel elle mit fin en le repoussant.

— Voulez-vous être un peu sérieux?
— Rien n'est plus sérieux... ni plus tendre que mon amour pour vous... Mais rien n'est plus ardent que mon désir...

En dépit d'une défense vite amollie, il la soumit de nouveau. Et quand il se laissa retomber à côté d'elle en gardant un bras sous son cou, prêt à se laisser aller à la somnolence, il l'entendit rire.

— Nous n'en sortirons jamais!
— Comment l'entendez-vous?

Avant de lui répondre, elle enfila sa robe de chambre, ses pantoufles, et se planta debout, une main accrochée à une colonne du lit dans lequel Nemours s'assit, l'air si mécontentent qu'elle rit de nouveau.

— Je ne vois pas ce que j'ai de si drôle? marmotta-t-il.

— Vous avez surtout besoin de dormir! Alors, en deux mots, voici ce que nous allons faire demain... ou plutôt tout à l'heure avant votre départ...

— Déjà ? protesta-t-il. Mais je n'ai aucune envie de partir si tôt ! Vous admettrez vous-même que j'ai fait du bel ouvrage, et vous ne m'accordez même pas quarante-huit heures de bonheur en récompense ?

— Quand je dis que nous n'en sortirons pas, je crains fort d'avoir raison, soupira-t-elle. Soit ! Je reprends : demain, après cette bonne nuit de repos, je vais tenir conseil sous la présidence de notre princesse. C'est elle qui prendra les décisions... que je lui soufflerai ! C'est important ! Et, à présent, monsieur le duc, dormez bien puisque vous en avez si grand besoin ! ironisa-t-elle.

Il lui rendit sourire pour sourire en s'étirant dans le lit.

— Merci, ma chère ! Ne faut-il pas, en effet, que je reprenne des forces... pour la nuit prochaine ?

— Que voulez-vous dire ? fit-elle, l'œil soudain orageux.

— C'est clair pourtant ! Cette porte restera ouverte...

— Inutile ! Je ne la franchirai pas.
— Non ? En ce cas, j'irai frapper à la vôtre !
— Vous ne ferez pas cela !
— Non ? Vous voulez parier ?
— Cela causerait un affreux scandale !
— Tant pis !

Pour un homme fatigué, il devait avoir encore de bonnes réserves, car il bondit sur elle, l'arracha à sa colonne tout en la dépouillant de son vêtement avant de l'enlacer étroitement.

— Tu me mets le sang en feu, murmura-t-il contre sa bouche. Il suffit que j'évoque ton corps pour que le désir s'empare de moi.

Le baiser qui suivit s'acheva comme le précédent, après quoi il dit, encore haletant :

— Imaginez un peu, madame la duchesse, que je laisse aller mon imagination en plein conseil. Le bel effet que ferait cet étalage d'instinct... bestial sur Mme de Brienne par exemple ! Alors ? Vous me rejoindrez la nuit prochaine ?

— Et moi qui vous prenais pour un romantique ! Un...

— Un esclave soumis ? C'est vrai, je suis tout à vous ! Mais vous me marchandez par trop les récompenses ! Ayez un peu pitié d'un adorateur affamé !

— Ce n'est pas ainsi que je vous imaginais...

— Et qu'imaginiez-vous ?

Elle ne répondit pas. Simplement parce qu'elle n'en savait rien et qu'elle avait besoin de réfléchir. Ce qui venait de se passer lui donnait une sensation de malaise en dépit de la bienheureuse lassitude où flottait son corps. Elle venait de découvrir un Nemours inattendu, voire inquiétant. Jusque-là, elle ne voyait en lui qu'un amant parfait doublé d'un ami dévoué, attentif à ses moindres désirs, un beau toutou de Cour, élégant et décoratif, mais s'il se mettait à parler en maître, il allait falloir se méfier... d'elle-même. Ce qui était grave ! Ne venait-elle pas de lui permettre d'imposer sa loi de mâle ? En outre, elle avait ressenti un plaisir violent à s'y abandonner, et c'est ce qui était inadmissible parce que cela pouvait la conduire à sa perte et qu'elle n'aimait pas assez le jeune homme pour lui laisser prendre barre sur elle. Elle n'accorderait jamais ce droit qu'à un seul... et celui-là avait besoin d'aide !

Le lendemain, tout en faisant auprès de sa princesse office de dame d'atour après que les caméristes se furent retirées, elle entreprit de lui faire apprendre la leçon préparée pour elle et que l'on pouvait résumer en quelques mots : sous couleur de faire savoir aux amis restés à Paris, comme à la famille, que la « douairière » était arrivée à bon port, il s'agissait de jeter les bases d'une entente visant à soulever suffisamment de rébellions – parisiennes ou provinciales – pour inquiéter Mazarin et l'obliger à rendre leur liberté aux princes... Avec l'accord de Mme de Châtillon, qui proposait sa ville, solidement fortifiée et bien ravitaillée, comme centre nerveux de soulèvement.

Ce fut moins difficile qu'elle ne le craignait. Après une bonne nuit de repos, Charlotte avait repris du poil de la bête et la perspective de combattre pour ses fils l'enchantait... Ce fut d'une voix assurée qu'elle distribua les rôles, peu nombreux pour l'instant, mais Isabelle comptait sur l'effet boule de neige... Des lettres étaient déjà préparées.

En résumé, tandis que le duc de Nemours rentrerait à Paris pour s'entendre avec le président Viole, le coadjuteur et quelques autres, un messager partirait pour Montrond joindre Claire-Clémence et surtout Lenet, qui avait tenu à la suivre afin de veiller sur son fils, invitant la mère et l'enfant à rejoindre Châtillon pour y réunir la famille tandis que Montrond se situerait au centre des combats que l'on espérait efficaces. La place appartenant toujours à Charlotte, elle était parfaitement en droit d'en disposer comme elle l'entendait. Enfin, un troisième messager – ce serait Bastille qu'Isabelle savait capable de se tirer de n'importe quelle situation – se rendrait à Stenay où Mme de Longueville avait séduit – le mot était faible ! – le grand Turenne jusqu'à lui faire abandonner son devoir envers un Roi coupable d'avoir Mazarin comme ministre.

— C'est toi qui as le plus difficile, lui dit plus tard Isabelle, usant du tutoiement qu'il avait demandé en souvenir de Gaspard son maître. Mme de Longueville me hait, mais je veux espérer que sa mère représente encore quelque chose à ses yeux et que nous sommes avant tout au service de ses frères... et accessoirement de son époux. Voici, enfin, une dernière lettre que tu remettras au comte de Bouteville, mon frère, si tu parviens à savoir ce qu'il est devenu, mais qui devrait s'être mis au service de M. de Turenne. Il l'admirait presque autant que Condé !

Elle lui remit de l'argent en souhaitant que Dieu l'accompagne, puis s'en alla rejoindre Charlotte qui, après ce bel effort, se promenait sur la terrasse avec Mme de Brienne. Elle s'apprêtait à sortir du château quand Nemours se dressa devant elle, visiblement très mécontent :

— Je sais que vous avez dicté à Madame la Princesse douairière chacune des paroles qu'elle nous a fait entendre. Cela permet de supposer qu'il en va de même pour le supplément d'entretien que je viens d'avoir avec elle ?

— Ayant eu des ordres à donner, je ne comprends pas à quoi vous faites allusion. Je ne lui dicte tout de même pas chacune des paroles qu'elle prononce. Que vous a-t-elle dit ?

Son visage était un miracle d'innocence, mais le jeune homme ne se dérida pas :

— « Dit » me paraît faible ! Elle m'a presque supplié de partir aujourd'hui même, tant elle est anxieuse de recevoir des nouvelles de ses fils ! Et j'ai peine à croire que vous n'y soyez pour rien ! Si je vous insupporte à ce point, vous pouviez me l'apprendre vous-même !

— C'est ce que je n'aurais pas manqué de faire si c'était le cas, mais je ne suis pas à l'origine de la prière – bien normale – d'une mère angoissée.

— Vous le jureriez ?

— Oh, sans la moindre hésitation : je vous le jure !

Le plus fort est qu'elle ne mentait pas et que Charlotte avait agi de son propre chef, même si cela rendait service à son hôtesse. Afin d'atténuer sa déception, elle ajouta :

— Ne regrettez rien ! Je ne serais pas venue vous rejoindre... quelque envie que j'en aie !

— Pourquoi ? Mais pourquoi ?

— Peut-être parce que j'ai honte de m'être donnée à vous sous le même toit que mon fils et que cette mère crucifiée ! C'est... c'est offenser Dieu ! murmura-t-elle, découvrant avec stupeur qu'elle était sincère quand une larme lui monta aux yeux.

— Cela signifie que vous ne voulez plus de moi ?

Ce ton plaintif lui rendit une bienheureuse colère.

— Quand cesserez-vous de détourner les mots de leur signification ? Nous ne serons pas toujours ici et on ne renonce pas aisément aux délices que nous vivons ensemble ! Mais ne vous avisez plus de me tutoyer comme vous l'avez osé ce matin !

Il partit.

Les jours qui suivirent furent des jours de détente dont tous avaient besoin.

Le temps était délicieux et la jolie vallée du Loing dévoilait tous ses charmes au soleil. Le château lui-même, un rien rébarbatif quand Isabelle s'y était installée, offrait à présent un visage plus souriant par la grâce des plantations ordonnées par la jeune duchesse sur la terrasse et des coupes ainsi que des aménagements dans l'espèce de bois qui tenait lieu de parc. L'intérieur lui aussi présentait plus de confort et de gaieté et, même s'il ne pouvait se comparer à Chantilly, la princesse Charlotte et le très restreint groupe de personnes qui l'accompagnaient ne cachaient pas qu'elles l'appréciaient. D'autant mieux que Jeanne Bertin avait produit un sien neveu, repêché par son époux dans une auberge de Montargis où il venait d'être battu comme plâtre par son patron pour avoir osé rehausser une sauce, avant de la servir, d'un jaune d'œuf battu dans la valeur d'une cuillère à entremets de vin doux. Bertin s'était hâté de ramener la victime dans une région plus hospitalière – à savoir la cuisine de Châtillon! –, où Jérémie avait toute latitude à laisser s'épanouir un talent qui apportait un plus de chaleur au cœur des « réfugiés ».

Un réconfort qui se révéla vite utile, car si le soleil continuait à briller, si l'air respiré restait aussi doux, les nouvelles que l'on reçut étaient franchement détestables.

Pas trop de Paris où le président Viole répondit à Isabelle, entre deux protestations de dévouement où l'obligeait l'amour grandissant qu'il lui portait, que le temps n'était pas venu de libérer Condé, le peuple – et le coadjuteur donc! – n'ayant pas encore digéré ses colères et la rudesse de ses traitements quand il tenait la capitale.

Evidemment, Nemours écrivait aussi – dans un style beaucoup plus... lyrique –, jurant de sa ferme intention de préparer l'évasion du prince à défaut de sa libération et de mourir plutôt que de voir couler un pleur des beaux yeux de sa déesse...

— Il a dû rencontrer Mlle de Scudéry, Benserade ou Dieu sait quel thuriféraire des Précieuses, commenta Isabelle pour Agathe, son unique confidente. Je n'ai pas besoin qu'il meure! Tout au contraire, je le veux bien vivant! Et actif! A quoi pourrait-il servir au fond d'un tombeau?

Autrement dit : côté Paris, c'était le *statu quo*. Il n'en allait pas de même à Montrond. Lenet écrivait qu'il n'était pas question que Claire-Clémence et son fils se rendent à Châtillon. S'ils sortaient de leur abri, ce serait pour aller à Bordeaux y rencontrer don José Osorio qui devait arriver d'Espagne escorté de trois frégates, nanti d'un demi-million de livres. En outre, l'on s'apprêtait à renforcer les remparts de Montrond contre l'armée royale si elle s'y aventurait...

La lettre étant adressée à Madame la Princesse douairière, il était impossible de la lui dissimuler... Isabelle craignait les larmes de désespoir; elle eut droit à une violente colère et à un ordre de reprendre la plume. En termes énergiques, Charlotte rappelait à sa belle-fille que Montrond lui appartenant en propre, qu'elle lui interdisait de l'opposer à l'armée royale et que d'ailleurs son époux repousserait fermement et violemment quelque accord que ce soit avec l'ennemi du royaume. Plus encore d'en recevoir de l'or.

Elle rappelait du même coup à Lenet – et aussi durement – qu'il était au service des princes de Condé et non à ceux d'une gamine irresponsable dont la mère était morte folle...

Restait à savoir ce qui se passait à Stenay!

Le chemin étant beaucoup plus long, on ne le sut que bien après, quand Bastille revint...

Il reparut un matin à l'aube, alors que les portes de Châtillon venaient juste de s'ouvrir et que la Princesse dormait encore. Mais il demanda à voir Mme la duchesse.

Isabelle, qui se levait aux aurores, le reçut dans sa chambre, habillée de pied en cap. La mine sombre de son messager la frappa, même si elle n'en montra rien.

— Alors ? fit-elle.

— Les nouvelles ne sont pas bonnes, répondit-il.

— Seulement pas bonnes ou franchement mauvaises ?

— A vous de juger : Mme de Longueville m'a remis un message pour madame sa mère et je le lui remettrai...

— Tu sais ce qu'il contient ?

— Je le sais, mais d'abord il faut vous dire que le maréchal de Turenne en est amoureux fou, tout dévoué à ses ordres et prêt à affronter l'armée royale. Mais il y a mieux. Tous deux ont désormais partie liée avec l'Espagne, qui a promis des troupes et de l'or. Le duc de Bouillon, frère du maréchal qui est là-bas, est lui aussi...

— ... vendu aux Espagnols ! Bien que ce soit une honte, je n'en attendais pas moins de celui-là... C'est tout ? Non, si j'en juge ton air embarrassé, ce n'est pas tout ! Parle ! L'attente n'a jamais adouci les nouvelles catastrophiques !

Il détourna les yeux avant de lâcher :

— Monsieur le comte de Bouteville, lui aussi, a...

— N'en dis pas plus ! Laisse-moi à présent et va te reposer !

Avec un regard inquiet à ce visage devenu blême, il murmura :

— Je vous ai fait du mal. Voulez-vous que j'appelle ?

— Non... rien ! Merci de ton dévouement ! Va !

Il se retira à regret, frappé par le changement que si peu de mots venaient d'opérer en elle. La jeune duchesse ressemblait à un animal blessé. En fait, c'était un passé menaçant qui venait de remonter d'un seul coup, avec ses traces sanglantes. François, son François, le cher petit frère, traître à son Roi comme l'avait été le frère de la princesse Charlotte, Henri de Montmorency, le dernier duc, mort sur l'échafaud de Toulouse, comme son père à elle, décapité à Paris pour simple désobéissance ! Sur quel drap noir de quelle ville François laisserait-il sa tête, perdant ainsi la dernière chance pour lui, le dernier de la race, de relever le titre ducal ? François, si vif, si gai – le caractère l'était aussi –, et que dire du cœur ?

Un soupçon lui venant, elle fit rappeler Bastille.

— J'ai encore une question à te poser. Mon frère est-il tombé lui aussi sous le charme de Mme de Longueville comme M. de Turenne ?

— Oh, que non ! Il la connaît depuis trop longtemps !

— Alors c'est pour imiter le maréchal qu'il a toujours admiré ?

— Mais moins que M. le Prince de Condé ! S'il accepte l'or espagnol, voire des troupes, c'est pour voler à son secours, l'arracher à sa prison et le ramener triomphalement à la tête des armées, et chasser définitivement le Mazarin en qui il voit l'ennemi juré du royaume. L'or espagnol pour chasser un Italien lui paraît de bonne guerre !

— L'or espagnol ? Condé n'en voudrait à aucun prix ! Pour lui, l'Espagne, c'est l'adversaire perpétuel qu'il n'a cessé de combattre à Rocroi et ailleurs ! Il ne peut pas se renier à ce point... Et Mazarin finira bien par disparaître comme un mauvais rêve !

— Mais pour l'instant il est là et bien là ! déplora la Princesse quand Isabelle l'eut mise au courant. Il a tous les pouvoirs sur ses prisonniers. Qui pourrait dire que demain, ou quelque autre jour, on ne les retrouvera pas morts dans leur affreuse cellule déjà fatale à tant d'illustres personnages ? Pourtant, je sais que tous trois refuseraient avec horreur de devoir la liberté à l'Espagnol ! Mon Dieu, que faire ?

L'inquiétude de la pauvre femme se changea en affolement quand Isabelle apprit par une lettre de Viole que le jeune prince de Conti, le plus fragile des deux, était très souffrant. Ne sachant trop quelle pourrait être la réaction de la Reine, elle pria Viole de remettre au ministre Le Tellier, qui avait fait arrêter ses fils, une lettre où elle implorait que l'on permît à ce garçon de vingt ans, qui était d'une constitution délicate, d'aller prendre les eaux de Bourbon – sous bonne garde évidemment ! –, comme il était accoutumé de le faire depuis l'enfance. Pour Condé et son beau-frère, elle priait aussi instamment qu'on les autorisât à monter quotidiennement « prendre l'air au sommet du donjon ». Mais ne reçut aucune réponse : Le Tellier avait d'autres chats à fouetter.

On apprit aussi qu'au même moment Turenne était en train d'envahir la Champagne à la tête d'une armée franco-espagnole, cependant que

Bordeaux accueillait avec tous les honneurs dus à son rang Claire-Clémence venue accompagnée de Lenet et de quelques autres recevoir don José Osorio et ses trois frégates : un vrai triomphe dont Charlotte pensa mourir de fureur et de honte !

Du côté de l'Est, les nouvelles étaient aussi alarmantes : François de Bouteville, à la tête d'une avant-garde de cavalerie, était arrivé à La Ferté-Milon, à dix lieues de Paris, et se proposait d'investir le château de Vincennes et de libérer les princes. C'était le 27 août...

Le résultat fut que, deux jours plus tard, Le Tellier les en extirpait et les transférait sous bonne escorte dans la forteresse de Marcoussis où ils seraient mieux à l'abri d'un coup de main.

Mais le succès des Condéens ne dura guère. Turenne, qui n'avait pas reçu les renforts promis par l'Espagne, n'osa pas s'aventurer au-delà de Reims, et Bouteville, ne se sentant plus soutenu, revint prendre position auprès de son chef. A Bordeaux, on essuyait aussi des déceptions. L'or espagnol n'avait pas excédé quarante mille écus vite épuisés et l'on manquait d'argent. Lenet se résigna à négocier secrètement avec Mazarin. Le 15 septembre, il fut convenu que la ville serait rendue au Roi et que l'on mettrait bas les armes moyennant une amnistie générale.

Le 1er janvier, l'amnistie était proclamée au profit de la jeune princesse de Condé, des ducs et de leurs partisans, qui, de leur côté, juraient de ne plus faire alliance avec l'Espagne et de servir fidèlement le Roi de France ! Cependant – car il y avait un inconvénient de taille ! –, il était admis, selon Lenet, de ne rien respecter de ces engagements vis-à-vis du cardinal. Et le 3 octobre le marquis de Lusignan s'esquivait secrètement afin de porter une missive de Claire-Clémence au Roi d'Espagne dans le but de s'entendre avec lui en vue d'entreprendre une nouvelle campagne... Enfin, comme la place forte de Montrond devait être démantelée et remise aux troupes royales, Lenet se précipita à Châtillon avertir la légitime propriétaire de s'en abstenir.

Il s'attendait à trouver en face de lui une malheureuse femme éplorée, écrasée par le chagrin et l'angoisse. Il fut reçu dans la salle du Conseil par une souveraine admirablement parée qui déversa sur lui le trop-plein d'une colère depuis longtemps contenue.

— Montrond m'appartient en propre, M. Lenet, et je suis libre d'en disposer à ma guise. Aussi, sachez que je ne tolérerai pas davantage que l'on use de ma ville pour en faire le théâtre de la guerre. En foi de quoi elle sera démantelée et remise à Sa Majesté le Roi quand il lui plaira d'y envoyer ses troupes ! Quant à cette pauvre sotte qui se prend pour une héroïne de roman, dites-lui que son comportement ne m'étonne guère de la fille d'une folle et que je souhaiterais que mon petit-fils soit remis à des mains plus sérieuses. Enfin que, pour avoir la jouissance de mes biens, il lui faudra attendre que je sois morte ! Seul le parlement de Paris qui a décrété l'arrestation de mes fils peut me les rendre !

De chaque côté d'elle siégeaient l'abbé Roquette et l'abbé de Cambiac qui approuvèrent ses paroles. Lenet eut beau plaider, palabrer, supplier même, rien n'y fit. Il dut ravaler une colère que le demi-sourire de Mme de Châtillon, debout derrière le siège de Charlotte, maniant un éventail pour rafraîchir cette dernière, attisait. En dépit de l'épaisseur des murs, la chaleur, en effet, se faisait sentir. Lenet n'eut aucune peine à deviner d'où la Princesse retirait cette force nouvelle tellement inattendue.

Détestant jusqu'à l'idée de repartir vaincu d'une « maison » où jusqu'à présent ses avis étaient suivis à la lettre, il demanda une entrevue à la duchesse de Châtillon qui la lui accorda en faisant quelques pas sous une charmille et, d'entrée de jeu, il lui reprocha de donner à sa « vieille amie » des conseils contre l'intérêt des prisonniers.

Elle s'arrêta pour ouvrir calmement au-dessus de sa tête une ombrelle de soie blanche.

— Pensiez-vous en donner de meilleurs à la stupide épouse de mon cousin en l'emmenant jouer les Amazones de tréteaux ambulants à Bordeaux ? Etant donné le résultat obtenu, on peut dire que votre « génie » avait pris des vacances ! Et vous vous surpassez en venant « conseiller » à Madame la Princesse...

— Douairière, ne l'oubliez pas !

— Si vous entendez par là « retournée en enfance », il vous faut des bésicles ! Elle n'a pas encore cinquante-sept ans, ne l'oubliez pas, et ses idées sont des plus nettes ! Vous ne parviendrez jamais à la convaincre de renier la foi jurée sous prétexte qu'elle l'a été à Mazarin ! Elle le déteste comme nous le détestons tous, mais ce n'est pas lui le Roi de France, et c'est au nom de Louis XIV...

— Un marmot qui...

— ... sera majeur l'an prochain et je vous conseille de regarder plus attentivement quand vous aurez l'honneur d'être en sa présence ! Je serais fort étonnée qu'il soit un souverain facile à manier ! Quoi qu'il en soit, jamais vous n'obtiendrez de notre princesse qu'elle manque à la parole donnée. D'autant que ce ne serait pas rendre service aux fils qu'elle aime tendrement ! Redevenez ce que vous étiez, monsieur Lenet : le bon et fidèle conseiller des princes de Condé, et tous nous applaudirons vos décisions ! Moi la première !

Lenet protesta alors de son dévouement à ceux qui nécessitaient le plus son aide : le petit duc d'Enghien de sept ans et sa jeune mère « si fragile ». Il promit de suivre les directives que l'on venait de lui donner et quitta Châtillon sans plus attendre. Mais, une fois revenu à Montrond, il se garda bien de transmettre l'ordre de reddition. La place ne fut ni démantelée ni désarmée[1].

Croyant cette affaire réglée, Charlotte et Isabelle revinrent à leur unique préoccupation : tirer Condé et Conti de leur prison. Justement, une proposition du gouverneur du Bourbonnais, le vicomte de Saint-Gérand, leur arriva par le truchement d'une lettre du comte de Chavagnac,

---

1. Un an plus tard, les troupes royales durent en faire le siège.

proche des Valençay, et à qui l'on pouvait accorder toute confiance. Moyennant une assez forte somme, M. de Saint-Gérand assurait pouvoir obtenir la libération tant souhaitée.

Ne pouvant réunir à Châtillon les deux cent mille écus demandés, Charlotte décida de gager ses joyaux et rendez-vous fut pris avec Chavagnac à Angerville-la-Rivière pour lui remettre la somme convenue. En compagnie d'Isabelle et sous bonne protection, elle se présenta au rendez-vous, remit aussi à Chavagnac une lettre pour ses fils, puis revint à Châtillon avec un nouvel espoir.

Qui ne dura guère : deux semaines plus tard, l'intermédiaire ramenait l'argent à la Princesse. Il avait appris que des espions de Mazarin le surveillaient et, ayant reçu l'avis qu'il allait être arrêté, il s'était échappé de Paris en catastrophe pour restituer ce qu'on lui avait confié...

Ce nouveau choc fut si dur pour la pauvre mère qu'elle tomba malade assez gravement pour inquiéter Isabelle et Mme de Brienne. Et d'autant plus que le médicastre local n'avait pas l'air d'y comprendre grand-chose.

— C'est Bourdelot qu'il nous faut! décréta Isabelle. Il n'a rien à soigner à Montrond quand nous avons un tel besoin de lui! Je vais envoyer Bastille avec une lettre pour... la Princesse. Il serait normal qu'elle vienne visiter sa belle-mère et lui amène son petit-fils... ainsi que son médecin.

Mais Bastille revint bredouille à l'exception d'une courte lettre de Claire-Clémence : elle était souffrante elle-même et craignait que son mal n'aggrave celui de sa belle-mère. Quant à Bourdelot, il s'était rendu en Bourgogne dans sa famille.

Celui qui vint, ce fut Nemours. Inquiet d'être sans nouvelles, il se découvrit une foule de choses urgentes à régler chez lui et poussa jusqu'à Châtillon où il trouva Isabelle et Mme de Brienne rongées d'inquiétude. Sachant, en effet, qu'elles n'avaient rien à espérer de Montrond, elles avaient écrit à la Reine pour lui demander de dépêcher en consultation son médecin, M. Votier, afin qu'il se rende compte par lui-même de l'état de la Princesse.

— Nous n'avons d'autre réponse qu'un bruit venu jusqu'ici nous apprendre que le Cardinal doutait de la véracité de mes intentions. Je chercherais seulement à apitoyer Sa Majesté : qu'elle me permette de ramener notre princesse à la Cour ou, tout au moins, à Chantilly où l'air de la forêt serait peut-être plus bénéfique pour elle... et où elle aurait le réconfort d'être chez elle ! Mais, sacrebleu, s'écria-t-elle, emportée soudain par la colère, si je demande M. Votier, c'est justement pour qu'il puisse constater par lui-même son état ! Qu'est-ce qui vous prend de rire bêtement ? Vous ne me croyez pas, vous non plus ?

— Pardon ! Vous vous trompez ! C'est de vous entendre jurer...

— Vous trouvez ça drôle ?

— Oui et non, fit-il en reprenant son sérieux. Faut-il que vous soyez bouleversée pour en arriver là...

Le temps des trahisons

— Avouez qu'il y a de quoi, monsieur le duc! coupa Mme de Brienne. En dehors de l'inquiétude où nous sommes au sujet de nos princes, les autres membres de la famille opposent l'indifférence à nos invitations à venir nous rejoindre. Elle aimerait tant revoir son petit-fils. De Montrond, Lenet nous écrit – car Madame la Princesse ne daigne pas prendre la plume – que le temps n'est pas assez beau pour déplacer l'enfant! Nous sommes fin novembre, je l'admets, mais il ne fait pas plus froid à Châtillon qu'à Montrond!

— Et Mme de Longueville?

Isabelle haussa des épaules méprisantes.

— Il paraît qu'elle guerroie dans l'Est entourée d'une cour d'hidalgos éblouis par son panache blanc et ses prouesses équestres, sans oublier MM. de Turenne et de La Rochefoucauld qui sont toujours prêts à s'entretuer pour elle. Alors sa mère...

Etait-ce la présence de Nemours pour lequel Charlotte avait de l'amitié, les deux jours qui suivirent apportèrent une nette amélioration qui releva le courage d'Isabelle et de Mme de Brienne. Le jeune homme se comportait d'ailleurs avec une infinie discrétion et, devant l'anxiété de son amie, faisait taire sa passion afin de ne lui offrir que la tendresse d'un grand frère, un bras pour la soutenir, une épaule sur laquelle pleurer quand l'angoisse lui nouait les nerfs.

Pour l'instant, elle était tout à l'espoir. Dès que sa malade serait capable de voyager, même couchée, elle la ramènerait dans son cher Chantilly y achever ses jours – dont il était à craindre qu'ils ne soient plus très nombreux ! –, dans ce cadre de beauté dont on aurait pu croire qu'il avait été créé pour elle.

— Quand elle y sera, confia-t-elle à Nemours, vous m'accompagnerez chez la Reine ! Qu'elle me prive de liberté, d'accord, moi je suis jeune, mais qu'au nom de leur ancienne entente elle lui accorde de mourir dans la douceur de sa maison...

— Je vous escorterai, et serai fort étonné que la Reine vous expédie à la Bastille ! Mais, avant, peut-être faudrait-il adresser un message à Montrond pour que sa bru se décide à lui mener son petit-fils ?

— C'est fait depuis avant-hier, et comme j'ai dépêché Bastille, il ne va sûrement pas tarder à rentrer !

Il était là deux heures plus tard... avec Lenet.

— Ce n'est pas vous que j'attends ! s'emporta Mme de Châtillon. Cela signifie qu'elle ne vient pas, n'est-ce pas ? Quelle excuse a-t-elle encore inventée ?

— Elle vous le dit dans cette lettre ! répondit-il en présentant le pli scellé aux armes des Bourbons-Condés... Enfin, je le suppose, car je n'ai pas eu d'explications. Uniquement l'ordre de la porter.

Isabelle fit sauter le cachet, parcourut le texte – très bref en vérité ! – puis, d'une voix tremblante de colère le relut :

« Je prie madame ma belle-mère et tous mes amis et amies étant auprès d'elle d'avoir toute créance à ce que dira de ma part M. Lenet, lui ayant confié toutes mes intentions. Claire-Clémence de Maillé[1] »

— Ses intentions ? explosa Isabelle en jetant le papier à la figure du messager. Quelles intentions peut bien avoir cette pauvre folle à qui ses délires de Bordeaux en compagnie des Espagnols ont fait tourner ce qui lui restait de cerveau ? Allez donc lui dire, monsieur Lenet, qu'ici elle n'a pas d'amis !

Nemours ramassa la lettre et la tendit sans un mot à l'envoyé visiblement très soucieux.

— Je vous jure, madame la duchesse, que j'ignorais ce qu'elle avait écrit. Jamais je ne me serais chargé d'un tel message !

— Eh bien, allez le lui dire !

— Avec votre permission, je vais rédiger sur l'heure une lettre qu'un messager plus jeune que moi lui portera. Je vieillis, madame la duchesse, et par ces temps d'hiver la route est rude...

— Soit ! Rédigez et Bastille repartira. On va vous loger...

Naturellement, on cacha ce qui venait de se passer à la malade. Peut-être en eut-elle connaissance avec cette étrange prescience qui est parfois le lot de ceux dont la mort approche. Vers deux heures du matin, ce fut, au château, une espèce de branle-bas de combat : Madame la Princesse ordonnait que l'on aille sur-le-champ

---

1. L'usage voulait qu'une femme signe toujours de son nom de jeune fille. Lettre tirée des papiers de Lenet à la Bibliothèque nationale.

lui chercher un notaire. Bertin et Nemours allèrent réveiller celui de Châtillon qu'une voiture amena pour apprendre que Madame la Princesse douairière de Condé voulait ajouter un codicille à son testament : elle léguait à sa chère Isabelle de Montmorency-Bouteville, duchesse de Châtillon, qu'elle aimait comme sa fille, son château de Mello, proche de Chantilly, terres, meubles, seigneuries et autres dépendances. Elle lui léguait en outre parmi ses joyaux son « gros tour de perles, sa grosse chaîne de perles et sa grande boîte de diamants, le tout en reconnaissance de l'amour que ladite dame duchesse a eu pour elle et de l'assistance qu'elle lui a rendue et rend encore à présent dans ses malheurs et afflictions... ». S'y ajoutaient diverses donations à ceux qui l'avaient accompagnée à Châtillon... Lenet, qui, lui, ne recevait rien, devait par la suite l'accuser de « parcimonie » !

Ensuite, elle remercia le tabellion et les gens dont elle avait écourté la nuit avant de se rendormir, apaisée...

La nouvelle lettre de Claire-Clémence arriva datée du 30 novembre. Toujours adressée à Lenet :

« Je suis si touchée des nouvelles de votre courrier que je ne le saurais exprimer ; jusques à présent j'avais toujours eu espérance. Maintenant je n'en ai plus et je vous assure que je suis au désespoir de la savoir à cette extrémité, mais je n'en ai pas la force et c'est tout ce que je puis vous dire... »

— C'est une honte ! s'indigna Mme de Brienne. Pas un mot pour vous ni quiconque d'ailleurs ! Si elle pense se concilier ainsi le cœur d'un époux qui la déteste, elle se trompe lourdement !

Deux jours plus tard, le 2 décembre 1650, Marguerite Charlotte Louise de Montmorency, princesse douairière de Condé, âgée seulement de cinquante-six ans, rendait son âme à Dieu dans les bras d'Isabelle. De son lit de mort, elle avait fait écrire à la Reine pour la conjurer d'avoir compassion de ses enfants, puis, tendant la main à Mme de Brienne, elle lui avait dit :

« Ma chère amie, mandez à cette pauvre misérable qui est à Stenay l'état où vous me voyez et qu'elle-même apprenne à mourir... »

Le jour même du décès et sous la surveillance de Lenet, on procéda en présence de seize témoins à l'inventaire des joyaux, dont ceux offerts à Isabelle n'étaient qu'une partie et pas la plus importante dans l'énorme quantité de diamants, perles, saphirs, rubis, émeraudes et bijoux de toutes sortes qui était en possession de la défunte. C'est cependant le tout qui fut envoyé à Montrond, sans qu'Isabelle levât le petit doigt pour prélever ce qui lui revenait.

Dès le matin, tandis qu'à Châtillon Isabelle faisait procéder à la toilette *post mortem* de sa vieille amie, Nemours partait pour Paris, la suite des cérémonies devant être ordonnée par la Reine selon les désirs de la défunte. En même temps un courrier galopait vers Le Havre où l'on venait de transférer les illustres prisonniers – le duc de

Isabelle et sa princesse

Longueville, gouverneur de Normandie, trouva la pilule amère ! –, emportant une lettre de Lenet pour Condé.

Le 21 décembre, le corps de la Princesse prenait le chemin de Paris avec Isabelle, Mme de Brienne et toutes les personnes de son entourage. Il fut déposé dans l'église Saint-Louis des Jésuites, rue Saint-Antoine[1], où se rendirent « force dames des plus grandes de la Cour et de la ville et force princes de Lorraine et de Savoie et autres grands seigneurs ».

Le lendemain, le service funèbre eut lieu avec la pompe digne d'une aussi noble princesse et, sous ses voiles de crêpe, Isabelle, appuyée sur Mme de Brienne, pleura de tout son cœur celle qu'elle aimait plus que sa propre mère. Ensuite, au milieu d'une foule énorme et silencieuse, le lourd cercueil traversa la Seine pour rejoindre sa sépulture chez les Grandes Carmélites de la rue Saint-Jacques où Charlotte aimait à faire retraite dans le petit pavillon qu'elle avait fait construire. Mais ce fut quand le cercueil eut disparu dans la tombe ouverte qu'Isabelle réalisa enfin que sa princesse ne reviendrait plus. Secouée de sanglots, elle se laissa tomber à genoux sur les dalles[2].

---

1. Aujourd'hui église Saint-Paul-Saint-Louis.
2. Bien des années plus tard, elle devait écrire dans son testament : « [...] quelque lieu que je meure, je veux que l'on prenne mon cœur sans m'ouvrir tout à fait et qu'on le porte au couvent des Carmélites, près du corps de Madame la Princesse qui m'a tendrement aimée et qui m'a fait du bien dont je conserverai la reconnaissance jusqu'au tombeau... On mettra un marbre dessus qui en fera

Ce furent sa mère et Mme de Brienne qui l'en relevèrent et la ramenèrent à l'hôtel de Valençay que Marie-Louise mettait à la disposition de l'une comme de l'autre quand elles séjournaient à Paris. Mme de Montmorency-Bouteville avait en effet le cœur trop haut placé pour prendre ombrage de l'affection qui s'était nouée au fil des années entre Isabelle et celle qui l'avait élevée. Madame de Valençay, pour sa part, n'avait pu assister à la cérémonie. Elle attendait un nouvel enfant et il eût été dangereux de s'aventurer sur les mauvaises routes de l'hiver... Mme de Brienne les y accompagna avant de rejoindre sa propre famille, mais les liens tissés entre elle et Isabelle étaient désormais solides et ce fut en s'embrassant chaleureusement qu'elles se séparèrent en se promettant de se revoir bientôt.

Se retrouver seule avec sa mère dans le calme d'une demeure dont Mme de Bouteville avait donné l'ordre que l'on écarte curieux et importuns – au moins pendant quelques jours ! – fit du bien à Isabelle. Le lent cheminement des années avait apporté à sa mère l'apaisement à la terrible douleur qui, lorsqu'elle avait à peine vingt ans, avait failli la rendre folle. Elle avait alors tant souffert qu'elle avait considérablement amoindri sa capacité de souffrance et elle pouvait compatir pleinement à ce qu'endurait son Isabelle, veuve elle aussi à vingt et un ans et qui maintenant venait de perdre son plus ferme soutien, surtout

mention et l'on donnera deux mille livres aux religieuses pour qu'elles aient la bonté de le permettre... »

contre une famille qui ne devait guère accepter les cadeaux vraiment princiers de la défunte. Et, en effet, Isabelle eut à subir une avanie dont son vieil ami, le président Viole, vint lui donner connaissance : l'épouse de Condé refusait de lui remettre les joyaux qui lui revenaient, se retranchant derrière une lettre anonyme accusant Mme de Châtillon de n'avoir cessé d'entretenir une liaison amoureuse avec le duc de Nemours.

— Et, en admettant que ce soit vrai, s'insurgea la mère, voulez-vous me dire en quoi cela eût entaché l'amitié de la Princesse pour ma fille ? L'aventure retentissante de sa jeunesse avec le Roi Henri l'a toujours préservée de condamner les amours des autres. Rien qu'avec sa propre fille elle aurait eu fort à faire ! Quant à sa bru, cette jeune sotte n'a pas hérité de suffisamment de bijoux ?

— Ce sont peut-être mes perles qu'elle préfère ? Elles sont si belles !

— Alors, si elle veut les garder, vous n'irez pas les lui réclamer ?

— Je ne sais pas encore, mère... J'avoue que je me sens lasse ! Je crois que j'ai surtout besoin de repos et de calme ! Voyez-vous, parfois, je suis fatiguée de me battre !

— Déjà ? Alors que vous êtes si jeune ? Si c'est cela, restez avec moi autant qu'il vous plaira, dit Mme de Bouteville en prenant sa fille dans ses bras. Voulez-vous que nous fassions venir mon petit-fils ? J'en serais si heureuse !

— Moi aussi, mais plus tard peut-être. Je redoute pour lui ce temps de frimas et les chemins difficiles. Dès que le temps le permettra, je l'enverrai chercher. Retrouver une vie de famille me fera le plus grand bien !

Elle était sincère jusqu'envers elle-même. Pourtant une bonne nouvelle vint la sortir de son marasme. Le cher président Viole revint la voir. Il apportait une lettre de Lenet, un simple billet d'ailleurs accompagnant un pli couvert de l'écriture de Condé.

« Dites au président Viole, écrivait le Prince, que j'ai donné ordre aux sieurs Ferrand et Lavocat d'ajuster les choses avec Mme de Châtillon afin qu'elle ait tout ce que Madame lui a donné et que cela n'embarrasse pas notre accommodement de mon frère et de moi. Voyez les mêmes là-dessus pour qu'elle puisse en être en possession au plus tôt et " avec honneur " ! J'attends leur réponse pour ordonner à ma femme de lui envoyer les pierreries et eux donneront ordre pour les meubles. Assurez bien Mme de Châtillon de notre service et priez-la de nous vouloir écrire souvent. Ce nous sera une grande consolation... »

Isabelle en pleura de joie, car elle voyait une preuve d'attachement de la part de celui qu'elle n'avait jamais cessé d'aimer et dont les réactions pouvaient se révéler parfois – et sans la moindre raison – d'une rare violence.

Mme de Bouteville, elle, exulta :

— Vous allez pouvoir prendre possession de ce charmant château de Mello qui est apanage des Montmorency et qui est, à une lieue près,

aussi proche de Chantilly que l'est notre Précy[1] !
Mais auparavant accordez-vous quelques jours
de détente !

— Vous avez raison, mère, je crois en vérité
que ce me sera nécessaire.

— Faut-il que vous soyez fatiguée pour en
convenir...

Le repos n'allait pas durer. Bien que Mme de
Bouteville se fût efforcée de le lui cacher, une
bribe de conversation surprise entre sa mère et le
cher président Viole venu prendre de ses nouvelles lui apprit qu'il lui restait encore un sujet de
tourmente : tandis que la princesse Charlotte
mourait à Châtillon, le grand Turenne, rencontrant près de Rethel l'armée royale commandée
par le maréchal du Plessis-Praslin, subissait une
écrasante défaite. Mais, ce qui était plus grave
aux yeux d'Isabelle, son frère François de
Bouteville devenu le bras droit de Turenne avait
été blessé et fait prisonnier ! Elle ne resta pas
davantage derrière la porte imprudemment
entrouverte où elle s'abritait :

— François blessé ? François captif ? Et vous
ne m'en avez rien dit, mère ?

— Je l'aurais fait si la blessure avait été préoccupante ! Quant à la prison, c'est la Bastille où
nombre de gentilshommes ont séjourné sans
dommage et...

---

1. Les trois domaines forment en effet un triangle rectangle dont
Chantilly et Précy forment la base et Mello le sommet.

— ... Et mon père qui a été exécuté pour une peccadille ? Et notre cousin Henri ? Il est vrai que lui c'était à Lyon, mais...

— Mais le chef d'accusation était plus grave : haute trahison !

— Et qu'a fait François de différent en rejoignant Turenne... et les Espagnols ? Cher Président, si vous avez quelque amitié pour moi, obtenez-moi d'aller le visiter ! s'écria Isabelle.

— Mieux vaudrait se rendre auprès de la Reine pour lui demander sa grâce !

— L'un n'empêche pas l'autre ! Et moi je veux voir mon frère. Je suis certaine de pouvoir le ramener à la raison ! C'est le sort imparti à son chef bien-aimé qui l'a conduit à cette extrémité... Quant à la Reine, la défaite de Rethel devrait l'enchanter : n'est-ce pas une victoire pour son bien-aimé Mazarin ?

— Si nous nous aventurons sur ce terrain, nous n'en sortirons pas ! trancha Mme de Bouteville. Cher Président, pouvez-vous essayer de donner satisfaction à ma fille ?

— Je promets d'essayer. Elle sait bien que lui plaire est ce que je souhaite le plus au monde.

Isabelle eut son entrevue...

En suivant le geôlier dans l'escalier qui montait au troisième étage de la tour Bertaudière à la Bastille, le cœur d'Isabelle battait si fort sous ses vêtements et ses voiles de deuil[1] qu'elle s'avoua qu'elle était inquiète. Il y avait une éternité, en

---

1. Elle portait toujours celui de la Princesse.

effet, qu'elle n'avait rencontré son jeune frère et elle se demandait si leur ancienne et parfaite entente subsistait. Si même il en restait une bribe... et si François jouait encore de la guitare.

Quand la porte s'ouvrit et que le gardien s'effaça pour la laisser entrer, elle ne le vit pas tout de suite, seulement le feu qui flambait dans la cheminée. Ce fut sa voix moqueuse qui la fit se retourner vers le lit où il était à demi étendu, habillé, un oreiller sous sa jambe blessée.

— Une femme ? s'exclama-t-il joyeusement. Mais quelle heureuse surprise ! J'espère que vous êtes jolie, madame ?

— Pour quelqu'un dont la vie est menacée, vous me semblez de bien gaillarde humeur ! dit-elle en se débarrassant de l'ample cape noire à capuche qui l'enveloppait de la tête aux pieds.

En la reconnaissant, il eut un cri de joie.

— Isabelle ? Mais quel bonheur ! Je vous croyais au fin fond de vos terres !

Il voulut se lever, mais elle le repoussa gentiment.

— Restez tranquille ! Puisque votre jambe vous y oblige, profitez-en !

— Embrassez-moi, au moins !

Elle posa ses lèvres sur son front, puis s'assit au bord du lit cependant qu'il grognait, déçu :

— Quel enthousiasme ! Vous avez pris à tâche de me démolir le moral ? Et puis tout ce noir ! Vous êtes en deuil ou quoi ?

— Oui. Et vous devriez l'être aussi ! Je viens de ramener aux Grandes Carmélites le corps de notre princesse Charlotte...

— Elle est morte ?! Oh, non ! réagit-il, envahi par le chagrin. Et je n'y étais pas !

— Ni vous, ni ses fils, ni sa fille, ni sa belle-fille, ni son petit-fils qu'on ne lui a pas accordé la joie d'embrasser une dernière fois... Rien que Mme de Brienne, moi et les gens de Châtillon que sa bonté avait conquis ! Quant à vous, je considère comme une chance qu'elle ne vous ait pas vu et, surtout, qu'elle ait ignoré, ainsi que notre famille, que le dernier des Montmorency va bientôt laisser sa tête sur l'échafaud !

— L'échafaud ? Perdriez-vous le sens ? Je suis prisonnier de guerre...

— On ne met pas des prisonniers de guerre à la Bastille ! Mais des traîtres, oui ! Comme le fut, hélas, notre cousin Henri ! Il avait fait pacte avec les Espagnols, tout comme vous...

— J'ai suivi mon chef, c'est le devoir d'un bon soldat. M. de Turenne ne s'est employé qu'à chercher les moyens de libérer le royaume du pire fléau qu'il ait jamais connu.

— Non ! D'imposer votre loi à vous ! La France entière, je pense, déteste Mazarin au même degré qu'elle a détesté Richelieu dont chacun s'accorde à présent pour reconnaître qu'il fut grand...

— Mais il était français ! Vous entendez, ma sœur ? Français !!! Et il ne couchait pas avec la Reine qui, entre parenthèses, est espagnole !

— Elle a cessé de l'être en épousant Louis XIII ! Et vous n'oubliez qu'un détail, messieurs les mutins ! Qu'elle est la mère du Roi et que Mazarin en est le ministre !

— Un ministre dont il sera ravi d'être débarrassé...

— Qu'en savez-vous ? Vous aurait-il fait l'honneur de vous le confier ? Vous ne l'avez pas vu depuis longtemps, n'est-ce pas ? A votre place, je prendrais garde.

— A quoi ? Il nous remerciera, vous dis-je !

— De mettre son royaume à feu et à sang, et, pour réaliser cette belle prouesse, de faire appel à l'ennemi héréditaire. Dans quelques mois seulement, il atteindra la majorité royale et sera sacré à Reims. Dès à présent je me méfierais de lui ! En ce qui me concerne, je n'oublierai jamais le regard qu'il a posé sur le coadjuteur de Gondi au premier soir de la Fronde. Louis XIV sera un maître omnipotent... A moins que vous ne laissiez vos chers Espagnols l'assassiner ?

— Etes-vous folle ? Pour qui nous prenez-vous ? Nous sommes tous fidèles sujets de Sa Majesté...

— Allons donc ! Vous n'êtes même pas capables de vous en remettre à l'avis du plus grand d'entre vous ! Jamais, vous m'entendez, jamais le vainqueur de Rocroi ne se vendra au Roi d'Espagne auquel il a si glorieusement fait mordre la poussière ! Parce que lui n'est pas un traître ! Pensez-y quand vous vous agenouillerez devant l'épée du bourreau, François de Montmorency-Bouteville ! Qu'importe, après tout, si votre mère et vos sœurs en meurent de chagrin et de honte ! Geôlier !

Saisissant sa mante au passage, elle courut à la porte que l'homme ouvrit et s'élança dans

Le temps des trahisons

l'escalier au risque de se rompre le cou. Aveuglée par ses larmes, elle se fût abattue au seuil de la tour si l'un des gardes ne l'avait saisie à temps et remise à Agathe qui l'attendait dans la voiture.
— Nous rentrons! cria celle-ci au cocher.

11

La châtelaine de Mello

En reprenant contact avec la vie parisienne, Isabelle, semblable à une lectrice de roman-feuilleton à la feuille qui a manqué quelques publications, s'aperçut qu'à l'abri feutré des salons on n'avait pas cessé de comploter contre Mazarin.

Ainsi une amie de Mme de Longueville, Anne de Gonzague, princesse Palatine[1], s'était efforcée de réunir autour d'elle ceux des mécontents qui pouvaient avoir une quelconque importance dans cette histoire de fous : frondeurs comme Beaufort et le coadjuteur de Gondi, amis de Condé comme Nemours et La Rochefoucauld, ambitieux de tous poils avec en tête Monsieur, duc d'Orléans, le pire de tous, sans oublier les parlementaires tirés de l'obscurité comme Broussel devenu plus enragé que les autres. Agissant dans divers milieux, ceux-là poursuivaient un unique objectif :

1. Rien à voir avec la célèbre Palatine, Elisabeth-Charlotte de Bavière, qui fut la seconde belle-sœur de Louis XIV. Celle-là – beaucoup plus belle ! – était française et sœur de la Reine de Pologne et mariée à l'électeur palatin.

Mazarin, dont ils avaient juré la perte à l'unanimité! Or la bataille de Rethel, en écrasant Turenne et en envoyant Bouteville blessé à la Bastille, représentait un éclatant triomphe pour le ministre exécré et presque une injure personnelle envers le duc d'Orléans qui se voyait assez bien Régent, même si la majorité royale n'était plus très éloignée.

Ce fut ce qu'expliqua Nemours à Mme de Châtillon au lendemain de sa visite à François, quand elle put constater que la populace se remettait à crier : « Sus au Mazarin ! » et que Paris reprenait le visage menaçant d'autrefois.

— En ce moment même, le Parlement envoie une députation à la Reine pour lui demander la liberté des princes. Une forte députation, précisat-il. Il se pourrait que dès ce soir nous soyons débarrassés de cet Italien de malheur...

— C'est seulement maintenant que vous me racontez cela? coupa-t-elle l'œil orageux.

— Moi qui pensais vous faire plaisir... Ne croyez-vous pas qu'avec ce que vous viviez à Châtillon il aurait été du dernier mauvais goût de vous rebattre les oreilles des problèmes que nous suscitons à ce faquin? Vous connaissez Mme de Gonzague, il me semble?

— C'est de Mme de Longueville qu'elle est l'amie. Cependant j'aurai plaisir à la revoir. Ne fût-ce que pour la remercier d'être venue prier aux Grandes Carmélites au jour des funérailles...

— Permettez-moi de vous conduire chez elle!

— Ma foi, non! Allons, ne faites pas cette tête! Vous m'y conduirez plus tard. Pour le moment, je vous l'avoue, j'ai besoin d'un temps de réflexion.

— Vous n'allez tout de même pas rentrer à Chantilly alors que nous sommes à la veille de renvoyer ce parvenu ?

— Croirait-on que c'est au bout du monde ? Non, je ne vais pas là-bas. Je reste ici pour dormir encore un peu ! C'est aussi bête que cela ! Dormir ! Vous n'imaginez pas à quel point j'y aspire ! Tant de nuits sans sommeil à veiller ma Princesse !

— Vous me surprenez ! Je pensais, au contraire, qu'après cette entrevue avec votre frère vous cracheriez feu et flammes pour le sortir de là.

— Eh bien, non ! Pendant qu'il est « neutralisé », au moins, il ne commet pas de sottises supplémentaires... Il ne jure que par l'Espagne ! Je vous demande un peu !

— Cela lui passera quand il retrouvera Monsieur le Prince ! Vous savez que c'est son dieu ! Et il se peut que notre délivrance soit rapide, vous savez ?

— Je veux y croire autant que vous... et je ne vous défends pas de m'apporter de bonnes nouvelles !

— Pourrai-je espérer obtenir... ma récompense ?

Il avait baissé le ton et se tenait à présent tout près d'elle, mais elle le repoussa d'un doigt.

— Nous verrons à ce moment-là !
— Isabelle !
— Il s'agit d'une récompense ? Méritez-la !

La délégation devait en effet être suffisamment persuasive, car, la nuit suivante, Mazarin, qui avait pris peur, s'enfuit à Saint-Germain avec une forte escorte.

Trois jours plus tard, les Cours souveraines réunies rendaient un arrêt prononçant le bannissement du ministre assorti d'une interdiction de revenir jamais en France et, cela posé, chargeait quatre des leurs de faire signer par la Reine un ordre de mise en liberté des princes puis de le leur envoyer porter dès le lendemain.

Averti, Mazarin crut de bonne guerre d'aller lui-même les délivrer et arriva avant l'envoyé de la Reine. Pour un homme aussi habile et aussi fin, c'était la bévue à ne pas commettre : au lieu de le remercier, Condé lui rit au nez et le traita avec un mépris tel que le Cardinal ne devait jamais oublier. Mais, comprenant qu'il était perdu s'il s'attardait et que son escorte n'était pas un luxe inutile, il remonta dans son carrosse et se dirigea vers l'Allemagne où il trouva refuge près de l'Electeur de Cologne.

Quand on sut que les princes revenaient, Paris, qui avait explosé de joie quand on les avait emprisonnés mais qui n'en était pas à une explosion près, explosa derechef et se lança au-devant d'eux. A partir de Pontoise, la route était encombrée de carrosses et la traversée de Saint-Denis, débordant d'une foule hurlante, présenta des difficultés jusqu'à ce que l'on rencontre M. de Guitaut qui venait, au nom de la Reine, présenter ses compliments aux revenants, et, ensuite, à La

Chapelle, Monsieur, duc d'Orléans, les fit monter dans sa voiture afin de les conduire au Palais-Royal saluer la Reine... qui les reçut sur son lit. Enfin on gagna l'hôtel de Condé où s'entassait une grande partie de la Cour. Seul Nemours, une fois les princes rentrés au bercail, se rendit à l'hôtel de Valençay pour y recevoir la divine récompense qu'il pensait avoir si bien méritée, mais dut s'en retourner passablement dépité.

Après avoir, le matin même, appris du président Viole la libération de son frère, Mme la duchesse de Châtillon était partie prendre possession de son château de Mello...

Il faut avouer qu'il en valait la peine !

Mello[1], Isabelle le connaissait depuis toujours, et depuis toujours il lui plaisait, plus même que le magnifique Chantilly. Peut-être parce que, en dépit des deux tours d'origine, il possédait cette grâce et ce charme qui sont l'apanage des châteaux de femmes. Il avait été confisqué au moment de l'exécution d'Henri de Montmorency mais rendu très vite à sa sœur, lui apportant aussi un peu de consolation. Quant à Isabelle, c'était pour elle le nid rêvé, même si elle avait réussi à rendre presque confortable son rude Châtillon.

Bâti sur une colline au-dessus de la charmante vallée du Thérain, pur joyau de la Renaissance

---

1. On disait alors Merlou, ce qui semble difficile à comprendre puisque son fondateur, au IXe siècle, était le sire de Mello. Par la suite il passa aux Nesle puis aux Montmorency, et à la duchesse de Châtillon. Confisqué durant la Révolution, il fut acquis enfin par le baron Sellières qui l'a laissé à ses enfants.

fait de pierres blanches et de toits d'ardoises, ouvert par ses nombreuses fenêtres sur la petite ville couchée à ses pieds comme un gros chat paisible, Mello avait tout ce qu'il fallait pour séduire une femme de goût, y compris un ameublement et des serviteurs, peu nombreux sans doute pour l'intérieur mais de qualité. Avec eux la propriétaire pouvait s'absenter plusieurs années, il n'y aurait pas de mauvaises surprises au retour. Et la dernière avait été cette femme exquise qu'était Charlotte.

Isabelle s'y installa donc avec une vive satisfaction et la curieuse impression de rentrer chez elle. Son premier soin, bien sûr, fut d'envoyer Bastille à Châtillon, chargé de ramener son petit garçon, sa nourrice et sa « maison », tandis que l'on préparerait une chambre près de la sienne. On était au début du printemps ; tout allait refleurir et le moment paraissait heureusement choisi pour débuter la nouvelle vie que la jeune duchesse voulait brillante, mais aussi familiale, puisqu'elle était à peu près à égale distance de Précy et de Chantilly.

Autour d'elle, en tout cas, il n'y avait que des gens satisfaits. Mme de Bouteville était ravie du voisinage de sa fille et Agathe enchantée d'avoir enfin une vie conjugale presque normale. Elle pouvait rencontrer son époux quand elle le voulait et il ne se passait guère de jours sans que **son** jeune beau-frère, Jacques, vienne lui porter **un** message ou recevoir de ses nouvelles.

Tout cela mis à part, grâce aux nombre**uses** lettres du président Viole – qui prenaient sensiblement mais de façon incontestable le ton de messages d'amour – et aux courants d'air arrivés d'un peu partout, la jeune duchesse n'ignorait rien de ce qui se passait à Paris.

L'allégresse y était générale, sauf au Palais-Royal où la Reine était, sinon isolée, du moins à l'écart d'une liesse populaire qu'elle admettait d'autant moins qu'elle n'y comprenait rien. Les anciens prisonniers étaient quasi déifiés. De jour comme de nuit – ou presque –, l'hôtel de Condé rénové voyait s'allonger à sa porte des files d'adorateurs. Pour leur donner du grain à moudre, Monsieur le Prince avait fait chercher à Montrond son épouse dégoulinant d'orgueil et son fils qui allait sur ses huit ans. Pendant ce temps-là, Monsieur le Prince vaquait à ses plaisirs. L'argent ne lui manquait pas car il s'était fait remettre, à titre de dédommagement pour son « emprisonnement injuste » et ses arriérés de pensions, la coquette somme de un million trois cent mille livres. Cela lui permettait de tenir table ouverte à Paris et de festoyer à Saint-Maur ou ailleurs en compagnie de Beaufort et de Nemours, et de donner une fête à tout casser pour le retour de Mme de Longueville, sa sœur bien-aimée que nimbait à présent une auréole façon Jehanne d'Arc, la pureté en moins.

On porta le couple aux nues, ce qui eut le don d'indisposer de plus en plus le duc de Longueville, le troisième captif qui en avait subi autant que les autres mais qui passait à peu près inaperçu ! Sa fille, Marie d'Orléans-Longueville, eut beau jeu de lui faire remarquer qu'avoir épousé une déesse traînant toujours derrière elle un minimum de deux amants n'était pas une si bonne affaire. Même avec une sérieuse différence d'âge, les ramures d'un cerf étaient aussi gênantes pour mettre un chapeau que pour coiffer la couronne ducale.

Quant au jeune Conti, qu'il était question de marier à la ravissante fille de la dangereuse duchesse de Chevreuse, il se roula aux pieds de sa sœur, plus énamouré que jamais.

— Quelle famille ! soupira Mme de Brienne venue passer quelques jours chez sa jeune amie. Autrefois l'inceste vous menait droit à l'échafaud, mais, les trois Condés se considérant « comme des dieux[1] », ils ne sauraient bien sûr faire leur une morale qu'ils doivent juger regrettablement bourgeoise !

— Bah, laissons-leur un peu de temps pour les retrouvailles. C'est un grand moment pour eux...

— Vous êtes bien indulgente, dites-moi ! Cela ne vous ressemble guère.

— J'essaie d'être juste, soupira Isabelle. C'est aussi la première fois qu'ils se rassemblent depuis la mort de notre princesse. Tous l'adoraient !

— Les garçons surtout ! Ils étaient si fiers de sa beauté. Dès qu'Anne-Geneviève a pris conscience de la sienne, elle s'est écartée de sa mère. Peut-être afin d'éviter les comparaisons. Elle avait pour elle une rayonnante jeunesse, mais Madame la Princesse possédait un charme, une gaieté, une

---

1. Ainsi en jugeait Mme de Longueville.

joie de vivre que n'aura jamais une fille sans cesse à la recherche de sa propre gloire, et qui n'est même pas effleurée par l'idée qu'elle devrait porter le deuil, comme elle aurait dû être présente au chevet de sa mère mourante.

Une voix claironnante lui coupa la parole. Mme de Longueville, qui avait interdit que l'on prévienne de sa visite, s'avançait dans la pièce vêtue et empanachée de ce bleu turquoise si semblable à la couleur de ses yeux.

— Un rôle que vous avez accepté avec délectation, n'est-ce pas, ma cousine ? L'occasion était trop belle aussi ! Les fils en prison, la fille à la guerre... et plus personne entre la cousine pauvre et le fabuleux héritage. Comment résister à pareille tentation ? Mais aussi, quel résultat, persifla-t-elle en virant sur ses talons, une main levée désignant le remarquable plafond à caissons bleu et or.

Mme de Brienne s'apprêtait à faire entendre sa protestation, mais Isabelle, d'un geste et d'un sourire, l'en dissuada. Puis :

— Vous avez bientôt fini ?

— C'est selon le temps que vous mettrez à comprendre que votre place n'est nullement ici !

— Ah non ? Et pourquoi, je vous prie ?

— Mais parce que c'est l'évidence ! Le plus joli de nos châteaux après Chantilly en échange de quelques jours de soins et d'hospitalité on ne peut plus naturels entre cousins ? Mello ne peut appartenir qu'à nous !

— Vous, les Condés ? C'est là que vous faites erreur. Depuis des décennies, Mello est un bien

Montmorency ! C'est la raison pour laquelle il appartenait en propre à notre princesse. Et, que vous le vouliez ou non, je suis une Montmorency. Il vous sied de venir réclamer ce qui ne vous a jamais appartenu... et en cet équipage ! Non seulement vous n'êtes pas accourue au chevet de votre mère agonisante, mais en plus vous ne lui faites même pas l'honneur de porter son deuil !

— Deuil de façade destiné à l'édification de la galerie ! Ce n'est pas difficile ! Quant à ma mère, je sais qu'elle avait beaucoup décliné et perdait l'esprit !

— Moi, je ne le crois pas, intervint Mme de Brienne. Permettez-moi, Isabelle, de mettre les choses au point. J'ai un message à délivrer à madame la duchesse de Longueville, car c'est à moi que Madame la Princesse l'a confié. Je n'avais pas l'intention d'en faire état, mais, après ce que je viens d'entendre, je ne souhaite plus me taire. Avant de rendre à Dieu son âme si généreuse, votre mère s'est adressée à moi : « Ma chère amie, dites à cette pauvre misérable qui est à Stenay qu'elle apprenne à mourir ! »

Sous le choc des paroles sévères, Mme de Longueville pâlit et eut un bref mouvement de recul, mais la colère réapparut aussi vite et elle voulut s'en prendre à sa cousine. Mais celle-ci s'était approchée d'une fenêtre et regardait au-dehors. Cependant Mme de Brienne remontait au créneau :

— Encore que faible, votre seule, votre *seule* excuse est l'éloignement. Il n'en va pas de même en ce qui concerne l'épouse de Monsieur le

Prince, qui non seulement a refusé à la mourante d'embrasser une ultime fois son petit-fils – Montrond n'est pas à cent lieues de Châtillon ! –, mais en plus a adressé ses derniers messages à Lenet ! En revanche, elle a fort bien su s'approprier la totalité des joyaux de votre mère jusques et y compris ceux qui ne lui revenaient pas !

— Comme si cette fille avait jamais présenté le moindre intérêt !

Abandonnant sa fenêtre, Isabelle refit face :

— Elle agit pourtant comme si elle était une puissance, puisqu'elle n'a pas tenu compte des ordres de votre mère à qui Montrond appartient et qui entendait que sa ville reste fidèle au Roi !

— Pour cette fois je lui donne raison. Etre fidèle au Roi ne s'entend plus comme avant, puisque son auguste personne sert d'abri à Mazarin. C'est nous qui, en réalité, lui sommes le plus fidèles en voulant le débarrasser de ce plat valet italien...

L'altière duchesse semblait à présent disposée à discuter, mais Isabelle était excédée. Elle rompit les chiens brutalement :

— Sur ce point comme sur beaucoup d'autres, nous ne serons jamais d'accord ! Merci de votre visite, madame la duchesse de Longueville !

Celle-ci réagit aussitôt :

— Je ne suis pas de celles que l'on congédie sans plus de façons ! Alors retenez ceci : vous n'êtes pas de taille à vous affronter à moi et vous découvrirez vite que vous êtes seule dans votre joli château maintenant que ma mère n'est plus là pour vous abriter, tandis que, outre mon époux...

— ... dont on dit qu'il supporte de plus en plus difficilement le rôle grotesque auquel vous le condamnez...

— ... mes frères, et singulièrement Condé sur qui j'ai toute puissance ! Sans oublier votre frère, qui est entièrement acquis à notre cause !

— Et qui en attendant végète à la Bastille et est en danger de mort ! rétorqua Isabelle.

— Il n'y restera plus longtemps et ce sera pour nous rejoindre.

— Non, c'est M. de Turenne qu'il rejoindrait, mais, depuis que le Grand Condé est revenu, il se détournera de la trahison !

— N'y comptez pas ! Mon frère fera ce que je veux et Bouteville aussi ! Pourquoi d'ailleurs ne serait-il pas mon amant ?

— Comme Turenne, comme La Rochefoucauld, comme...

— Comme ce charmant Nemours que je vais vous enlever ! Vous allez être très seule, ma chère ! Et vous devriez retourner auprès de votre fils – qui est bien celui de ce pauvre Gaspard au moins ? – dans votre bourbeux Châtillon qui est encore beaucoup trop important pour la petite intrigante que vous êtes !

— La petite intrigante préfère être ce qu'elle est plutôt qu'une fieffée putain comme vous, madame la duchesse de Longueville !

Un rire grinçant lui répondit, suivi de pas qui s'éloignaient. A bout de forces, Isabelle se laissa tomber dans un fauteuil, les coudes aux genoux et le visage entre ses mains glacées. Il y eut un silence durant lequel Mme de Brienne retint sa respiration, hésitant sur l'attitude à prendre. Enfin elle se décida, vint poser sa main sur l'épaule d'Isabelle qui, la croyant partie, tressaillit à son contact, mais posa aussitôt dessus la sienne comme pour la retenir.

— Pardon! murmura-t-elle. Pardon de m'être oubliée à ce point en votre présence!

— Pardon? Mais j'aurais été désolée de manquer cela! Vous avez eu le dernier mot, ma chère petite, et c'est ce qui compte !

— Vous croyez?

— Disons que vous lui avez bien rivé son clou!

En dépit des applaudissements de celle qui, pour Isabelle, continuait un peu sa chère princesse et, malgré tout, de sa propre conscience dont aucun reproche ne lui parvenait, elle entama une mauvaise nuit à se faire des reproches. Comment avait-elle pu imaginer que, dès la libération de ses frères – qui avait valeur d'amnistie! –, l'insupportable Anne-Geneviève n'accourrait pas les rejoindre? Ne fût-ce que pour s'assurer qu'elle les tenait toujours en son pouvoir? « Comme des dieux! » Il y avait des lustres qu'à l'hôtel de Condé elle avait entendu cette arrogante affirmation tomber des lèvres de son ennemie! A l'époque, elle n'avait fait qu'en rire en haussant les épaules, n'y voyant qu'une boutade d'orgueil presque naturel de la part d'une fille qui osait déclarer qu'elle n'aimait pas les plaisirs innocents! Maintenant, ses dernières illusions s'étaient envolées, elle savait à quoi s'en tenir : cette femme avait décidé de tout lui arracher de ce qu'elle aimait. Amant, amour, frère même, elle ne lui laisserait rien... Que ce charmant Mello devenu son incontestable propriété où s'attardait encore l'écho du rire inimitable de Charlotte...

« Il est toujours possible de le faire incendier », souffla alors une voix intérieure qui réveilla Isabelle, soudain assise dans son lit et trempée de sueur.

Elle avait dû crier car Agathe apparut au même instant un chandelier à la main, un bonnet sur la tête et en robe de nuit. Et se précipita vers elle.

— Mon Dieu ! s'exclama-t-elle en la découvrant quasi hagarde. Madame la duchesse est souffrante ?

Sans attendre la réponse, elle déposait son bougeoir, cherchait un cordial que l'on refusa, puis, constatant que sa maîtresse était humide et glacée, lui arracha sa chemise trempée qu'elle remplaça par une autre après l'avoir frictionnée avec des serviettes aussi vigoureusement que si elle avait été un cheval. Isabelle ne disait rien, se laissait étriller. Ce fut seulement quand Agathe l'eut enveloppée d'une vaste écharpe de laine pour la conduire près du feu vivement rallumé qu'elle demanda :

— Quelle heure est-il ?
— Une heure du matin, mais que...
— J'ai fait un méchant rêve... Un affreux cauchemar ! balbutia-t-elle encore sous le coup de la terreur. J'ai rêvé que ce château flambait... Des

flammes si hautes qu'il n'était pas possible de savoir si quelqu'un y respirait encore... Et puis je les ai vues s'approcher de moi... Et plus je reculais, plus elles avançaient en grondant. En même temps elles parlaient et je comprenais leur langage... Elles disaient...

— Non ! Ne le dites pas ! Ce n'est pas difficile à deviner... Elles avaient la voix de cette Longueville, j'en jurerais. Mais vous ne devez pas en avoir peur !

— Elle a juré de m'enlever tout ce qui m'était cher ! Tout, vous entendez ?

— Oh, j'ai entendu ! Ai-je déjà confessé à madame la duchesse que j'ai la mauvaise habitude d'écouter aux portes quand vient quelqu'un que je n'aime pas ? Je n'aurais eu garde de manquer à cette visite. On a peine à croire qu'une femme aussi odieuse soit la fille de Madame la Princesse ! Et, à ce propos, il se peut qu'elle ne dorme pas bien elle non plus, mais pas pour une idée fumeuse. Ce qu'elle a entendu de la bouche de Mme de Brienne donnait à penser à une malédiction ! A sa place, j'y prendrais garde !

— Elle se veut au-dessus du commun des mortels !

— Peut-être, mais plus dure sera la chute ! On y veillera !

— C'est surtout sur mon fils qu'il faut veiller. J'ai peut-être eu tort de le faire venir ici ? Derrière les murailles de Châtillon, il serait plus difficile sinon impossible de l'atteindre, mais j'avais tellement envie de l'avoir près de moi !

— C'est on ne peut plus naturel... Et il est si mignon !

A bavarder ainsi à bâtons rompus, Isabelle, réchauffée, réconfortée, reprit son équilibre et finit par regagner son lit où elle acheva la nuit assez paisiblement.

Le jour amena un beau soleil et lui rendit son optimisme habituel. Elle employa son temps de fort agréable façon à faire l'inventaire de son nouveau domaine et de tout ce qu'il contenait, et, à l'issue de l'inspection, en conclut que le cadeau était vraiment royal et que, additionné à ce qu'elle possédait déjà, elle pouvait se considérer comme une femme riche. Même s'il lui fallait faire le deuil des célèbres perles que, très certainement, on ne lui donnerait jamais en dépit des ordres du Prince. Elle était trop coquette pour ne pas les regretter, mais avait acquis suffisamment de sagesse pour ne pas s'y attacher.

Mme de Brienne repartit en début d'après-midi pour rentrer à Paris. Comme la défunte princesse Charlotte, elle était liée à la Reine par une réelle amitié et se souciait de la savoir à présent seule avec son jeune Roi pour affronter une situation des plus déplaisantes. Que l'on aimât ou non Mazarin, il la déchargeait du plus lourd du gouvernement de l'Etat, et que tous deux soient unis par de tendres liens – voire des liens conjugaux ! – ne changeait rien au fait qu'elle n'avait plus personne sur qui s'appuyer pour faire face à un peuple qui, ayant goûté aux joies de l'agitation, ne semblait pas décidé à y renoncer de sitôt !

— J'ai toujours su qu'elle était courageuse, avait dit la comtesse avant de monter en voiture, mais je pense qu'un peu de chaleur d'amitié sera peut-être la bienvenue !

Isabelle avait alors répondu :

— Voulez-vous me mettre à ses pieds et lui dire que je suis tout à son service au cas où elle aurait besoin de moi ? Et sans rien demander en échange. Simplement en mémoire de notre chère princesse !

— Soyez sûre que je ne manquerai pas de le lui dire... et je crois qu'elle en sera contente...

La journée se passa donc paisiblement et s'acheva par une lente promenade dans les jardins – le château intérieur et extérieur avait toujours été soigneusement entretenu – avec le petit Louis-Gaspard qui commençait à marcher. Etayé d'un côté par sa mère et de l'autre par Agathe, il lançait ses petites jambes dans tous les sens en riant aux éclats et il ressemblait si fort à son père – blond comme lui et ses beaux yeux bleus ! – que sa mère se sentait fondre quand il la regardait en penchant sa tête de côté, et plus encore quand il lui entourait le cou de ses bras potelés pour entamer un discours totalement hermétique mais qui ne pouvait qu'être des plus tendres.

En rentrant, elle le remit à Jeannette, sa nourrice, et regagna son appartement où elle avait l'intention de se faire servir un souper léger et de se coucher tôt afin d'effacer par une nuit réparatrice les traces de la précédente.

Or elle trouva Bastille qui l'attendait dans ce qui devenait son cabinet d'écriture.

— Tu m'attendais ? Pourquoi ne pas m'avoir rejointe au jardin si tu avais quelque chose d'urgent à me communiquer ?

— En vous portant cela ? Je ne pense pas que vous auriez apprécié.

Il désignait un coffre de bois précieux et de moyennes dimensions que l'on avait posé sur un siège. Un large ruban scellé d'un cachet rouge le mettait à l'abri des curiosités et le cœur d'Isabelle battit plus vite en reconnaissant les armes des Bourbons-Condés.

— Il vient de Chantilly, ajouta Bastille, imperturbable. J'ai aussi cette lettre...

L'écriture en était extravagante et, cette fois, la jeune femme sentit une chaleur lui monter au visage. Sans regarder son serviteur, elle prit un coupe-papier pour faire sauter le cachet, lut... et devint ponceau.

« Cette nuit je viendrai à onze heures. Veillez à écarter vos domestiques et à laisser votre fenêtre ouverte ! Surtout ne refusez pas ! Je pars demain... »

En levant les yeux, elle vit que Bastille regardait au-dehors, mais sans bouger d'une ligne.

— Eh bien, merci ! Qu'attends-tu ?

— De savoir s'il y a une réponse, fit-il calmement.

— Aucune. Tu as ton couteau ?

Il le tira de la gaine accrochée à sa ceinture et le lui tendit en le tenant par la lame, mais elle désigna le coffre.

— Coupe ce ruban !

Le couvercle se soulevant révéla le contenu qu'elle espérait. Les perles ! Les magnifiques perles de Charlotte avec la « grande boîte de diamants » ! De grosses perles rondes, légèrement rosées, pour le tour de cou et d'autres, énormes, en forme de poires, en une longue chaîne que l'on pouvait draper sur une robe selon la fantaisie du moment. Isabelle, les mains jointes, les contempla à satiété avec un immense plaisir. Elle avait été tellement certaine de ne jamais les revoir sinon sur celles en qui elle ne pouvait plus voir que des ennemies : la Longueville et la « petite dinde » qui, depuis son équipée de Bordeaux, éclatait d'orgueil ! Et maintenant ces splendeurs étaient là, devant elle, à elle...

— Vous ne les essayez pas ? avança Bastille qui la regardait avec un demi-sourire au coin des lèvres.

— Non... J'ai toute la vie pour le faire ! Mais elles ne m'iront jamais mieux qu'à la princesse Charlotte... Ces perles roses surtout ! Elles avaient l'air de refléter son teint et elle les adorait. Mais il est temps de les ranger, décida-t-elle en se relevant. Et je te remercie infiniment pour cette joie que tu me procures... Au fait, qui te les a remises ?

— Monsieur le Prince en personne avec la lettre et dans son cabinet de travail.

— Je vais lui écrire pour le remercier et tu porteras mon message demain.

Elle rapporta la cassette dans sa chambre où Agathe effectuait de menus rangements et lui confia la précieuse boîte en lui recommandant de l'enfermer avec ce qu'elle avait de plus précieux. Celle-ci comprit aussitôt de quoi il s'agissait.

— Ah! jubila-t-elle. On s'est décidé à vous les rendre? Je ne l'aurais pas cru après la scène d'hier soir!

— Moi non plus, mais quand le maître ordonne!

— Il doit espérer un beau remerciement...

— Il fera mieux! Il a l'intention de venir le chercher cette nuit! Lis!

— Son Altesse semble savoir ce qu'elle veut, émit Agathe en rendant le billet. On dirait presque une injonction.

— Absolument... Et je ne le supporte pas. Nous allons cependant préparer le chemin comme on le souhaite, mais c'est dans mon cabinet que je l'attendrai... Et, à la réflexion, vous allez y reporter les joyaux! Puis vous veillerez à ce que la maison soit telle qu'il espère la trouver. Après quoi vous reviendrez me coiffer! Vous pouvez mettre Bastille dans la confidence, de façon qu'il veille à ce que Son Altesse ne rencontre personne!

— Il ne va pas aimer! Il vous surveille comme du lait sur le feu!

— Si cela l'amuse! L'important est qu'il exécute mes ordres... Ah, vous préparerez quelques friandises et du vin d'Espagne. Quels que soient l'heure ou l'endroit, Son Altesse est toujours affamée...

Sur ce Isabelle alla s'asseoir devant sa table à coiffer afin d'y méditer sur ce qu'elle allait mettre, tandis qu'Agathe partait suivre les directives de sa maîtresse en marmottant au sujet d'appétits qu'une assiette de petits gâteaux n'avait aucune chance d'apaiser...

Il était onze heures tapantes quand Condé attacha son cheval à un arbre en vue d'un château qu'il connaissait bien. Tout y était éteint à l'exception de deux fenêtres donnant accès à ce qui devait être la chambre de la châtelaine. Son sourire s'élargit en constatant qu'une main sans doute affectueuse avait prévu une échelle de corde arrimée au balcon. La nuit promettait d'être aussi belle qu'il la rêvait depuis longtemps... Le ciel de mai lui-même, d'un bleu profond piqué d'étoiles, dont l'une devait être la sienne, lui paraissait un encouragement.

L'escalade ne fut qu'un jeu pour lui, et en quelques secondes il eut atteint la fenêtre en écartant les rideaux à demi tirés...

— Me voici! commença-t-il à voix contenue, mais son discours s'arrêta net en découvrant le chandelier à longues bougies roses qui brûlait au chevet du lit, celui-ci était encore recouvert de sa courtepointe bleue brodée d'argent.

Rendu méfiant tout à coup, il s'approcha, appela :

— Isabelle! Où êtes-vous?

— Ici, Monseigneur! Si vous voulez bien venir jusqu'à moi...

Au seuil de la pièce voisine, elle exécutait la plus parfaite révérence. Tellement parfaite qu'elle permit à Son Altesse de plonger dans le large décolleté de la robe de velours noir dont les amples manches retroussées laissaient voir les mêmes bouillonnés de satin blanc que ceux encadrant les épaules et la gorge. Pas de bijoux, si ce n'est à la base du long cou gracieux un rang de perles qu'il n'eut aucune peine à reconnaître. Rien non plus dans les cheveux bruns coiffés lâche, aussi brillants que des coques de châtaignes...

Trop surpris pour trouver quelque chose à dire, il la suivit dans le petit salon voisin où, comme dans la chambre, un joyeux feu de bois crépitait dans la cheminée de marbre blanc. Il prit aussi le fauteuil qu'elle lui désignait tandis qu'elle-même s'installait dans son semblable... de l'autre côté de la table sur laquelle était disposée une collation.

Le sourire qu'elle lui offrait était positivement angélique, mais il n'en fut pas dupe à cause de cette pointe de malice qui brillait dans les beaux yeux sombres.

Sans répondre à son salut et pas davantage à son sourire, il prit une noix dans une corbeille, brisa la coque entre ses doigts, la mangea et en prit une deuxième. Son œil où brillait la colère ne quittait pas la jeune femme.

— Ce n'est pas ce que j'attendais! fit-il sèchement.

— Et qu'attendiez-vous donc? demanda-t-elle en se levant pour emplir d'un vieux bourgogne un verre d'épais cristal qu'elle lui tendit et qu'il avala d'un trait.

La châtelaine de Mello

Isabelle fit entendre alors un petit claquement de langue réprobateur quand il lui rendit le verre vide. Elle ne le lui remplit qu'à moitié.

— Ce vin de la Romanée mérite plus de respect, Monseigneur! Naturellement, si j'avais su plus tôt votre venue, j'aurais fait préparer un festin, invité quelques amis...

— Cessez de vous moquer de moi! gonda-t-il. Vous saviez ce que j'attendais, sinon pourquoi ce château plongé dans l'obscurité, cette échelle de corde?

Quand les yeux du prince, déjà difficiles à soutenir en temps normal parce que toujours habités d'éclairs, atteignaient la fulgurance, il pouvait devenir dangereux, mais elle n'avait jamais eu peur de lui. A son tour elle avala quelques gouttes de vin, mais garda le verre entre ses mains.

— Cartes sur table, Monseigneur! Je suis consciente de ce que vous vouliez en remerciement de ces joyaux que vous m'avez envoyés! Au lieu de cette table servie, vous espériez mon lit ouvert et moi dedans à moitié nue.

— Pourquoi à moitié? ricana-t-il. Je vous ai écrit que je partais demain, donc je suis pressé...

— Et donc vous vous hâtez de récupérer vos créances? Au fond, ce billet court et quasi insultant que vous m'avez fait tenir aurait pu se réduire encore! Par exemple à : « En échange de ces bijoux, je veux coucher avec vous! »

— Et alors?

— On n'en use pas ainsi avec une Montmorency! Mon sang vaut le vôtre, à cette différence qu'il est plus ancien et plus pur! Mon père n'a cessé de croiser le fer contre quiconque en doutait! Quant à ce trésor que je n'espérais plus, je vous en remercie, naturellement, mais cela ne vaut pas que je le paie de mon corps. Relisez le testament de votre mère! C'est à moi et à moi seule qu'elle a légué ces perles et ce château. On ne fait pas de présents, et encore moins de marchés, avec ce qui ne nous appartient pas!

— Balivernes! Que venez-vous ici me parler de marché? Comme si vous ne saviez pas que je vous aime!

Inattendu, le mot frappa Isabelle. C'était si peu ce qu'elle avait pu prévoir! D'autre part, elle savait que ce n'était pas la première fois qu'il le disait et elle ne baissa pas sa garde :

— Vous m'aimez? C'est tout récent alors?

— Ne l'avez-vous pas compris à chacun de nos revoirs? Et avant même votre mariage avec Châtillon?

Il s'attendait à n'importe quoi de cette étrange fille, sauf qu'elle éclate de rire, et c'est pourtant ce qu'elle fit. Ce qui le fâcha :

— Qu'ai-je dit de si risible?

— Soyez plus précis, Monseigneur! Et plus honnête! Aurais-je dû tenir pour vraies vos galanteries quand je vous servais de chandelier au temps de vos amours avec Mlle du Vigean?

— De chandelier? De qui le tenez-vous?

— Mais de celle qui vous connaît le mieux! Votre propre sœur! Comment mettre en doute une telle source?

— Plus que toute autre au contraire ! Elle vous hait !

— Si vous pensez m'apprendre quelque chose ! Mais je le lui rends au centuple.

— Essayez de ne pas trop lui en vouloir ! Elle ferait l'impossible pour me protéger parce qu'elle m'aime profondément... et qu'elle vous trouve dangereuse pour ma paix intérieure !

— Le suis-je ?

— Je viens de vous le dire ! Isabelle ! Me laisserez-vous partir...

— Oh, c'est vrai ! J'allais oublier ! Où donc allez-vous ?

— A Paris ! Et ne riez pas ! Ce n'est pas loin, je le sais, mais tout y va de travers...

En effet, en dépit des fêtes, ballets et divertissements qui se succédaient depuis la libération des princes, la brouille s'insinuait entre les frondeurs, le duc d'Orléans et Condé lui-même, chacun se plaignant de l'inexécution des fameuses conventions secrètes de janvier dernier. Le mariage du jeune Conti avec la fille de la duchesse de Chevreuse était brisé, cependant que Monsieur qui, du rang de lieutenant général du royaume se voyait bien passer à celui de Roi, supportait de plus en plus mal de se voir barrer le passage par Condé ; quant au coadjuteur de Gondi, furieux de ne pas avoir encore coiffé le chapeau de cardinal qu'il croyait tenir, il n'avait pas hésité à offrir ses services à Mazarin toujours en exil. Ainsi d'ailleurs – à ce que l'on chuchotait – d'Anne de Gonzague, qui s'était offerte comme correspondante secrète de celui dont la Reine déplorait tant l'absence et qu'elle aidait de tout son pouvoir.

Tout cela, Isabelle n'en ignorait pas grand-chose, même si elle entendait prolonger son séjour à Mello, mais le rapide tableau qu'en traça son visiteur l'inquiéta sérieusement.

— C'est pourquoi je répète ma question : qu'allez-vous chercher là-bas sinon un surplus de soucis ? Laissez donc Monsieur, le Parlement, Gondi et la Reine s'affronter à fleurets plus ou moins mouchetés et attendez à Chantilly que l'on vienne vous soumettre des problèmes dont je me demande qui pourrait en venir à bout ! C'est vous que l'on a porté en triomphe lors de votre retour de Normandie. Vous pourriez devenir le dernier recours.

— Ou la première victime. Savez-vous qu'en fait de recours on pourrait m'appréhender de nouveau, voire me faire assassiner ?

— Quelle horreur ! Mais d'où tenez-vous cela ?

— Des nombreux agents que les miens entretiennent dans Paris, ainsi que des amis que j'y conserve. Leurs rapports sont inquiétants et, autour de moi...

— Oui, au fait ! Que dit-on autour de vous ?

— Que je ne dois pas attendre d'être pris au piège et qu'il faut se battre dès à présent.

— Déclencher une nouvelle Fronde à peine éteinte la première ? Avec le soutien de quelles forces ?

— Tous mes partisans – et j'espère que vous en êtes – m'adjurent d'accepter l'aide non négligeable que propose le Roi d'...

— Espagne ? Qui ose vous présenter comme un bienfait les armes de l'ennemi... Celui-là même que vous avez écrasé à Rocroi ?

— Qui ? Mais tous ceux qui m'aiment : ma sœur, mon jeune frère... le vôtre qui est des plus ardents...

— François ? Je le croyais à la Bastille...

— Il en est sorti et il se soigne à Chantilly !

— Et il n'est même pas venu jusqu'ici ?

L'esquisse d'un sourire vint éclairer le sombre visage du prince.

— Il a bien trop peur de vous ! Vous êtes, j'en suis certain, le seul être au monde qu'il redoute !

— Quelle sottise ! Nous avons toujours été complices, mais il sait que, chez nous, la fidélité au Roi ne se marchande pas !

— A condition d'en avoir un. Celle qui règne est espagnole...

— Elle est sa mère !

— Acoquinée à un aventurier italien...

— Il est son ministre et, dans quatre mois, le Roi sera majeur. Oserez-vous encore lever les yeux sur lui quand vous aurez fait déchirer son bien par l'ennemi héréditaire ?

— S'il est intelligent, il nous dira merci !

— Ou il signera votre arrêt de mort ! Faut-il que vous soyez aveugles, vous et mon étourneau de frère ?

— ... et toute la haute noblesse de France alors ? Beaufort, La Rochefoucauld, Nemours, Bouillon, Conti mon frère, Longueville mon beau-frère...

— Dites sa femme et vous serez plus près de la vérité ! Ce dont je suis sûre, en tout cas, c'est que jamais vous n'auriez pu impliquer Gaspard de Châtillon-Coligny dans ces menées ! Il s'est fait tuer en combattant pour vous, mais jamais il n'aurait accepté pour maître l'Espagnol ! Jamais, vous m'entendez ? Jamais !

Emportée par une émotion plus forte que sa volonté, elle eut un sanglot, cacha son visage dans ses mains et se laissa tomber à genoux.

— Je vous en supplie, ne vous laissez pas entraîner à franchir le seuil infâme de la trahison ! Ne ternissez pas la gloire si pure qui a fait de vous l'idole de tout un peuple ! Chassez Mazarin si vous le voulez, mais en vous servant de vos propres armes, vos propres forces ! Songez à vos victoires passées !

Il s'était précipité vers elle, la relevait et refermait ses bras autour de ses épaules.

— Isabelle ! murmura-t-il, les lèvres dans ses cheveux. J'étais venu vous prier d'amour, tout simplement ! Il y a si longtemps que je rêve de vous faire mienne, et voyez où nous en sommes ? Par pitié...

— Pitié ? Pour vous ?

— Pour nous deux ! Vous savez que je vous aime et je crois que vous m'aimez aussi ! Le temps s'écoule et viendra bientôt l'heure de nous quitter.

A ce moment, quelqu'un fit entendre au-dehors un sifflement modulé qui lui arracha un grondement de colère.

— Pas déjà ! On ne peut pas me demander de vous quitter si vite, quand je vous tiens dans mes bras, que je sens battre votre cœur et que me torture le désir que j'ai de vous...

Il se mit à l'embrasser avec une sorte de fureur, passant de son cou à sa gorge... Mais le sifflement reprit, se fit plus insistant. Isabelle se ressaisit.

— Il va réveiller tout le château! Il faut voir ce qu'il en est!

— Pas avant de t'avoir possédée!

Il ne voulait rien entendre et cherchait à déchirer sa robe, mais elle rassembla toute son énergie pour le repousser.

— Non! Il faut savoir de quoi il retourne!

Et, glissant de ses mains, elle courut à la fenêtre d'où pendait toujours l'échelle. En bas, elle distingua une silhouette tenant deux chevaux par la bride. Une silhouette qu'elle reconnut aussitôt.

— François? Que venez-vous faire ici?

— Désolé de troubler votre... entretien, ma sœur, mais il faut que Monseigneur rentre immédiatement! Un courrier est arrivé et...

— S'il vient d'Espagne, vous pouvez le renvoyer d'où il vient!

— Non. Il vient de Paris et c'est urgent. Sinon vous devez bien penser que je ne me serais pas permis...

— Au revoir, ma belle...

Posant un rapide baiser sur les lèvres d'Isabelle, Condé enjamba l'appui de la fenêtre et précisa :

— Je serai bientôt de retour et vous dirai la suite, mon amour! Je vous veux tout à moi!

Elle retrouva assez de lucidité pour répondre :
— Il en sera selon le choix que vous ferez !
— C'est ce que nous verrons...

Déjà il avait sauté à terre, enfourchait son cheval. Les deux cavaliers disparurent aussitôt dans la nuit. Isabelle remonta l'échelle qu'elle mit dans un coffre et referma la fenêtre, mais ne se coucha pas.

Quand, au lever du jour, Agathe pénétra dans l'appartement sur la pointe des pieds pour pallier le désordre que laisse souvent une nuit d'amour mouvementée, elle trouva Isabelle dans son cabinet d'écriture, profondément endormie dans le fauteuil qu'avait occupé Condé auprès d'un verre au fond duquel restait encore un peu de vin et d'une assiette où il n'y avait que des noyaux de cerises. Elle était seulement décoiffée, mais sa robe toujours ajustée. Agathe en conclut... qu'il ne s'était rien passé d'important. Ce qui la surprit, mais elle n'était pas femme à s'attarder longtemps sur une idée et commença par réveiller sa maîtresse. Sans réussir malgré tout à retenir la question qu'elle avait sur le bout de la langue :

— Madame la duchesse ne s'est pas couchée ?
— Je n'en avais pas envie...
— Il faudrait peut-être songer à prendre quelque repos. Si je compte bien, c'est la seconde nuit blanche de madame la duchesse. Il est vrai qu'à l'âge de madame la duchesse...
— Cessez de vous tourmenter pour des broutilles. Je dormirai mieux la nuit prochaine ! En revanche, un bain me plairait. Mais d'abord faites-moi chercher Bastille !

La châtelaine de Mello

Il ne devait pas être loin : deux minutes plus tard, il était là, astiqué, harnaché, botté et le chapeau à la main.

— Que veut madame la duchesse ?

— Il t'arrive quelquefois de dormir ? fit-elle, surprise.

— Jamais quand madame la duchesse ne dort pas !

— Merveille d'être servie avec tant de zèle ! Et davantage encore que tu sois prêt à partir ! Ecoute : Monsieur le Prince et mon frère sortent d'ici. En principe, ils se rendent à Paris, mais j'aimerais en être certaine !

— Vous le serez !

— Ce n'est pas tout ! S'il ne s'agit pas d'un simple aller-retour, s'ils s'installent à l'hôtel de Condé... ou ailleurs. Envoie-moi un messager rapide et préviens à l'hôtel de Valençay que j'arrive !

— Vos ordres seront exécutés mais... Paris n'est pas un séjour fort agréable.

— La Reine y est bien, pourquoi pas moi ?

— Pourquoi pas, en effet !

— Et comme je pense que je ne tarderai guère à te suivre, je vais dire de préparer mes coffres !

Bastille disparut aussitôt. Isabelle alors se tourna vers Agathe qui se tenait à la tête de son fauteuil, immobile et muette. Elle ne bougea pas davantage quand il eut quitté la pièce, se contentant de fixer la porte qui venait de se refermer sur lui. Isabelle comprit qu'elle le suivait en pensée et se garda d'en faire la remarque.

Au fond, qu'y avait-il d'étonnant à ce que sa suivante de seulement cinq ans son aînée, aimable et assez joliment tournée – mariée sans doute à un homme qu'elle ne voyait pas souvent et auquel la liait une relation affectueuse ! –, ait laissé son cœur s'en aller vers ce garçon hors du commun, aussi bien par la stature que par le courage et la loyauté ? D'autant qu'il n'était pas laid...

— Agathe, fit-elle enfin. Je pense qu'il serait sage de nous préparer au départ ! J'ai l'intuition que Bastille ne devrait pas tarder à nous appeler...

Le messager arriva le lendemain même à l'heure du dîner et, une heure après, laissant son fils à la garde du château et de ses serviteurs, Isabelle s'élançait vers Paris de toute la vitesse de ses chevaux.

Le soir même elle était à destination accompagnée de la seule Agathe. Or, en arrivant, la première chose qu'elle remarqua fut l'atmosphère de la ville.

En apparence elle semblait fonctionner normalement : les rues n'étaient plus barrées de chaînes, les commerçants s'activaient comme d'habitude, mais, aux carrefours, on s'attroupait autour d'un orateur improvisé et de petites bandes armées parcouraient les rues, s'intéressant particulièrement à ce qu'il y avait dans les carrosses. L'une d'elles arrêta celui d'Isabelle et un jeune homme seulement vêtu de ses chausses, d'un chapeau troué et d'un large baudrier soutenant une longue colichemarde sauta à l'intérieur.

La châtelaine de Mello

— Que voulez-vous ? demanda Isabelle.
— Qu'on enlève les masques[1] !
Retenant du geste Agathe qui s'apprêtait à répondre, Isabelle s'en chargea :
— La raison ?
— Des fois qu' vous seriez la Reine en train d' fuir !
Elle lui rit au nez.
— En train de s'enfuir après avoir franchi la porte Saint-Denis en se dirigeant vers Notre-Dame ? Vous voulez rire ?
— J' demande pas mieux, mais d'abord le masque. Après Notre-Dame, y a la rue Saint-Jacques, et après la rue Saint-Jacques, y a la porte Saint-Jacques !
— Vous avez une logique irréfutable et je vois qu'il vous faut contenter. Voilà ! ajouta-t-elle en ôtant l'objet du litige, ce qui fit éclore un large sourire sur la figure de l'énergumène soudain en extase.
— Hou ! Qu'elle est mignonne ! Hé, les manants, r'gardez un peu le beau poisson que j'ai pêché !
Aussitôt, d'autres figures apparurent aux portières que le cocher et le valet assis près de lui s'efforcèrent d'écarter, l'un avec son fouet, l'autre avec son bâton. Leur entreprise eût été vouée à l'échec si des cavaliers venant en sens inverse n'avaient volé au secours du carrosse naufragé. En quelques coups de plat d'épée, on dispersa les agresseurs à l'exception du premier qui, monté

---

1. Les dames portaient en effet des masques pour sortir afin de préserver leur teint... et d'éviter d'être reconnues parfois.

dans la voiture, voulait à toutes forces embrasser Isabelle en dépit des efforts d'Agathe. La victime n'y aurait peut-être pas vu d'inconvénients, car le garçon était jeune et beau, s'il n'avait senti aussi mauvais.

Libérée, elle reconnut son sauveur qui en faisait autant et des deux côtés la surprise fut totale :

— Monsieur le coadjuteur ?

— Madame la duchesse de Châtillon ? Mais quelle heureuse rencontre !

— Surtout pour moi et Mme de Ricous ! Sans votre aide, je ne sais ce que nous serions devenues ! Mais vous n'êtes plus d'Eglise ? s'étonna-t-elle, en considérant la tenue quasi militaire que portait Gondi.

— Si, naturellement mais... dans certains cas, il est préférable de ne pas trop se faire remarquer. Où allez-vous, si je peux me permettre ?

— Chez ma sœur, à l'hôtel de Valençay, où je vais séjourner !

— Ce qui me vaudra, j'espère, le plaisir d'aller vous y visiter ! Pour l'instant, occupons-nous de vous amener à bon port.

Puis, au lieu de rejoindre son cheval, il s'installa sur le devant du carrosse en face des deux femmes. Isabelle en profita pour essayer d'en apprendre un peu plus sur la situation actuelle.

— Je n'arrive pas à comprendre pourquoi ces gens tenaient à ce que je me démasque. Ils pensaient que j'étais peut-être la Reine fuyant Paris. Cela n'a pas de sens. Nous ne nous ressemblons vraiment pas ! Ou alors ils n'ont jamais vu Sa Majesté.

— Ils ne sont pas très physionomistes, surtout après boire. A ne vous rien cacher, le peuple est sur le qui-vive ces jours-ci parce que l'on vend à l'encan tous les biens de ce pauvre Mazarin : les meubles, les tableaux, sa magnifique bibliothèque, pour être sûr qu'il ne reviendra pas les chercher. Et comme la Reine, que l'on a obligée à signer la mise définitive du Cardinal hors du royaume, ne peut être que dans l'affliction, on redoute qu'elle ne veuille s'enfuir et le rejoindre !

— On lui a infligé cela ? s'écria Isabelle, horrifiée. On l'a contrainte, elle, souveraine couronnée, à chasser celui en qui elle voyait son plus fidèle serviteur ? Qui a osé ?

— Le Parlement, Monsieur, d'autres encore !

Le geste évasif dont Gondi accompagna son discours laissait supposer une perte de mémoire – tout à fait inimaginable de la part d'un homme dont nul n'ignorait qu'il en possédait une digne d'un éléphant jointe à la ruse du renard !

Cette fois, pourtant, elle choisit de ne pas répondre. Elle avait besoin d'en savoir davantage... et aussi de réfléchir à l'expression qu'il avait employée un instant plus tôt et qui n'avait l'air de rien : ce « pauvre Mazarin ! ». Se pourrait-il, comme le bruit en était venu jusqu'à elle, que le malin coadjuteur se soit mis à penser qu'un cardinal dûment reconnu serait peut-être plus utile que quiconque pour obtenir certain chapeau dont tout un chacun savait que Gondi rêvait parce qu'il pourrait l'amener au siège archiépiscopal de Paris ?

On arrivait à destination. Isabelle remercia de nouveau en ajoutant l'espérance de recevoir une visite un jour prochain. Gondi promit, lui baisa la main d'une mine inspirée et rejoignit ses cavaliers tandis que Bastille ouvrait les portes de l'hôtel devant le carrosse...

C'était toujours avec plaisir qu'Isabelle se retrouvait chez les Valençay, parce que l'atmosphère que l'on y respirait lui convenait. Servant surtout de pied-à-terre lorsque l'on venait à Paris, la demeure, de dimensions moyennes, privilégiait le confort et n'accueillait de faste que dans les deux pièces de réception. Encore n'étaient-elles pas surdorées mais affichaient un luxe de bon aloi parce qu'il restait discret. Un petit jardin, où des plantes fleuries se succédaient au rythme des saisons, lui assurait un charme tranquille auquel les visiteurs se montraient d'autant plus sensibles qu'ils savaient que, chez les Valençay, toute la splendeur était réservée au château que l'on ne cessait d'agrandir et d'embellir.

Quatre serviteurs plus un gardien suffisaient à maintenir la maison en état, et les chambres de la duchesse comme de sa mère y étaient toujours prêtes à les recevoir.

Ce soir-là, Isabelle était l'unique occupante et, après avoir échangé ses habits de voyage contre la fraîche robe d'intérieur en taffetas azuré qu'autorisait la douceur de la température, elle allait commander de lui monter un souper froid quand Agathe vint lui annoncer que le président Viole demandait à la voir.

— Déjà ? Comment sait-il que je suis ici ?
— Il a vu arriver la voiture et reconnu les armes !
— Doux Jésus ! Il ne peut pas attendre à demain ? S'il a vu les portières, il n'a pas dû manquer de voir aussi la poussière.
— Je peux lui dire de revenir.
— Je ne suis pas certaine du résultat. Il est capable de camper devant chez nous.
— Il s'excuse beaucoup sur certaines choses graves qu'il aurait à faire entendre !
— Je les connais, ses choses graves. Il va me raconter qu'il m'aime et le répéter à satiété en s'ingéniant à changer les tournures de phrases !
— Alors ne vaut-il pas mieux s'en débarrasser tout de suite ?
— Après tout, pourquoi pas ? Je viens !

Mais comme chez elle la coquetterie ne perdait jamais ses droits, elle jeta un coup d'œil au miroir, ajouta quelques gouttes de son parfum de rose, une touche de poudre sur le bout de son nez et descendit.

Le président Viole était un homme d'une quarantaine d'années, de belle tournure et qui, en général, plaisait aux femmes de par son allure élégante, le soin qu'il prenait de sa personne – ce qui n'était pas si fréquent – et le charme de son sourire montrant des dents parfaites – pas si fréquent non plus !

A l'entrée d'Isabelle, il balaya le tapis des plumes rouges de son chapeau en la suppliant de pardonner une intrusion à un moment où elle souhaitait peut-être se reposer.

— ... mais il fallait que je vous parle, madame la duchesse ! Nous vivons ici des heures trop graves pour ne pas tout tenter afin d'éviter le pire !

Elle lui offrit sa main à baiser, ce qu'il fit, mais ensuite oublia de la lui rendre. Ce qui la fit rire.

— Seriez-vous devenu médecin ?
— Pourquoi ?
— Ma main ! Désirez-vous en prendre le pouls ?
— Oh pardon ! s'excusa-t-il en rougissant. Lorsque j'ai le bonheur de vous rencontrer, je suis si heureux que mes idées se brouillent !
— Il ne manquerait plus que vous vous trouviez mal ! Asseyons-nous et apprenez-moi sans plus tarder ce qui vous amène !

Elle s'attendait à ce qu'il lui parle du coadjuteur, mais il n'en fit rien.

— Il s'agit de Monsieur le Prince. Vous savez quelle amitié me lie depuis toujours à la maison de Condé...
— ... ainsi qu'à mon grand-père le président de Vienne !
— Je... oui... oh ! Vous me ramenez à mon enfance et c'est malheureusement du présent que je souhaite vous entretenir. En un mot comme en cent, Monsieur le Prince est en train de perdre la tête ! Du moins je le crains !
— Dites-moi ?!
— Eh bien, voilà ! Depuis qu'il est arrivé ici, il a appris que la Reine non seulement regrettait de l'avoir libéré, mais en plus songerait à le faire

emprisonner de nouveau – et même, en cas de résistance trop vigoureuse, à l'assassiner !

Cette histoire de meurtre, Isabelle commençait à en être excédée.

— L'assassiner ? La Reine ? Ma parole, si certains d'entre vous ajoutent foi à une telle ânerie, c'est que Condé n'est pas le seul à devenir fou !

— Non. J'avoue que, personnellement, je n'y crois pas. Mais une nouvelle incarcération, je ne jurerais pas... Elle voit en lui le principal responsable du départ de Mazarin et de la suite qu'on lui donne.

— Le Prince ? Mais il n'était même pas à Paris. En revanche, monsieur le président Viole, il semblerait que ce soit le Parlement, donc les vôtres, qui ait osé commettre un véritable crime de lèse-majesté en obligeant la mère du Roi à chasser honteusement celui qu'elle considère comme son plus fidèle serviteur !

Viole prit un air fin et le ton de la plaisanterie :
— Au lit, c'est bien possible ! On dit...

La gifle qu'Isabelle lui assena à la volée lui coupa une parole dont elle s'empara.

— Si vous osez répéter cette ignominie, je ne vous reverrai de ma vie ! Vous vous autorisez vraiment tout, messieurs les robins ! Mon aïeul, auquel je faisais allusion il n'y a pas un instant, en était un, mais il avait de sa charge une idée trop élevée pour tolérer ce genre de propos ! Que dire de mon père ! Vous auriez déjà quelques pouces de fer dans le ventre ! Quant à moi...

— Oh non ! Je vous en supplie ! Je voulais être drôle !

— Soyez content : vous l'êtes ! Un drôle ! Maintenant, dites une bonne fois ce que vous voulez et disparaissez !

— Que vous voyiez la Reine... et aussi le Prince, quoique pour lui ce sera plus compliqué. Il a transformé son hôtel en camp retranché tant il craint qu'on ne l'enlève !

— Craindre ? Condé ? Cela va mal ensemble, mais, dès demain, j'irai vers lui ! Je vous souhaite le bonsoir, monsieur le Président !

— Et... vous me pardonnerez ?

— Peut-être...

12

Majorité royale !

— La Reine, dit Mme de Brienne, n'apprécie pas particulièrement Monsieur le Prince et cela se conçoit. Il change d'avis telle une girouette, suivant l'estime où il tient son interlocuteur. A cela s'ajoute sa difficulté à trancher dans le vif une situation épineuse. Sa Majesté regrette que cet incontestable génie des batailles ait tendance à l'incertitude. Donc elle se défie de lui, mais de là à préméditer son assassinat ! Non, je n'y crois pas ! Pas elle ! Elle est trop haute dame pour s'abaisser à de tels procédés.
— Même si, depuis sa retraite, Mazarin le lui soufflait ?
— Non. Si vous voulez le fond de ma pensée, elle se contente de laisser passer le temps. Bientôt, le Roi sera majeur et c'est là ce qu'elle attend : déposer le fardeau si lourd d'une régence dont elle est excédée à présent que son conseiller n'est plus auprès d'elle.
— Le Roi ne sera pas devenu un homme pour autant !

Le temps des trahisons

— Il est plus mûr qu'on ne l'imagine ! Ce qu'il a vécu depuis la mort de son père, ces fuites perpétuelles, cette obligation de se cacher parfois ou de jouer un rôle l'exaspèrent. Notamment la dernière avanie d'il y a quelques mois : le peuple envahissant le Palais-Royal en pleine nuit, persuadé qu'il n'était plus là, exigeant de le voir...

— Je ne l'ai pas su.

— C'est assez récent, vous dis-je ! Toujours est-il qu'on a autorisé une dizaine de meneurs à défiler au pied de son lit où il feignait de dormir.

— Mon Dieu ! Et que se serait-il passé si l'un d'eux avait porté la main sur lui ?

— Il serait mort. Caché au chevet du lit, veillait un lieutenant aux mousquetaires, M. d'Artagnan, son épée nue à la main, et prêt à frapper !

— Et vous pensez qu'au matin du 7 septembre le climat changera ?

— Certes, et surtout dans le peuple. Celui qui n'est encore que le fils de l'Espagnole, l'otage de l'Italien, les rejettera dans l'ombre. Il sera le Roi, promis au sacre, le représentant de Dieu sur la Terre, et tout laisse supposer à ceux de son entourage qu'il endossera la charge d'un seul coup... mais sera impitoyable à qui lui manquera. Alors dites à Monsieur le Prince qu'il oublie tous les mauvais conseils qu'on lui souffle et que, ce jour-là, il vienne loyalement plier le genou devant lui et lui offrir son épée en lui jurant fidélité !

— Et Mazarin ?

— Il n'est rien d'autre qu'un ministre en exil. Il ne possède même plus un liard à cette heure. La meilleure manière de le faire rappeler serait de manifester d'autres exigences.
— Ne pourrais-je voir la Reine ?
— Pas maintenant. Elle sait que vous œuvrez dans le bon sens et que vous n'avez pas de plus cher désir que ramener Condé dans le droit chemin. Elle sait aussi que vous avez fort à faire avec une sœur trop aimée qui se prend pour une déesse...

En sortant de l'hôtel de Brienne, Isabelle se sentait un peu réconfortée, même si elle regrettait de ne pas aller au Palais-Royal, mais, après les assurances qu'elle venait de recevoir, le plus urgent était d'aller voir le rebelle et d'essayer au moins de le rassurer sur cette stupide histoire d'assassinat. Y penser lui rappela alors que sa vieille amie ne s'était pas prononcée au sujet d'une nouvelle arrestation...
— A l'hôtel de Condé ! dit-elle à Bastille pour qu'il transmît au cocher.
Son fidèle garde du corps l'avait prévenue qu'il la suivrait partout tant qu'elle évoluerait dans cette espèce de chaudron de sorcière qu'était devenu Paris.
— Attention en arrivant ! Il paraît que Monsieur le Prince en a fait un camp retranché.
Or cela n'y ressemblait guère. Devant le portail grand ouvert, François de Bouteville était en train

de passer un savon au concierge et à un garde qui riaient tous les deux à gorge déployée et que même sa colère n'arrivait pas à endiguer. Naturellement, le jeune homme finit par leur taper dessus. Isabelle mit la tête à la portière.

— Que vous ont-ils fait, mon frère ?

— Des crétins ! Des imbéciles qui ricanent bêtement de n'importe quoi ! Mais qu'est-ce qui vous amène, ma sœur ?

— Quel accueil, pour un frère ! Vous m'avez habituée à plus d'affection !

Elle sauta à terre et lui tendit la joue pour qu'il l'embrasse. Ce qu'il exécuta à la va-vite et sans changer d'humeur.

— Voilà ! Que venez-vous chercher en ce lieu ?

— Pas vous, en tout cas ! Un vrai chardon ! Je veux voir Monsieur le Prince, naturellement !

— Vous n'avez pas de chance, il est absent !

— Où est-il ?

— Cela ne vous regarde pas !

— François, vous oubliez qui je suis ? Et surtout pas un suppôt de Mazarin ! Pour un hôtel en état de guerre, je trouve que l'on y est bien gai ce matin. Sauf vous évidemment.

Il eut un bref éclat de rire.

— S'il s'agissait d'un autre, je trouverais l'aventure réjouissante, mais notre Prince !

— Oh, racontez ! Vous me faites griller d'impatience !

— Remontez dans votre voiture, je vous rejoins.

Majorité royale!

Il se cala dans les coussins, poussa un énorme soupir puis raconta que, dans la nuit, un serviteur était venu avertir Monseigneur que deux compagnies de gardes françaises marchaient sur le faubourg Saint-Germain dans l'intention manifeste de le capturer de vive force pour le conduire à la Bastille. En même temps, on signalait des cavaliers galopant vers l'hôtel dans la plaine de Montrouge.

— Monseigneur n'a pas hésité un instant, il s'est habillé et armé en hâte puis a sauté à cheval avec une poignée de fidèles pour escorte. Moi, je devais faire front et attendre la venue de ces messieurs...

— Et alors? demanda Isabelle qui ne riait plus. Ils l'ont rejoint?

— Ils n'en avaient pas la moindre intention!

— Comment le savez-vous? Ils sont venus ici, je suppose?

— Oh non! J'ai dépêché aux renseignements et...

Le concierge s'étant éloigné, il se remit à rire.

— Savez-vous ce qui a mis en fuite Monsieur le Prince?

— Dites toujours!

— Les gardes françaises allaient tout bonnement à la barrière chercher un convoi de vin. Quant aux gens de Montrouge, il ne s'agissait que de maraîchers s'en allant aux Halles et...

Le rire d'Isabelle fusa, et pendant un moment le frère et la sœur, leur vieille amitié retrouvée, s'y adonnèrent sans contrainte.

— La terreur des Espagnols mise en fuite par des choux, des carottes et des tonneaux de vin ! lâcha Isabelle. C'est à mourir de rire ! J'espère que vous allez vous hâter de lui apprendre l'affreuse vérité. Au fait, où est-il ?

— Je ne suis pas sûr d'être autorisé à vous le révéler.

La gaieté de la jeune femme disparut d'un seul coup.

— Vous plaisantez, j'espère ?

— C'est que... hésita-t-il, embarrassé, je crois qu'il s'est cherché un refuge.

— Pas contre moi, j'imagine ? Je ne suis pas M. de Guitaut et je ne traîne pas une centaine des gardes dans mon sillage. Alors ?

— Il a décidé de se diriger vers Meudon...

— Pourquoi Meudon ? Il n'y possède rien.

— Non. C'est pour brouiller les pistes. En réalité, il va à Saint-Maur ! Le château est sûr, bien gardé, bien fortifié...

— Je connais, figurez-vous ! Et j'y vais sur l'heure ! J'ai certaines choses à lui dire. Je vous emmène ?

— Merci, mais je dois fermer la maison. Je vous rejoindrai !

— Encore une question : la Longueville s'y trouve ?

— Non. Je ne dis pas qu'elle ne viendra pas, mais pour le moment non !

— Parfait ! A bientôt, petit frère ! Et tâchez de vous monter plus raisonnable à l'avenir et

Majorité royale!

d'oublier la guerre! Ce n'est pas Bouteville que vous devriez vous appeler, mais Boutefeu!

— Pas mal! Que voulez-vous, lança-t-il avec son grand rire retrouvé, on ne se refait pas! Notre père, dont Dieu ait l'âme vaillante, en méritait autant!

— Oui, mais lui ne se trompait jamais d'ennemi! dit-elle doucement. Vous devriez y penser Ce n'est pas Louis de Bourbon-Condé dont vous vous apprêtez à déchirer le royaume : c'est Louis XIV, fils de Saint Louis! Songez-y!

Ce fut sans aucun plaisir qu'Isabelle revit le château de Saint-Maur. Comment oublier l'agonie désespérée de Maurice de Coligny, son beau-frère posthume, entre les torrents de larmes versés par sa maîtresse, la belle Longueville, pour laquelle il s'était battu, et celles de son meilleur ami Marcillac, qui étaient déjà en train de tomber amoureux l'un de l'autre et le cachaient à peine!

Cette fois, le joli château de Catherine de Médicis ressemblait à une forteresse guettant l'ennemi. On n'y voyait que des gens armés jusqu'aux dents arpentant les murs d'enceinte et scrutant l'horizon. Quant aux artilleurs qui veillaient aux quelques canons, c'était tout juste s'ils ne se promenaient pas une mèche allumée à la main. Néanmoins, Mme la duchesse de Châtillon et son beau sourire eurent droit à un accueil des plus courtois et plus d'un frisèrent leur moustache en la regardant. Elle apprit sans peine que Monsieur le Prince était dans son cabinet de travail. Toutes les portes s'ouvrirent devant elle, bien qu'elle n'eût guère besoin de guide pour retrouver son chemin. Enfin, il y en eut une dernière et une voix de stentor l'annonça.

Condé était là, penché sur une carte, entouré de deux de ses capitaines pour lesquels il indiquait de l'index un point sans doute important. L'annonce de Mme la duchesse de Châtillon lui fit lever la tête. Froncés de prime abord, ses sourcils se détendirent tandis que ses officiers prenaient un air béat.

— Ma belle cousine ? Mais quel heureux hasard !

— Qui pourrait avoir l'idée de passer ici par hasard ? Je viens vous voir, mon cousin, tout simplement ! Mais je crains d'être importune. Vous travailliez... quand il fait si beau ! Bonjour, messieurs !

Elle-même rayonnait de fraîcheur dans une robe de soie légère jaune clair brodée de fleurettes blanches, comme les dentelles moussant à ses coudes et autour d'un décolleté des plus convenables. Des gants blancs et une ombrelle assortie à la robe complétaient sa toilette.

— Je vous présente le chevalier de Bury et le baron de Charlier ! Mes amis, vous pouvez saluer Mme la duchesse de Châtillon... et disparaître ! Nous finirons ceci plus tard !

Les deux hommes saluèrent jusqu'à terre avant de s'éclipser avec un regret évident. Condé

Majorité royale!

s'approcha de sa visiteuse, baisa sa main et lui offrit un fauteuil.

— Vous êtes aussi fraîche qu'une source et vous illuminez mon univers présent!

Elle faillit lui rétorquer que lui, en revanche, n'était pas frais le moins du monde. Sa barbe était longue, ses habits maculés et l'odeur qu'il dégageait regrettablement guerrière : celle d'un homme qui se lavait rarement, et que les bains n'attiraient que quand la température était caniculaire et qu'il rencontrait une rivière. Mais elle n'était pas venue pour lui faire la leçon. Celle-là, en tout cas! Et quand il lui demanda quel joli vent l'amenait, elle commença par lui retirer sa main dont ses lèvres ne décollaient que pour glisser sournoisement le long du bras.

— Je viens de votre hôtel, dit-elle, où j'ai vu François... qui d'ailleurs va arriver sous peu, et je voudrais savoir depuis quand le dieu des batailles détale devant des barriques de vin, des choux, des navets, des carottes et des bottes de poireaux?

Le « dieu des batailles » empêcha Condé de se mettre en colère, mais ses sourcils se froncèrent tout de même.

— Vous plaisantez, j'espère, fit-il sèchement.
— Pas le moins du monde! Les cavaliers que l'on vous a fait prendre pour des chevau-légers s'en allaient escorter un convoi de vin; quant à ceux de Montrouge, ils transportaient aux Halles une charge de légumes! François vous en dira tout autant que moi!

— Si l'on m'a trompé, je sévirai !

— Alors ne tardez pas, mais ce n'est pas seulement pour le plaisir de rire un moment avec vous que je suis venue. C'est pour vous poser une question...

— Laquelle ?

— J'ai appris que vous craigniez de retourner à Vincennes ou à Marcoussis, voire même d'être assassiné ?

Il s'éloigna d'elle pour entamer une lente promenade, les mains derrière le dos.

— Je n'ai aucune raison de le cacher : c'est vrai ! J'en ai reçu l'assurance !

— Et de qui ?

— C'est sans importance... mais j'y crois !

— Pour ce qui est de l'assassinat, on vous a abusé. Jamais la Reine n'aurait recours à un moyen aussi vil pour mater un sujet rebelle ! De cela je suis sûre. Quant à vous renvoyer en prison, ce serait surprenant. Elle ne prendra pas un nouveau risque de mettre la moitié de Paris dans la rue, si ce n'est Paris tout entier, alors qu'il lui suffit d'attendre !

— Quoi ? La fameuse majorité ?

— Ne me dites pas que vous ne pensez pas à cet événement capital ? Sa Majesté, en tout cas, l'attend avec impatience, car cela va lui permettre de déposer enfin le fardeau écrasant d'un pouvoir qu'elle est seule à assumer ! Que vous ne cessiez de la défier en voulant obtenir un pouvoir suprême auquel vous n'avez aucun droit est sans

Majorité royale !

importance à présent ! Dans peu de temps, elle s'effacera derrière le Roi ! Et ne venez pas me dire que ce n'est qu'un enfant, qu'il est trop jeune pour avoir une volonté affirmée, car je peux vous prédire que vous vous trompez lourdement. Si vous entrez en guerre contre le Palais-Royal, ce sera contre lui, et personne d'autre ! D'ailleurs, n'avez-vous pas obtenu tout ce que vous vouliez ? Mazarin chassé, son palais ravagé et tous ses biens vendus jusqu'au dernier tabouret et au dernier livre ?

— Il possède encore le cœur de la Reine !

— Mais pas celui du Roi, qui n'a guère eu à se louer d'une ladrerie qui les réduisait presque à la misère, lui et son frère ! Ecoutez-moi, Louis ! Attendez comme Anne elle-même que sonne l'heure de la majorité...

— Ah oui ? Et que devrais-je faire, selon vous ?

— Ce jour-là, le 7 septembre, allez vers votre Souverain, non en grand apparat mais tel que vous étiez à Rocroi, à Lens et ailleurs ! Allez lui offrir votre épée et jurez-lui fidélité ! Mais pas du bout des lèvres, et sans arrière-pensée !

— Et s'il me tourne le dos ?

— On ne tourne pas le dos à un homme de votre valeur à moins d'être pauvre sire. Ce que ne sera pas celui-là ! En revanche, si vous le leurrez, craignez tout de sa rancune !

— En admettant que je vous écoute, que puis-je espérer ?

— Pourquoi pas l'épée de Connétable que nos aïeux Montmorency ont portée avec panache ?

— Pourquoi pas, en effet! Le malheur, c'est qu'il n'en a jamais été question jusqu'à preuve du contraire!

— Et pour cause : seul le Roi, chef des armées, peut la conférer! Alors vous savez ce qu'il vous reste à faire...

— Oui. L'amour! Je n'ai déjà que trop patienté!

Il avait bondi sur elle et l'enserrait d'une étreinte de fer contre laquelle Isabelle se défendit avec plus de forces qu'il ne l'aurait prévu...

— N'y comptez pas! Et lâchez-moi, sinon je crie!

— Crie, ma belle! Tu n'en seras que plus désirable!

Repoussant des deux mains et martelant la poitrine de son agresseur, elle fournissait une belle défense en détournant la tête afin d'éviter son baiser.

— Je serai à vous au soir de la majorité quand... vous aurez fait votre paix avec...

— Le carrosse de Mme la duchesse de Longueville vient d'entrer dans la cour d'honneur! annonça une voix calme... qui sauva Isabelle dont l'énergie faiblissait.

— Il ne manquait plus qu'elle! ragea-t-elle en parfaite contradiction avec elle-même.

— Je ne vous le fais pas dire! acquiesça Condé en riant. Mais je ne te tiens pas quitte!

— Aux conditions que j'ai posées! Et j'ai horreur que l'on me tutoie! Pensez-y!

Majorité royale!

— Pécore!
— Ruffian!

Mme de Longueville avait dû reconnaître la voiture de sa rivale : elle apparut en un temps record sans prendre celui de se faire annoncer, mais son frère s'était déjà retranché derrière sa table de travail et sa visiteuse semblait sur le point de repartir.

Un instant, les deux femmes se toisèrent sans sonner mot, composant à leur insu le plus joli tableau qui soit, l'une vêtue de soleil et l'autre d'azur. Mais leur haine réciproque était quasi palpable. Puis, dans un ballet bien réglé, elles plongèrent en même temps dans une impeccable révérence, après quoi Isabelle partit sans se retourner...

Cependant elle était songeuse en regagnant sa voiture. Certes l'arrivée de la Reine de la Fronde l'avait sauvée de ce qui aurait pu ressembler à un viol, car elle était résolue à fournir une défense vigoureuse, mais pendant combien de temps? Cet homme, elle l'aimait jusque dans ses défauts, et qui pouvait dire si elle n'aurait pas fini par trouver un plaisir pervers à son assaut brutal?

Elle se hâta cependant de chasser une suite de cogitations qui ne menaient nulle part pour se concentrer sur le principal : la divine Anne-Geneviève dont elle ne connaissait que trop l'influence sur Condé... Celui-ci serait-il assez sage pour ne pas lui communiquer ce qu'Isabelle venait de lui apprendre? Il était toujours si faible devant elle!

L'impression fut si forte qu'elle fit stopper son carrosse et ordonna à Bastille de guetter l'apparition de Bouteville qui ne devait pas être bien loin :

— Il faut que je lui parle ! Arrange-toi comme tu veux !

Sans répondre, il alla se placer au milieu de la route et, quand apparut un cavalier portant des plumes rouges à son chapeau, il agita ses longs bras en tonitruant « halte » et saisit au mors le cheval que son cavalier avait déjà freiné.

— Vous attaquez les gens sur les grands chemins à présent ? ironisa-t-il en reconnaissant sa sœur. Vous n'avez pas vu Monsieur le Prince ?

— Si, et je crois l'avoir ébranlé. Malheureusement la Longueville vient d'arriver et...

— ... et vous pensez qu'elle va le retourner comme un gant ?

— J'en ai peur et je voudrais au moins en être informée. J'étais assez satisfaite de ce que j'avais obtenu quand elle a débarqué.

Elle lui décrivit les arguments qu'elle avait déployés et, bien entendu, il se mit à rire.

— L'épée aux fleurs de lys ? Vous n'y allez pas de main morte !

— Non, parce que je pense sincèrement qu'il la mériterait !

— Au bout de combien de temps ? Vous savez à quel point nous aimons nous battre, l'un comme l'autre !

— Mais pas pour n'importe qui. Vous n'avez pas envie d'être un jour maréchal de France ? De

France, retenez bien cela ! La place de l'Espagnol est au bout de vos armes... pas à vos côtés !

— Ça vous ressemble tout à fait de distribuer les plus hautes récompenses au bord d'une route ! Mais redevenons sérieux ! Vous voulez que je vous tienne au courant de ce que votre « chère amie » veut obtenir de lui ?

— N'y voyez pas de trahison, François ! Vous avez dû deviner que je l'aime... et que je le veux grand !

— Et... Nemours ?

— Je mentirais si je disais qu'il ne m'est rien ! Je l'aime... différemment et j'avoue qu'il me manque.

— Il se bat je ne sais où dans le Nord, à ce que j'ai appris. Avec le maréchal d'Hocquincourt. Qui est amoureux de vous, je crois !

— On dirait que vous savez beaucoup de choses ! D'où sortez-vous celle-là ?

— Pas d'un salon, évidemment ! Mais on papote dans les camps, vous savez ? Mieux vaudrait cependant que Nemours n'en apprenne rien ! Bon ! Je vous dirai ce qu'il en est, mais seulement jusqu'à la majorité du Roi. Après, je n'en aurais peut-être plus le droit !

Aussitôt elle s'alarma :

— François ! Ne me dites pas que, s'il entrait en dissidence, vous le suivriez ?

— D'honneur, je l'ignore ! murmura-t-il soudain très sombre. Depuis mon plus jeune âge il me fascine, et j'ai peine à m'imaginer sous les ordres d'un autre chef que lui !

— Et M. de Turenne ? Il semblait vous convenir ?

— C'était pendant que Monseigneur était prisonnier. Nous nous étions entendus pour le délivrer.

— Il voulait surtout plaire à la Longueville ! Pourtant il a fait sa soumission et vous pourriez vous retrouver face à face ! Cela vous plairait ?

— Ne dites pas de stupidités ! gronda-t-il. Et poursuivez votre chemin ! Ah, pendant que j'y pense, laissez de côté vos habits de deuil ! Il est grand temps que la ravissante duchesse de Châtillon brille à nouveau dans les salons ! Là aussi vous pourriez entendre des potins intéressants !

Ayant dit, il posa un baiser sur la joue de sa sœur, sauta à cheval et disparut au tournant de la route. La poussière fit tousser Isabelle qui se hâta de remonter dans sa voiture. Il ne restait plus qu'à attendre la date fatidique...

Cette période, Isabelle la vécut dans une sorte d'état second. Toutes ses pensées étaient tendues vers Saint-Maur où Condé, aux prises avec ses vieux démons, n'arrivait pas à se déterminer dans un sens ou dans un autre. Par le président Viole, elle avait su qu'il avait fait deux apparitions au Parlement, pour affirmer son loyalisme envers le Roi et la Régente, mais sur un ton qui laissait percer une incertitude. Par François, elle apprit que, outre la Longueville, Claire-Clémence et son fils étaient arrivés et que les deux femmes soufflaient le feu et la fureur à l'unisson. Par le jeune Ricous, enfin, le beau-frère d'Agathe, elle apprit qu'au fort du mois d'août il s'était rendu au château de Limours, le repli d'été de Monsieur, qui, décidément calmé, avait prêché la conciliation et lui avait offert son entremise auprès de la Reine. Notre Ricous était en effet pourvu de vastes oreilles et d'un talent certain pour les laisser traîner partout. Enfin une visite éclair de François qui se tourmentait pour sa sœur et, voyant l'état de nerfs où elle se débattait, se hâta de lui communiquer une nouvelle qu'elle jugea encourageante : flanqué du seul Bouteville, Condé s'était rendu au château de Trie chez son beau-frère Longueville et, là, avait rencontré une nette opposition. Ce qui était assez naturel : le duc avait perdu le peu qui lui restait de jeunesse. Il ne s'embarquerait pas dans une nouvelle aventure et engageait fortement son beau-frère à s'en retirer.

— Qu'avez-vous à faire du chapeau de cardinal de Gondi, du mariage de votre frère Conti avec la petite Chevreuse qui, d'ailleurs, est déjà la maîtresse du coadjuteur. Quant à ma femme, elle est folle ! Elle se prend pour Antiope, la Reine des Amazones, et ne rêve que plaies et bosses.

On peut comprendre que, dans ces conditions, Isabelle brûlât d'envie d'aller rejoindre celui qu'elle aimait, mais le tirer du milieu de tous ces gens ne l'enthousiasmait guère.

Elle n'était même pas sûre que son petit frère partageât sa façon de voir les choses : il aimait tellement se battre ! On pouvait même dire qu'il avait la guerre dans le sang.

Cependant une vraie joie lui fut accordée. Chez Mme de Brienne, elle retrouva Marie de La Tour son amie d'autrefois, du temps où toutes deux faisaient partie de la joyeuse troupe de filles d'honneur qui formait autour de la princesse une guirlande aussi enjouée que parfumée. Depuis Marie s'était écartée de la Cour. Devenue vicomtesse de Saint-Sauveur, elle était veuve, comme Isabelle, à cette différence près que c'était en duel et en tant que second qu'Emmanuel de Saint-Sauveur avait rencontré la mort. Sans enfants et pourvue de quelques biens, Marie était revenue vivre à l'hôtel de Brienne, chez une marraine à laquelle l'attachait une affection réciproque.

Ce retour avait enchanté Isabelle à qui son éclat et sa beauté attiraient plus d'involontaires rivalités que d'amitié sans qu'elle fît rien pour cela. Le meilleur exemple en était la fille de Monsieur, Mlle de Montpensier, cousine du Roi et sans doute le plus beau parti de France, mais assez mal partagée sur le plan physique. Elle invitait volontiers Mme de Châtillon dont elle appréciait la gaieté et l'esprit – on pourrait même dire qu'elle était fascinée par elle –, mais ne résistait pas à l'envie de la dénigrer, en paroles ou par écrit, dès qu'elle en était éloignée.

Ce n'était pas le cas de Marie. Aussi rousse que son amie était brune, mais dotée d'un charmant visage et de magnifiques yeux bleus, elle offrait avec Isabelle un assez joli contraste qui ne manquait jamais de soupirants. A commencer par le frère d'Isabelle qui, trouvant la jeune veuve tout à fait à son goût, entreprit de lui faire une cour pressante.

Durant ces quelques semaines d'été auxquelles la majorité royale allait apporter une sorte de point d'orgue, on les vit beaucoup ensemble, dans les salons ou aux endroits élégants comme le célèbre traiteur-pâtissier-glacier Renart, qui tenait ses assises à l'extrémité des jardins des Tuileries et chez qui la Reine elle-même ne dédaignait pas de se rendre.

Le début de septembre ramena à Paris tous ceux – ou à peu près – qui s'étaient mis au vert dans leurs châteaux. Pour sa part, Isabelle s'était contentée d'emmener Marie visiter Mello, ce qui lui permit d'embrasser un fils dont elle était fière tant l'enfant était beau. Elle sut ainsi que Chantilly ressemblait à une ruche vers laquelle convergeaient les mécontents qui avaient plus ou moins à se plaindre du pouvoir ou qui faisaient semblant de l'être dans l'espoir d'une nouvelle Fronde qui pourrait être fructueuse.

Cependant Condé demeurait à Saint-Maur avec sa sœur et son frère Conti. A l'hôtel de Brienne où Isabelle effectuait de petits séjours, on savait en gros que, si Mme de Longueville générait une intense activité, Monsieur le Prince demeurait songeur durant de longues périodes.

— Il est impossible de savoir ce qu'il pense ! soupirait Bouteville. Même à moi il ne dit mot !
— Et à sa sœur ?
— Guère plus. Il s'enferme... Mais parfois on l'entend jouer de la guitare !
— Et Longueville supporte cela ?
— Elle sait qu'il y a des moments où il peut être... presque dangereux de l'importuner !

L'avant-veille de la date fatidique, Isabelle remit une lettre à François.

— Ce n'est que pour lui seul, précisa-t-elle.
— Soyez sans crainte, personne d'autre ne la lira ! promit le jeune homme en l'embrassant.

Puis, redevenu sérieux :

— N'oubliez pas cependant, Isabelle, que je suivrai sa fortune. Quelle qu'elle soit !
— Je sais ! Et il ne me reste qu'à prier Dieu de vous garder !

Sans trop savoir pourquoi, elle avait les larmes dans les yeux en le regardant s'éloigner...

Le message ne contenait que peu de mots : « Je vous aime et serai à vous ce soir même si vous jurez fidélité à la France et à son Roi ! Isabelle. »

Un soleil éclatant inonda Paris dès le matin de ce septième jour de septembre. Toute la ville était dehors, contenue par les longues files de Gardes suisses et de Gardes françaises de chaque côté des rues menant du Palais-Royal au Parlement. Naturellement il y avait du monde sur les toits et aux fenêtres, cependant que la Cour assistait au

Majorité royale!

départ dans les jardins mêmes du palais. Au premier rang Isabelle et ses deux compagnes attendaient elles aussi. Tous les grands officiers de la Couronne étaient présents... sauf un seul dont l'absence lui serra le cœur...

— Le jeune Conti est là, souffla Mme de Brienne. C'est peut-être suffisant.

— A condition que Condé soit mourant!

Elle était de plus en plus inquiète.

Le Roi parut, salué par une acclamation. Mince, droit et élégant dans un habit tellement brodé d'or que l'on n'en voyait pas la couleur, le soleil le faisait rayonner. Un panache de plumes blanches à son chapeau, il sourit à sa Cour tandis qu'on lui amenait son cheval, un barbe isabelle, plein de feu...

Il allait se mettre en selle quand le prince de Conti s'approcha et, en saluant profondément, lui tendit une lettre de son frère aîné en murmurant quelque chose qu'Isabelle n'entendit pas. Son cœur battait à tout rompre, résonnant jusque dans ses oreilles...

Le Roi fronça le sourcil, prit la lettre, mais, au lieu de l'ouvrir, il la tendit à un écuyer.

— A M. de Villeroy! Je verrai cela plus tard...

En cavalier consommé, il s'enleva en selle, fit volter son cheval et, en franchissant le seuil du palais, ôta son chapeau qu'il garda à la main « afin de saluer mon peuple! », expliqua-t-il plus tard. Et, suivi du carrosse, doré lui aussi, où avaient pris place celle qui devenait la Reine mère accompagnée de son fils cadet et de Monsieur, il franchit enfin la voûte, déchaînant la vibrante ovation qui allait l'accompagner tout au long du parcours. Il était jeune, il était beau comme l'espérance et ce peuple qu'il avait connu si hargneux tomba d'un seul coup à ses pieds...

Au Parlement, après que le Chancelier l'eut accueilli, sa mère lui remit le pouvoir monarchique en une courte allocution à laquelle il répondit :

« Madame,

« Je vous remercie du soin qu'il vous a plu de prendre de mon éducation et de l'administration de mon royaume. Je vous prie de continuer à me donner vos bons avis et je désire qu'après moi vous soyez le chef de mon Conseil. »

Avec ensemble, les parlementaires, un genou en terre, rendirent l'hommage à leur souverain. La Reine voulut en faire autant, mais il l'en empêcha en l'embrassant.

Cependant Isabelle, laissant ses deux amies participer à la fête du Palais-Royal, choisit de rentrer. En elle la colère le disputait au chagrin, mais elle ne pleurait pas. Les yeux secs, tordant ses gants entre ses mains, elle aurait voulu pouvoir hurler afin d'alléger ce poids qu'elle portait au cœur.

— L'imbécile ! grondait-elle entre ses dents. Le redoutable imbécile ! Comment n'a-t-il pas compris qu'en se conduisant ainsi il va ouvrir une nouvelle guerre civile risquant de ruiner la

Majorité royale!

France, et qu'en mettant son épée au service de l'ennemi, lui le vainqueur de Rocroi, il va salir cette épée si glorieuse ?

Elle aurait donné cher pourtant pour savoir ce que contenait cette maudite lettre, mais ne doutait pas un seul instant de qui l'avait dictée. Cela signifiait que non seulement elle n'exprimait pas le moindre regret, mais qu'en plus on avait dû la rédiger avec cette insolence à la limite de la stupidité qui caractérisait la Longueville ! Condé aurait encore de la chance si une vingtaine de mousquetaires n'allaient pas, ce soir même, s'assurer de sa personne !

Rentrée à l'hôtel de Valençay, elle passa sa journée à tenter d'user sa colère à laquelle se mêlait une amère douleur en pensant à son frère ! Celui-là s'apprêtait à sacrifier sa vie encore à son aurore pour attacher sa fortune à celle de celui qui n'était plus qu'un ancien héros ! Si seulement, au lieu d'envoyer Conti, il était venu lui-même ! S'il avait pu voir ce jeune homme si manifestement royal, elle était certaine qu'il aurait suivi les autres... tous les autres ! Tomber à genoux ! A condition, évidemment, de ne pas se croire « l'égal des dieux » !

La suite lui apprit qu'elle avait raison. Le lendemain même, Condé, comme si de rien n'était, prétendit s'opposer à la formation d'un nouveau ministère et Monsieur, toujours fidèle à lui-même, voulut l'appuyer. Mal leur en prit. Le Roi demanda les sceaux au chancelier Séguier et signa la nomination des trois hommes qui devaient entrer au Conseil. Il y avait vraiment quelque chose de changé au royaume de France. Encore fallait-il le comprendre !

Monsieur se hâta de faire patte de velours en se présentant dès le lendemain au lever de son neveu. Au même moment, Condé, furieux, partait pour Chantilly afin d'y mettre à exécution les plans prévus tandis qu'il rongeait son frein à Saint-Maur. Il renvoya sa femme et son fils à Montrond, confia à François de Bouteville le commandement de la place de Bellegarde puissamment armée, chargea sa sœur de « recruter des soldats » – ce qui peut paraître étrange –, mais aussi de se concerter avec l'Espagne. Après un ultime conseil de guerre, il donna ses derniers ordres dont le principal était la levée des troupes. Lui-même devait quitter Chantilly dès le lendemain pour se diriger vers le Midi.

Depuis la veille, Isabelle, prévenue par les quelques mots d'adieu que lui avait fait tenir son frère, était revenue à Mello où elle s'était hâtée d'ordonner de hisser ses couleurs signalant sa présence. Après avoir assisté à la remise de la fameuse lettre par Conti, elle redoutait le pire et le court billet griffonné par François n'était pas pour la rassurer. Ne restait-il qu'une toute petite chance de retenir les deux hommes qu'elle aimait le plus au monde sur la pente de la haute trahison, il fallait qu'elle la tente. Aussi, pour être certaine que Condé saurait sa présence, envoya-t-elle Agathe bavarder avec son mari. Puis elle attendit après avoir pris les mêmes dispositions qu'à leur dernière entrevue nocturne. Mais cette fois sa robe était d'épaisse soie blanche sans autre ornement qu'un piquet de roses tardives au creux de son décolleté. Quant à son corps, elle en avait pris un soin aussi méticuleux que pour une nuit nuptiale – bain, massages, etc. – et elle embaumait la rose fraîche. Cependant elle avait passé, sur sa robe, un peu trop échancrée peut-être, un mantelet en faille verte à manches courtes. Puis elle attendit, à l'endroit de leur dernière entrevue.

Il était minuit juste quand il s'encadra dans le chambranle de la porte, plus sombre encore que d'habitude.

— Quelque chose me fait supposer que vous m'attendiez! dit-il.

— Ce quelque chose avait raison. J'ai appris que vous partiez... pour longtemps sans doute?

La voix était dure, le ton amer et, dans les yeux fauves, brillait une lueur qu'Isabelle n'y avait jamais vue. Cependant elle esquissa un sourire en versant du vin dans un verre.

— Pour atteindre quel but? Ravager un peu plus qu'il ne l'est déjà le beau royaume de France? Jeter son jeune Roi à bas de son trône? Pour mettre qui à sa place? Ce pleutre de Monsieur qui tourne à tous vents? Mauvais marché pour la France! Ses ambitions brouillonnes ont laissé derrière lui la trace sanglante de ceux qui ont fini sur l'échafaud pour avoir servi ses délires pendant qu'il comptait les pièces d'or qu'avaient coûtées au Trésor ses « scrupules » de dernière minute ?

— Pourquoi pas moi ? Je suis un Bourbon, moi aussi, et mon sang vaut celui de Monsieur !

— Pas tout à fait... Et je dirais même que la balance pencherait plutôt de votre côté. Vous êtes né de la femme la plus merveilleuse que j'aie eu le bonheur de connaître. Lui d'une des plus néfastes de nos Reines : la grosse Marie de Médicis qui aimait tant le pouvoir qu'après avoir laissé assassiner son époux, elle livra le royaume à un misérable Florentin. Mais le décor change quand il s'agit du Roi. Il est fils d'une infante...

— ... qui ne vaut pas plus cher que la Médicis. Elle aussi a son Italien sorti de rien ! Jeu égal !

— Vraiment ? Je n'ai pas l'impression qu'Henri IV eût été votre grand-père et, voyez-vous, Monsieur le Prince, c'est en France ce qui compte pour porter la couronne ! Et moi, Isabelle de Montmorency, je vous reproche d'entraîner le dernier de ma race, mon cher petit frère, dans votre trahison !

— C'est un homme à présent, et des meilleurs ! Un chef... et que ses soldats adorent, ce qui est une rareté ! Quant à vous, cessez de jouer les nourrices !

— Alors écoutez bien ceci : si par malheur il perdait la vie dans l'un de vos injustes combats, prenez garde à la vôtre car je vous tuerai ! Cela étant, et puisque votre décision est irréversible, il ne me reste qu'à vous dire adieu !

Majorité royale!

Elle prit le verre qu'elle avait servi et y trempa ses lèvres, mais il le lui arracha et l'envoya se briser contre le marbre de la cheminée.

— Oh, mais non! grinça-t-il. Je suis venu pour vous faire mienne et, par tous les diables de l'enfer, je vous aurai!

Il bondit sur elle, l'enleva de terre, la déposa sur le lit et voulut l'enlacer, mais, glissant telle une anguille, elle lui échappa et se replia vers la fenêtre.

— Jamais, vous entendez? Jamais je ne serai à un traître! Mazarin n'est plus là qui nous obligeait à bonne conscience! A présent Louis XIV règne et je suis sa fidèle sujette! Approchez si vous l'osez!

Il constata alors qu'elle le menaçait d'une petite dague, prise sans doute dans un pli de sa robe, et dont la pointe était dirigée vers lui. Cela le fit rire, mais d'un rire qu'elle n'apprécia pas du tout.

— Si tu crois m'impressionner... A nous deux, ma belle!

La peur soudaine qui vint à Isabelle lui arracha un cri, mais il l'immobilisait déjà et lui tordait le bras afin de lui faire lâcher prise. L'arme lui échappa. Comprenant qu'il allait la violer, elle hurla :

— A l'aide!

Presque instantanément, Bastille jaillit de la fenêtre. Il ramassa la dague... et mit un genou en terre.

— Par pitié, Monseigneur, ne m'obligez pas à m'en servir! J'ai juré à mon maître mourant de veiller sur Mme la duchesse tant qu'il me resterait un souffle de vie. Elle a appelé au secours... Il faudra me tuer avant de vous en prendre à elle...

La colère de Condé tomba d'un seul coup.

— Je te connais, toi. Tu étais le serviteur du duc Gaspard ?

— C'est bien moi. En trépassant, il m'a confié son épouse et l'enfant qu'elle portait !

— Il savait ce qu'il faisait ! Je donnerais cher pour avoir un homme tel que toi auprès de moi, mais un serment ne se reprend pas, n'est-il pas vrai ? Tu peux te retirer ! Je vais partir...

Le regard de Bastille interrogea celui d'Isabelle et elle répondit par un sourire.

— Je n'ai plus rien à craindre. Merci, Bastille !

Rendant le poignard à la jeune femme, il s'inclina et disparut aussi vite qu'il était apparu... Isabelle et Condé restèrent face à face :

— Vous m'avez joué, madame !

— Je ne vois pas en quoi, car je ne vous ai jamais menti. Je serais venue à vous les bras ouverts si vous aviez fait votre devoir de prince français...

— Je l'ai fait. J'ai envoyé Conti porter une lettre... que l'on a dédaignée.

— Ne jouez pas sur les mots ! Vous avez pris une échappatoire indigne de vous et surtout de celui à qui elle s'adressait. Mais vous avez choisi de servir l'Espagne au lieu d'associer votre gloire à l'aurore d'un grand règne. Pensez-y au moment où vous courberez l'échine pour saluer le vieux Philippe IV, votre nouveau maître !

— Je n'ai pas de maître ! Je traite de puissance à puissance ! Vous oubliez que je suis un Condé.

Isabelle le regarda avec accablement. L'orgueil de cet homme n'avait plus de limites et elle savait d'où cela venait. « Comme des dieux ! » C'était le nouveau code d'un homme asservi par une sœur diabolique et elle n'y pouvait plus rien ! Lasse, soudain, elle alla s'asseoir.

— Un détail manque à votre discours ! Vous avez oublié Bourbon ! De toute façon, cela ne vous donne pas plus de droits au trône de Saint Louis ! Allez-vous-en, Monseigneur ! Je crois que nous n'avons plus rien à nous dire !

Il reprit son chapeau posé sur un meuble et s'en recoiffa avec une arrogance qui était en fait un défi.

— Libre à vous d'y croire ! Moi, je peux vous prédire que vous n'avez pas fini d'entendre parler de moi !

— Je ne suis pas certaine qu'à présent cela ait de l'importance...

Raidie dans un effort de volonté, elle le regarda enjamber la fenêtre et ce fut seulement quand le galop de son cheval se fut éteint dans la campagne qu'elle donna libre cours à son chagrin et pleura longtemps pendant la nuit sur la blessure de cet amour qu'elle portait en elle depuis des années et qui ne voulait pas mourir...

Le temps des trahisons

Dans la matinée du lendemain, 10 septembre, Condé prenait la route du Midi, mais curieusement s'arrêtait à Angerville, puis à Bourges, comme s'il attendait quelque chose. Le 15 il rejoignait à Montrond sa femme et sa sœur – ou plutôt sa sœur et sa femme, car il n'accorda pas beaucoup d'attention à celle-ci qui cependant ne cessait de se dévouer pour lui. Peut-être un peu trop ! Il n'est jamais bon d'accabler de passion un époux de nouveau réticent !

Quoi qu'il en soit, ce que l'Histoire appellerait la Fronde des princes commençait. Condé trahissait ouvertement sa patrie en signant, le 6 novembre, un honteux traité d'alliance avec l'Espagne, concrétisé par un envoi de troupes et d'or. Auprès de lui, Anne-Geneviève faisant fi de son époux demeuré à Trie-Château, vivait ouvertement avec François de La Rochefoucauld, mais, pour la France, le contexte politique ne se présentait plus de la même façon. Le maréchal de Turenne, revenu assez vite de son erreur, commandait les troupes royales... et Mazarin n'allait plus tarder à rentrer en France, et en plein accord avec le Roi et sa mère, pour y prendre la tête d'une petite armée. Eh oui ! Le Cardinal n'était pas seulement un administrateur et un fin diplomate, il avait aussi révélé des qualités de chef de guerre au temps où, devant Casale, il avait rencontré Richelieu, il y avait déjà un certain nombre d'années.

Au commencement de l'hiver, Isabelle revint à Paris avec son fils qu'elle ne voulait pas laisser

Majorité royale !

loin d'elle afin que l'idée d'en faire un otage ne vînt à l'esprit de personne. Non qu'elle redoutât un coup de main de Condé : même furieux, il n'était pas homme à faire la guerre aux enfants ! Mais elle craignait tout de sa rivale...

En outre, Paris avait retrouvé un visage plus aimable depuis la majorité royale. Les fêtes s'y succédaient, comme celle donnée le 16 novembre par l'ambassadeur de Venise.

Isabelle y fut, naturellement, en compagnie de Marie de Saint-Sauveur, et rencontra un vif succès car elle était sans doute la plus jolie femme de l'assemblée. Ses nombreux amoureux lui reprochaient une trop longue absence. Elle souriait à tous mais n'en encourageait aucun. Nemours lui manquait. On savait qu'il guerroyait quelque part dans le Nord en dépit de l'hiver, mais on ignorait où. Isabelle ressentit cette absence plus qu'elle ne l'aurait cru, mais, après la douloureuse rupture avec Condé, elle eût aimé retrouver le refuge de ses bras. Il savait si bien l'aimer qu'auprès de lui elle aurait oublié la petite flèche cuisante plantée dans son cœur et qui faisait si mal quand on l'effleurait. Au fond, elle venait à penser qu'elle aimait Nemours, autrement sans doute que son Prince à demi sauvage, mais de façon infiniment plus tendre. Et il n'était pas là !

Il y eut un intermède durant la visite en France du Roi Charles II d'Angleterre et de son frère, le duc d'York. Elle et lui avaient flirté ensemble quand, jeune prince errant à travers l'Europe avant l'exécution de son père, il cherchait de l'aide auprès des autres souverains pour chasser Cromwell. Il avait déjà un goût très affirmé pour les jolies femmes, à l'instar de son grand-père Henri IV le Béarnais, et la toute jeune Isabelle l'avait subjugué. En la retrouvant à une splendide fête donnée par Mademoiselle au palais du Luxembourg, le jeune Roi sans royaume sentit revenir l'attirance très vive qu'il avait eue pour elle et lui fit la cour ouvertement.

— Savez-vous que vous pourriez devenir Reine d'Angleterre ? lui dit Marie en rentrant du bal dont Mademoiselle espérait obtenir une demande en mariage qui l'eût comblée [1].

— La couronne me plairait assez, répondit Isabelle. Le prince aussi, mais c'est le pays qui ne me tente guère. A-t-on idée de vouloir régner sur des gens qui n'ont pas hésité à envoyer leur souverain au bourreau ?

Elle n'ajouta pas que, même si le Roi était séduisant, elle ne pourrait jamais renoncer, pour lui, à ses amours présentes... A son cher Nemours... A Condé même dont elle ne désespérait pas encore de le ramener dans le droit chemin...

Le droit chemin, Isabelle en vint peu à peu à se demander si les Parisiens réussiraient un jour à s'y tenir en dépit du choc réel éprouvé au soleil

---

1. Et qui, de ce jour, détesta celle qu'elle croyait être sa rivale.

de la majorité royale. Incontestablement, ils s'étaient pris à admirer et à aimer leur jeune souverain, mais les bruits couraient sur un retour de Mazarin. Des mains invisibles placardaient des affiches accusant celui-ci de vouloir affamer le peuple, appuyant leurs dires sur la misère grandissante qui sévissait dans les campagnes et même dans les bas quartiers de la capitale. Cela laissait le champ libre à la racaille qui annexait le Pont-Neuf, alors la grande artère de Paris, et fouillait les carrosses sous prétexte que le Cardinal pouvait s'y cacher.

C'est ainsi qu'Isabelle tomba, un soir, sur une scène d'une rare violence. Des gens de mauvaise mine venaient de s'en prendre au duc de Brancas que le duc de Beaufort – chéri des Parisiens et que l'on surnommait le Roi des Halles – avait provoqué en duel. Le malheureux allait être jeté au fleuve quand, du haut de son propre carrosse, la jeune femme se lança dans un discours passionné, rappelant à ces gens qu'ils avaient à présent un Roi peu disposé à laisser son bon peuple faire n'importe quoi, y mêlant un appel à la charité chrétienne et en terminant par une espèce de déclaration d'amour à ce « beau peuple » qu'elle avait toujours connu et qui « se devait de rester fidèle à sa grandeur et à toutes ces belles qualités que le monde entier lui reconnaissait »...

Sans doute parce qu'elle était ravissante, on l'écoutait bouche bée quand Beaufort, qui n'était pas loin, se matérialisa soudain auprès d'elle et clama :

— Faites à la volonté de Mme la duchesse de Châtillon, car elle parle d'or, et rendez-lui un peu de tout cet amour qu'elle vous porte... et dont je la remercie, souligna-t-il en baisant la main d'Isabelle. Je n'aurais pas mieux dit qu'elle. Et d'autre part, l'honneur me commande à moi de régler mes comptes en personne ! Remettez M. de Brancas dans sa voiture et acclamons la plus belle des duchesses !

— Vous allez vous susciter des ennemies, monsieur le duc, prédit Isabelle tandis que les vivats éclataient de partout.

Il lui sourit de toutes ses belles dents blanches. C'était en effet un homme superbe et qui ne rencontrait guère de cruelles.

— J'en ai déjà tellement, alors un peu plus un peu moins ! Où vous rendiez-vous ?

— Au Palais-Royal, où Mme de Brienne doit me rejoindre pour aller saluer la Reine !

— Alors n'oubliez pas de me mettre à ses pieds ! dit-il, devenu très grave. Je hais Mazarin, mais je la vénère ainsi que mon Roi !

Nemours reparut le soir même. Il était environ dix heures quand la cloche d'entrée se fit entendre. Encore sous le coup de son action d'éclat, Isabelle était restée au logis comme elle aimait à le faire parfois et elle s'y trouvait en la seule compagnie d'Agathe qui l'aidait à se préparer pour la nuit. La femme de chambre s'occupait à brosser la soyeuse chevelure quand un valet vint annoncer le visiteur. Elle allait dire que Mme la duchesse ne recevait plus à une heure aussi tardive, mais Isabelle, rose de joie, l'arrêta :

— Allez me le chercher ! Il est tout juste celui que je souhaitais voir ! Et veillez à ce que l'on monte une collation... avec du vin de Loire, qu'il aime particulièrement. Puis qu'on ne me dérange plus !

Le ton était sans réplique. Agathe se contenta de sourire, sortit chercher l'arrivant qu'elle introduisit dans la chambre avant de refermer la porte sur lui en esquissant une révérence... après quoi elle colla son oreille au panneau de bois afin d'entendre au moins les premières paroles échangées, mais elle n'entendit rien et se retira sur la pointe des pieds.

Il n'y avait en effet rien à entendre. Debout l'un en face de l'autre, Isabelle et Nemours se regardaient, mais ils n'avaient pas besoin de mots tant était ardente la passion que le regard de ce dernier exprimait. Puis Isabelle ouvrit les bras et se laissa emporter.

Ils s'aimèrent longtemps sans s'exprimer autrement que par les gémissements, les soupirs, les cris mêmes que l'amant éteignait sous ses lèvres. Pourtant leur dernière rencontre ne remontait pas si loin, mais il leur semblait qu'il y avait une éternité et que jamais ils ne pourraient assouvir la faim à la limite de la douleur qu'ils avaient l'un de l'autre. A peine apaisé, un baiser ou même un simple effleurement faisait renaître le désir et minuit était passé depuis... un certain temps quand ils s'abandonnèrent enfin sur le lit, haletants... Sans se donner la peine de voiler son corps, Isabelle alla prendre le plateau qu'Agathe avait dû placer dans le cabinet voisin et revint le poser sur les draps...

— Vous devez mourir de faim et de soif ! dit-elle en emplissant un verre d'un joli vin à peine doré qui pétillait légèrement.

Il l'avala d'un trait.

— C'est de vous que j'avais faim et soif au point de ne plus sentir qu'il me fallait reprendre des forces...

— Vous voilà comblé, j'espère.

— N'en croyez rien, vous le savez ! Il me suffit de vous regarder pour que tout mon être vous appelle ! Et pourtant je dois vous quitter !

— Pour cette nuit sans doute où vous devez rentrer chez vous, mais demain...

— Demain il y a fête chez Monsieur.

— Je le sais. Je suis invitée et ravie que vous y soyez aussi, mais ensuite...

— Ensuite je repars ! En réalité ce bal est donné en mon honneur et, entre deux danses, il est prévu que je reçoive des lettres importantes.

— Des lettres importantes ? Mais pour qui ?

— Mon ange ! fit-il en riant. Il est à croire que, comme toutes les femmes, les folies de la Terre vous importent peu ! Des lettres pour Monsieur le Prince, voyons ! En fait, je ne fais que traverser Paris pour aller le rejoindre... Mais qu'avez-vous ?

Majorité royale!

Elle venait de glisser du lit, enfilait son peignoir, ses mules et, soudain glacée, s'accroupit près du feu qu'elle tisonna furieusement sans répondre. Il s'inquiéta :

— Vous n'êtes pas bien ? Vous voilà toute changée ?

— Des lettres pour Monsieur le Prince ? Et de qui ?

— De Monsieur, voyons ! Condé ayant décidé de reprendre le combat, il a besoin de tous ses amis. Quant à Monsieur lui-même, il se charge de Paris où des placards reparaissent, à ce que j'ai pu voir... Mais vous m'inquiétez ! Venez près de moi, Isabelle !

— Non ! Ainsi tout recommence et vous n'avez rien compris ! Mais vous êtes idiots ou quoi ? Condé a besoin de tous ses amis ? Et pour quoi faire ? Pour consommer sa énième trahison en ravageant un peu plus le royaume ?

— Il le faut, mon cœur ! Mazarin...

— Au diable Mazarin ! riposta-t-elle. Même exilé, même ruiné vous continuez à le voir partout ! C'est Croquemitaine, ma parole ! Alors maintenant répondez à ma question : celui qui dort à cette heure au Palais-Royal sans s'imaginer un instant que vous vous acharnez à le dépouiller de son héritage avec l'aide de son ennemi, qu'est-il pour vous ?

— Mais... le Roi !

— A vous entendre, je me prends à en douter ! Ceux qui devraient être ses fidèles sujets préfèrent être les inféodés d'un traître ! Et le plus éclatant de tous puisque, après avoir fait mordre superbement la poussière à l'Espagne, il lui vend son épée contre les deniers de Judas !

Il sauta à bas du lit et voulut la prendre dans ses bras, mais elle le repoussa si brusquement qu'il trébucha et retomba sur le lit cependant qu'elle poursuivait :

— La régence est de l'histoire ancienne, monsieur le duc de Nemours ! Et le règne de Louis XIV a commencé, mais vous trouvez plus commode de vous cacher la tête derrière le petit doigt ? Et ne me servez pas qu'il n'est encore qu'un enfant, parce que ce n'est plus la réalité ! Avez-vous seulement rencontré son regard ? Non, n'est-ce pas, sinon je doute que vous puissiez le soutenir !

— Vous êtes bien une femme ! sourit-il, indulgent. Il est jeune, beau, et il vous émeut mais...

— Et je vous croyais intelligent ! Alors répondez à cette question : que ferez-vous quand, menant vos Espagnols au combat, vous vous trouverez sur quelque route de France devant cet « enfant » et de ceux qui lui restent fidèles ? Vous braquerez votre pistolet dans sa direction ? Vous tirerez votre valeureuse rapière pour foncer sur lui en criant « Sus à l'ennemi » ? Parce que si vous le manquez, vous perdrez votre seule chance d'échapper au sort des régicides : les « préparatifs » préliminaires et quatre chevaux attelés à vos membres ! Et vous ne l'aurez pas volé ! Pendant que vous implorerez « grâce ! » à la face du Ciel,

Monsieur, duc d'Orléans et prince des fourbes, comptera benoîtement l'argent qu'il aura réussi à extorquer en vendant l'un ou l'autre de ses bons amis... sinon tous ! Il est des plus habiles à ce jeu ! Allez-vous-en !

— Isabelle !

— Il n'y a plus d'Isabelle !

— Mais enfin, regardez-moi, au moins !

— Je sais ! Vous êtes très beau ! Mais ne comptez pas sur votre corps pour vous rendre le mien. Ne pensez-vous pas qu'il est temps d'aller vous reposer ? Ce soir vous vous rendez au bal ! Il vous faut montrer à votre avantage !

— Vous viendrez ?

— Pourquoi pas ? Votre femme y sera aussi, je présume [1] ?

A une lueur qu'elle vit soudain s'allumer dans le regard bleu qui ne la quittait pas, elle sentit qu'il était prêt à se jeter sur elle et, sans plus attendre, courut dans la pièce voisine dont elle ferma la porte à clé avant de s'y adosser. Elle était au bord des larmes, mais sa détermination ne faiblissait pas... même s'il lui était dur de tourner aussi cette page-là ! Beaucoup plus dur qu'elle ne l'aurait supposé...

Le lendemain, Isabelle n'alla pas au bal de Monsieur.

Elle en était incapable, à la surprise de Mme de Brienne qui savait combien elle aimait danser, se

---

[1]. Nemours avait épousé Elisabeth de Vendôme, la sœur du duc de Beaufort.

parer pour attirer les hommages masculins. Comme elle s'en inquiétait, Isabelle répondit :

— Il ne me semble que, si j'y allais, je m'avancerais en pays inconnu !

— Vous connaissez tout le monde, cependant.

— Je le croyais. En fait il n'en est rien ! J'ai encore dans les oreilles le tonnerre des acclamations qui ont accueilli le Roi lors de sa majorité. Monsieur se pavanait dans le carrosse de la Reine mère. Mazarin exilé, le peuple était heureux, la France était heureuse, et voilà que la belle image de ce jour mémorable se fendille et s'effrite pour laisser apparaître une bien triste réalité : Monsieur s'est remis à conspirer...

— Cela est inhérent à sa nature ! Même à l'agonie, je vous parie qu'il trouvera un moyen de discuter avec Dieu. Je gage qu'il se débarrassera de ses péchés sur le dos de quelqu'un d'autre : sa femme par exemple qui, en bonne Lorraine, ne cesse de chanter la gloire des ducs de Guise et de leurs droits à la couronne ! Elle est stupide, mais elle en trouve de plus stupides qu'elle pour l'applaudir !

— Oh, je ne gardais pas beaucoup d'illusions sur lui, mais voir ceux que j'aime, à commencer par mon propre frère, ouvrir à l'ennemi les portes du royaume et demander son aide pour le ravager, voilà ce que je ne puis souffrir... et encore moins comprendre !

— Les hommes sont difficiles à comprendre...

— Et à nous ils ne laissent que des larmes, le jour où leur tête roule sur un échafaud tendu de

Majorité royale !

noir ! Dans notre famille, on finira par en prendre l'habitude... Quant au peuple qui se disposait à adorer le Roi, il a suffi de quelques affiches venimeuses pour qu'il recommence à gronder...

— Cela aussi est dans sa nature ! Savez-vous ce que vous devriez faire au lieu de vous ronger les sangs ? Venir de temps en temps avec moi chez la Reine. Vous savez combien elle aimait notre chère princesse Charlotte, nous en parlons souvent ! Venez donc ! Vous serez surprise !

Deux jours après, Isabelle gravissait les degrés du Palais-Royal encadrée par Mme de Brienne et Marie de Saint-Sauveur, qui, elle aussi, était une habituée et se montrait ravie d'emmener Isabelle.

— Vous verrez ! On y respire un air différent !

Et, de fait, la jeune femme eut peine à cacher sa surprise quand, introduite par Mme de Motteville – qui était la confidente dévouée d'Anne d'Autriche – et tenant la main de Mme de Brienne, elle entendit la Reine lui dire en la relevant de sa révérence :

— Je suis heureuse, duchesse, que vous ayez laissé Mme de Brienne vous amener ici, où vous veniez souvent jadis avec cette chère princesse ! Mais prenez place ! Vous connaissez tout le monde, je pense ?

Non sans surprise, la jeune femme reconnaissait en effet la duchesse de Vendôme née Vaudémont-Lorraine, dont la vie se partageait entre l'amour qu'elle portait à son époux César, fils d'Henri IV et de Gabrielle d'Estrées – qui d'ailleurs préférait les garçons –, et à son œuvre de rédemption des filles publiques qui la menait parfois dans les plus crasseux bourdeaux. Son César n'avait guère cessé de comploter. Quant à leur fils Beaufort, il était prêt à tout pour effacer Mazarin de la surface de la Terre, mais se contentait d'être l'idole du peuple et refusait l'alliance avec l'Espagne. Il y avait aussi la duchesse de Nemours, sa sœur, dont le sourire charmant fit rougir Isabelle : il n'était pas facile de se retrouver côte à côte avec l'épouse de son amant ! Pourtant Elisabeth se comporta comme si elles étaient amies de longue date... Elle vit aussi... Gondi ! A peine reconnaissable sous les moires cardinalices qu'il portait gonflé d'un orgueil proche de l'arrogance. Il sourit de toutes ses dents en offrant sa bague ornée d'un gros saphir aux lèvres des arrivantes :

— Monseigneur de Gondi ? ne put retenir Isabelle. Mais j'ignorais...

— Ma chère duchesse, sachez que je ne suis plus le même homme ! Ainsi de mon nom ! Je suis à présent le cardinal de Retz et tout au service de Leurs Majestés... et on ne peut plus ravi de vous revoir ! Nous parlions de vous hier encore avec le président Viole !

Dans cette atmosphère élégante et un peu feutrée, Isabelle passa un moment des plus agréables. La Reine se montrait charmante et, en outre, elle découvrit avec stupeur que son antichambre était le meilleur endroit pour se tenir au courant des opérations. Aussi y revint-elle plusieurs fois avec plaisir.

C'est ainsi qu'elle sut que les troupes royales commandées par les maréchaux de Turenne et d'Hocquincourt affrontaient celles des princes dans la région de Montargis. Il y aurait même eu bataille à Bléneau... Des nouvelles qui ne laissèrent pas d'inquiéter la jeune duchesse : son Châtillon en était à deux pas !

Mais elle n'eut même pas le temps d'en apprendre davantage. Le cardinal de Retz, après s'être entretenu un instant avec un de ses secrétaires, annonçait que le duc de Nemours, gravement blessé, avait été transporté à Montargis et réclamait un chirurgien.

Sa femme éclata en sanglots, gémissant et pleurant qu'elle voulait aller le rejoindre tout de suite !

— Dans l'état où elle est, c'est impossible, dit Mme de Brienne. Elle n'aura plus que le souffle en arrivant !

Aussitôt la décision d'Isabelle fut prise :

— Je vais l'emmener, moi. Depuis hier je pensais me rendre à Châtillon dont je n'ai aucune nouvelle. Je déposerai la duchesse à Montargis en passant ! Et quand je serai assurée que ma maison n'a pas subi de dommages, je reviendrai la chercher...

A l'aube du lendemain, le carrosse de voyage de Mme de Châtillon, que menait son cocher assisté de Bastille armé jusqu'aux dents, emmenait Mme de Nemours plus fébrile et larmoyante que la veille, qu'Isabelle s'efforçait de réconforter mais ce n'était pas facile : cette malheureuse adorait visiblement son volage époux et sa compagne ne pouvait se défendre d'un remords en pensant qu'à son dernier passage à Paris, Nemours n'avait sans doute accordé que peu d'instants à sa femme alors qu'il lui avait consacré une nuit entière. Et quelle nuit ! Même si elle s'était terminée par une rupture, elle laissait un souvenir trop brûlant pour qu'Isabelle pût l'effacer de sa mémoire. Dans une autre voiture suivaient Agathe de Ricous, la camériste de Mme de Nemours et le chirurgien que la duchesse de Vendôme envoyait à son gendre.

On fut à Montargis à la tombée de la nuit. La ville s'était transformée en camp retranché, mais l'officier qui veillait à la porte nord accueillit les voyageuses avec beaucoup d'égards et même se montra optimiste. L'état de Nemours, que l'on avait installé au château, n'avait pas empiré. Après quoi il les fit escorter jusqu'au poste de garde où l'on s'occupait d'allumer les feux. Mais à peine y fut-on que la pauvre éplorée parut ressusciter et, oubliant Isabelle, exigea d'être menée sur l'instant à son époux... et seule avec le chirurgien. Isabelle resta dans la salle voisine, où brûlait un bon feu et où M. de Pons, qui les avait reçues, s'occupait d'elle avec empressement après avoir mené Mme de Nemours au chevet du blessé. Il lui proposa du vin chaud pour la réconforter. Ce qu'elle accepta volontiers...

Majorité royale !

Il venait à peine de s'éclipser quand, à sa stupeur, elle vit Mme de Longueville sortir de la chambre et qui ne cacha pas sa surprise :

— Tiens ? Vous êtes là, vous ? On ne m'en a pas informée !

— Pourquoi l'aurait-on fait ? Commanderiez-vous ici ?

— En l'absence de mon frère, chacun m'y obéit !

— Vraiment ? Et où est Monsieur le Prince ?

— Même si je le savais, je ne vous le dirais pas ! Et d'ailleurs vous n'avez pas répondu à ma question : quelle est la raison de votre présence ?

— C'est moi qui ai amené Mme de Nemours ! Satisfaite ?

— Il fallait bien que quelqu'un s'en soit chargé ! Pourquoi pas vous ? D'autant que votre boueux Châtillon n'est pas loin ! Aussi pouvez-vous repartir !

— Pas avant d'avoir eu des nouvelles !

— Oh, si ce n'est que cela ! Une mousquetade a atteint le duc à la hanche. Il souffre, mais ses jours ne sont pas en danger ! Je vous donne le bonsoir !

Emportée par la colère et incapable de supporter plus longtemps l'insolence de cette harpie, Isabelle s'élança, prête à gifler ce visage dont le sourire la narguait quand une main vigoureuse la retint, tandis que la Longueville sortait en haussant les épaules.

— Non ! Ne faites pas cela ! Vous le regretteriez, car c'est indigne de vous ! Même si c'est amplement mérité...

Elle reconnut alors François de La Rochefoucauld, l'amant en titre d'Anne-Geneviève. Un La Rochefoucauld plus ténébreux que jamais !

— Vous êtes là, vous aussi ? Une vraie réunion de famille ! Mais... que voulez-vous dire ?

— Que nous sommes trahis l'un et l'autre, Madame, et que je ne suis céans que pour en recueillir la preuve !

— A vous voir, j'ai peine à croire que vous plaisantez !

— Je n'aime pas plaisanter ! Nous sommes trahis l'un et l'autre ! Nemours est l'amant de Mme de Longueville ! Pourquoi ne nous vengerions-nous pas de concert ?

C'était tellement inattendu qu'Isabelle se permit un bref éclat de rire :

— Mille grâces, Monsieur ! Je préfère des vengeances plus réfléchies et moins faciles ! Et je saurai attendre ! Voulez-vous prier d'avancer ma voiture ! Je repars pour Châtillon !

— Par pitié... pour vous-même, n'en faites rien ! La région vient de subir une bataille. Elle n'est pas sûre en plein jour. Imaginez ce qu'il peut en être à la nuit !

— Bien ! Je ne resterai en ce lieu ni pour or ni pour argent, mais je ne veux pas que vous ayez souci de moi : pour cette nuit, je vais demander asile au couvent des Filles Sainte-Marie que je connais !

Majorité royale !

— Merci ! Mais faites mieux encore ! Souffrez que je vous escorte jusqu'à vos domaines... Et n'y voyez que l'offre d'un ami ! Vous en aurez besoin... Croyez-moi !

Elle avait accepté pour ne pas le désobliger, mais elle n'en fit rien. Devinant que quelque catastrophe l'attendait au bout du chemin, elle ne voyait pas quel réconfort elle pourrait attendre de cet homme à la beauté d'ange déchu mais habité par une soif trop amère pour qu'elle voulût courir le risque de s'en rapprocher davantage... Et si elle alla demander l'hospitalité du couvent, elle n'en ordonna pas moins à Bastille de se tenir prêt à partir dès le lever du jour.

Le premier rayon d'un soleil timide la trouva sur la route défoncée par les charrois militaires. La guerre s'inscrivait en traces sinistres sur cette jolie région, hier encore si séduisante. Et, à mesure qu'elle progressait, elle sentait son cœur peser plus lourdement dans sa poitrine. Assise auprès d'elle, Agathe priait en silence. Elle-même en était incapable ! Ce n'était partout que champs dévastés, chaumières pillées, voire brûlées, paysans sans doute réfugiés dans les bois car aucun ne se montra. Partout la ruine ! Partout la misère ! Sur le siège, elle pouvait entendre Bastille gronder et jurer...

Enfin Châtillon fut en vue et elle éprouva une sorte de soulagement en voyant ses remparts intacts et là-bas, plus haut, la silhouette puissante de son château ducal. Ce soulagement ne dura pas... A peine entrée, elle eut l'impression que sa voiture voguait sur une mer humaine qui pleurait et l'acclamait en même temps. Bloquée, la voiture stoppa. Bastille sauta à terre, ouvrit la portière et, enlevant Isabelle, la déposa sur le siège du cocher.

— Il faut leur parler! Ils en ont besoin...
— Encore faut-il savoir ce qu'il s'est passé! Demande-leur! Ta voix porte plus que la mienne. Je répondrai ensuite!

Ce n'était pas évident à première vue : tous parlaient en même temps.

— Pas tous à la fois! tonna Bastille. Comment voulez-vous que Mme la duchesse vous entende? Qui parle le plus fort?

— Moi! clama le forgeron Paillon, qui était aussi un des échevins, en grimpant sur l'un des montoirs à chevaux de la halle. Et ça tient en peu de mots. Au soir de la bataille on a vu arriver le Prince de Condé, couvert de poussière et de sang. Quelques gentilshommes seulement l'accompagnaient. Il a crié qu'il prenait possession de notre ville, qu'on laisse entrer ceux des siens qui le suivaient, puis il a grimpé à cheval le grand escalier qui monte aux terrasses du château où il s'est installé... Presque tout de suite après ça a été l'enfer. Des soldats, il en affluait sans cesse, affamés, blessés ou non. On nous a dit qu'ils venaient de vaincre les troupes du maréchal de Turenne, mais on ne les a pas crus!

— Pourquoi?

— Ils n'avaient pas vraiment l'air de vainqueurs. Et plein d'Espagnols avec eux! Et pendant une grande semaine on nous a pillés pour nourrir tous ces gens!

— Je ne vois pas de traces d'incendies! Ils n'ont rien brûlé?

— Non. Monsieur le Prince l'avait défendu en disant qu'ils étaient « chez des amis »! Et qu'il ne fallait pas abîmer la ville en mémoire de feu le duc Gaspard!

— De quoi vous plaignez-vous dans ce cas?

— De ce que l'on n'a plus rien à manger... et aussi...

— Quoi, aussi? Parlez, sacrebleu! Il faut vous arracher les paroles!

— J'ai dit ce que j'avais à dire... Mais madame la duchesse devrait monter au château!

— On y va! Prends les rênes, Bastille! Je veux y entrer la première!

Elle invita son cocher à descendre et s'assit tandis que Bastille menait debout, mais, à mesure que l'on progressait sur la pente, son cœur se serrait de plus en plus. En franchissant les tours de garde, restées intactes, elle eut un soupir qui allégea ses craintes, mais ce ne fut qu'un trop bref instant. Déjà les chevaux atteignaient la grande terrasse et, là, elle dut enfoncer ses doigts dans la paume de ses mains pour ne pas crier. Il ne restait strictement rien du beau jardin qu'elle avait planté, ni des arbres du petit bois, ni des vignes étendues sur le haut du coteau.

On avait dû tout brûler, car des traces de flammes apparaissaient sur les murs.

Comme au jour de son arrivée, elle vit accourir Jeanne Bertin et son époux, suivis de trois serviteurs – âgés d'ailleurs ! – que Condé leur avait laissés. Tous les autres, il les avait enrôlés...

Silencieuse, elle embrassa l'un et l'autre et rentra chez elle...

Là, ce fut pire encore. A l'exception des portraits d'ancêtres, heureusement respectés, pas une salle n'avait été épargnée, pas une chambre qui ne montrât des tentures déchirées, des murs et des sols souillés parfois de déjections, des meubles cassés, des tapis roussis... Elle entendit Jeanne s'excuser en pleurant de ne pas avoir pu faire si peu de ménage que ce soit, puis demanda, et sa voix lui parut curieusement lointaine :

— Quand Condé a-t-il quitté les lieux ?
— Il y a trois jours.
— Et où allait-il ?
— Vers le sud. Peut-être à Saint-Fargeau ?

Saint-Fargeau qui était à Mademoiselle, la fille de Monsieur, ce qui voulait tout dire !

— On a laissé ceci ! intervint Bastille en lui tendant la lettre qu'elle n'avait pas vue bien qu'elle eût été en évidence sur la cheminée de la salle principale.

« Vous m'avez dit que vous m'aimiez, mais que jamais vous ne seriez à un traître. Pourtant vous vous êtes donnée à Nemours qui l'est tout autant que moi. Savourez à présent le prix de votre per-

Majorité royale !

fidie ! Et ne venez pas vous plaindre ! Vous n'êtes qu'une menteuse ! »

Luttant contre la fureur qui menaçait de l'étouffer, elle se força à replier calmement le billet injurieux et le glissa dans son corsage. Et, se tournant vers ceux qui épiaient sa réaction, elle ne fit qu'un seul commentaire :

— Il est temps, je crois, de nous mettre au travail !

Elle les dispersa d'un geste, puis, tapotant le message sous le velours de sa robe, elle pensa, vindicative : « Quant à vous, Monseigneur, vous ne perdez rien pour attendre ! »

Saint-Mandé, juin 2012.

Table

Prologue. L'exécution 7

PREMIÈRE PARTIE
LES DAMES DE L'HÔTEL DE CONDÉ

1. Un seul regard! 15
2. Un soir chez la marquise de Rambouillet.... 52
3. La colère du Cardinal et ce qui s'ensuivit.... 87
4. La prémonition 124
5. Le « chandelier »... 157
6. Deux lettres perdues.. 194
7. Trois mariages, sinon rien… 225

DEUXIÈME PARTIE
LE TEMPS DES TRAHISONS

8. Un vent de Fronde… 261
9. Un appel au secours… 301
10. Isabelle et sa princesse 339
11. La châtelaine de Mello..................................... 375
12. Majorité royale! 415

DU MÊME AUTEUR

CHEZ PLON

Dans le lit des rois, 1983.
Dans le lit des reines, 1984.
Les Loups de Lauzargues :
   1. Jean de la nuit, 1985.
   2. Hortense au point du jour, 1985.
   3. Felicia au soleil couchant, 1987.
Le Roman des châteaux de France :
   1. 1985.
   2. 1986.
   3. 1987.
La Florentine :
   1. Fiora et le Magnifique, 1988.
   2. Fiora et le Téméraire, 1989.
   3. Fiora et le pape, 1989.
   4. Fiora et le roi de France, 1990.
Secret d'État :
   1. La Chambre de la Reine, 1997.
   2. Le Roi des Halles, 1998.
   3. Le Prisonnier masqué, 1998.
Le Jeu de l'amour et de la mort :
   1. Un homme pour le Roi, 1999.
   2. La Messe rouge, 2000.
   3. La Comtesse des ténèbres, 2001.
Les Chevaliers :
   1. Thibaut ou la Croix perdue, 2002.
   2. Renaud ou la Malédiction, 2003.
   3. Olivier ou les Trésors templiers, 2003.
Marie des intrigues, 2004.
Marie des passions, 2005.
Le Bal des poignards :
   1. La Dague au lys rouge, 2010.
   2. Le Couteau de Ravaillac, 2010.
Les enquêtes d'Aldo Morosini :
   I – Le Boiteux de Varsovie :

1. L'Etoile bleue, 1994.
2. La Rose d'York, 1995.
3. L'Opale de Sissi, 1996.
4. Le Rubis de Jeanne la Folle, 1996.
II – Les Émeraudes du Prophète, 1999.
III – La Perle de l'Empereur, 2001.
IV – Les Joyaux de la sorcière, 2004.
V – Les « Larmes » de Marie-Antoinette, 2006.
VI – Le Collier sacré de Montezuma, 2007.
VII – L'Anneau d'Atlantide, 2009.
VIII – La Chimère d'or des Borgia, 2011.
IX – La Collection Kledermann, 2012.

AUX ÉDITIONS JULLIARD

Les Dames du Méditerranée-Express :
1. La Jeune Mariée, 1990.
2. La Fière Américaine, 1991.
3. La Princesse mandchoue, 1991.

Les Treize Vents :
1. Le Voyageur, 1992.
2. Le Réfugié, 1993.
3. L'Intrus, 1993.
4. L'Exilé, 1994.

AUX ÉDITIONS CHRISTIAN DE BARTILLAT

Cent ans de vie de château, 1992.
Un aussi long chemin, 1995.
De deux roses l'une, 1997.
Reines tragiques, 1998.
Tragédies impériales, 2000.
Elles ont aimé, 2001.
Des maris pas comme les autres, 2004.
Suite italienne, 2005.
Les Chemins de l'Aventure, 2006.

CHEZ PERRIN

Le Sang des Koenigsmark :
1. Aurore, 2006.
2. Fils de l'Aurore, 2007.

Le Temps des poisons :
 1. On a tué la Reine !, 2008.
 2. La Chambre du Roi, 2009.
Dans le lit des rois, Nuits de noces, 2010.
Dans le lit des reines, Les amants, 2011.
Le Roman des châteaux de France (2 volumes), 2012.

*Cet ouvrage a été composé et mis en pages par
CPI Firmin Didot à Mesnil-sur-l'Estrée
Impression réalisée par*

La Flèche (Sarthe)
*pour le compte des Éditions Plon
76, rue Bonaparte
Paris 6ᵉ
en septembre 2012*

Imprimé en France
Dépôt légal : octobre 2012
N° d'édition : 14876 - N° d'impression : 70404